THE HORUS HERESY®
普罗斯佩罗之焚
PROSPERO BURNS

[英] 丹·阿伯奈特 著　赵笛 译

浙江科学技术出版社

English version first published in 2011, this edition published in Great Britain in 2019.

Games Workshop Limited, Willow Road, Nottingham, NG7 2WS, UK.

This edition published in China by Zhejiang Science and Technology Publishing House in 2022.

Copyright © Games Workshop Limited 2022.

This translation copyright © Games Workshop Limited 2022.

Translated and used under licence by Zhejiang Science and Technology Publishing House. All rights reserved.

Prospero Burns © Copyright Games Workshop Limited 2022. GW, Games Workshop, Black Library, The Horus Heresy, The Horus Heresy Eye logo, Space Marine, 40K, Warhammer, Warhammer 40,000, the 'Aquila' Double-headed Eagle logo, and all associated logos, illustrations, images, names, creatures, races, vehicles, locations, weapons, characters, and the distinctive likenesses thereof, are either ® or TM, and/or © Games Workshop Limited, variably registered around the world. All Rights Reserved.

No part of this publication may be reproduced, stored in a retrieval system, or transmitted in any form or by any means, electronic, mechanical, photocopying, recording or otherwise, without the prior permission of the publishers.

This is a work of fiction. All the characters and events portrayed in this book are fictional, and any resemblance to real people or incidents is purely coincidental.

本书英文版由 Black Library 于 2011 年出版,2019 年再版,

Games Workshop Limited，地址：Willow Road, Nottingham, NG7 2WS, UK.

本书中文版由浙江科学技术出版社于 2022 年出版

Copyright © Games Workshop Limited 2022.

This translation copyright © Games Workshop Limited 2022.

浙江科学技术出版社可在授权下翻译与使用。

Prospero Burns © Copyright Games Workshop Limited 2022。GW、Games Workshop、Black Library、荷鲁斯之乱、荷鲁斯之眼标识、星际战士、40K、战锤、战锤 40,000、"天鹰"双头鹰标识、以及所有相关标识、插图、图像、名称、生物、种族、载具、地点、武器、角色及其中的特色同类物，所有带有 ®、TM 以及 © Games Workshop Limited 的标识均为在全世界注册的商标或为 Games Workshop Limited 版权所有。

未经许可，不得将本书任何部分以任何形式复制、存储在某个检索系统中，也不得以任何形式或手段，包括电子、机械、影印、记录或其他方式，传播本书的任何部分。

本书为虚构作品。书中人物、事件均为虚构，如有雷同，纯属巧合。

故事简介

荷鲁斯之乱,这是一段传奇岁月。

众多伟岸英雄为了统御银河之权奋力拼搏。

地球帝皇的亿万大军纵横星海,以一场伟大远征将银河纳入囊中——在这些精兵强将面前,不计其数的异形种族难当锋锐,就此在历史长卷上被抹消了踪迹。

人类种族威震寰宇的璀璨年代拉开了序幕。

黄金白玉堆砌而成的闪耀堡垒颂扬着帝皇的诸多凯旋。一百万个林立在世界上的纪念碑,翔实地描述了那些悍勇战将的传奇功绩。

帝皇的战士中最强大的便是基因原体,这些英武绝伦的人物率领帝皇麾下的星际战士大军斩获了无数胜果。他们势不可当,高贵超凡,是帝皇基因实验的巅峰成就。星际战士则是银河之中前所未有的强悍士兵,每个人皆有以一敌百之力。

数以万计的星际战士组成庞大军团,追随各自原体踏入星海,以帝皇之名征服银河。

所有基因原体中最出众的是荷鲁斯,亦唤荣耀者、光明星辰、帝皇宠儿、如父爱子。他受封战帅,是帝皇麾下各路大军的总指挥官,是万千世界与整个银河的征服者。他是无出其右的战士,也是手腕卓绝的外交家,他的野心无边无界。

万事已然俱备。

出场人物

基因原体

鲁斯,狼王
马格努斯,猩红君王

狼群

第一连
冈恩纳·冈希尔特,亦称冈恩大人,头领
第三连
欧格维·欧格维·海姆施鲁特,头领
乌弗鲁·赫欧罗斯,亦称长牙,符文牧师
野熊
艾斯卡,亦称裂唇
神斩
加列戈
奥恩·恶冬
欧齐尔
约蒙德尔,亦称双刃
乌斯特
俄桑·赤掌
乌耶

斯维索

埃姆拉

赫鲁涅

纳尤特·引线者,野狼牧师

第五连

阿姆洛迪·斯卡森·斯卡森松,头领

瓦兰格尔,斯卡森松大人的传令官

欧谢尔·沃德梅克,符文牧师

特朗克

比图尔·伯考

帝国人员

吉洛·艾曼丁,统一议会秘书长

卡斯佩尔·安斯巴克·豪瑟尔,考据者,亦称艾哈迈德·伊本·鲁斯塔

纳维德·穆尔扎,考据者

非帝国人员

阿斯科曼尼的菲斯

阿斯科曼尼的古索克斯

阿斯科曼尼的布洛姆

阿斯科曼尼的勒恩

过去人物

乌维教区长

目录

第一部　天外来客

2　　第一章　初春
29　　第二章　厄一星
46　　第三章　埃特
67　　第四章　吟游诗人

第二部　野狼传说

102　　第五章　兵临欧拉米克静远联邦城下
118　　第六章　晶莹城
142　　第七章　长牙
170　　第八章　长牙的凛冬梦境
203　　第九章　十二分钟
225　　第十章　见证
248　　第十一章　鲜血与名字
256　　第十二章　萨迪亚

第三部　故事

280　　第十三章　第六军团的惩戒
300　　第十四章　镜子
310　　第十五章　命线

"我若有任何罪过，那便仅仅是对知识的追寻。"
——基因原体马格努斯，于尼凯亚

"但取毫厘本为轻，琴瑟易弦不成音，
复弹请君闻一曲！呕哑嘲哳难为听；
万物聚首失默契，矛盾相抵火遇冰；
潜龙不教风波定，溃堤没岸白浪兴，
彩石方舟徒心血，黄土青山成泡影；
酷烈蛮力伏老弱，逆子弑父灭族亲；
威势篡得律法位；真理谬误皆失名，
正邪交锋殁于今，自此难寻公道心。
四海屈从霸权令，六合俯首拜强兵，
一朝逞志得愿景，来日欲念当无垠。
贪狼既已脱枷锁，又得助力上天庭，
仗势肆意吞寰宇，到头自取孤独命。"
——摘自古地球剧作家作品（第二个千年），在千子军团的阿蒙预言中受到引用

"忘记过去之人必将重蹈其覆辙。"
——来源未知（约第二个千年）

第一部

天外来客

第一章

初春

死亡将他们重重包围。

今日它前来斩断命线，今日它拥有四张面孔。

焚烧之死降临在那些伤势过重或惊慌失措的人身上，他们没能逃出那团席卷村落的烈焰风暴。冻结之死则造访了那些爬上悬崖以求躲避杀戮之行的人。即便是在春天，对于任何暴露在开阔地带的人而言，从辽阔冰原吹来的极寒狂风都依然致命，足以抽干肺里的暖意，将手脚腐蚀得乌黑，最后只留下一具具覆满霜雪的僵硬尸首。

一些人试图穿越沙嘴周围的蓝色冰面四散逃命，他们遭遇了溺毙之死。岸边的海冰已经被春日的触手逐渐撬开，恰似一颗在牙龈中松动的臼齿。冰面如今难以牢固地承担一个人的重量。碎裂的薄冰就意味着下沉——如果踩到冰洞的话，你会干净利落地一头扎进去，而如果浮冰倾斜翻动的话，你会尖叫着缓缓滑落。无论如何，下方的海水幽暗如油，冰冷无比，在你吐出最后一口气之前，你脑袋里的思维便早已冻结。

对于其他人，对于那些留下来背水一战的人，杀戮之行为他们带来了血腥之死。这种死亡会用一柄利斧或战锤将你狠狠击倒，让你只能感觉到身下冰面的冻寒、自己鲜血的灼热，以及致命创伤处的痛苦。这种死亡会居高临下地将你一次次击倒，无论需要重复多少遍，直到你再也无法起身，或者已经血肉模糊得难以被直视，唯有这样，死亡才会满心厌恶地转身离开，前去寻找下一个可以击倒在地的灵魂。

这四张面孔之中的任何一个都会在顷刻间斩断你的命线。这些便是伯特人今日所佩戴的面孔。

伯特人。伯特人的杀戮之行降临在了阿斯科曼尼村落。二十艘船。但劫掠的季节才刚刚开始。唯有走投无路之人才会如此迫切难耐地前来泼洒红雪，全然不待草木发芽，天气回暖。

二十艘船，它们扬着航海风帆，尚未卸下用于穿行冰面的橇具。

如果有空闲时间的话，阿斯科曼尼人或许会猜想自己的末日为何来得如此之早。伯特人聚居的铁原已经屹立了二十个大年，但很多人说它的根基在逐渐软化。很多人说只需一个夏天，最多两个，那片土地就会被大海重新吞噬，卷入创世熔炉的深处。

阿斯科曼尼的领地从沙嘴一直延伸到冰架，贫瘠荒凉又缺乏屏障，然而它只有一个大年之龄，占卜者们都宣称它是一块坚实的土地，尚有很多年的岁月。

对于土地的渴求，或许这就是原因。

菲斯知道并非如此。没有什么比恐惧更能驱动杀戮之行，也没有什么比噩兆更能点燃恐惧。那往往是冰原上的多彩异象，大海里的斑斓色泽，空寂冰架中升起的浓烟，被冲到岸边的诡异死物，牲畜或女人产下的怪胎。

有时候甚至一个噩梦便足矣，一个噩梦就能让你确信，下游岸边或者岬角彼端的那个部落乃是恶灵。你会把对于土地的渴求当作借口，伸手拿起链甲与兵刃，然而在扬帆出航之前，你一定要让祭司用黏灰在你脸上绘制出强力的驱邪印记，诸如太阳圆盘或是戒备之眼。

这里的确有个噩兆，没错。菲斯亲眼所见。

菲斯也目睹了杀戮之行的降临。他早早望见迫近的风帆后便吹响了号角，但这于事无补。他无非是让自己的族人能够醒着赴死罢了。

伯特人的主力部队趁黎明前的灰暗时刻绕过沙嘴展开了突袭，一艘艘扬着黑帆的龙船乘风破浪，凭借橇具一头冲上岸边冰原，几乎毫无迟滞地从海船转变成冰车。他们的突击队则在岬角远端登陆，爬上高大的雪丘，接着埋头扎进阿斯科曼尼村落后方。

接下来便是焚烧与砍杀了。伯特人像杂种一样高大壮硕，修长的脸颊佩戴着面具，胡须被蜡固结成放射光束的造型。他们挥舞利斧与战锤的技巧纯熟得可怕，一些地位较高的战士还持有长剑。

然而伯特人在劫掠或杀戮时惯有的狂暴呼号此刻却不见踪影。他们静默无语，心中惧怕自己前来摧毁的事物，惧怕其天空魔法。他们神色肃穆，一心要把此处生灵屠戮殆尽，从而将魔法彻底抹消。男人、女人、孩童、牲畜，全都难逃末日。他们未存一丝怜悯，没有任何抓捕俘虏或奴隶的打算。今日伯特人抛开了一切欲求，唯愿将心中恐惧连根除净。

利斧斩落的声音是一种类似于劈砍树木边材的声音。战锤的声音则更加沉闷，就像用鹤嘴锄在泥土或冰面上打桩那样。但随之而来的声音要比这些糟糕得多。其中有身陷剧痛、躯体损毁、濒临死亡之人的凄惨尖叫，也有伤者与废人的哀声乞求，还有夺取性命的击打声，这将一直持续到伏地之人不再活着，不再起身，不再尖叫，不再是一具全尸。

菲斯勉强来得及穿上链甲，抓起斧子。其他几名勇士集结在他身边，一同去迎战首批翻墙、钻窗、冲进村落的敌人突击队。慌乱已经开始四下流窜。那是在黑暗中的盲目奔逃，是惊惧失禁的刺鼻骚味，是充满鼻腔的第一缕浓重火烟。

菲斯的斧子适合单手持用。它做工精良，斧头由高碳钢铸就，与壮实的男婴一样重。斧刃从头到脚有一掌之长，而且在昨天夜里刚刚亲吻过磨刀石。

这柄利斧是一个简单的工具，是一根能将强壮臂力成倍放大到锐利锋刃上的杠杆。无论你要劈砍木柴还是敌人，这最为基本的原理都同样适用。

菲斯手中握着的是一柄斩骨之斧，破盾之斧，裂盔之斧，用来传递死亡，切断命线。他是一名阿斯科曼尼部族的勇士，知道该如何抗击敌人。

这是一场在村落内部展开的巷战。菲斯将两名伯特人从帐篷里击退，然而狭小的空间限制了利斧的挥动。明白自己必须冲出去，他向身边的其他勇士高声呼喊，让他们重新集结起来。

他们在飞旋黑烟的包裹中走出帐篷，来到村落庭院里，正面迎战那些戴着头盔的伯特人。混战随即爆发，毫无秩序可言。无数利刃像磨坊的风车一样狂舞。

芬克的小腿被一柄伯特人的利斧纵向劈中，他在愤怒呼吼中趔趄跪地。几秒之后，一把铁锤朝他的脑袋横飞而来，芬克翻身扑倒，头颅流淌出鲜血。

菲斯逼退了一个手握鹤嘴锄的伯特人，用呼啸飞旋的斧刃让对方心生怯意。

格伊试图采取最为基础的盾墙战术来掩护菲斯的侧翼。然而格伊来不及从武器架上选取一面合适的盾牌，手里只有一块在训练场抓来的残破方板。一支伯特人的铁矛长驱直入，将他刺伤，格伊在绝望的痛苦中尖吼着。他救不了自己，他明白自己没有活路了。

他看着菲斯,再次尖吼一声。疼痛并非关键所在。他是因为自己死到临头的现实而倍感愤怒。

菲斯用利斧赋予了对方解脱。

菲斯最后看了一眼格伊的尸首,接着转过身举目四望,在这片被慌乱脚步往复践踏的雪地上,除了遍地的鲜血之外,他还发现了一双举在头顶徒劳自卫的手。

他认得这只手所属的那个孩子,他也认得这个孩子所属的那位父亲。

菲斯感觉到一团血雾在自己脑海中迸发。

一个伯特人静默而专注地向他冲来。菲斯扭动利斧,将对方钩到身前,在那个伯特人的脸上留下了一条沟壑。

还剩下四名勇士。菲斯、古索克斯、勒恩和布洛姆。村落酋长依旧不见踪影。酋长可能已经葬身,与他的近卫一同躺在了红雪上。

菲斯能闻到血腥气。那炽热的铁锈味道浸透了冷冽晨风,浓厚得令人难以承受。

菲斯明白,是时候脱身了。

那个天外来客住在最远处的帐篷里。即便是阿斯科曼尼人也知道该让他远离族群。

天外来客正靠坐在几个垫子上。

"听我说,"菲斯低声说道,"你能听懂吗?"

"我能听懂。我的翻译器运作正常。"天外来客脸色苍白地回答。

"伯特人来了。二十艘船。他们会杀死你。告诉我,你现在想不想让我用斧子给你解脱?"

"不,我想活下去。"

"那么你能走路吗?"

"或许可以。"天外来客答道,"别把我留在这儿就行。我怕狼。"

芬里斯上没有狼。

多年前,当天外来客听到这句话的时候,他笑了。

对他讲出这句话的人是一位备受崇敬的学者与考据者,日后则是声名远播的宣讲者，名叫凯瑞尔·辛德曼。彼时天外来客刚刚从萨第斯大学荣誉毕业，并且从颇为激烈的竞争中脱颖而出，在一项长达八个月的实地考察项目里获取了一席之地。他来到新亚历山大，赶在焦灼的沙尘暴与辐射云将这片珍贵遗址永远融入北非地区的悲寂荒原之前，对那些蕴藏着诸般奥秘的数据库进行探究与保护。与此时相比，天外来客决意造访芬里斯，并自称艾哈迈德·伊本·鲁斯塔时，都是数十年后的事情了。在他只有二十五岁的时候，他的名字还是卡斯佩尔。

辛德曼早先已经知道了他的名字。辛德曼并非这个项目的领导。他只是被派来这里负责为期三周的咨询顾问工作，然而他不介意亲力亲为，也情愿与队伍中的年轻成员打成一片。他很擅长与人相处。知晓大家的姓名十分重要。

一天夜里，大家照例围坐在可以俯瞰图书馆废墟的项目基地中，一边吃晚饭一边高谈阔论。

他们早已精疲力尽。为了能够完成任务，每个人都轮班工作了太久的时间。谁也不希望眼看着废墟中残存的宝贵数据永远消逝。

因此，大家都饱受风沙摧残，极度缺乏睡眠，且由于饮水受限而日渐消瘦。夜晚本该是休养生息的时候，然而他们发现，新亚历山大的数据幽灵已经将梦境彻底占据，那些颇为健谈的鬼魂不愿让生者安然成眠。所以众人只好通宵达旦地醒着来避开那些幽魂，于是夜晚就变成了相互陪伴、疲惫交谈的时间。无休无止的呼啸狂风则席卷着新亚历山大的辐射废土，不停敲打工作站的防风铁帘。

为了保持清醒，他们什么都聊。辛德曼有一张不知疲惫的嘴，他或许是天外来客此生有幸结识的最伟大的博学杂家。

资历较老的队伍成员轮流讲述他们在事业生涯中曾经去过的地方，年轻的成员则谈论自己日后希望造访的种种奇观。这自然会促使他们着手罗列一张终极愿望清单，一趟周游寰宇的梦幻旅程，其中任何一个景点都足以让任何学者、史家与记述者愿意付出终生积蓄以换取匆匆一瞥。整个宇宙中的难求之处、偏远奇观、神秘角落、谣传现象与神话国度在此齐聚一堂。芬里斯轻易入选，提兹卡也是其中之一。而考虑到天外来客在这一段生涯末尾将要目睹的事物，这颇具讽刺意味。

即便在当时，辛德曼就称得上年事已高、见多识广了，但他也没有亲自造访过芬里斯。曾经踏足芬里斯的外来者少得令人不安。不过据辛德曼所说，芬里斯并不欢迎访客，也绝非一位热情的主人。由于那里的极端环境，就算是准备万全之人，若能在其开阔荒野里存活几个小时也算得上运气极佳。

"话说回来，"他当时对大家说道，"想象一下那么多的冰雪。"

工作站内部的气温在夜间都能低至四十华氏度，而且还是在中央空调正常运作的情况下。辛德曼这句折磨人的话让他们一齐呻吟起来。

随后，毫无缘由地，辛德曼随口提起了一个关于狼的说法，那句话经过无数旅行者与史学家的口耳相传，其原本含义早已无从查证。

"芬里斯上没有狼。"他当时说道。

天外来客听到这里露出微笑，期待着紧随其后的某种风趣妙语。他的笑容遮掩住了席卷全身的颤抖。

"想必是除了……那些狼之外，先生？"他回应道。

"没错，卡斯佩尔。"那位老者说。

很快，话题就转开了，这个说法便再也没有人提起。

菲斯不太愿意去接触天外来客，但那家伙如果没有人搀扶的话走不了多远。他伸手把天外来客拽了起来，对方顿时呻吟一声。

"你干什么？"布洛姆高喊，"别管他！"

菲斯皱起眉头。布洛姆明白的。菲斯并不情愿带着天外来客到处跑，但他必须这样。没有人会主动邀请噩兆降临村落，然而一旦它已经降临，你就不能置之不理。

菲斯无法将天外来客抛在这里，正如伯特人无法拒绝在那个午夜扬帆起航，发动杀戮。

勒恩走过来，帮助菲斯搀扶那个伤员。村落的帐篷在熊熊燃烧，宽阔河流般的粗重黑烟填满了苍白的黎明。伯特人尚未斩断所有命线。尖锐的痛苦号叫与悲哀呼喊依旧像箭矢般划破寒风钻入耳中。

他们沿着悬崖的边缘埋头奔逃，但那个伤者的拖累让二人步履蹒跚。古索克斯与布洛姆跟在后面，迈着大步跨过雪原。布洛姆不知从哪里弄来了一根长矛。几个伯特人紧随其后，像猎犬般低伏身躯穷追不舍。

古索克斯和布洛姆转身迎敌。古索克斯的斧刃把领头的敌人砍翻在地，那喷射而出的鲜血划出一道弧线。布洛姆的矛尖径直扎向另一个伯特人，敌人捂着面孔瘫倒下去，布洛姆随即用矛柄将他敲死。

其余伯特人包围上来，谨慎地躲避布洛姆的长矛刺击。菲斯让勒恩扶着天外来客，自己转过身去。他尖吼着从布洛姆旁边猛冲而过，用飞旋的利斧斩落了一个伯特人。恶战由此爆发。即便面对一支长矛的威胁，伯特人还是一拥而上。他们试图用盾牌挡住迎面袭来的矛尖，其中一个立刻被贯穿了胸口。长驱直入的铁制矛尖引发了一声枯枝断裂般的脆响，那人顿时口吐鲜血。然而长矛被卡住了，伯特人尸体的重量将布洛姆手里的武器扯了出去。他趔趄着快步退后，只剩下一把刀子勉强防身。

古索克斯用利斧劈断了一面盾牌，以及持盾的那条手臂，接着狠狠击中对方的脖子，将那个伯特人砍翻。他随即扭转身躯，用斧面招架住一柄带有倒钩的伯特战斧，但这个敌人分外高大强壮，古索克斯在一连串凶猛无情的挥砍打击下步步退却。

菲斯依旧势头不减。他的冲锋又解决了两名敌人，其中一个躺在地上流血而亡，另一个则不省人事。菲斯紧接着赶来解救古索克斯，用掌中利斧的尖端捅穿了那个大个子伯特人的脊梁。

菲斯咆哮一声将战斧扯了出来，伯特人随即扑倒在地。布洛姆也正在了结自己的对手，他饱含怒火地将刀子一次次捅进敌人的身躯。那个伯特人在交手之初伤到了布洛姆，但此后未能与这位勇士所持的修长刀刃保持距离，这是个致命的错误。

他们快步跑回扶着天外来客的勒恩身旁。布洛姆捡起了长矛，然而他身后是一片红雪。

天外来客疲惫地喘着粗气。热量正从他大张的嘴里迅速流失。天外来客在防风斗篷下面穿着一套奇特的衣物，菲斯和族人都不认得那种纤维材质。天外来客在坠落于地的时候受了伤，菲斯猜测他有几处骨折，不过菲斯也并没有见过任何一个天外来客被开膛破肚的样子，因此无从确定他们与阿斯科曼尼、伯特以及其他部族究竟是否有着相同的身体构造。

菲斯之前从来没见过天外来客。他这是头一次与如此糟糕的噩兆纠缠不清。他不禁猜想，村落的祭司如今是何下场。祭司本该是睿智的，本该运用自己的智慧来引导并守护村落的命运。

他干得可真不错。当勇士们将天外来客从坠落地点抬回村落时，祭司就不知所措，之后他也一直毫无头绪，只会不停晃动他的占卜骨头和大串鱼齿，用那套老掉牙的吟诵仪式来呼唤神灵，祈求它们从上界下凡，接走这位失落的同胞。

菲斯相信神灵的存在，他笃信于此。他相信神灵居住的天界，以及鬼魂前往的下界。在变幻无常的凡尘国度里，这些是人们仅有的精神寄托。但他同时也是个实用主义者。他明白有时候一个人必须主动开拓自己的命运，尤其是在生死一线的危急关头。

阿斯科曼尼人的船存放在一片与村落"三箭之遥"的洼地里。这个冰坑在北面与大海相接，其中有十余艘船。大部分船早已被抬出冰面，躺在岸边。唯独村落酋长的船时刻准备出航。这是所谓的"箭在弦上"，就像把箭矢扣在弓弦上，随时准备射击一样。酋长的龙船借助橇具站在坚冰表面，一旦放下船帆并解开锚索即可乘风破浪。

"上船！"菲斯命令道，众人手忙脚乱地沿着陡坡冲到洼地边缘。

"哪艘船？"勒恩问。

"酋长的船！"菲斯厉声说。

"但那可是酋长的船……"古索克斯谨慎地说。

"他已经用不上了，"菲斯说，"至少不像我们这么急用。"

古索克斯一脸呆滞地看着他。

"酋长已经躺在红雪上了，你这傻子，"菲斯说，"赶快上船。"

他们爬进船里，让天外来客躺在船头。伯特人逐渐在陡坡顶端现身。几位勇士听到了箭矢破空的嘶鸣。

菲斯放下海帆，它们顿时被狂风填满。帆布在世界之息的吹动下发出阵阵雷霆轰鸣。这天清晨刮着一股猛烈雪风，然而他完全没有注意到。锚索不堪重负地吱吱作响，龙船在冰面上晃动呻吟，迫不及待地寻求自由。

"把绳子砍断！"菲斯高声喊道。

古索克斯站在船尾看着他，被狂风扯动的紧绷锚索不住地抽打栏杆。

"他真的不来了？"古索克斯问道。

"谁？"

"酋长。你看见他的命线断了？"

"他如果要来的话早就到了。"菲斯说。

他们听到了薪柴在篝火中爆裂般的声响。一支支铁头箭矢钉在周围的冰面上，扬起冰尘四溅，在蓝黑色的深层坚冰中留下一块块碎痕。两支箭击中了龙船。其中一支埋进主桅杆里，没入常人小臂之深。

"把绳子砍断！"菲斯大喊。

古索克斯和勒恩用斧子砍断了锚索。龙船顿时像一只逃命的野兽般冲了出去，鼓胀的风帆坚硬如钢。这迅猛的起步让他们都摔倒在船舱里。刀刃般的橇具尖啸着从大理石板一样的洼地冰面上划过。

勒恩负责掌舵。他是这几人中最优秀的船员。他用胳膊夹住舵柄，借助全身重量将船尾舵叶压入冰面，同时双拳紧紧攥住与边舵相连的绳索，以平衡二者传递过来的力道。驾驭龙船索具是一场力量与机智缺一不可的恶战。任何的判断失误都很致命，无论是对边舵的丝毫放松，还是对主舵的过重压力，辅以光滑冰面与猛烈风切这对致命组合，都足以导致龙船被掀翻，令其瞬间化作一堆零散碎木。

他们一头冲出洼地。他们穿过花岗岩石壁中的缺口，进入开阔水域。但这里并没有水。虽然这年早已告别了冰川的巅峰季节，逐渐踏入春日，然而藏在山峰阴影下的这片狭长海面依旧允许头顶苍穹顾影自怜。有些地方是老旧镜面般的灰绿色，有些地方则是未经雕琢的宝石般的蓝色，另有一些地方如上好的水晶般明亮透彻，但无论何处，冰面的厚度都堪比两三人的身高。

随着他们离开洼地，龙船的橇具便厉声尖啸着在明镜般的海面上划过，如同下界幽魂的凶恶呼嚎，透骨之寒也扑面而至。这是开阔区域的寒冷，是冬日末尾那铁打般的阴郁寒冷，是广袤冰原的生硬寒冷。骤然袭来的酷寒让他们都惊呼一声，他们随后立刻竖起衣领或是裹上围巾，保护住脆弱的口鼻。

菲斯看了一眼瘫在船头的天外来客。对方在痛苦与疲劳中粗重地喘息着，一口口云团般的热气被寒风瞬间带走。

菲斯沿着颤抖不已的龙船走了过去，他娴熟而稳健的步伐属于一个经验丰富的冰海水手。

"捂住你的嘴！"他喊道。

天外来客呆滞地抬头看着他。

"捂住你的嘴！用鼻子呼吸！"

"什么？"

菲斯俯身跪在他旁边。

"你把嘴张那么大，热量会全都流失掉的。用鼻子呼吸。保存体能。"

他打开龙船栏杆下面的一个草编箱子，取出一条毯子和几块毛皮。它们都冰冷而僵硬，但菲斯用力甩了甩，将天外来客包裹起来。

"用鼻子呼吸，"他提醒道，"你这都不懂吗？你不知道怎么抵御寒冷吗？"

"不知道。"

"你既然都不知道这地方能有多少种办法要你的命，那你究竟为什么要来这里？"

天外来客无言以对。他现在没有说话的力气了。重新袭来的痛苦将他紧紧攫住，其无孔不入之势超乎寻常。痛苦将他的思维彻底压制，不允许哪怕一丝意志力被挪作他用。天外来客之前从未体会过这样的痛苦，或许只有那么一次。

他依稀听到了琴声。在橹具的尖鸣与船员的呼吼之中，他勉强捕捉到了一曲欢快的舞台旋律。

他依稀听到了琴声，他觉得自己理应知道为什么会有琴声。

伯特人穷追不舍。勒恩察觉到追兵之后立刻指着船尾方向高声示警。一艘艘龙船绕过沙嘴疾驰而来。这些战船扬着黑帆，是为了在夜晚继续展开杀戮而特意准备的。伯特人显然下定决心要把这场血腥行动做到极致。菲斯本指望伯特人在摧毁村落之后就能停止攻势。

但事与愿违。伯特人一定是被吓坏了才会继续追杀。在受害者被斩尽杀绝之前，他们绝不会罢手。

菲斯不禁猜想：他们的祭司究竟说了些什么？在扫把星划破苍穹的那个夜晚，当灼目缎带般的火光在阿斯科曼尼领地的上空铺开，留下一道充满指责意味的炽热伤痕时，那个祭司到底做出了怎样的解读？他如何诠释那枚堕天星辰击中坚冰时的震耳冲击？

面对那些瞪圆双眼的勇士、他的部族酋长、伯特村落的女人，还有被噪声吵醒后大哭不止的孩童，他都说了些什么？

菲斯曾经见过伯特祭司一次，那是三个大年之前的事情了，当时伯特人与阿斯科曼尼人还有贸易往来，当时他们还会造访各个村落展开交易，带着毛皮、编织品和熏肉去换取对方的草药、灯油、鲸脂蜡烛和生铁锭。

两个部族的酋长曾经有过一场正式会面，他们交换礼物，没完没了地鞠躬行礼，安排吟唱诗人放声诵读那些让人喘不上气来的冗长血脉谱系与庞杂族谱，伯特人还不停吹奏他们的青铜号角，那听起来既像海崖山洞的回响，又像一个闷屁的声音。

伯特祭司瘦巴巴的，人们都说他"比长弓还高，只有长弓一半粗"，那格外宽厚的下巴让他显得像一头骡马或是个弱智。他的嘴唇、鼻子和耳朵上穿着无数金属环，乍看之下仿佛满脸都是燎泡和冻疮一样。

他有一根用熊骨制成的法杖，还有一个银质颈环。有人替他把海鸟羽毛编进了稀疏的长发里，在他骨瘦如柴的肩膀周围组成一席白色斗篷。他的声音尖细而干哑。

他的名字叫胡诺。

不过他讲话挺有道理的。在交易过程中，菲斯曾经造访祭司的帐篷，与其他人一起围坐在篝火旁，聆听胡诺讲话。伯特祭司知晓这个世界的运作方式。他向大家畅谈人界与下界，仿佛是从幽魂口中亲耳得知诸般奥秘的。

阿斯科曼尼祭司则是个疯疯癫癫的莽汉。他时常会发神经，而且闻起来像头海牛，大概正是这两个因素促使他被选为祭司的。他倒是很会观星，菲斯必须承认这一点。他仿佛能够听到星辰乘着橇具在夜空中滑行时发出的声响。但除此之外，他往往是个脾气暴躁，胡言乱语的家伙。

他的名字叫伊欧洛。

在交易过程中，伊欧洛和胡诺曾经展开对峙，他们像发情的海豹一样嗅着对方的气味低吼不已，随后花了好长时间试图窃取同行的秘密。

但他们似乎也相互惧怕，就好像他们担心自己在窃取对方秘密的同时也会遭到感染与玷污。

这就是魔法。魔法有着阴暗面。魔法可以让一个人改头换面，但也可以让一个人堕入腐化，尤其是那些马虎大意的人，尤其是那些不懂得仔细观察、精心侍奉且善加对待魔法的人。魔法之中暗潮汹涌，任何人一旦心不在焉就可能遭到污染。

魔法会产生反噬。即便你是一个谨小慎微、巨细无遗的祭司，魔法依旧能够反戈一击。

其中最险恶的是天空魔法，而此刻帮助那些龙船乘风破浪的也正是天空魔法。

菲斯不禁猜想，伯特祭司究竟说了些什么，竟能让他的同胞如此无所顾忌。

勒恩将船拐向西边，在沙嘴悬崖的阴影笼罩下穿过狭长镜面般的入海口，一头冲上宏伟冰川脚旁的广袤冰原。

冰面比水面更好：同样面积的风帆在前者上可以赐予你十倍于后者的速度。但其中耗费的力气也极大。菲斯明白他们在一个小时之内就必须换人掌舵，或者停下脚步让勒恩稍事休息，因为舵手必须完全集中精力。即便是此刻，勒恩在衣领之上勉强露出的双目就已经开始展现疲态。

他们掠过一片灰暗鱼鳞颜色的狭长冰面，在两道冰碛石脊的夹缝中穿行，那些破碎岩石像畸形骨骼一样堆积在平滑的冰原表面。

伯特追兵正被他们稳步甩开。一艘优秀的伯特龙船质量属上乘，由海木和鲸骨砍削而成，但这无法与一艘优秀的阿斯科曼尼龙船相提并论，更不用提和为村落酋长特制的精良橇具作比较。

他们或许能活下来。

这是个一触即溃的脆弱愿望，菲斯咒骂自己心生此念，害怕招来晦气。然而这确实有可能。他们或许真的可以逃过伯特人的杀戮，找到一个避难所。

哈拉坎纳人是他们最大的希望。哈拉坎纳人在西部地区势力庞大，有若干座村落散布在冰原中央的破碎山脊周围，距此只有不到一日之程。更重要的是，哈拉坎纳与阿斯科曼尼之间签订的和平协议历史悠久，已经延续了前后六位酋长的统治生涯。最为重要的是，哈拉坎纳与伯特相争多年，此间留下的红雪足有十代人之多。

当古索克斯在前方看到了第一块哈拉坎纳风帆的时候，菲斯感觉精神一振，想必是某个瞭望哨看到了他们在冰原上疾驰，于是用号角声发出通报，让哈拉坎纳酋长命令麾下龙船前来欢迎并协助阿斯科曼尼客人。

随后他心情沉重地意识到，这种解释方法与事实不符。

"我们还太远了。"他嘀咕道。

"什么？"布洛姆问。他正试着用鱼线和骨针缝合自己的伤口。厚重的手套令人难以驾驭这种精细工作，然而刺骨寒风也不会容许裸露的双手保留哪怕一丝灵巧。他把自己弄得血肉模糊。

"我们太远了，哈拉坎纳瞭望哨还看不到我们，"菲斯说道，"他们能来迎我们，是因为他们知道我们会来。"

"该死！"布洛姆哼了一声。

菲斯遥望哈拉坎纳龙船的风帆。风帆是远方船只最为显著的特征，因此往往被用来表明意图。干草般枯黄的船帆是寻求通商和交易的象征。紫色船帆意味着举村哀悼，即酋长或是其夫人的命线断离。菲斯等人所乘龙船的白色风帆是外交使节的特征。伯特人扬起的黑色风帆最为阴险狡诈，因为它利用暗夜隐没自己，忤逆了这种明示来意的惯例。

红色风帆才是对于杀戮意图的公然表达。

哈拉坎纳风帆是红色的。

菲斯坐在震颤不已的船头里，挨着天外来客。

"你到底是什么？"他问道。

"什么？"

"你到底干了什么？你为什么要给我们带来灾难？"

"我什么都没干。"

菲斯摇摇头："红色风帆。红色风帆。祭司之间都在下界通过话了。伯特人来杀我们，现在哈拉坎纳人也来杀我们。还有谁？你是不是让整个人界都与我们为敌，或者是仅仅与你为敌？"

"我不明白你在说什么。"天外来客回答。

"你是打定主意要死在这里吗？"菲斯问。

"不！"

"是嘛，"勇士回应道，"你显然还是花了不少力气来找死的。"

那是个神圣崇高的地方。

那是个糟糕透顶的日子，长达六周的战役在大军攻陷皮奥夏要塞之后逐渐进入尾声，枪炮轰鸣继续从远方隐隐传来，但即便如此，这座神殿里依旧充斥着一种奇特的静谧感。

卡斯佩尔·豪瑟尔之前体会过类似的感觉，都是在一些被人类信仰浸润了无数世代的地方。在西里西亚，一座仅剩空壳的大教堂脆弱如纸，却傲然屹立于辐射荒漠的碎石与熔渣之间。在俾路支，一群避世索居的牧师将记录着神圣奥秘的纤维卷轴保藏在布满彩绘的幽深洞穴里，让这些承载其信仰精华的无价之宝安然度过了冲突年代。在高加索的修道院避难所中，大批贤德学者为了逃离纳森·杜姆的暴行隐匿于此，一座座孤寂偏远的苦修陋室在广袤高原上星罗棋布，俯瞰着东边那日益扩张的里海巢都，遥望着西边那充满纳米级废料的黑海污水，而某个被遗忘的神明的轻柔低语仿佛还萦绕在稀薄寒风与明亮苍穹之中。

在逃离杜姆的泛太平洋国度时，那些学者还携带了大批价值连城的数据，这都是他们抢在暴君发动数据大清洗之前从图书馆中奋力抢救出来的。根据谣传，其中一些上古信息甚至能够追溯到科技黄金年代之前。

等到豪瑟尔和考据者同僚们最终找到那些避难者时，他们却早已不在人世。那批宝贵数据，那些书籍与文件，全部被岁月化作了尘埃。

一个人所知越多，就越发现自己的无知；一个人所学越多，就越明白自己的健忘。

这是纳维德·穆尔扎说过的话。豪瑟尔与纳维德·穆尔扎从来都对不上眼，两人至今在事业生涯中的几次被迫合作仅仅培养出了一种敌对而稳固的相互鄙视。

然而穆尔扎的热切决心毋庸置疑。他对于本职工作的全心投入与豪瑟尔难分上下。

"我们忘却的已经远远多于我们知道的。"穆尔扎曾说，"而且我们时刻还在遗失更多知识。我们湮灭历史的技艺炉火纯青，却无法与自身祖先的学识体系保持住哪怕最为基本的连续性。如果这样的话，我们如何能够为整个种族的发展与进步感到任何自豪？"

那一天，穆尔扎和豪瑟尔一同来到了皮奥夏。他们两个人都获得了统一议会的认可，在这支考据队伍里争取到一席之地。他们尚且不足三十岁。两人胸中还充满了虚妄的年少轻狂与误入歧途的理想主义。他们在得到任命时职位不分伯仲，而非高下立判，对于这一事实二者都感到颇为恼怒。

无论如何，他们是专业人士。

仓皇撤退的叶扫特部队在八公里之外的那座巨型精炼厂里埋设了大量地雷，由此引发的大火将泰拉的这个角落彻底覆盖在致命黑云里，那遮天蔽日的浓烟充满了高度致癌的石油碳粉末，比海边浓雾更厚重，比瘟疫毒霾更可怕。为了能够开展工作，考据者们必须穿戴密封防护服和面具，手里拎着像公文包一样的沉重呼吸器，在昏暗无光的环境中蹒跚前行。如同象鼻般充满皱褶的粗大管道将呼吸器与他们的面具连在一起。

那些居高临下的墓穴神祇透过烟尘与他们相会。众神也戴着面具。

考据者们僵立在原地凝视那些墓穴神祇，仿佛自己也变成了一群远古雕像。金玉所制的神圣面具和月石眼眸俯瞰着塑料防毒面具和没有眼睑的光学目镜。

穆尔扎说了些什么，但那仅仅化作面具之下的一声咕哝。

皮奥夏神殿中的这些雕像是豪瑟尔前所未见的。谁都没有见过。豪瑟尔能听到几位队伍成员的护目镜中发出轻响低吟，他们显然是在检索内置数据库，寻找可相比对的图片。

你们找不到任何东西，豪瑟尔心想。他几乎喘不上气来，这并非归咎于紧绷的面具或是循环气体的陈腐味道。他扫描了神殿高墙上的壁画铭文，即便这匆匆一瞥也足以告诉他，摆在自己面前的是一份完全出乎意料的重大发现。那些文字和阿尔泰语、土耳其语、通古斯语或者蒙古语都毫无联系。

无孔不入的烟尘已经逐渐阻塞了他们携带的照相机，设备电池迅速失灵。豪瑟尔命令两个初级队员去摹拓那些铭文。他们转过头来，倍显呆滞地用护目镜看着他。豪瑟尔只得亲自示范。他将塑料包装纸裁成小块，盖在壁画上，用蜡笔去摩擦那些略微凸起的铭文符号。

"就像在学校里那样。"其中一个初级队员说道。

"赶快干活吧。"豪瑟尔厉声说。

随后他仔细调整护目镜的遮光度，着手展开自己的调查工作。在缺乏实验室测算手段的情况下，他们无从得知这座神殿究竟矗立了多少岁月。一千年？一万年？如今，暴露在空气之下的神殿正迅速磨损剥蚀，他眼睁睁地看着极具腐蚀性的石化烟尘蚕食掉所有表面细节。

他突然想独自待一会儿。

他沿着入口通道走了出去。这份宝藏得以重见天日，竟要归功于皮奥夏战役。将神殿发掘出来的并非考古学家的勤勉双手，而是一发打偏的炮弹。若不是这场战争，此等瑰宝恐将永远被埋没，也恰恰因为这场战争，此等瑰宝正在迅速凋亡。

豪瑟尔站在入口处，将呼吸器放在脚边的地上。他从面具内置的吸管里嘬了一口营养液，并用喷雾剂清洁了一下自己的护目镜。

在他所处位置的北边，皮奥夏堡垒的战火点亮了令人心惊的漆黑穹隆，那是一片规模如城市般庞大的篝火。昏暗无光的厚重烟幕笼罩四方，与古老长夜一样密不透风。随着翻卷黑烟的间或消散，跃动不已的明亮火柱在远方时隐时现。

他心底有股沉重如铅的讽刺感，伟大的统一年代竟是这副模样。

根据已经出版流通的文献资料，根据已经在学校成为教材的历史记录，老天在上，那光辉荣耀的统一战争早已在一个半世纪前就为冲突年代画上了句号。自那之后，泰拉便迎来了一百五十余年的和平安定与休养生息，帝皇则引领着他的伟大远征队伍阔别家园，英勇无畏地将众多散落星海的人类世界重新纳入帝国版图。

历史文献是这样说的。但现实情况远没有如此干净利落。历史仅仅记录了宏观走向与整体阶段，并且给很多积沙成塔的人类功绩强加了一个个随意指定的确切时间。事实上统一战争的余震依旧在星球地表回荡。当任何势力或权贵都不再具备实际威胁之后，那令人敬畏的帝国便大张旗鼓地宣告了泰拉的统一，然而这无法阻止诸多封建城邦、宗教团体、偏远国度以及独裁君主继续顽固地拒绝合作，并试图在高墙环绕之下坚守他们那份微不足道的自主独立。其中很多正如皮奥夏地区的叶扫特家族一样，借助帝国的和平谈判与姑息养奸苟延残喘了数十年，始终抵抗或躲避一切意在将他们吞并消化的条约、和解以及其他种种外交手段。

他们的故事表明，帝皇或是帝皇的重臣良相们具有超凡的耐心。在统一战争宣告结束之后，帝国高层便不遗余力地尝试运用非暴力手段解决冲突，况且叶扫特家族绝非专断暴君。他们仅仅是一个迫切要求维持其独立自治状态的古老皇室。帝皇容许了他们一个半世纪的暗淡荣光，等待他们接受现实，而这就已经比其他很多泰拉帝国的整体历史都要长久了。

他们的故事也表明，帝皇的耐心是有限的，且当他的耐心耗尽之时，他的慈悲与忍让同样会踪影全无。

帝国军队开进皮奥夏，前来逮捕叶扫特家族，收编他们的领土。豪瑟尔所属的考据者队伍是在大军身后接踵而至的数百个单位之一，与他们同行的还有大批医生、救援人员、修理工、工程师以及宣讲者。

他们来这里重整河山。

豪瑟尔面具里的麦克发出轻响。

"怎么了？"

"到神殿里来，豪瑟尔。穆尔扎有个想法。"一个初级队员在呼唤他。

在神殿内部，穆尔扎正用他的手提灯照亮了墙壁上的一些石制烟道。星星点点的尘埃在光柱里飞扬，由此展现出了空气的流动。

"通风管道，近期被使用过。"他说道。

"什么？"

"这不是一片遗迹。它很古老，没错，但直到不久之前都还在被使用。"

豪瑟尔看着穆尔扎在神殿里踱步："证据呢？"

穆尔扎指着祭坛周围阶梯上那些大大小小的彩色陶碗。

"这些祭品里有鱼和谷物，还有树脂。扫描器的检测结果表明它们只有不到一周的历史。"

"在这种空气环境下，任何碳年代测定都不可信，"豪瑟尔回答，"扫描器出毛病了。况且，你自己看看那些祭品的状态，它们都已经钙化了。"

"这是空气环境导致的。"穆尔扎坚持道。

"噢，你倒是会见风使舵。"豪瑟尔说。

"看看这个地方啊！"穆尔扎反驳道，他恼火地用双手示意四下。

"那么，你究竟有何提议？"豪瑟尔问，"这是一个隐藏在皮奥夏社会结构之外的秘密宗教组织，或是一个得到叶扫特家族认可的私人传统团体？"

"我不知道，"穆尔扎回答，"但这整座神殿都是为了守护某种东西，对不对？我们需要调一台挖掘机来。我们需要搞清楚这些雕像背后藏着什么。"

"我们需要有条理地检查，记录并回收这些雕像，"豪瑟尔说道，"在能够将它们分割转移之前，光是文物保护工序就要花费几周时间——"

"我等不了那么久。"

"那真是不好意思了,纳维德,现实如此,"豪瑟尔说,"这些雕像是无价的。对于它们的保护是首要目标。"

"没错,它们是无价的。"穆尔扎说。他迈步走向那些庄严肃穆的墓穴神祇。初级队员们都在盯着他。几个人倒吸一口凉气,看见他真的走到了祭坛脚下的台阶上,步伐谨慎地避免碰到那些装着祭品的陶碗。

"下来,穆尔扎。"一个资深队员说。

穆尔扎小心翼翼地挪到了第二层台阶上,几乎能够直视那些神像的凝重目光。

"它们确实是无价的。"他重复道。穆尔扎轻轻抬起右手,指着最近处那座雕像的月石眼眸:"看看这些眼睛。你自己说,这些眼睛是不是非常重要,非常关键?"

他转过头瞥了一眼紧张兮兮的听众们。虽然穆尔扎戴着防毒面具,但豪瑟尔还是能察觉到对方在微笑。

"下来,纳维德。"他说道。

"看看这些眼睛,"穆尔扎并未理会,"从古至今,它们所代表的意义从未改变过,对不对?拜托,这是常识!谁说句话!"

"保护。"一个初级队员尴尬地嘀咕道。

"我听不清楚,詹纳。大点儿声!"

"眼睛图案是历史最悠久,被采用最广泛的避邪符号。"豪瑟尔说道,他希望能直击要害,赶快结束穆尔扎的独角戏。

"是的,没错,"穆尔扎说,"卡斯就知道。谢谢你,卡斯。眼睛图案守护一切。你可以用它自卫。你可以用它驱邪,你可以用它守护最为宝贵的东西。"他再次用指尖比划着那枚圆瞪眼眸的轮廓,"这种样式我们见过太多次了,相互之间仅仅是略有差异。看看线条的比例!看看眼睛形状和眉毛走向,这很有可能是源于蓝珠眼坠或者乌加特的,而且它与全视之眼相比也并没有天壤之别,后者可是在统一议会的大印上都有所体现。这些是驱邪神符,毫无疑问。"

他从台阶上一跃而下。几名队伍成员警觉地惊呼一声,然而穆尔扎并没有打翻或者踩碎任何摇摇欲坠的陶碗。

"驱邪神符,"他说道,"意味着保持距离,不要靠近。"

"说完了？"豪瑟尔问。

"那些瞳孔都是一个个小块黑曜石做的，卡斯，"穆尔扎情绪激昂地走向豪瑟尔，"你要是也像我一样凑近点儿，把相机分辨率调高些，你就能发现上面有雕刻的痕迹。边缘处有个圆环，中间还有一个点。你明白这是什么意思。"

"圆点图。"豪瑟尔轻声回答。

"它代表的是？"穆尔扎继续追问。

"你想让它代表什么都行，"豪瑟尔说，"太阳圆盘、黄金、圆周、单子、变音符号或氢原子。"

"噢，帮他一把，詹纳，拜托了，"穆尔扎喊道，"他这完全是在抬杠！"

"它代表神之眼，"那位女队员紧张地说，"无所不知的唯一。"

"谢谢你。"穆尔扎说道。他盯着豪瑟尔。他的灼灼目光在护目镜的染色玻璃下气势不减："它的意思是保持距离，不要靠近。我能看到你。我能直视你的灵魂。我能反弹你的伤害，我知晓你所知晓的一切；我能读取你的心念；我能将你拒之门外，因为我是力量也是知识，我是一道屏障。这些雕像是无价之宝，卡斯，但它们都是驱邪神符。它们在守卫某种东西。你觉得被无价雕像所保护的东西究竟会有多宝贵？"

一时间无人开口。多数队伍成员都尴尬地动了动身子。

"这是一个家族，"豪瑟尔轻声说，"它们代表着一个王朝的血脉。雕塑形式的家族肖像。你可以看到性别的区分、高度的差异，以及位置的分布，由此便能够推测出亲属关系、家庭地位和个人职责。居于首位的两座雕像最高大，一男一女，备受尊崇。其下是众多子女，可能一共两代，包括了他们各自的家人和仆从。长子与长女地位较高。这些雕像记录着血脉传承。这是一个家族。"

"但是那些眼睛，卡斯！毫无疑问！"

"它们是避邪符号，我同意，"豪瑟尔说，"它们可能在守卫什么呢？有什么东西能够比一位神王、他的王后，以及众多神圣子女的金玉雕像更加宝贵？"

豪瑟尔走过穆尔扎身边，看着那座祭坛。

"我来告诉你。那就是一位神王、他的王后，以及众多神圣子女的庄严遗体。这是一座墓穴。这就是藏在雕像后面的东西。一座墓穴。"

穆尔扎长叹一声，仿佛整个人都泄了气。

"噢，卡斯，"他说道，"你的眼界太狭隘了。"

豪瑟尔也叹了口气，他心里明白这会是一场无休无止的争论，但就在此时，入口处的声响让所有人一同转过身去。

五名士兵迈着嘈杂步伐走入神殿，用武器附带的探照灯光柱刺破了昏暗。他们是帝国军队，图波列夫枪骑兵，那是历史最为悠久的部队之一。他们将经过机械改造的坐骑留在神殿门外，徒步走了进来。

"所有人离开这里。"其中一名士兵说道。他们都全副武装，戴着作战面具，淡绿色的光学指针在护目镜上往复跃动。

"我们有权在这里工作。"一名高级队员回答。

"你们有个屁，"轻骑兵说，"拿上你们的东西滚出去。"

"你他妈以为自己在跟谁说话？"穆尔扎迈步上前大声喝问，"你的指挥官是谁？"

"人类帝皇，"轻骑兵回应道，"你的指挥官是谁，混球？"

"这是一场误会。"豪瑟尔说。他将手伸向腰包。五把鞍座激光枪顿时齐刷刷地抬起来指着他。五根光柱将他像个标本一样钉在原地。

"噢！噢！"豪瑟尔喊道，"我只是要拿委派书！"

他掏出通行证，将它激活。由统一议会考据办公室颁发的委派书立刻在尘埃缭绕的空气中点亮，那幅全息影像由于烟雾的干扰而略显模糊。在主体文件打开之前，议会大印的图像首先闪现，豪瑟尔不由得注意到其中全视之眼的符号。

"这确实没问题。"另一名轻骑兵说。

"这是新颁发的，是有效的。"豪瑟尔说。

"情况变了。"轻骑兵回答。

"这是赛鲁德指挥官亲自认可的，"一名高级队员说道，"他是最高指挥官——"

"在今天0635，按照帝国指令，赛鲁德指挥官已经被免职。所有通行证和委派书都因此失效。你们得失望了，收拾东西，赶快走。"

"赛鲁德为什么被免职？"穆尔扎问。

"你是最高指挥部的人吗？你需要知道吗？"一名轻骑兵讥笑道。

"就私下说说？"穆尔扎继续恳求。

"私下说，这是因为赛鲁德把事情搞得他妈一团糟，"轻骑兵回答，"六个星期，结果他居然还是让精炼厂着火了？帝皇已经派了别人来收拾烂摊子，把这事彻底搞定。"

"派了谁？"豪瑟尔问。

"这些平民为什么还在这里？"一个声音问道。那是个充满穿透力的低沉嗓音，被扩音器赋予了更为刚硬的棱角。一个身影在图波列夫枪骑兵们背后走进了房间。豪瑟尔不明白对方如何能够神不知鬼不觉地出现在这里。

那是一名阿斯塔特战士。

老天在上，一个阿斯塔特！帝皇派了阿斯塔特来收拾残局！

豪瑟尔感觉到自己的胸膛绷紧，脉搏骤然加快。他从未亲眼见过一个阿斯塔特。他没有意识到他们居然如此庞大。带有弧度的巨型板甲和豪瑟尔面前的墓穴神像一样远超凡人尺度。暗淡光线与深色护目镜让他难以对颜色加以确切辨别。那盔甲显得像是红色的：一种近乎淡薄的明亮红色，如同掺水的红酒，或是富氧的血液。一件细密的链甲披风包裹着那位战士的左肩和躯干。头盔口部有着渡鸦尖喙的形状。

豪瑟尔不禁猜想，这位战士究竟属于哪个军团。他看不清任何徽记。如今大部分阿斯塔特部队都已经调离泰拉，在银河四处担任伟大远征的矛头力量，大家是怎么称呼他们来着？

星际战士。没错，星际战士。他们就像廉价画册里那些容貌坚毅的英雄。

然而豪瑟尔面前这位绝非容貌坚毅的英雄，这已经超乎人类的范畴。这是个无坚不摧的武器，是个睥睨众生的巨人。豪瑟尔觉得自己应该能闻到对方的气味：那战盔表面的脏污烟尘，繁复关节里的润滑机油，躯体与铠甲之间的流淌汗水。

但他身上什么都没有。毫无气味，甚至没有一丝体热的痕迹，就像死寂太空般冰冷而庞大。

豪瑟尔难以想象有任何事物能够阻挡其道路，更遑论威胁其生命。

"我问了一个问题。"阿斯塔特说道。

"我们正在让他们撤离，长官。"一名轻骑兵结结巴巴地说。

"快。"阿斯塔特回答。

轻骑兵开始将众人赶向神殿入口。队员们嘀咕着辩解了几句，但其中毫无抗争之意。所有人都被阿斯塔特的出现所震慑。呼吸器的气泵嘶鸣比以往任何时候都更加急促。

"拜托。"豪瑟尔说道。他向阿斯塔特迈近一步,举起通行证:"拜托,我们是获得许可的考据者。你看?"

全息影像再度点亮。阿斯塔特不为所动。

"长官,这是一项重大发现,它的价值不可估量。为了子孙万代着想,它应当得到保护。我的队伍具备必要的专业技术,也有合适的工具。拜托了,长官。"

"这片区域并不安全,"阿斯塔特说,"你们必须撤离。"

"但长官——"

"我下达了一个命令,平民。"

"长官,请问我有幸得到了哪个军团的保护?"

"第十五军团。"

第十五军团。千子。

"你叫什么名字?"

豪瑟尔转过身。图波列夫枪骑兵已经将大部分队员带出了神殿,只剩下他一个人站在这里。另外两名阿斯塔特出现在了他背后,与之前那位同僚一样威武惊人。个子如此之大的家伙怎么能够走路毫无声息?

"你叫什么名字?"一位新来者再次问道。

"豪瑟尔,长官。卡斯佩尔·豪瑟尔,考据者,隶属——"

"这是个笑话吗?"

"什么?"豪瑟尔问道。另外的阿斯塔特刚刚开口了。

"你是在开玩笑吗?"

"我不明白,长官。"

"你告诉了我们你的名字。那是一个玩笑吗?是个绰号吗?"

"我不明白。那是我的名字。你为什么会觉得那是个玩笑?"

"卡斯佩尔·豪瑟尔?你不知道这个名字的来历?"

豪瑟尔摇摇头:"从来没有人……"

第一名阿斯塔特转过带有尖喙的头盔,看了看自己的同僚们。随后他再次俯视豪瑟尔。

"离开这里。"

豪瑟尔点点头。

"等到这片区域的情况稳定之后，"阿斯塔特说道，"你的队伍或许可以继续开展工作。你们需要后撤到安全位置，等待通知。"

他们没有接到任何通知。皮奥夏覆灭了，叶扫特家族也步入末日。十六个月之后，已经在西伯利亚埋头于另一个项目的豪瑟尔听说，终于有考据者队伍获准进入了皮奥夏低地。

那些人没有发现昔日神殿曾经存在过的任何蛛丝马迹。

菲斯心里猜想自己会变成什么样的鬼魂重返人间：是在厚重冰面之下熠熠闪光的那种？是偶尔藏匿在龙船阴影里，与之并驾齐驱的那种？还是每当午夜降临便在村落围墙外面孤独呜咽的那种？抑或是入冬之后在岬角冰峰间伴着凛风哀嚎悲歌的那种？

菲斯希望自己会变成最黑暗的鬼魂。那种有着如墨双眼与松弛巨口，链甲上覆满锈迹和霉斑的鬼魂。那种将全无血肉的双手当作铲子，一路从下界爬上来的鬼魂。它咬穿层层岩石与冻土，最终得以在夜晚重新行走于人界。

就是那种东西。

它不会停下脚步，直至抵达铁原，找到那些混蛋伯特人的村落。它手中会握着一柄特殊的利斧，一柄源自下界的利斧，那是用惨遭谋杀而不得安息之人的苦涩怒意所铸就的，在神明的铁砧上锻打而成，用冤屈未平者的胆汁与鲜血淬火加强过的。那死亡锋刃会在命运的磨刀石上火花四溅，最终锐利到足以将人的灵魂与躯壳一分为二。

到时候有很多命线会被斩断。伯特人的命线。

菲斯希望如此。只要可以再度归来，他就不介意暂别人界。他希望下界鬼魂能够容许他如此。他大可以被伯特人的铁锤或箭矢放倒，让鬼魂们将他拖入下界，让自己断离的命线在地狱恶风的吹拂下飞扬于脑后，这都没关系，只要能回来复仇就行。一旦菲斯抵达那陌生的彼岸，鬼魂们就要将他重铸，用他自己的彻骨痛苦填补出大致的人形，然而那仅仅是一个工具，就像一柄战斧或利剑，背负着单一而纯粹的目标。

他很快就要知道是否如此了。

古索克斯接过了舵柄，让勒恩能够包扎一下被绳索撕裂的手掌。红色风帆逐渐逼近，比伯特人的黑色风帆速度更快。

在菲斯看来，他们还有最后一个机会。也许这称不上是一个机会。这是命运的箭袋中那最后一支箭矢。他们如果略微转向北边，掠过哈拉坎纳领地的边际，或许就能冲进远方的冰封荒原里。当然，荒原同样代表着死亡，因为那是一片没有任何人或者野兽能够生存下去的致命地域，但这就是后话了。他们将开拓自己的命运。

如果他们进入了荒原，那么无论哈拉坎纳人还是伯特人都不会继续追杀下去。只要冲过一道被哈拉坎纳人称作恶魔之尾的岩壁，他们就能逃出生天，得以自由地步入死亡，而不是被一群受诅咒的杀戮者攥进地狱。

但这里距离恶魔之尾还很远。布洛姆已经帮不上忙，而且即便是轮班掌舵，他们若想一直保持前进也绝非易事。这样一趟长途旅程通常会被分割成四五段，其间他们或许还要在冰面上睡一觉并吃些东西来恢复力量。若是他们能毫不停歇地抵达终点，那必将是一项值得诗人们歌颂的坚韧功绩。

如果有任何阿斯科曼尼诗人还活着的话。

菲斯紧紧抓着扶手，与勒恩和布洛姆讨论了一下。他们三个在恶战中高声咒骂伯特人，嗓子都早已粗哑。

布洛姆的情况很糟。他面无血色，双眼像脏污冰面般黯淡，仿佛他的命线正被缓缓磨断。

"就这么办吧，"他说道，"前往恶魔之尾。就这么办。别顺了那些混蛋的心意。"

菲斯走向船头，跪在了裹成一团的天外来客身边。

天外来客正在说些什么。

"什么？"菲斯俯身靠近，"你在说什么？"

"然后他说，"天外来客嘶声道，"然后他说我能看到你，我能直视你的灵魂。他就是这么说的。我能反弹你的伤害，我知晓你所知晓的一切。噢，老天，他可真是自负。典型的穆尔扎，典型的。'这些雕像是无价之宝，豪瑟尔，'他当时这么跟我说，'但你觉得被无价的雕像所保护的东西究竟会有多宝贵？'"

"我不明白你在说什么，"菲斯回答，"这是个故事吗？这是过去发生的事情吗？"

菲斯有些害怕。他害怕自己方才听到的是天空魔法，他丝毫不愿与之扯上任何关系。

天外来客突然惊醒，睁开了双眼。在一瞬间里，他带着极端的惊恐凝视菲斯。

"我在做梦！"他呼喊道，"我在做梦，我梦见它们站在那儿，低头盯着我。"

他眨眨眼，自己身处的真切现实卷土重来，将那纷乱无端的癫狂梦境彻底冲走，让他呻吟着瘫倒下去。

"那显得好真实，"他自言自语地嘀咕道，"少说也是他妈的五十年以前了，但我就好像回到了那一天。你做过这样的梦吗？这种为你展示鲜活记忆的梦，即便你自己早就淡忘了那些事情？我简直是回到了那里。"

菲斯哼了一声。

"而不是待在这里。"天外来客惨淡地补充道。

"我是来问你最后一次，你想不想让我用斧子给你解脱？"菲斯问。

"什么？不！我不想死。"

"好吧，首先，我们都会死。其次，这事儿由不得你做主。"

"扶我起来。"天外来客说。菲斯帮他站起身来，让他靠着船头。密集的冰雹逐渐开始刺痛他们的脸颊。在前方，一团庞大乌云所组成的阴暗峰峦直冲天际，如同绞刑死者的面孔般淤黑，正迅速卷入这片冰原。

那场风暴来势汹汹，夹杂着漫天飞扬的冰雹。如此厚重的风暴雷云在冬末十分罕见。无论怎么看，这都是个糟糕透顶的消息。以那样的迅猛速度，他们在风暴压顶之前跑不了多远。

"我们这是在哪儿？"天外来客问道，他眯着眼睛凝视两旁一闪而过的冰面。

"我们大概是在运气背到家的正中间。"菲斯说。

龙船剧烈颠簸了一阵，天外来客紧紧抓住船头。

"那是什么？"他指着前方问道。

他们正迅速逼近一座位置偏远的哈拉坎纳北部村落。那差不多是个哨卡，只有几间屋子坐落于刺破了冰层的石脊上。哈拉坎纳人仅仅在海面融化的时候才把这里用作渔船的补给点和避风港。它时常会几个月都无人光顾。

一排长矛被钉在了村落前方的冰面上。一共有六七支,如同是栅栏的立柱。

菲斯啐了一口,低声咒骂。他后悔没能让伊欧洛在众人脸上绘制驱邪符记,借此与那些防护魔法相抗衡。当然,龙船的船首上是有眼睛的:诸多太阳圆盘状的标志代表着天空神祇的全视之眼,那些图案线条粗重,色彩明亮,且上面点缀着贵重宝石。所有龙船都是如此,这样才能避免迷失方向,才能安然逃离风险,并反弹敌人的魔法。

这是艘结实的船,是村落酋长的船,然而它辛劳一路,已经疲惫不堪,菲斯担心龙船的眼睛或许再难对抗面前的魔法了。

"驱邪神符,"天外来客看着那些被钉在长矛上的头颅嘀咕道,"保持距离。不要靠近。我能看到你。"

菲斯根本没有听他说话。他朝狭长甲板对面的古索克斯高声呼喊,示意他立刻转向。这座村落有人驻扎。一秒之后,那些头颅从旁边闪过,众人在石脊的阴影里急速掠过近岸冰面。

古索克斯惨叫一声。他们与村落岛屿尚有两三箭之遥,但显然某位射手要么天赋异禀,要么有若神助。一支箭射中了古索克斯。

更多箭矢接踵而来,噔噔作响地钉在船身上,也有些因力道不足而划过冰面。菲斯已经能看到那些站在岛屿石脊和海岸边缘的射手了。

他快步穿过甲板冲向古索克斯。勒恩和布洛姆也是一样。

那一箭真是幸运之极,但古索克斯就正相反了。箭矢射穿了他那件细密的链甲和左臂的三头肌,划过骨骼,刺透另一侧的链甲,最后在两根肋骨之间捅进这位勇士的躯干侧面,相当于将他的臂膀钉在了自己身上。古索克斯顿时失去了对于一根边舵绳索的控制。那痛苦极为剧烈。为了压抑住呼号,他差点将舌尖咬断了。

两支箭矢钉在他们脚边的甲板上。菲斯注意到这些都是鱼鳞箭头:由深海巨兽的刚硬鳞片切削打磨而成。它们带有倒刺,如同向后倾斜的梳齿。

扎进古索克斯体内的就是这样一枚箭头,你永远都别想把它拔出来。

古索克斯吐出一口鲜血,试图扭转舵柄。布洛姆和勒恩朝他高声呼喊,想要替他掌舵,想要折断箭杆来解放古索克斯的臂膀。古索克斯已经要不行了。

又一波箭矢从天而降。其中一支或许就来自那位极具天赋或者倍受眷顾的射手。它从侧面穿透古索克斯,切断了他的命线,从而也结束了他的痛苦。

血滴和冰雹飞溅在众人脸上。古索克斯从舵柄旁瘫倒下去,纵然布洛姆和勒恩飞身扑上,但在一瞬间里,狂风还是成为了他们的舵手。

狂风只需要这一瞬间,它丝毫不打算放他们一条生路。

第二章

厄一星

狂风将他们狠狠甩向海岸边缘的巨石，龙船顿时像一口陶罐般粉身碎骨。剧烈的冲击接连而至，如同遭遇了无休且无情的铁锤敲打。整个世界上下颠倒，震荡不已，那颤抖的空气中充满了泥土与碎石，还有飞溅的冰雹，以及比缝衣针更加锐利的木板裂片。狂暴的寒风将船帆骤然卷走，就像一个狠毒孩童扯掉飞虫的翅膀。饱胀欲裂的帆布在一阵爆鸣中飞向自由，帆索呼啸着急速穿过索具。剧烈的摩擦顿时在尚未浸湿的木料上扬起一股刺鼻青烟。强大的拉力让那些埋头逃遁的绳索发出蜜蜂般的嗡鸣。

在龙船生命的最后瞬间，菲斯闻到了木料烧焦的气味。甲板在他脚下四分五裂，将他抛进漫天冰雹之中，随后他便一头摔在冰面上。

龙船彻底翻倒，在狂风的推搡下与那些巨石相撞。被甩出甲板的菲斯面孔朝下滑过冰面，喉咙里塞满了冰屑与鲜血。他打了几个转，终于缓缓停下。

菲斯抬起头，他身下的坚冰像长剑剑身一样平滑冰冷。他的胸膛和整张脸疼痛不止，遍布淤青，他感觉像是有两柄利斧分别咬进了他的胸骨和脸颊。

菲斯试图站起身，他已经被摧残得几乎无法呼吸，光是喘口气都如同吞下了一把碎玻璃。龙船主帆的一块残片拖曳着绳索乘风而去，像一个手舞足蹈的欢快幽灵般沿着海岸线轻盈跃动。

菲斯站了起来，一瘸一拐地朝龙船残骸走去。几支箭矢从头顶划过。哈拉坎纳弓箭手正手脚并用地爬下岩壁，向残骸逼近。哈拉坎纳的红色风帆也迅速穿越冰海。菲斯能听到那些锐利橇具的尖鸣。

他面前的坚冰上散落着各种碎片。这里有一条被撕裂的帆布，那里有一块断折的右舷橇具，包铁的冰刀扎在冰层里，仿佛是巨人射出的箭矢。他脚边还有一根折断的木棍。菲斯将它捡了起来，当作临时武器握在手中。

前方是古索克斯的遗骸。那具尸首在龙船翻倒时被甩了出来，之后又被一根橇具拦腰斩断。

一支哈拉坎纳箭矢从菲斯脸旁掠过，他连眼睛都没有眨。他看到自己的利斧躺在古索克斯身旁，于是扔掉了木棍，他捡起了斧子。

在龙船的残破废墟旁边，勒恩正将天外来客拖到岸边石滩上。鲜血从勒恩的半边面孔上流淌下来，浸湿了他的络腮胡须。菲斯加快脚步与对方会合。

他离开冰面，迈上那片覆满寒霜的鹅卵石滩时，哈拉坎纳人也逐渐逼近，菲斯已经能看到敌人的狂野目光以及他们脸上涂抹的苍白泥灰了。他们几乎近在咫尺，全身上下都散发着仪式油膏的恶臭。这是他们部族祭司的手笔，是用来让恶灵退避三舍的驱邪灵药。那些战士已经收起了弓箭，手中握着利斧与长剑。仅仅将噩兆杀死还远不足矣，它必须被大卸八块，面目全非，无从辨别。只有这样才能防止其邪恶魔法的扩散。

布洛姆已经手持战斧起身迎敌了，菲斯不知道对方是如何能够挺直身躯的，他一瘸一拐地与布洛姆并肩而立。

其中一个哈拉坎纳人在朝他们喊话。那并非挑战或者威胁，而是一种仪式，一种表明意图的手段，敌人要宣称自己即将做什么，以及为何这样做。菲斯的判断依据是那歌唱般的起伏语调，而非话语本身。对面那位战士所讲的是哈拉坎纳部族方言，是他们的内部语言，菲斯听不懂。

"这要归罪于你们，要你们以命相抵，无论白昼还是黑夜，无论大海动荡还是大海冰封。"天外来客突然高声说道，菲斯恰巧从他身旁走过。看来他还没死，然而他的两条腿无疑都摔断了。依旧满脸鲜血的勒恩试图把他安置好，但天外来客总是把对方推开，想要自己爬到一块石头上。

"当你们将这个恶心带回村落，决定为他提供庇佑的时候，你们就已经为自己写下了这样的命运。"天外来客继续说道。他看着菲斯："这就是他们正在说的话。我的翻译器在读取这些。你能听懂他们的话吗？"

菲斯摇摇头。

"他们为什么说我是恶心？我到底做了什么？"

菲斯耸耸肩。

一个顿悟的表情突然在天外来客的憔悴面孔上点亮。"噢，是翻译器的问题！字面意思，只是字面意思……是'厄—星'……灾厄之星。他们管我叫灾星。"

菲斯站在布洛姆身旁，直面哈拉坎纳人。那个哈拉坎纳战士已经结束了他的宣言。菲斯听到自己身后的天外来客将最后的部分也翻译了出来。

哈拉坎纳人随即发起冲锋。

如今没有了盾牌，两位阿斯科曼尼战士只能迎头而上。他们高举利斧砍向第一排敌人的面孔，随后自下而上挥动武器抵挡第二排敌人。哈拉坎纳人短暂退却之后再度如潮水般涌上石滩。布洛姆砍断了一个人的肩膀。菲斯将一名敌人的下巴砸成碎片，接着夺过了对方的盾牌。他将铁制盾心狠狠拍在下一个扑过来寻找破绽的哈拉坎纳战士脸上。一柄双手巨斧向布洛姆挥去，但菲斯用夺来的盾牌截住其去路，布洛姆则趁斧手门户大开之际将其斩杀。

下一波敌人接踵而至，海浪般的攻势被两人奋力击溃，但他们每一次都被迫后退几步。扬着红色风帆的龙船不断靠岸，更多勇士前来加入战局。

"你觉得他们带够人手了吗？"布洛姆问道。他喘着粗气，整张面孔都因为痛苦与疲惫而毫无血色，但他的话音里依旧带着笑意。

"远远没带够，"菲斯说，"也没带够命线。"

勒恩将天外来客留在巨石之间，冲过来与同胞并肩抗敌。他从一具尸体手中捡起长剑，向死者轻声道谢，随后弯下腰迎接敌人的冲锋。

风暴就在众人背后步步逼近。它的尖啸声在冰原上回荡，在冻结的大海上回荡，如同下界幽魂的齐声哀嚎。整个世界中的一切松散之物都开始颤抖摇动。三个阿斯科曼尼人逐渐感觉到沙粒与冰雹敲打自己的脖颈和后脑，他们能透过链甲体会到不计其数的微弱撞击。

由敌人所组成的风暴则在面前步步逼近。其中大部分是哈拉坎纳人，足有七八十个面涂泥灰的杀戮者，但也有一些乘着龙船姗姗来迟的伯特人，他们迫不及待地驾船一头冲上覆满冰霜的石滩。

这是一种奇特的急迫感。它源自绝望，是一种对于卸下负担或者摆脱诅咒的渴求，是将某种繁重责任彻底解除的急切。没有叫喊，没有战吼，也没有激励同僚并肩奋斗的鼓舞呼声。他们没有这个心思，或者是他们口中的言语已经被恐惧所腐蚀。

他们转而缓缓吟诵。他们一遍遍重复着自孩童时期便在村落篝火旁学到的驱邪韵律，用那些尖锐的言语，那些强大的言语，那些充满力量的言语，那些如致命刀刃般锋利的言语让灾星不敢靠近。

但与此同时，灾星也让他们不敢靠近。

这里有一大群人，其中很多都是勇士，有善战老兵，有冻海水手，那些粗莽战士们因为常挥利斧而臂膀壮硕，因为善摇长桨而虎背熊腰。他们将整片海滩都挤满了，这是一支军队，远远超过任何劫掠队伍的规模，已经是菲斯这辈子所见过最为庞大的人群。这是足以颠覆一个王国的力量。这能夺取某位酋长治下的全部疆土。

这些人需要做的一切仅仅是杀死三名勇士与一个废人。而这三名勇士与一个废人只有一面盾牌，被困在广阔寒冰之中的狭小沙嘴上，无路可逃，无处可躲，身后则是冬季的最后一场狂怒风暴，它正带着刺骨恶意迅速逼近。

然而勇士们却退缩不前，他们心生怯懦，他们的步伐中毫无坚决意志。当他们一拥而上的时候，双眼里都饱含恐惧，利剑上则缠满迟疑。每一波攻势都将阿斯科曼尼人向冰面逼退，最终他们必然难以再站稳脚跟并抵挡冲锋。然而经过六次攻势之后，菲斯、布洛姆和勒恩已经将十名敌人击倒了红雪上。

此时菲斯看到了伯特人的祭司——胡诺。胡诺刚刚乘着一艘龙船抵达，此刻正被几名勇士抬上海滩。这瘦高个儿的混蛋挺直身躯站在族人们相互交叠的手掌上，挥舞着那根熊骨法杖直指头顶。天空乌云密布，昏黄冷冽的风暴幽光照映在祭司的无数饰品与银制颈环上。那编着海鸟羽毛的杂乱长发在他脑后飞扬，如同初雪般洁白。

他在高声尖叫。他朝那裹挟着滚滚雷霆的狂风嘶号出恶毒的诅咒，呼唤诸般天空神灵、下界幽魂与地狱邪魔前来剿灭这颗灾星。菲斯感觉到皮肤表面一阵刺痒，这绝非冰雹的作用。

祭司的身影与尖叫都让哈拉坎纳人倍受鼓舞。他们再度一拥而上，菲斯明白这必将是最难抵挡的一次攻势，凶猛的冲击顿时将三个阿斯科曼尼人逼退了一大步。菲斯的盾牌被两柄战斧勾住，动弹不得。第三柄战斧敲碎了盾牌的边缘。菲斯将自己的利斧埋进一个哈拉坎纳人的头颅之中，随后甩脱那具沉重的尸首，再次挥动武器，砸裂了一顶战盔的面甲。如今菲斯无法再掩护布洛姆的侧翼了。

布洛姆在疲劳与痛苦的折磨下已经近乎失去意识。他握着战斧四下冲撞，但臂膀中已经全无力量或技巧。

菲斯听到勒恩呼唤布洛姆打起精神。勒恩正用那柄从亡灵手中借来的长剑大肆杀戮。他很清楚在近身恶战中不可依赖锋刃，而是应当利用剑尖杀敌，朝腰带位置猛刺，穿过肋骨，切入身体。那是一把好剑，其锐利剑尖足以冲破链甲，直入血肉。

随后一个哈拉坎纳人举起盾牌挡住了长剑去路，勒恩的兵器干净利落地捅穿盾面，没入小臂之深。那长驱直入的剑刃顿时被箍紧的木料牢牢卡住。勒恩试图拔出武器，但持盾者向后猛退，将勒恩扯了过去。哈拉坎纳人立刻包围上来，斩断了他的命线——四五柄敌方利刃反复洞穿他的身躯，重演着勒恩刚刚展示过的剑术技艺。

勒恩随即消失在纷乱的脚步之下，敌人的攻势继续席卷而来。布洛姆已经跪伏在地，他对于自己身在何处都浑然不知了。菲斯用双手紧紧握住斧柄，指节上淌着血滴。

大群敌人突然如浪潮般退去，分散到两侧，伯特祭司从中现身。胡诺依旧被伯特勇士们用聚拢的手掌捧在半空。他用那根熊骨指着菲斯，在一瞬间里，这片冰雹肆虐的海滩上仿佛只有他们两个人。

祭司开口了。他朗声吟诵魔法密语，打算编织出一道咒术，将菲斯从海滩上抹除。在他周围，无论哈拉坎纳人还是伯特人都捂住了眼睛或耳朵。捧着胡诺的勇士们则纷纷哭泣落泪，因为他们抽不出手来抵挡祭司的话语。

菲斯不明白那些字句的含义，也不想弄明白。他将手中利斧攥得更紧了。他不知道自己能否避开哈拉坎纳人与伯特人的刀剑，赶在祭司的魔法将自己全身骨骼化为消融雪水之前冲到近处，将斧刃埋进那张穿满铁环的面孔里。

"够了。"

菲斯向身后瞥了一眼。刚刚是天外来客开口说话，他正瘫靠着一块湿滑黑岩，将伤痕累累的扭曲双腿压在身下。他抬起头盯着菲斯。

菲斯能看到对方不住地哆嗦。热量正从他口中喷出的一团团雾气中流失。冰雹敲打着他全身上下，在天外来客的杂乱头发里固结成一个个白色团块。

"什么？"菲斯问。

"我听够了。"天外来客说。

菲斯叹了口气："是吗？真听够了？我们已经走到了这一步，现在你倒想让我用斧子给你解脱了？你就不能早点求我，赶在——"

"不，不！"天外来客厉声说道。每一个字都是煎熬，他显然不愿被迫说些并无绝对必要的话。

"我是说,"他继续回答,"我听得足够多了。我已经听够了那个萨满的胡言乱语。我的翻译器取得了足够多的样本,已经构建出一定的语法基础。"

菲斯摇了摇头,丝毫没有听明白。

"扶我起来。"天外来客命令道。

菲斯搀着天外来客坐直了一点。即便是最微弱的动作也让天外来客疼得紧皱眉头。他双腿中的粉碎断骨正在相互碾磨。泪水从他眼中涌出,随即冻结在睫毛上。

"算了,算了。"他说道。他调整了一下织进夹棉领口的小型翻译器。

他开口了。一股如金铁交鸣般生硬刺耳的隆隆巨响立刻从他领口处的仪器里凭空出现。菲斯不禁后退了一步。一串串字句轰然传来,恰似那个祭司的嘶吼。

伯特祭司从勇士们的手掌上跌跌撞撞地迈了下来,顿时张口结舌。他盯着菲斯与天外来客。那张抽搐不已的面孔上写满了惊惧。哈拉坎纳人与伯特人都开始慌乱不安地步步后退。

"你说了什么?"菲斯在紧随而至的沉默中问道,冰雹静静地席卷四下。

"我把他的话还了回去,"天外来客说,"我告诉他,如果他们还不退开的话,我就要从风暴里召唤一个恶魔了。既然他们认定我是个灾星所以怕我,那么我倒不如好好扮演一个灾星。"

祭司开始朝他麾下的战士喋喋不休,试图督促他们再次冲锋,将事情了结,然而他们全都裹足不前。祭司愈发焦躁不安。他一直用那种充满惊惧的目光盯着菲斯与天外来客。很多敌人也是一样。

随后菲斯意识到,其实并没有任何一个人是在盯着自己或者天外来客。

所有目光都聚焦在他身后。敌人们遥望着辽阔冰海上方的那团凶恶风暴,它在震耳尖啸中迅速逼近,将整片天空染成漆黑。菲斯也转过身去目睹风暴的步伐,任由狂风与冰雹扑面而来。那是一片气势汹汹的压顶黑云,像滴入水中的鲜血般翻卷不已。雪花与冰雹在它的推动下汇成一道巨浪,如同是遮天蔽日的荒漠沙尘。大块碎冰被剧烈旋风从冻海表面卷入半空,仿佛是四下飞扬的花瓣。风暴雷云的边缘和腹部喷吐出一道道锯齿长枪般的眩目闪电,鞭笞着冰封的海面。

而且风暴之中另有旁物。它将那翻滚乌云勉强甩在身后，从朦胧的冰雪中朝众人猛冲而来。

那是一个人形。那是一个巨人，一团冰面上的阴影，它迈着阔步穿越冻海，步伐比风暴更加迅捷。

天外来客的灾星魔法究竟还是召唤了一个恶魔来惩罚世人。

胡诺高声尖叫。他麾下的勇士们原本手足无措，突然被祭司的锐利嗓音惊觉过来，匆忙弯弓搭箭。第一波箭矢即刻朝那逼近的恶魔呼啸而去，菲斯顿时扑倒躲避。勇士们都在自由射击，将一支支铁头羽箭送入空中，仿佛要把那团风暴雷云钉在天空上。

恶魔也发动了攻击。他迈着大步赶在风暴前面卷上海滩。菲斯能听到冰面在每一个沉重的步伐下呻吟着开裂粉碎。他身后飘扬着大块皮毛和一件残破长袍。他踏上岸边的礁石，随即张开双臂，脚步稳健地踩着一块巨岩纵身跳起。恶魔从菲斯和天外来客头顶上直接飞跃过去。菲斯再次弯腰躲避。他看到恶魔的右手里紧紧握着一柄巨斧。半空中几乎填满了黑色箭矢。

恶魔在漫天冰雪中腾空了一秒，双臂像翅膀般伸展在乌黑的天空里，飞扬的长袍则仿佛是残破风帆。由哈拉坎纳人和伯特人组成的大军在惊惧中仰面退避，如同被狂风吹倒的麦秆。

随后恶魔便轰然落入人群。剧烈的冲击将附近的勇士们震入半空。在最后一刻被匆忙抬起的盾牌瞬间支离破碎。剑刃四分五裂，长弓崩解，臂膀被折断。

恶魔高声呼号。他刚刚俯身落地，将至少两个人碾在脚下。他接着弯腰起身，摆出斗士的姿态。他转动宽厚的身躯，将粗壮双肩的全部力量传递到巨斧之中。那道夺命锋刃毫无迟滞地穿过了三名勇士。血喷入半空，又掺着冰雹一同洒落，在昏暗光线下显得颜色漆黑。众人都在尖叫。其中有哈拉坎纳人的声音，有伯特人的声音，他们都在尖叫。

恶魔一头扎进人堆，将硬木与骨骼撞得粉碎。他仿佛是刀枪不入，仿佛是钢铁铸就。剑刃在他身上碎裂弹开，斧柄则轻易断折。两三支黑羽箭矢还埋在恶魔的身体里，但他似乎毫不在意，更不用说遭受什么妨碍。

恶魔再次怒吼。那如同是猎豹喉中传来的一声低沉咆哮，呼号声四下回荡。

它穿透了风暴的隆隆脚步，穿透了由钢铁碰撞、冰雹覆地与伤者惨叫交织而成的轰响。它与最为纤薄的夺命刀锋一样锐利。菲斯感觉到五脏六腑里一阵颤抖。他感觉到那声音撼动着自己的心脏，比寒冰更冷冽，比恐惧更可怖。

菲斯目睹着一场屠杀在面前展开。

高大的恶魔埋头陷入那支杀戮大军。他凭一己之力将众人逆着狂风逼下海滩。勇士们蜂拥而来，群起攻之，如同一伙围猎巨熊的恶犬，试图用数量将恶魔压倒，试图阻碍他挥动拳头与武器，试图将他团团围住拖倒在地。他们害怕恶魔，然而他们更害怕让对方活下来。

但他们的努力毫无作用。哈拉坎纳人与伯特人仿佛只是干草填充的布料玩偶，只是轻若无物的空荡躯壳。那恶魔大肆屠戮，杀敌无数。他挥动臂膀将人们甩飞，每一记重拳都把受害者送入半空。那些勇士离地而起，伴随着漫天风雪旋转舞动，长靴四下散落，盾牌支离破碎。他们横飞到覆结冰霜的海滩上，翻滚一阵之后便不再动弹。他们被利斧的凶猛劈砍斩为两截，应声崩解的链甲挥洒出无数碎裂铁环，仿佛有人将大把硬币抛掷在冰封的岸边，叮当作响。一具具躯体从恶魔肩头飞旋而过，如同被木叉扬起的大捆干草。

海滩上尸首横陈。其中大多数尸体都在恶魔的摧残下失却人形，少有一些如沉睡般安详。此外他们要么瘫软在地，要么已经被无情利斧化为碎片。闪耀而浓厚的鲜血在覆满黑冰的岸边石块间奔涌回旋，渐渐冷却成锈红与深紫色的黏稠血泊。

恶魔的双手利斧极为庞大，握柄修长，平衡性绝佳。斧柄与斧刃上都铭刻着交织往复的繁杂线条与方格图案。它在低声吟唱，菲斯听得很清楚。巨斧嗡鸣不已，仿佛那夺命锋刃正因不断飙升的杀戮数目而暗自得意。一串血滴在斧刃上，嗞嗞作响着化为乌有，如同在心满意足地舔舐嘴唇。

它无坚不摧。它锋利得超乎想象，而且要么是它比海鸥的骨头还轻，要么是那恶魔像风暴巨人般强壮。巨斧所过之处势如破竹。无论是由熟制皮革、厚重硬木还是锻打紫铜所制的盾牌都被一分为二。无论是由层层钢板、交叠铁鳞还是细密锁环组成的铠甲都分崩离析。巨斧将世代传承的精良长矛、战斧与利剑化为废铁。它将血肉与骨骼一口咬穿。

那巨斧轻而易举地收割性命。菲斯看到，有几个人被斩落之后仍未倒下。他们的残躯僵立于原地，伴着伤口中喷洒出来的动脉鲜血而微微摇晃。随后他们才柔若无骨地颓然倒地，如同一袭随手抛下的披风。

那群杀戮者如今濒临崩溃。恶魔斩断了如此之多的命线，在浸透鲜血的海滩上留下了如此之多的残肢，这让他们的士气已经像春日融雪般化为乌有了。风暴此刻笼罩在岛屿头顶，伴着厉声尖啸将整片海滩纳入囊中。寒风像是被打磨过的刀子一样，冰雹如箭矢般在空中飞窜。那疯狂的雨雪席卷海滩，将一切血迹都彻底抹消，亡者的残躯则被敲打得苍白肿胀，千疮百孔，仿佛是在水中浸泡了数周之久。

伯特祭司胡诺却毫无退意。他血脉沸腾。他早已预见到灾星的凶险和阴云笼罩的未来，因此才召集了这场杀戮之行，意在将其剿灭。如今邪恶已经从藏匿之处现身，他便要更加坚定地完成目标。

他手忙脚乱地爬上一块地势较高的海滩巨石，朝最后一批伯特龙船大声呼喊，那些战士尚未全部登岸。他们立刻张弓搭箭，菲斯瞥见了牛油火焰的点点光芒在幽暗海面上闪烁。

弓箭手们开始发射沥青箭矢。

那些箭矢比通常的夺命兵器更为修长，简单的铁制箭头后面缠着一块浸满沥青的布料。那些布料在接触火焰之后立刻熊熊燃烧。大批火箭呼啸着钻进电光跃动的天空。

其他人则奋力甩动系在皮绳上的瓶子，并猛地抛出。瓶子里灌满了液态沥青和其他易燃物。随着瓶子在海滩上摔得粉碎，其中所盛的燃料便应声飞溅。火焰箭矢顿时将四下扩散的滑腻沥青点燃。

在一声如同狂风撕扯帆布般的爆裂鸣响中，大团明亮火舌一跃而起。灼热箭矢不断喂养着那片贪婪火丛。近乎难以直视的夺目焰光闪耀着碧绿色泽。那个恶魔以及将他团团围住的杀戮者们在眨眼之间便陷入火海。

烈焰焚身之人的惨叫与遭到剑刺斧劈者的嘶吼大有不同。相比之下，前者要更为尖锐癫狂。包裹全身的烈火甩不开也逃不过，受害者只能步履蹒跚地盲目奔走，大张着嘴吸入满口火烟。那狂风助纣为虐，将一股股火苗与黑烟从他们身上撕扯出来，恰似流星背后拖曳的炽热尾迹。

他们疯狂挥动着沾满火苗的手臂。他们的头发与胡子都被点燃。他们的衬衣化为燃料，将链甲铁环烙进自己的血肉中。他们埋头冲向大海，然而此时覆盖海面的坚冰是无法熄灭那焚身烈焰的，于是他们一个个颓然倒下，躺在吱吱作响的冰面上被活活烧死。

恶魔从火焰中骤然出现。他全身上下都被烤得焦黑，看起来像是用一块煤炭雕刻而成的身体。他披挂的厚重毛皮与残破斗篷上跃动着蓝色火苗。那张覆满烟尘的面孔中闪动着一双月牙般的凌厉眼眸。他再次发出怒吼，发出那种掠食猛兽的咆哮。但在那污黑外表中熠熠闪亮的不仅是他的双眼，还有他的利齿——人类口唇难以容纳的一枚枚修长獠牙。

那恶魔将巨斧利刃牢牢埋进海滩冰面中，让斧柄直指天空。两支火焰箭矢射中了他。他将挂在披风上的那支扯了下来，任由烈焰舔舐自己的手指。

他从身侧拿起了什么东西，某种固定在腿旁的沉重金属物体。那是一个带有手柄的盒子。菲斯不明白那是做什么用的，只知道它是恶魔的仪器。恶魔用它指着伯特人的龙船。

那盒子发出一声如同万千雷霆交叠而成的轰鸣震耳欲聋，前所未有，让菲斯惊愕地抽搐了一下。大团火光在恶魔手中那个奇特盒子的前端急速闪动，与断续而来的雷鸣咆哮交相呼应。

最近的一艘伯特龙船颤抖着化为乌有。船身彻底解离成木片与铆钉，四下横飞。桅杆和索具轰然炸裂，船头雕像不知所终。

其他几艘龙船也迅速步其后尘。恶魔用那厉声咆哮的雷霆盒子瞄准每一艘龙船，让无形无影的湮灭之手将那些停泊在岸边的船只依次摧毁。一片由木料纤维与雾化鲜血组成的厚重云团从那杀戮场上升腾而起，随风飘散。紧接着那些尚未掷出的沥青瓶子便轰然引爆。

熊熊炼狱火光冲天。即便是在透骨寒风之中，菲斯依旧感觉到了焦灼热浪。那排战船顿时起火，仿佛是为诸多伟大英雄一同举行船葬。烟尘与火花像成群结队的萤火虫般疯狂扩散。狂风裹住那根冲天而起的粗重烟柱，将它几乎呈水平方向涂抹在海上，看起来仿佛是一道翻滚而来的浓雾。

恶魔的雷霆盒子停止了咆哮。他垂下手，瞪着孤立于海滩上的祭司。一败涂地的胡诺佝偻着身躯，顿时显得小了一圈。几名幸存的哈拉坎纳人与伯特人从他身边离开，爬上石坡，朝岛屿远端仓皇逃命。

恶魔再次抬起雷霆盒子，指着祭司。他让那仪器发出单单一次火光与轰响，胡诺的残躯便从岩石上飞了出去，仿佛有人从身后猛力扯动他的尸首。

恶魔走到冰面边缘。船只燃烧的高温已经融化了紧邻海滩的坚冰，营造出一片翻滚不已的凶险水域，在升腾蒸气的遮掩下，海水贪婪地将那些龙船残骸吞入漆黑深渊。今年，海风的腥味初次飘散在空气之中。

恶魔俯身蹲下，用一只巨手舀起海水，泼在自己脸上。沾满他面孔与额头的烟尘被冲刷下来。他随后起身，迈步向海滩上的菲斯走去。

那头马鲸出现的时候近乎毫无预警，除了融化水池中翻卷上来的大团气泡与红藻悄然出现。与其他深海巨兽一样，它在海面冰封的漫长冬季中只能找到非常有限的猎物，此刻早已饥饿难耐。如今燃烧的龙船将冰面解冻，四下飘零的残骸又向寒冷海水中注入了极具诱惑力的血肉滋味。当这头马鲸捕捉到血腥痕迹的时候，它或许还远在数里之外，那仅仅是几亿吨海水中的一滴鲜血。然而它只需轻轻拍打自己的庞大尾鳍便已追寻至此。

恶魔察觉到了巨兽浮现时的海浪轰鸣，立刻转过身去。那片融化水池勉强能够容纳这头深海怪物。马鲸用覆满鳞片的身躯和生有利爪的鳍肢凿开更多冰面，随后猛然跃上岸边，在血腥味的引诱下张开大嘴。那巨口内部的皮肤像珠母贝一样洁白晶莹，冒着一股股令人难以忍受的氨气恶臭。它的森森利齿恰似淡黄色珊瑚组成的一支支锯齿长矛。海兽喷着鼻息将肥硕躯体挪上石滩，发出一声低沉而嘶哑的咆哮，人们往往能够在入夜的开阔海面上透过龙船船身感受到这种隆隆轰鸣。在它身后，一群体形较小的鼠鲸蠕动着钻出水池，同样是被潜在的食物吸引至此。马鲸随即将它们驱赶开来，并骤然咬住一只靠得太近的倒霉鬼，两三口便将其囫囵吞下。它用皱巴巴的庞大鳍肢将自己横在了海岸中央。

恶魔迈步走到那头巨型海兽面前。他明白这怪物的贪婪胃口像北海一样深不见底，尤其是在冬春交替之际。在吞噬掉这个村落岛屿上的一切活物之前，它绝不会善罢甘休。

恶魔从冰封的海滩上取回兵刃。他攥住紧靠斧面处的握柄将武器拔了出来，随后放松拳头，让战斧自然滑落，直到他的手掌在斧柄中间偏后处找到了最佳的施力位置。他大步奔向那头深海巨兽。

马鲸朝恶魔张开大嘴，喷发出一股腐败恶臭。它的双颚极力伸展，仿佛变成了一个獠牙环绕的门洞。那张巨口宽阔到足以让一列水手扛着龙船昂首而入。随后它的一对副颚也在喉咙肌肉的波浪式收缩驱动下张开，里面密密麻麻地排列着透明软骨构成的尖牙。那些比成人腿部还要长的骨刺像弹簧刀一样从牙床凹槽中纷纷抬起，如同无数根淌着黏液的晶莹冰柱。马鲸扑向迎面冲来的恶魔，那庞大而笨重的怪物身躯碾过冻结的石滩。

恶魔的巨斧猛然斩落，埋进最靠前的两枚修长利齿之间，那海兽的下颚应声劈作两半，就像是一艘沿着龙骨开裂的船只。恶臭的白色泡沫从伤口里翻涌而出，仿佛马鲸体内流动的是蒸汽而非血液。它呼嚎着试图将受伤的脑袋撇开。恶魔又将利斧挥向巨兽的头颅侧面，斧刃轻易切开了厚重的鳞甲，彻底埋入血肉之中。随后他再次出击，狠狠砍在一枚像酋长盾牌那般宽大的圆瞪巨眼正下方。

海兽厉声咆哮，喷吐出一大股腐臭气息。恶魔毫不停歇的无情攻势，最终在马鲸头颈之间劈开了一道冒着粉色气泡的深深裂痕。恶臭浑浊的液体已经将周围的海滩反复洗刷。巨兽脖子上的伤口不断喷出气体和泡沫。它还没有彻底死掉，但已经身受致命创伤。在周围聒噪的鼠鲸顿时一拥而上，将它生吞活剥。恶魔不再理会濒死的海兽，朝菲斯走来。

天外来客一直保持着清醒，目睹了大部分的惊人场面。他盯着迈步走来的恶魔。在对方靠近之后，两人已经能够清楚看到恶魔身上方才被烧焦的披风与皮毛，以及那套装饰繁复的灰色板甲。他们也能看到对方面孔上的褐色刺青，那些交织成股的纹身图案沿着鼻梁延伸到脸颊上，并环绕在双眼周围。他们还能闻到恶魔的气味，那近似于野兽体味，但要更为清爽，如同一头狼群领袖的浓重气息。

他们看到了这家伙的獠牙。

"你是艾哈迈德·伊本·鲁斯塔？"恶魔开口道。

天外来客迟疑了一下，等待自己的翻译器处理对方的话语。

"是的。"天外来客回答。他在寒冷与痛楚中颤抖不已。他还能保持清醒已经是个奇迹了。

"你是谁？"他问道。

那个恶魔说出了自己的名字。翻译器迅速工作。

"野熊？"天外来客问，"你就叫野熊？"

恶魔耸耸肩。

"你为什么来这里？"天外来客继续问道。

"出了一个错误，"恶魔说，他的声音里始终带着一丝低沉咆哮，"一次疏忽，是我犯下的错误，所以我来做出弥补。我会带你离开这里。"

"把他们也带上。"天外来客说。

恶魔看着菲斯和布洛姆。失去意识的布洛姆正靠在一块覆满冰雹的巨石上。从他的伤口中渗出的鲜血已经冻结。菲斯则愣愣地盯着恶魔。他手中的斧柄上还沾着血迹。

"他死了吗？"恶魔指着布洛姆，向菲斯问道。

"我们都死了。"菲斯回答。留在他面前的只有一条路了，那就是航向下界，接受重塑。

"我没时间，"恶魔对天外来客说，"就你一个。"

"你必须带上他们。他们今天付出了一切保我活命，你必须带上他们。"

恶魔发出一阵轻声低吼。他后退一步，从腰间拿出某种工具或是魔杖。他让那东西发出一连串音乐般的声响。

恶魔转头望向海面，凝视着自己方才从中现身的那团风暴。菲斯也随之效仿。扑面而来的冰雹让他紧皱眉头，不住眨眼。他能听到某种轰响，仿佛风暴之中还有另一场风暴。

恶魔的大船出现了。菲斯从未见过那样的东西，但他辨认出了平滑的船身与鳍肢般的舵板。然而那绝非冰橇或海船，那是一艘腾云驾雾的天空之船。它穿过冰面朝他们缓缓驶来，始终漂浮在桅杆顶端的高度。它向下方喷射出呼啸气流，让自己悬在半空。狂风将海面上的细碎冰屑一扫而空。它的乘风橹具末端还闪动着微小的绿色烛火。

它越来越近，最终菲斯不得不用手臂护住面孔，抵挡那刀刃般的气流与冰屑。随后那天空之船伴着一声轰鸣降落在海面上，并张开了一对毫不逊色于马鲸的庞大双颚。

恶魔一把抱起天外来客。双腿断骨的相互碾磨顿时让天外来客厉声呼号起来。恶魔对此似乎不以为意。他看向菲斯。

"带上他，"恶魔再次指着布洛姆，"跟紧了。什么都别碰。"

当豪瑟尔终于得到议会使节团接见的时候，他已经在卡瑞利亚巢都上层城区里工作了八个多月。

"你在图书馆工作，是吧？"对方问道。他名叫巴库宁，其直属上司是艾曼丁，后者的秘书已经多次拒绝了豪瑟尔对于安排访谈或评估的书面请求。这间接意味着，巴库宁供职于内政与书记部门，日久天长，那个庞大的行政管理机构终于得到了掌印者副官扎菲德·克尔帕顿的注意。

"是的，大学图书馆。但我并不是大学员工。这只是个临时职位。"

"噢。"巴库宁回应道，仿佛豪瑟尔刚刚说了什么有趣的事情。他用眼角瞟着自己的日程数据板，难以掩饰对于这场谈话的厌倦。

他们约在了亚立山特林路66106号的餐厅见面。这地方档次甚高，声名远播，可将下方巢都顶部商业区的风景一览无余。杂技艺人和走钢丝者正在山峰般的楼宇之间进行表演，临近黄昏的斜阳余辉透过遮光罩倾洒而入。

"那么，你的职位是？"巴库宁询问道。一名接受过特定改造的优雅侍者刚刚用银制托盘为他们端来了一壶茶和若干糕点。

"我受雇来这里监督修缮工程。我是一个数据考古学者。"

"啊，是的。我想起来了。图书馆遭到了炸弹袭击，是吧？"

"泛太平洋激进主义分子在暴乱中启动了两枚抹除装置。"

巴库宁点点头："那么任何损失都是无法挽回的了。"

"巢都议会显然是这样认为的。他们打算把这片区域爆破拆毁。"

"但你另有高见？"

豪瑟尔微笑起来："我说服了大学董事会试用我一段时间。至今为止，我已经从一个看似毫无价值的数据库里回收了七千份文档。"

"干得好啊，"巴库宁说道，"你干得好。"

"这对我们所有人都好，"豪瑟尔说，"于是这就说到了我们今天谈话的目的。你读过我的请愿书了吗？"

巴库宁抿起嘴唇强作笑容："我承认，没有，并没有一页页仔细读过，目前事务非常繁忙。不过我确实简单浏览了一下。对于你这个职位的整体工作方向，我完全认同。完全认同。但我不明白的是，这难道不在记述法案的范畴之内——"

豪瑟尔轻轻抬起手："请你不要把我支到记述者办公室去。我的请求总是被抛到那个方向。"

"但你所寻求的恰恰就是记述工作，是对于数据信息的系统性收集整理，以此记录人类文明的解放与统一。我们有幸生活在整个种族历史中最伟大的岁月里，应当对此加以铭记。这种理念得到了掌印者本人的支持和推动。你知道记述法案是他亲手签署的吗？"

"我知道。我也能看到他的大力支持。在伟大的历史时刻中，历史学者往往会被遗忘。"

"在我看来，凭借你的书面请求与个人成就，"巴库宁说道，"我保证可以为你在记述者机构里谋求一个高阶职位。我不仅可以举荐你，想必也能举荐你那份名单上的其他几个人。"

"我很感激，"豪瑟尔说，"真的。但这不是我请求与你见面的原因。记述者扮演着一个至关重要的角色。我们当然应该认真详细地记录下身边所发生的一切重要事件。为了利于公众，为了巩固荣耀，为了造福后人，我们理应如此，但我所提议的是一项更加细致入微的工作，一项恐怕正在遭到忽视的工作。我所说的不是对当下事件详加记述。我所说的是将目前所知付诸纸端。我的目标是保存人类现有知识，进行系统化编纂整理，从而真正明确我们都知道什么，以及我们都遗忘了什么。"

那位官员眨眨眼，脸上的笑容变得空洞茫然："这想必……请原谅，先生……但这想必是帝国的一项自然职能啊。我们一直都是这样做的，不是吗？我是说，我们肯定要这样做。我们是在积累知识。"

"是的，但不够仔细，也不够系统化。当卡瑞利亚大学图书馆这样的宝贵资源遭到遗失的时候，我们却只是耸耸肩说一声可惜。那么我要问问——我们究竟知不知道那些抹除装置具体摧毁了什么？我们能否明确这在整个种族的知识体系中留下了哪些漏洞？"

巴库宁显得很不自在。

"我需要一个人去为此奔走呐喊，先生。"豪瑟尔说。他知道自己情绪激动，眼神熠熠，他也知道这种热切态度往往会令旁人感到抵触。巴库宁已经有些不安，但豪瑟尔难以自持："我们……我所说的我们是指所有那些在请愿书上签名的学者……我们需要有人能把这份东西拿到内政部最上头去，让人们注意到它，让某个有能力采取行动的高层人物注意到它。"

"请原谅——"

"请原谅，先生，我不打算下半辈子都像条忠犬一样跟在远征舰队屁股后面，尽心尽力地记录他们崇高功业的一切细节。我想要参与的是一份更伟大的工作，是对于自古以来人类所学的整理编纂。我们必须找到当下知识的边际所在。我们必须明确目前体系中的空白漏洞，再根据这些信息去努力进行弥补或是修复。"

巴库宁紧张地讪笑一声。

"有很多事情我们过去能够做到，现在已经无从谈起，这是公认的情况，"豪瑟尔说道，"其中包括种种伟大的科技产物、建筑成果，乃至物理学上的奇迹。一些事情在五千年前对于我们的祖先而言稀松平常，如今却早已被遗忘。五千年转瞬即逝。那曾经是一个黄金年代，再瞧瞧现在，我们只能仔细翻检历史的灰烬，试图重塑昔日荣光。所有人都知道冲突年代是一段黑暗的岁月，让人类遗失了不计其数的瑰宝。但说真的，先生，你知道我们究竟遗失了什么吗？"

"不知道。"巴库宁回答。

"我也不知道，"豪瑟尔说，"就连我们遗失了哪些东西这种最为基本的问题我都无法回答。我对此毫无头绪。"

"拜托。"巴库宁说道。他打了个冷战，仿佛正坐在寒风之中："每时每刻都有大批数据重见天日。说到这个，就在前两天，我听说他们已经完整恢复了莎士比亚的全部三部戏剧！"

豪瑟尔盯着那位官员的双眼。

"回答我这个问题，"他说道，"有人知道冲突年代究竟缘何而起吗？有人知道古老长夜的深重黑暗到底是怎样降临的吗？"

豪瑟尔醒了过来。他依稀还能闻到茶香，还能听到餐厅里的交谈声。

然而他其实闻不到，也听不到。

那些都是多年以前，万里之外的往事了。他刚刚昏了过去，短暂地沉入梦境。他真正能够闻到的是鲜血与机油的气味，是躯体、尘土与痛苦的气味。

他自身的伤痛灼热如火。他盼望那个阿斯塔特——那位野熊——能够给他来一针什么药。但这看起来不太可能。野熊对于痛苦的态度似乎处在一个完全超乎凡人的层面上。更有可能发生的是，天外来客的思维最终会出于自我保护而停止接收那些极端强烈的疼痛信号。

他被放在一张金属担架上，周围的机舱昏暗无光。他的四肢都被固定住了。

他们还在空中飞行。一切都颤抖不已。飞船引擎发出毫无停歇的咆哮。紊乱气流不时带来剧烈震动。

野熊出现了。他居高临下地看着担架。他已经剪掉了被烧焦的头发末端，用一根皮绳将剩余部分扎成一束。他的面孔修长而庄重，颧骨很高，分外前突的口鼻几乎如同野兽一般。不，那不像兽吻，更像是口络。棕色文身的繁复图案依附在野熊面孔的棱角上，让脸颊和鼻梁显得更为突出，也强调了颧骨与额头的线条。他的皮肤饱经风吹日晒。他的脸仿佛是一尊用硬木雕刻而成的船首塑像。

他俯视着天外来客。天外来客意识到那个阿斯塔特正在用手持仪器扫描自己。

随后野熊关闭了仪器，放在一边。

"我们快到了。"他开口说。天外来客的翻译器努力跟上对方。

"有医生等着来照顾你，但这个地方非同一般。你很清楚。既然我们要继续前进，就得这么办。"

他俯身探出左手，将天外来客的右眼眼珠挖了出来。

第三章

埃特

　　如果这个名叫野熊的恶魔代表着救赎,那么他也同样代表着最终的屈服。如今天外来客不再需要抵挡麻木寒意来保持清醒,也不再需要忍耐锥心痛苦来支撑性命。他放开了一切,就像一块遁入静默深海的岩石。痛苦将他彻底吞没。痛苦化作一团纷乱无端的狂舞雪花将天外来客包围起来,他即便是用瞎了的右眼也瞧得清清楚楚。

　　在痛苦逐渐暗淡之后,那些雪花还飞扬了许久。

　　他们正在向野熊口中那个非同一般的地方前进。他们被裹在一场暴雪里,一场可怕的暴雪。

　　抑或这只是白噪音?那些冰雪颗粒或许是大片的干扰图像,是某个视觉输入信号失灵的结果,是光学植入装置受损后产生的垃圾讯号?那么这些四下飞舞的白色光点背后——

　　那就是黑暗。那黑暗必然是真实的。它非常厚重。厚重的黑暗。

　　除非这只是因为他瞎了。他的眼睛很疼,他缺失的眼珠很疼。他空荡荡的眼眶很疼。

　　雪花与杂讯,黑暗与盲目,这些概念混杂在一起,他无法分辨。他的体温在迅速下降。痛苦被麻木所冲淡。天外来客心里明白,对于周遭正在发生的种种事物,他早已称不上是可靠的目击者了。他的神志拒绝点燃哪怕是一丝的稳定火苗。昏沉迷乱的他在广袤雪原上埋头乱撞,朦胧中已经不慎坠入一个凶险裂谷。想要对真实记忆与苦痛幻境加以辨别简直难于登天。他所看到的究竟是受损屏幕上的白色杂讯,还是厚重黑石前的飞扬暴雪?他说不清楚。

　　他想象那片黑暗其实是漫天风雪中的一座山脉,一座不可能存在的参天峰峦,一根刺入狂暴乌云的漆黑石牙,其高大而宽阔的身躯令人难窥全貌。

在天外来客意识到那座山脉的存在之前，它就已经彻底充满了视野。最初，他以为那是幽暗无光的极地天空，但并非如此，那是一堵扑面而来的宏伟岩壁。

天外来客宽慰地叹了口气，在这件事上，自己终于能够将现实与幻觉加以明确区分了。那座山脉绝对是个幻觉。

没有任何山脉能够那样高大。

天外来客最终脱离了那场风暴，被抬进一个温暖而沉闷的深幽洞穴。他躺在那里，继续沉浸于幻梦中。

天外来客做了许久的梦。

痛苦所引发的幻觉首先登门造访，天外来客全身伤势的狠毒折磨将幻觉打造得无比尖锐，而注入他血管的大量镇痛剂又将一切扭曲变形。那些锋利而残缺的梦境裂片就像是散乱的拼图或者粉碎的镜面，其间交织着一段段阴暗静默的昏迷状态。这让他联想到了两位弑君棋高手之间的对局，久经思索的谨慎攻防，布局长远的深层谋略，还有落子之前的漫长筹划。这块古老的弑君棋盘上镶嵌着象牙。他能闻到在棋盘皮箱内衬的角落里积攒多年而成的纤维毛团。棋盘旁边摆着一枚木制的小玩具马。他喝着苹果汁。附近有人在弹琴。

心灵碎片的锐利边缘逐渐被磨钝，那些梦境也愈发持久而复杂。他开始做一些极为漫长且往复循环的宏大幻梦。那些梦境经年累月，横跨几代人的岁月，目睹坚冰覆盖万物又融作春水，经历大海固结又再度涌动，遥望那黄铜圆盘般的太阳在满天云朵间疾驰而过，先是熠熠闪亮，迸发光芒，接着逐渐暗淡，化为余烬。日夜交替，无休无止……

在梦里，时常会有些人来造访这个幽暗洞穴，并坐在天外来客身旁交谈。洞里燃着篝火。他能闻到飘散在空气中的树脂味道。他看不到那些人，但能看到一个个被跃动火光投射在洞穴岩壁上的阴影。那绝非人类。那些阴影长着动物的脑袋，生有鹿角与牛角。坐在他周围的类人形体用兽吻般的口鼻喘息不止。其中一些开口讲话，另一些则点着生有角刺的头颅表示同意。还有些家伙弓着身子，其宽大而厚重的肩膀如耕牛般壮硕。最终，天外来客已经难以确信自己目中所见之物究竟是投射在墙上的阴影，还是用赭石与煤炭涂抹而成的上古壁画了，或许那些动作都仅仅是颤抖火光造成的幻象。

他试着聆听那一段段冗长而低沉的谈话，但无法保持专注。他觉得自己如果可以集中精力的话，便能听到宇宙万物的一切奥秘像潺潺溪水般倾囊而出，让他将从创始到终末的每个故事都熟稔于心。

　　有时候，天外来客的梦境会带着他离开洞穴。他会去往某个居高临下之处，头顶只有繁星点缀的幽蓝苍穹，脚下则是阳光普照的多彩大地。广阔宇宙中的所有世界融汇成一条巨型挂毯，如同某场宏伟对局的棋盘。在那块棋盘上，壮丽的史诗正拉开序幕。万千帝国、雄谋伟略与无数种族都参与其中，上演着一出出兴盛衰亡、纵横捭阖、干戈玉帛的戏码。统一、湮灭、重建、吞并、侵略、扩张与启蒙都在他眼前一闪而过。天外来客端坐于一张高高在上的大椅中，将寰宇万物尽收眼底，但身在险峰的他也时常需要紧紧抓住这王座的黄金扶手，以免不慎坠落。

　　有时候，他在梦境中则会将目光内敛，遁入自己的血肉，在微观层次上观察这具如银河般庞杂的身躯，逐个检视那些组成整体的无数原子，将他的生命本质拆分成最细微的遗传信息，如同是利用一枚棱镜巧妙地从光线中筛选其光谱组分。天外来客感觉全身上下的器官组织都纷纷解离，仿佛自己变成了一块老旧挂钟，每一个布满日内瓦纹的精细元件都铺陈于工匠面前，等待维护与修复。他也恰似一份生物样本，一头被固定在工作台上的实验动物，先是遭到利刃开膛，随后是五脏六腑像怀表的齿轮零件般被人逐一取走；抑或一只被钉在蜡盘中的昆虫，身体各处的组织细胞都分别被放置于玻片上，供旁人研究其内在机理。

　　在漫长梦境带着天外来客返回那座洞穴之后，当他再次聆听篝火旁那些人形野兽低声交谈的时候，他常常感觉自己像是被重新组装成了一个全然不同的样子。如果说他是一块老旧钟表，那么他的齿轮零件已经转变了排列方式，其中一些部件受到了清理、修复或替换，随后他的主发条与擒纵机构、他的传动装置与平衡摆轮，以及他的所有细微杠杆与指针都按照一种极具创造力的崭新顺序重组起来，最后他的表盘被牢牢拧紧，让他这改头换面的内部构造不为外人所知。

　　当天外来客返回洞穴的时候，他开始思考那洞穴本身。这里温暖、安全，隐藏在黑石山脉深处，远离风暴的侵扰。但他被带到这里真的是出于对他的保护吗？还是说他只是被储存起来，直到篝火旁的那些人形生物饿了为止？

最离奇也最稀有的梦境发生于洞穴深处的冰冷角落中，而且有个声音在与天外来客交谈。

在这里，只有一种冷寂的幽蓝光芒勉强穿透了厚重的黑暗。空气闻起来毫无生机，就像极地高原上的一块干燥巨石，甚至没有一丝水分能够结成冰霜。这里远离洞穴中的暖意与火光，远离兄弟之间的低沉交谈与四下飘散的树脂气味。待在这里的时候，天外来客总感觉四肢像灌了铅一样沉重，仿佛他吞下了满腹寒冰，仿佛某种冷冽的液体金属在他血管里流淌，成为了他的重负。就连他的思维都迟缓而黏稠。

他奋力对抗这种透骨寒意，害怕自己会被扯进那种失却梦境的死亡沉眠。然而他最大限度的努力似乎也只能让自己的肢体微微抽搐一下。

"别动！"

这是那个声音对天外来客所说的第一句话。这毫无预警、突如其来的话语令他顿时僵住了。

"别动！"那个声音重复道。对方低沉而空洞的嗓音即便在耳语时仍然声若雷霆。它不太像人类的声音。它听起来更接近于古老号角所发出的隆隆轰鸣。每一个音节都有着完全相同的沉闷回响，这显然是经过取样并调音后的结果。

"别动。别扭来扭去了。"

"我在哪儿？"天外来客问道。

"在黑暗里。"那个声音回答。它听起来就像遥远孤峰上一支羊角号角的呼嚎。

"我不理解。"他说。

一阵沉默。随后那个声音突然在天外来客右耳旁响起，仿佛对方刚刚绕到了他背后。

"你不必理解黑暗。黑暗就是这样，不需要被理解。黑暗就是黑暗。仅此而已。"

"但我为什么会在这里？"他问道。

当那个声音传来回应的时候，它已经显得颇为遥远。一阵空穴来风般的隆隆低语在天外来客前方某处响起："你理应待在这里。你是来经历那些梦境的，就这么简单。所以安心做梦吧。这会帮助你消磨时光。做梦吧。别扭来扭去了。我很烦。"

天外来客迟疑了一下。他可不喜欢那个声音中的威胁口吻。

"我不喜欢这里。"他最终开口道。

"我们谁都不喜欢这里！"那个声音在天外来客左耳边轰然响起。他不由自主地发出一声惊恐尖叫。对方的洪亮嗓音不仅近在咫尺，其中更掺杂了一丝猛兽咆哮的意味。

"我们谁都不喜欢这里，"对方又较为冷静地重复道，那声音在天外来客周围的黑暗中萦绕不去，"我们谁都不是自愿待在这里的。我们怀念篝火。我们怀念阳光。他们编排的所有那些梦境，我们早就经历过成百上千遍了。对此我们已经烂熟于心。我们并没有选择黑暗。"

一阵漫长的沉默过去了。

"是黑暗选择了我们。"

"你是谁？"天外来客问道。

"我曾经名叫科米克，"那个声音回答，"科米克·铎德。"

"你来这里多久了，科米克·铎德？"

对方停顿了一下，随后咕哝道："我忘了。"

"我来这里多久了？"

"我连你是谁都不知道，"那个声音回答，"待好了别动，把你那张破嘴闭上，别烦我了。"

天外来客随即惊醒，还躺在野熊为他准备的那张金属担架上。

担架正悬在半空微微晃动。天外来客的视线逐渐聚焦，他的目光跟随着固定在担架四角的铁链向上望去。它们聚拢到上方的一个铁环中，合并为一根更为粗大的铁链。那根漆黑油亮的主链条继续延伸到头顶的宽广空间里，最终消失在凝重的幽暗深处。这似乎是个洞穴，一座极为庞大的洞穴，然而这既不是有诸多人形野兽围坐在篝火旁低语的那个梦境洞穴，又不是散发着蓝色幽光的那个深寒洞穴。

一切都笼罩在阴影里，所有事物浸透着一种绿色暮光。借助那朦胧暗淡的光线，他勉强观察着周围的环境，这洞穴就像教堂大殿或是星舰货舱般宽阔。而且严格来讲，这棱角分明的建筑结构绝非自然生成。

天外来客发现，自己无法扭转脑袋或是挪动四肢，不过他欣慰地意识到痛苦已经不复存在了。无论是他遍体鳞伤的躯干还是骨骼粉碎的双腿都并未传来哪怕一丝的微弱不适。

　　然而当下处境所引发的焦虑感迅速取代了他的些许宽慰：他被困在这里，动弹不得，除了头顶的昏暗空间之外什么都看不到。一种压在心头的沉重倦意让他感到思维迟缓，疲惫不堪，就像是被灌了镇静剂或安眠药一样。他眨眨眼，盼望自己能伸手揉揉眼睛，盼望担架能别再晃动了。

　　另有一根粗大铁链从上方的黑暗中延伸下来，与悬挂着担架的那根主链条成斜角，而且按照它有节奏的晃动方式来判断，天外来客显然正在被向上拉动，逐渐靠近那高高在上的屋顶。他看不到支撑链条的滑轮，但他能听到那铮铮的响声。

　　他突然停止了上升。担架又晃动一阵，接着被一股巨力猛然扯向左边，旋转着穿过房间。随后铁链再次断断续续地被拉动起来，担架开始下降。吊住担架四角的紧绷链条颤抖不已。

　　天外来客逐渐感到惊慌。他尝试性地拉扯了一下紧扣着手腕的帆布束带。它们纹丝不动，他也担心自己身上的伤口会再度开裂。

　　他在一连串颠簸中继续下降，落在了某种甲板或者平台区域上。两侧冲上来很多人稳住担架。

　　天外来客举目观察来者的面孔，他的紧张立刻转化成了恐惧。

　　那些人披挂的粗布长袍平淡无奇，而贴身所穿的棕色皮衣则工艺巧妙。组成那精制衣物的一块块皮革颇具匠心，有些形态奇特，有些附带着穿环、绳结与沟壑，而组合在一起之后，它们便构成了一幅解剖学家的人体肌肉图，无论肋间肌肉、手臂筋腱还是喉咙结构都一目了然。

　　他们的面孔则全是野兽的骷髅，是由白骨制成的面具。褪色头颅的眉骨上伸展出一根根弯曲短刺。分叉的鹿角从额头中央隆起。

　　透过面具凝视着天外来客的一双双眼睛绝非人类的。那些都是带有黑色瞳孔的金黄眼眸，是狼的眼睛。它们熠熠闪亮。

　　"离我远点儿！"天外来客喊道，然而他的干哑声音卡在了喉咙里，仿佛他有几个世纪不曾开口了。他咳嗽起来，胸中涌起一股强烈惊惶。环绕在周围的那些白骨面孔似乎对于他的抗拒感到困惑。一个个骷髅展露着龇牙咧嘴的呆滞笑容，然而在眼眶中闪耀的那些目光则不含丝毫笑意。所有金黄眼眸中都燃着猎手的亢奋、凶悍的智能与潜藏的杀意。

"离我远点儿！"天外来客大声呼喊，终于将喑哑陈旧的嗓音从干燥河床般的喉咙里扯了出来，"滚开！"

那些骷髅并没有要听从他吩咐的意思。他们继续逼近。一只只包裹着棕色雕花皮手套的手掌伸过来捂住天外来客的嘴。其中一些只有两三根手指，另外一些则长着爪子。

天外来客开始奋力挣扎，在恐惧所催生的癫狂中拉扯着帆布束带。此刻他不再为撕裂伤口或挤压断骨而担忧了。

有什么东西断了。他察觉到骤然的断裂，以为是自己的肋骨或者跟腱，于是做好心理准备迎接炽热剧痛。

然而方才断掉的是绑在他右臂上的帆布束带。固定在担架金属框上的束带被他干净利落地扯掉了。

天外来客猛力挥动重获自由的手臂，感觉到拳头与一张白骨面具的坚硬棱角相互接触。有个家伙从喉咙里挤出一声低沉嘶吼。天外来客高声呼喊着再次出拳，随后匆忙解开束缚住脖颈的帆布带。如此一来，他终于可以将脑袋和肩膀从那张冷硬担架上抬起来了。他弯腰坐直，侧过身子去解开左边手腕上的束带。一条扣环完好的帆布带还挂在他右臂上，束带底端有一条毛边断口，那是从钢铁框架上扯掉时留下的痕迹。

众多骷髅脑袋一拥而上，七手八脚地想要将他压制住。缺乏固定的担架开始剧烈晃动。天外来客奋力抵挡。他的双腿尚未解脱绑缚。他扭动身躯，挥舞拳头，用低哥特语、土耳其语、克罗地亚语和赛博勒语轮番咒骂。对方则慌乱地朝他胡言乱语，试图将他按在担架上，重新束缚起来。

天外来客的右腿终于脱困。他曲起腿，聚集自己的全部力量狠狠踢了出去。他正中一个家伙的胸膛，并兴奋地看到对方趔趄着后退几步，将至少两个身穿长袍的同僚绊倒在地。

随后天外来客的左腿也将束带扯断了。担架由于他的重心移动而突然翻转，将他猛地甩到几个骷髅脑袋身上。他的拳头顿时四下横飞。天外来客没有学过斗殴技巧，也从来不曾诉诸暴力，但此时此刻，强烈的惊恐情绪与狂乱的生存本能正在驱动着他，况且这看来也并非什么深奥技艺。无非是挥动

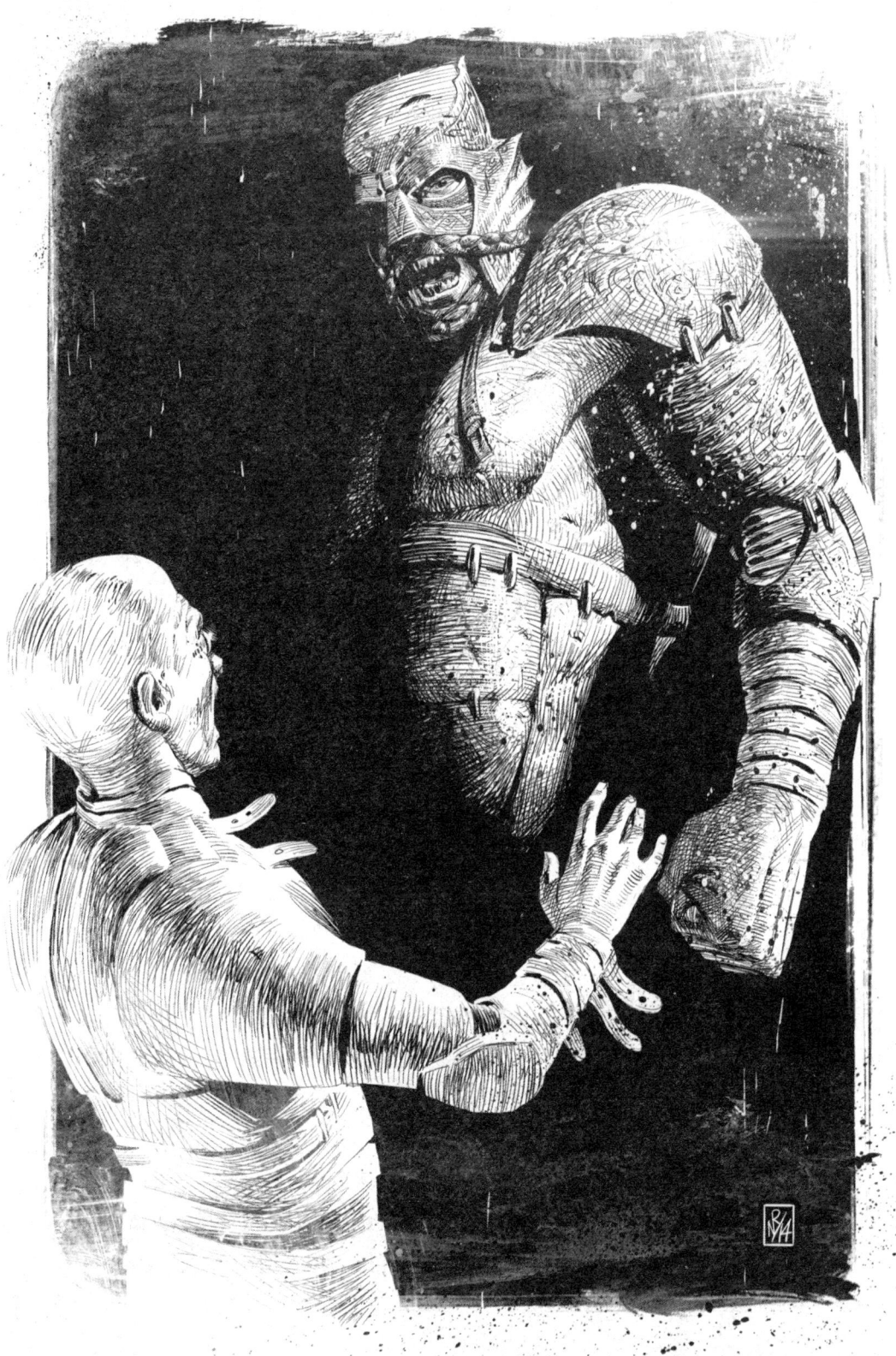

拳头罢了。被拳头打中的家伙就会疼。对方会踉跄后退。他们会痛苦呼吼，或是倒抽一口凉气。如果你运气好的话，他们还会被撂倒在地。天外来客像个疯子一样舞动双臂。他也抬腿猛踹，逼迫那些家伙保持距离。其中一个结结实实地吃了他一脚，如今正趴在光滑的花岗岩地板上，白骨面具都已经碎裂。

天外来客站稳脚步。那些骷髅脑袋依旧包围着他，但已经变得愈发谨慎。他的拳头在好几个家伙身上留下了淤青。他高声嘶吼，猛跺地面，疯狂地用双拳比画着，仿佛是在驱赶鸟群。那些骷髅后退了一点。

天外来客趁机观察周围环境。

他站在一片棱角分明的黑色花岗岩平台上，这显然就是从岩石中直接开凿出来的。在他身后，那张担架还挂在铁链上摇摆不已。一块块椭圆形花岗岩在平台左侧排成一列，作为永久性操作台用来盛放像他这样躺在担架上的样本。他的头顶还悬着四五套大小长短不一的滑轮与链条。

在天外来客右边，平台俯瞰着一条裂谷。它深不见底，散发着处于世界核心的矿物气息。然而这道深渊其实是一条四方形的垂直隧道，与平台本身一样也是从山岩中开凿而成的。一片片椭圆形的切削痕迹一直延伸到下方的幽深黑暗中，让隧道显得像是一块层叠无数的蛋糕，或是一座直上直下的庞大采石场。那些痕迹仿佛是一柄巨型凿子的手笔。

在他周围，这座洞穴的壮观石壁傲然屹立，其规整线条与垂直棱角绝非天成，而点缀其间的种种缺憾之处则显然是多次扩建整修中的权宜之计。技艺绝伦的石匠与矿工们一定花费了几十上百年的漫长岁月才将这座岩洞开凿出来。他们想必是层层递进，逐步扩展，每移除一块巨石便在山岩中留下那些分层切割的人工痕迹。单单是石块的巨大重量便足以让每一个步骤都耗费惊人。那些方方正正的切削痕迹彰显着石块的庞大与笨重。那些工匠相当于将一整座山峰从另一座更大的山峰中掏了出去。

平台与隧道顶端都被一种冷冽的绿色幽光所点亮。潮湿水印在那布满横向切痕的岩壁上绘制出了一道道翠绿的矿物脉络与蔓生藻类。天外来客不知道洞穴究竟有多高，因为洞顶消失在了黑暗中。

他在那些白骨面具的包围下缓缓后退。他逐渐意识到，对方发出的所有声音都在这宽阔洞穴中产生了如同低沉钟鸣般的回响。他试着将那些操作台挡在自己与骷髅脑袋们之间。但对方绕过石台前来包抄他。天外来客发现，那些操作台虽然貌似石块，但其实在侧面还覆有金属板。上面安装着排气孔、指示灯，以及显然属于泰拉制式的控制键盘。短粗而坚固的管道从金属板上延伸出来，遁入脚下的平台。这个看似原始粗鄙的岩洞里竟暗藏着相当先进的科技。

那些骷髅脑袋一拥而上。天外来客快步后退，站在了像钟摆一样摇晃不止的担架旁边。他抓住金属担架，朝那些家伙撞了过去。他们急忙躲开，于是天外来客再次挥动担架将对方逼退。他注意到担架上依旧固定着那些残缺的帆布束带。他本以为所有束带都像右手那条一样，是被他扯开了针脚，从担架上松脱下来的。然而对应他双腿与左手的三条束带都已经被彻底撕裂。上蜡帆布与皮革被扯成了两段。他当时就这么挣脱了束缚。

这个念头让天外来客满腹疑云。他应该是个饱受疲劳与伤痛所折磨的人，对吧？然而他并不觉得累，也不觉得疼。天外来客低下头。他的身体完好无损。他裸露的双脚健康而干净。那条扣环完好的束带还挂在他右腕上。他此刻所穿的深灰色紧身衣在重要关节处都有额外强化，仿佛是某种太空服的内衬衣物。这套服装贴合人体，就像是另一层皮肤。它彰显出一具颇为精练的强壮躯体，全身肌肉线条分明。这看起来完全不像天外来客记忆中的模样，绝非那个在八十三载的岁月里饱经风霜且过度操劳的老迈身躯。他的身上没有腰间赘肉，也没有多年来由一杯杯干邑积攒而成的大肚子。

他的身上更没有在奥赛梯的那一天所留下的植入改造装置。

"什么鬼……"天外来客轻声说道。

那些骷髅脑袋察觉到他一时的迟疑，立刻扑了上来。

天外来客用尽全身力气将担架朝对方甩了过去。金属棱角砸在一个家伙的胸口正中央，几乎把他撞了个空翻。天外来客瞥见一张面具带着断裂的皮绳滑落到平台上，那是由犬科动物颅骨制成的。另一个骷髅脑袋紧紧抓住担架，试图将这临时武器从他掌中夺走。天外来客发出一声沮丧而不甘的回荡呼吼，将担架从对方手里狠狠抽了回来。那个骷髅脑袋显然不愿松手，于是便在担架的拖曳下向前飞了一瞬间。

天外来客将担架向后甩动，接着猛力推了出去。它顿时化作一柄破墙重锤。一个骷髅脑袋在眨眼之间就被撂倒，他身后的倒霉鬼则离地而起，坠向平台之外的无底深渊。

然而那个骷髅脑袋在横飞出去的最后一刻成功扒住了平台边缘。他疯狂抓挠着花岗岩表面向上攀爬，而双腿与躯干的重量则将他向下拖动。其他骷髅脑袋急忙冲过去抓住同伴的手臂与衣袖。

趁他们一心救人的时机，天外来客拔腿就跑。

他冲出这座洞穴，用裸露的双脚拍打着冰冷的岩石地面。他经过一根高大楣石，冲进一座足以容许货运飞船行进的宽阔厅堂。那种绿色幽光浸透了周围的环境，为一切事物都染上令人困惑的色泽。他的影子似乎朝四面八方延伸出去。

无论是天外来客目前所处的宏伟大厅，还是前方那条在山岩中开凿而成的隧道，都要比他身后的那座洞穴显得更为精细。打磨平滑的石壁闪着暗淡光芒，就像是深冬之时的海面坚冰。他脚下的地板是裸露的岩石。而天花板、石壁与地板交界处，若干拱门和墙肋，以及四处可见的墙板则包裹着某种米白色材质，像是上了漆的木料。这些白色木制结构大多规模壮观，如同是棱角分明的粗壮树干，但其中也有一些被巧妙地塑造成弧形拱门与斜面墙肋。

这个幽暗空间突然在天外来客脑海里唤醒了无数清晰鲜活的记忆。面前的大厅让他回想起位于伊斯拉希耶境内的金瑟利遗迹地下的几座核战掩体，昔日他在那片早已被零距离核爆化为尘埃的土地脚下发掘出了若干口独特石棺。这转而让他联想到嵌有雕花燧石的加大拉圣物匣，以及被乌维教区长视若珍宝的那套古董弑君棋。后者与盛放道马尔奖章的精美包缎盒子颇有些相似。这便让他回想起了奥赛梯的祈祷盒，那些上古文物有着工艺超群的象牙框架，其中镶嵌着一片片灰色石板。对，没错。祈祷盒里存放的木制器物与圣人遗骨都包裹着锻打黄金，是那么古老，那么珍贵。天外来客周围这个房间中的浅色梁柱恰似一根根骨骼。它们有种绝难错认的淡黄光泽，一抹微弱暖色。他感觉自己恍若站在一口包裹着象牙的奥赛梯石匣里，仿佛他便是其中盛放的珍宝，与那些生锈铆钉、圣人头发和泛黄纸张同属神圣信物。

天外来客继续奔跑，并竖起耳朵捕捉任何追踪者的响动。然而他能听到的只有自己双脚拍打岩石的声音，以及寒风在空荡厅堂中的遥远呜咽。那气流声让他觉得这里像是一座高大城堡，而某处的一扇窗户尚未关严，因此放任风暴的触角在废弃房间里肆意流窜。

他停下了脚步。他向左边转过身，察觉到微风在抚摸自己的脸颊，那股气流有着明确无疑的方向。

随后天外来客便听到了一种嗒嗒声。那声音似乎是轻微的敲打。他无法辨别那声音源自何方。它如同是钟表的嘀嗒作响，但频率更快，就像是急迫的心跳。

天外来客缓缓意识到自己听见的声音究竟是什么。

某个东西正沿着通道的岩石地板朝他走来，就在不远处，那一定是个步履轻柔的四足生物，意图明确但不紧不慢。它长着爪子，那爪子不像猫科动物的爪子一样可以收缩，而是犬科动物那种毫不掩饰的外露利爪，久经磨损的爪尖伴随每一个步伐而嗒嗒地敲打地面。

他遭到了追踪。他正在被猎捕。

天外来客重新发足狂奔。通道变得愈发宽阔，最终穿过了一道带有拱肩的木制拱门，与一串高大台阶相连。那些阶梯同样是从山石中开凿而成的，边角刚硬，毫无装饰。楼梯在第十阶处组成了一个转角。每一级台阶的高度与深度都是常见尺寸的二到三倍。这是一串巨人的阶梯。

天外来客听到那利爪的声响在身后逐渐逼近，于是急忙快步跃上石阶。那绿色幽光投射出种种怪异的阴影。他自己的影子若隐若现，令人不安，在石壁上化作半人半兽的形状，与那个梦境洞穴中的情景一样。他脑袋的影子在弧形墙壁上显得恰似野兽的头颅，以至他不得不停下脚步，抬起手触摸面孔，确保自己醒来之后并没有换上一副动物模样。

天外来客的手指找到了一张毫无异状的削瘦脸庞，他的嘴唇上方和下巴处都留着一点胡子。

随后他意识到，自己只有一侧的眼睛能看到东西。

他最后的记忆便是野熊伸手挖掉了自己的右眼。那痛楚并不十分尖锐，但也足以将天外来客打入昏迷。

然而此刻能看到东西的恰恰是他的右眼。周围的事物在他右眼里染着冷冽的绿色幽光。对于他的左眼，一切则都是漆黑一片。

那利爪的敲打在他身后变得愈发响亮，已经快要到达阶梯底端了。他回过神来，继续逃命。他低下头，看着身后的阴影在台阶上摇摆跃动。石阶边缘的影子组成了一个向外辐射的几何图案，如同一枚巨型鹦鹉螺的纤巧隔断，也像是某种繁复星盘或精密钟表的内部构造。

嗒，嗒，嗒——每一秒，每一步，每一级台阶，每一个转角，每一层隔断。

一片新的阴影突然出现在天外来客脚下。那影子铺展在高大阶梯的外侧石壁上，显然是源于某个站在楼梯转角，却又位于他视线之外的生物。

那是头巨狼的身影。它低垂头颅，警觉地竖着双耳。它紧紧弓起覆有厚重皮毛的背部。它轻抬前爪，用令人着迷的精准与优雅迈出一个个脚步。那敲打声放慢了。

"我不怕你！"天外来客大声呼喊，"芬里斯上没有狼！"

作为回应，一声低沉咆哮随即传来，顿时拨动了某种代表着惊惧的次声和弦。他转身奔逃，却一脚踩空，重重摔倒。某个强壮的东西立刻从背后将他紧紧抓住。他放声惊呼，想象着利爪按在自己肩头。

天外来客被猛地翻过身来。一个庞大身形俯视着他，然而这是个巨人，并非巨狼。

那张面孔吸引了天外来客的全部注意力。对方戴着一块紧绷的棕色皮制面具，其造型一半像人，一半像恶狼，遍布其上的精美雕纹与那些骷髅脑袋所穿衣物的装饰风格如出一辙。带有绳结和挑染的皮革环绕在眼眶周围，让双目更显凹陷。它们像裸露的肌肉般覆盖着脸颊，缓冲了下颚的棱角。它们被塑造成一把紧束长须的样子，包裹住对方的喉咙。一双带有细微黑色瞳孔的金黄眼眸在面具之下熠熠闪动。

对方嘴里长着明亮的獠牙。

"你在这儿干什么？"那个巨人嘀咕道，弯下腰嗅了嗅，"你不该在这里。你怎么到这儿来了？"

"我不知道！"天外来客哀号着说。

"你叫什么？"那个巨人问。

一丝冷静神智还侥幸残存于天外来客的脑海里。

"艾哈迈德·伊本·鲁斯塔。"他回答。

那个巨人攥住他的手臂，拽着他爬上剩余的阶梯。天外来客就像一个被大人抓住的淘气鬼，手忙脚乱地跟上对方的步伐。巨人肩头披着一块厚重的黑色狼皮，肌肉虬结的躯体包裹在贴身皮甲里。那令人惊叹的庞大体形绝难被错认。

"你是阿斯塔特……"天外来客开口道，在巨人的拖曳下半跑半滑地向前移动。

"什么？"

"阿斯塔特。你是——"

"我当然是阿斯塔特！"巨人咕哝道。

"你有名字吗？"

"我当然有名字！"

"你叫——叫什么？"

"我的名字叫闭上你的臭嘴否则我割开你的喉咙。就叫这个！明白吗？"

他们抵达了一块平台，面前的大门通向一座屋顶低矮的宽敞房间。天外来客能感觉到篝火的暖意扑面而来。奇特的是，他先前似乎瞎掉的左眼正在逐渐重获视觉。他能看到前方的一片朦胧辉光。这足以帮助他的左眼捕捉到一些处在黑暗中的模糊身影，而在他的右眼看来，那些则都是边缘清晰的绿色轮廓。

那个巨人拽着他穿过门廊。

这个圆形房间的直径足有三十米。地板由打磨过的骨骼或白木组成，拼接得严丝合缝。房间里有三座圆形的灰色石台，石台直径五米，比地面高出一米。每座石台都是简单地用山岩切割而成。熊熊烈焰在石台中央的火坑里跃动，向周围释放出滚滚热浪。锥形铁罩悬挂在火坑上方，将烟尘抽走。

天外来客通过右眼看到，整个房间都被分外明亮的绿色幽光所笼罩。大团灼目火舌迸发着白热光芒。而他通过他的左眼却看到，这是一个充盈着黄色火光的昏暗洞穴。宽阔的骨白地面与浅灰石台映射着火坑的辉耀。在入口正对面的房间远端，低矮墙壁与拱形屋顶相接，几条像地堡射击孔一样的横向窗缝排成一列。那些由宽入窄的窗口结构明确体现出了墙壁的惊人厚度。

房间里有四个人围坐在远处的石台上。他们与攥着天外来客手臂的家伙一样，都是皮毛加身的巨人。

他们神态轻松，一边畅饮装在银制酒碗里的饮料，一边玩着摆在面前石台上的某种棋类游戏，木板棋盘上散布着若干枚骨雕棋子。其中那个最靠近火坑盘腿而坐的人显然在与另外三人对决，同时操控三块棋盘。

他们齐刷刷地抬起四张覆盖着凶恶面具的脸，火光点亮了四双镜面般的金色眼眸。在天外来客右眼的绿色视野里，那熠熠目光尤为清晰。

"你这又是找到什么了，特朗克？"其中一人问道。

"我在战团台阶上找到了艾哈迈德·伊本·鲁斯塔，就是这个。"抓住天外来客的巨人回答。

坐在火坑旁的另外两人轻哼一声，其中一个用手指敲敲脑门，示意特朗克智商有问题。

"那么，艾哈迈德·伊本·鲁斯塔又是个什么玩意儿？"第一个人追问。他肩头的狼皮是红棕色的，他的长发结成辫子，从包裹整个头颅的面具后部延伸出去，被发蜡固定成了一条扑击毒蛇般的 S 型。

"你不记得了？"巨人反问，"你不记得了吗，瓦尔？"巨人松开了天外来客的手臂，一把将他推倒在地。地板触感温暖，如同象牙的质感。

"我只记得你昨天满嘴放屁，特朗克，"留着蛇形长发的瓦尔回应道，"前天也是，还有大前天也是。在我看来你就没停过。"

"是吗？吃屎去吧。"

石台上的几个人顿时放声大笑，除了盘腿而坐的那位之外。

"我记得。"此人说道。他的嗓音如同是百炼精钢滑过磨刀石的声响。其他人立刻安静下来。

"你记得？"特朗克问。

盘腿而坐的那个人点点头。他脸上面具的造型最为精巧繁复，脸颊和额头的位置覆满了相互交织的图案与飞扬的缎带样式。他宽厚的肩膀上披着两块狼皮，一黑一白。

"是的。你也应该能想起来，瓦尔，只要你稍微动动脑子。"

"我也能想起来？"瓦尔迟疑地问道。

"是的，你能想起来。这是格达斯那会儿的事儿。Tra 的老 Jarl。想起来了吗？"

瓦尔点点头。他脑袋后面的蛇形发辫顿时像水泵手柄一样上下摇摆："哦，对，斯卡西，我想起来了，想起来了！"

"很好。"披着黑白狼皮的人说道，紧接着随手在瓦尔脑袋上抽了一巴掌，那玩笑般的动作蕴含着不逊于打桩机的力道。

"我知错必改。"瓦尔嘀咕道。

披着黑白狼皮的人挪到石台边缘，站在了地板上。

"咱们拿他怎么办，斯卡西？"特朗克问。

"要我说，"那人开口道，"咱们不如就把他吃了。"

斯卡西低头看着跪在地上的天外来客。

"这是个玩笑。"他说。

"我觉得他好像没有笑，斯卡西。"旁边一人说道。

身披黑白狼皮的人伸出手指着特朗克。

"你下去弄清楚他为什么醒了。"

"遵命，斯卡西。"特朗克点点头。

斯卡西又指向瓦尔。

"瓦尔？你去把祭司找来。带他到这里来。他知道该怎么办。"

瓦尔点了点头。

斯卡西指着剩下的两个人："你们两个，去……去哪儿都行。这局棋我们回头再接着下。"

那两人跳下石台，跟着瓦尔与特朗克走向房间大门。"反正你也要输了，斯卡西。"其中一个笑着说道。

"等我把一块板棋棋盘捅到你后门里去，你肯定就笑得更欢了。"斯卡西回答。他们又哄然大笑起来。

等到那四个人穿过拱门走出视线范围之后，斯卡西便转过身面对天外来客，弯腰蹲了下来，双掌交握，手肘搭在膝盖上。他歪过戴着面具的大脑袋，仔细检视面前这个跪在地上的人。

"那么，你就是伊本·鲁斯塔，对吧？"

天外来客没有立即回答。

"你是哑巴吗？"斯卡西追问，"还是说你听不懂我的语言？"他用手指点了点自己的嘴唇，"语言？懂吗？你需要翻译器吗？翻译器？"

天外来客将手抬到自己胸口，随后想起来他的防护服早就不见了。

"我的翻译器丢了，"他回答，"我不知道丢在哪儿了。但我能听懂。我不明白这是怎么回事儿。你在讲的是什么？"

斯卡西耸耸肩："语言？"

"哪种语言？"

"哦，我们管它叫尤维克语，巢穴语言。如果我讲低哥特语是不是好一点儿？"

"你刚刚切换了语言吗？"天外来客问道。

"从尤维克语换成低哥特语？是呀。"

天外来客困惑不解地摇摇头。

"我能分辨出某种口音上的变化，"他回答，"但词语没有改变，都一样。"

"你知道自己在用尤维克语向我回话吧？"斯卡西说。

天外来客张口结舌。他咽了下口水。

"我之前完全不会讲尤维克语。"他坦白道。

"舒舒服服地睡上一大觉就是有好处。"斯卡西说。他站起身："起来坐这儿。"他指着那个先前摆放棋局的石台说道。天外来客从地上爬了起来。

"你们是太空野狼，对不对？"

斯卡西显然被逗乐了："噢，那几个字可不属于尤维克语。太空野狼？哈哈。我们可不用这个词。"

"那么你们用什么词？"

"在正式场合我们用的是芬里斯之子，否则的话就是狼群。"

他将一块木制棋盘推到旁边，示意天外来客坐到宽阔的石台上。火坑里的木柴噼啪作响地喷吐出火星，天外来客能在左边脸颊上感受到炽热逼人的滚滚热浪。

"你叫斯卡西？"他问道，"这是你的名字？"

斯卡西点点头，从银碗里喝了一口酒。

"没错。阿姆洛迪·斯卡森·斯卡森松，Fyf 的 Jarl。"

"你是某种领袖？"

"是的。某种领袖。"斯卡西似乎在面具之下露出了微笑。

"那么 Fyf 的 Jarl 是什么意思？那是什么语言？"

斯卡西捡起一枚圆形的骨雕棋子，心不在焉地把玩着。

"那是沃尔根。"

"那是沃尔根语？"

"你的问题可够多的。"

"是的，"天外来客说，"我就是干这个的。所以我才来到这里。"

斯卡西点点头。他将棋子扔回棋盘上："所以你才来到这里，嗯？你就是来提问题的？我倒觉得一个人想要去一个地方，总能找到很多更好的理由。"他看着天外来客，"那么这里又是哪儿呢，艾哈迈德·伊本·鲁斯塔？"

"芬里斯星球。这座堡垒属于阿斯塔特第六军团，亦称——抱歉了——亦称太空野狼。这座堡垒名为狼牙要塞。我说的没错吧？"

"没错。不过只有白痴才管这里叫狼牙要塞。"

"那么除了白痴以外的人该如何称呼这里？"天外来客问道。

"埃特。"斯卡西说。

"埃特？就叫埃特？"

"对。"

"字面意义上的部族家园，或者火炉？抑或……巢穴？"

"对，对，对。"

"我是不是把你问烦了，阿姆洛迪·斯卡森·斯卡森松？"

斯卡西哼了一声："没错。"

天外来客点点头："我会注意着点儿。"

"为什么？"斯卡西问道。

"因为我既然想留在这里，也打算提各种问题，那么就最好注意不要一次问太多。我可不想把芬里斯之子惹烦了，结果被他们吃掉。"

斯卡西耸耸肩，盘腿坐了起来。

"谁也不会因为这个把你吃掉。"他说道。

"我知道。我只是开个玩笑。"天外来客说。

"我不是在开玩笑，"斯卡西回答，"你处在欧格维的庇护之下，所以只有他才有权决定谁能吃掉你。"

天外来客愣了一下。炙烤着他面孔和脖颈的热浪突然显得更为灼人。他咽了下口水。

"芬里斯之子……做得出吃人的事情，是吗？"

"我们做得出任何事情，"斯卡西回答，"这就是我们存在的意义。"

天外来客从石台上蹭了下来，站在地面。他不确定自己究竟是想要远离这位阿斯塔特领袖，还是急于躲避那令人不适的篝火。他就是想四处走走。

"那么……这位掌握我生死大权的欧格维是谁？"

斯卡西又从银碗里喝了一口。

"欧格维·欧格维·海姆施鲁特，Tra 的 Jarl。"

"我之前听到你说，一位名叫格达斯的人是 Tra 的老 Jarl。"

"他曾经是，"斯卡西回答，"格达斯如今已经睡在红雪上了，所以欧格接任 Jarl。但欧格必须尊重格达斯所做出的任何决定。其中就包括为你提供庇护。"

天外来客用双臂环抱胸口，在房间里四处踱步。

"那么 Jarl，这就是头领的意思，我们已经明确了。至于 Tra 和 Fyf 呢？是数字吗？"

"嗯哼，"斯卡西点点头，"是三和五。Onn, Twa, Tra, For, Fyf, Sesc, Sepp, For-Twa, Tra-Tra, Dekk。"

"所以你是第五的头领，这位欧格维则是第三的头领？第五和第三什么？战帮？师？团？"

"连队。我们称之为连队。"

"那么这也是……沃尔根语？"

"是的，沃尔根语。尤维克是巢穴语言，沃尔根是战场语言。"

"一种专门的战斗语言？作战密语？"

斯卡西满不在乎地摆摆手："随便你怎么叫吧。"

"所以你们在作战的时候讲一种语言，在其他时候讲另一种语言？"

"芬里斯在上！真是没完没了！"

"永远有未知的事物，"天外来客说，"永远有可提的问题。"

"并非如此。应当适可而止。"

这句话来自一个新的嗓音。另一名阿斯塔特从天外来客身后走入了房间，像初雪般静默无声。瓦兰格尔也站在拱门外面。

新来者和几位同胞一样高大，穿着与其他人类似的皮革衣物。但他没有戴面具。

他头颅光洁，只有一把上蜡胡须被编成几束，像弯曲的羊角一样从下巴延伸出来。他头戴一顶软皮帽子，饱经风霜的面孔上布满了暗淡褪色的刺青图案。与天外来客见过的所有芬里斯之子一样，这位新来者也有两枚瞳孔漆黑的金色眼眸，他的削瘦面孔沟壑纵横，拉长的口鼻颇有兽吻的意味。当新来者开口讲话的时候，天外来客便顿时明白了对方的双颚为何长得如此模样。此人有着恰似一头成年森林狼的满口獠牙。天外来客没有在旁人身上见到过如此修长的犬齿。

"应当适可而止。"新来者重复道。

"没错！"斯卡西大声说着站起身，"问得太多了！我就是这个意思！你来给他解释清楚，祭司！不如这样，你来回答他没完没了的问题！"

"我定当尽己所能。"新来者说。他将视线投向天外来客："你的下一个问题是什么？"

天外来客努力直面对方的目光。

"那句话是什么意思？适可而止？"他问道。

"即便知识也有界限。僭越雷池必将惹祸上身。"

"知道太多会有害处？"天外来客问。

"我正是此意。"

"我不敢苟同。"

新来者微微一笑："当然了。我并不感到意外。"

"你有名字吗？"天外来客问他。

"我们都有名字。某些人还有不止一个名字。我名叫欧谢尔·沃德梅克。我是阿姆洛迪·斯卡森·斯卡森松麾下的符文牧师。你的下一个问题是什么？"

"符文牧师是什么？"

"你觉得呢？"

"他们是萨满，是仪典祭司。"

"他们是摇动骨头的占卜者，是愚昧的异教巫师。你难以掩饰自己话语里的鄙夷。"

"不，我无意冒犯。"天外来客急忙说道。祭司已经咧着嘴面露凶相。

"你的下一个问题是什么？"

天外来客再次迟疑了一阵。

"第三连的头领格达斯是怎么死的？"

"其他人是怎么死的，他就是怎么死的，"斯卡西说，"当然是躺在红雪上。"

"那一定事发突然，就在这几天里。"

斯卡西看了看符文牧师。

"那其实是一段时间以前的事儿了。"牧师告诉天外来客。

"但为我提供庇护的是格达斯,这件事儿如今又被交给了欧格维。那么欧格维肯定刚刚继任不到一周时间。怎么了?你们为什么那样看着我?"

"你的所有推论都基于一个错误的前提。"欧谢尔·沃德梅克说。

"是吗?"天外来客问。

"是的,"祭司说道,"你来到这里已经有十九年了。"

第四章

吟游诗人

委员会为豪瑟尔颁发了道马尔奖章。在得知这个消息之后，他感到受宠若惊，不知所措。"我什么都没做。"他对同事们说。

这一届道马尔奖有好几位颇具名望的候选人，而最终携手夺魁的是豪瑟尔与一位神经学家，后者成功根除了肆虐于伊比利亚南美洲区域的三株记忆微神经病毒系。"他做出了贡献，相当可观的贡献，我可是什么都没做。"豪瑟尔在得知另一位获奖者的身份后抱怨道。

"难道你不想要这个奖吗？"瓦西里问，"我听说奖章挺漂亮的。"

奖章确实很漂亮。它由纯金打造，有怀表大小，其边框是维翠亚剑齿虎牙所制，它被盛放在一个包裹着闪光绸缎的精美盒子里。盒子上不仅明示大西洋地方政府与帝国中央政府的全息徽记，更有三位统一议会成员的基因印章。其下的铭文开头是："卡斯佩尔·安斯巴克·豪瑟尔，以其在精准解读泰拉统一与详实记录光辉成就方面做出的不懈努力……"

在获奖之后不久，豪瑟尔便发现这一切都是政治斗争的结果。他对此向来颇为反感，不过这一次的政治斗争让考据协会受益良多，因此他也就没有多说什么。

颁奖典礼与晚宴在大西洋人造板块上的卡寇姆举行，他们选定的日期是豪瑟尔七十五岁生日后的那个仲夏。他们特意让晚宴的时间与中部大西洋议会的时间相重叠，借此庆贺考据协会创立三十周年。

豪瑟尔感觉颇受煎熬。他在整场晚宴过程中都将那精美的紫色小盒子捧在胸口，脸上挂着一副麻木的笑容，企盼那些无休无止的冗长讲话赶快结束。在出席这场仲夏宴会的诸多社会名流与权贵人士之中，最受尊崇的莫过于吉洛·艾曼丁。当时，艾曼丁担任着统一议会的秘书长，而且众所周知的是，下一个空出的议会席位就要由他接掌。他年事已高，据传已经接受了三次延寿治疗。他的随行人员中有一位特别年轻貌美，也格外沉默寡言的女性。豪瑟尔不确定她究竟是艾曼丁的女儿、宠姬还是护士。

艾曼丁的可观权势将他摆在了大西洋总督的右手位置（豪瑟尔虽然是名义上的贵宾，但也仅仅坐在左边第三席，两旁分别是一位工业机器人专家和一位轨道银行的主席）。当轮到艾曼丁上台致辞的时候，他显然是把豪瑟尔的身份搞混了，因为他非常亲切地讲述着两人的"深厚友谊"与"竭诚合作"，在"卡斯多年前第一次向我提出创建考据协会"之后便始终如此。

"我在三十年里只见过他三次。"豪瑟尔对瓦西里轻声说道。

"闭上嘴，好好微笑。"瓦西里嘶声回应。

"这些都是没影儿的事儿。"

"闭上嘴。"

"你觉得他是不是吃错药了？"

"行了，卡斯！把嘴闭上！"瓦西里侧过身贴着豪瑟尔的耳朵说道，"他们都是这样的。况且考据协会也能沾光啊。噢，对了，他的助理跟我说，他想在宴会之后见你。"

等到晚宴最终落幕，瓦西里便将豪瑟尔护送到了位于玛瑞安纳斯·德瑞克大道的总督宅邸。

"这真是座美丽的城市。"当他们走上露台的时候，豪瑟尔不禁赞叹道。他在宴会结束之前喝了几杯干邑，借此镇定心神去发表获奖感言，之后又经历了几轮祝酒，所以此刻他有些轻飘飘的。

瓦西里耐心地等待豪瑟尔停住脚步欣赏风景。从露台上遥望出去，他们可以将卡寇姆的全景尽收眼底。它在落日余晖中熠熠闪亮，整座繁华都市便如同一层深达九公里的金属皮肤，像厚重坚冰般覆盖在早已干涸的昔日海洋上方。银色鱼群一样的飞行器在空中川流不息。

"人类能够建造出这样的奇观已是超乎想象，"豪瑟尔感慨道，"更不用说我们前后建造了三次。"

"所以人类或许就不该有事没事总拿核弹来轰它，是吧？"瓦西里说。

豪瑟尔瞥了一眼自己的助理。瓦西里非常年轻，只有二十五岁出头。"伊萨克·瓦西里，你真是铁石心肠。"他郑重宣称。

"哎，你可就是因为这个才雇我的，"瓦西里回答，"我不会让情感因素干扰工作效率。"

"这倒是。"

"况且在我看来，大西洋板块的两次战后重建恰恰象征着考据协会的工作精神。没有什么东西能够伟大到不可被修复或重建。一切皆有可能。"

他们走入了总督府。华丽得近乎荒唐的火星进口机仆正在招待一小群荣获邀约的重要宾客。昔日承接总督订单的是伽马山铸造厂的卢卡斯·克罗姆本人，这种彰显地位的手段实在颇为招摇。

总督府的窗户已经被调暗来抵挡夕阳的光辉。两个蜂鸟形状的机仆为豪瑟尔端来了一杯干邑。

"喝慢点儿，"瓦西里压低声音建议道，"等到你和艾曼丁谈话的时候，你最好还能口齿清晰。"

"我恐怕一点儿都喝不下。"豪瑟尔说。他抿了一口。大西洋总督用来招待宾客的干邑品质上乘，昂贵之极，豪瑟尔几乎已经尝不出这是干邑了。

艾曼丁在几分钟之后缓缓走来，那位沉默无语的女性同伴紧随其后。之前与他交谈的几名宾客像蛇皮般被他蜕去，那些人都明白，秘书长安排给自己的短暂会面时间已经告终。

"卡斯佩尔。"艾曼丁开口道。

"先生。"

"恭喜你获奖。你真是实至名归。"

"谢谢你。我……谢谢你，先生。这位是我的助理，伊萨克·瓦西里。"

艾曼丁并未理会瓦西里这样的下人。豪瑟尔有种感觉，秘书长之所以理会他也完全是出于不得已。艾曼丁将豪瑟尔引向窗边。

"三十年了，"艾曼丁说道，"它真的已经有三十年了吗？"

豪瑟尔假定秘书长所指的是考据协会："它其实差不多有五十年了。"

"真的吗？"

"据我们追溯，考据协会的历史是从它在卢泰西亚议会的正式创建，也就是三十年前的夏天开始，但我们推动它最终成为现实的种种努力还花费了二十年。我第一次与你的办公室取得联系想必是五十年前的事情了，当时我们仅仅讨论了一些最基础的步骤。那应该是在卡瑞利亚，是卡瑞利亚巢都。当年你还在公使部门任职，有很长一段时间我都与你的几位下属打交道。事实上，我和他们交涉了好几年之后才第一次见到你——"

"五十年了，嗯？我的天啊。你说是在卡瑞利亚？那简直恍若隔世。"

"是啊，那确实恍若隔世。我当时为了寻求注意，曾经与好几位助理官员合作过。他们肯定烦死我了。多灵是其中一位。我也记得巴兰茨，还有巴库宁。"

"我不记得他们。"秘书长说道。他的笑容显得有些僵硬。豪瑟尔又抿了一口干邑。他感觉精神充沛，有些燥热。他的目光聚焦在艾曼丁的手掌上，那只手捧着一个盛有碧绿餐后酒的水晶杯。那只手完美无瑕，干净整洁，打理细致，香气扑鼻，优雅高贵。白皙的皮肤上没有任何斑点或纹路，肌肉充实而颇具弹性。岁月的刻痕全无踪迹，没有皱褶，没有老年斑，没有褪色的肌肤。指甲洁净健康。这绝不像是某位一百九十岁高龄老者那枯槁古树般的干瘪手掌，况且吉洛·艾曼丁秘书长的年龄恐怕还不止如此。这是一只属于年轻人的手。豪瑟尔不禁想象，是否有某位年轻人弄丢了自己的手掌。这念头让他暗自轻笑。

当然了，泰拉科技所能提供的一切顶尖延寿疗法对于秘书长而言都是手到擒来。那些治疗手段成效绝伦，几乎已经超越了延寿技术的范畴，与豪瑟尔在六十岁那年经历的整套手术相比要高端得多。他当时接受了胶原蛋白皮下注射，他们用真皮修复填平了皱纹，借助纳米颜料将皮肤永久性地染成了一种"健康"的古铜色，对眼睛和内脏进行了全面清理，重新塑形了下巴与脸颊，最终让他显得仿佛是一幅经过修饰的全息人像。而艾曼丁所接受的治疗估计包括基因疗法、骨骼肌改造、内脏移植、皮下强化、组织固定、干细胞接合等等。

或许那确实是某位年轻人的手。或许正是移植的皮肤让秘书长的笑容显得如此僵硬。

"你不记得多灵和巴库宁了？"豪瑟尔问道。

"你刚才说他们都是我的下属官员？那是很久以前的事儿了，"艾曼丁回答，"他们都爬到了更高的职位上，早就已经被调离或者提升到其他岗位去了。谁也记不住那么多名字。无论是谁也没法记住八万多个下属。我毫不怀疑他们如今都在管辖各自的庞大部门了。"

一段尴尬的沉默随之降临。

"无论如何，"豪瑟尔开口道，"我应该感谢你当初支持考据协会这个想法，不管它究竟有三十年还是五十年历史了。"

"哈哈。"艾曼丁说。

"我非常感激。我们都是。"

"这项功劳不属于我。"艾曼丁说。

这当然不属于你,豪瑟尔心想。

"但这确实是个可贵的想法,"艾曼丁继续说道,仿佛他也甘愿接过这项功劳,"我始终说它很可贵。在我们埋头建设美好世界的时候,它就很容易遭到忽视。有些人说这并非第一要务。他们认为,统一泰拉与巩固成果的需求——这往往是财政需求——要远比考据古迹更重要。但是,我们没有轻言放弃。看看现在,全球范围已经有三万名员工了吧?"

"这还仅仅计算了正式雇员。如果加上自由职业合伙人与考古学家,还有泰拉以外的人手,那就要接近二十五万了。"

"棒极了。"艾曼丁说。豪瑟尔继续盯着对方的手。"当然,运营许可也更新了,这是顺理成章的事儿。如今所有人都能看到考据协会的重要性了。"

"倒也不是所有人。"豪瑟尔说。

"所有重要的人,卡斯佩尔。你可知道,掌印者本人对于考据协会的成果都很感兴趣?"

"我有所耳闻。"豪瑟尔回答。

"他很感兴趣,"艾曼丁重复道,"我每次与他会面的时候,他都让我把最新的抄本和报告带上。你见过他吗?"

"掌印者?没有,我从来没见过他。"

"他是个超凡脱俗的人,"艾曼丁说,"据说他还时常与帝皇谈论考据协会的成果。"

"真的吗?"豪瑟尔说,"你见过他吗?"

"帝皇?"

"是的。"

一种略显茫然的表情在秘书长脸上扫过,仿佛他不确定自己是否遭到了讥讽。

"不,我……我从来没见过他。"

"啊。"

艾曼丁朝那个夹在豪瑟尔胳膊下面的紫色盒子点了点头:"那是你应得的,

卡斯佩尔，也是考据协会应得的。这就是我们一直在提的官方认可。这是个规格很高的奖项，足以让某些思维固执的人转变心意。"

"让他们转变成什么心意？"豪瑟尔问。

"当然是提供支持了。支持是非常重要的，尤其是在当下环境里。"

"什么当下环境？"

"你应该珍惜这个奖，卡斯佩尔。在我看来，它意味着考据协会已经蜕变成了一股推动统一的全球性力量……"

而且更幸运的是，当我最初开始推广这个想法的时候，你恰好坐在那根权力链条的顶端，于是就顺道名垂青史了，豪瑟尔心想。从始至终，你的仕途都没有因此承担过任何风险，吉洛·艾曼丁。你现在倒会讲自己始终认可考据协会项目的重要性，又在其他人不以为然的时候提供了支持与帮助。噢，你可真是睿智无私，充满了人道主义精神！你和其他那些政客真是截然不同。

秘书长还在讲话。"所以我们需要在下一个十年里做好准备去迎接转变。"他正说道。

"呃，转变？"

"考据协会已经被自身的巨大成功拖了后腿！"艾曼丁笑道。

"是吗？"

"无论我们愿不愿意，现在都是时候考虑转正了。我不可能永远把考据协会当作孩子来养护。其他方向的未来道路正在朝我招手。或许是月球的一份差使，也可能是火星的。"

"我倒听说应当是议会中的一席。"

艾曼丁顿时一脸谦逊："噢，这可说不好。"

"我听说是这样。"

"关键在于，我无法永远庇护你们。"艾曼丁说道。

"我并没有意识到考据协会一直在蒙受庇护。"

"它名下的资源和人手已经相当可观了。"

"但它也受到了严格的监管。"

"这是当然。但让一些人感到担忧的是协会的体制。从本质上讲，它是一个至关重要的政府机构，一个日渐壮大的工作团体，同时却又独立于中央政府内政部之外自行运作。"

"现状就是如此,"豪瑟尔回答,"这是自然而然的。我们透明公开。我们是一个公共机构。"

"或许是时候考虑将考据协会引入内政部旗下了,"艾曼丁说,"这样或许更好。在划归中央政府之后,无论行政管理还是资料归档都会方便得多,更不用提资金申请了。"

"我们要成为内政部的一份子?"

"那其实只是簿记手续上的一些变化。"秘书长回答。

"我……怎么说呢,我有些犹豫。说实话,我是有些抵触。我想我们都是如此。"

秘书长将餐后酒放下,握住了豪瑟尔的手。充满青春活力的手指将老迈沧桑的手掌包裹起来。

"我们必须齐心协力走向统一,这是掌印者的原话。"艾曼丁说。

"那指的是泰拉与帝国的统一,"豪瑟尔回答,"而不是按照字面意义将人类的所有研究机构都——"

"豪瑟尔博士,如果你加以抵触的话,他们有可能拒绝更新许可。你花费了三十年才让他们明白,对于知识的系统性保护至关重要。如今的普遍看法——以及统一议会的共识——都认为知识保护工作是重中之重,它已经有必要由中央政府内政部进行监管了。这应当是一项得到正式认可与中央指导的官方工作。"

"我明白了。"

"在接下来的几个月里,我会把很多职责交付给我的次长亨瑞克·斯卢森。你之前见过他吗?"

"没有。"

"我会安排你们在明天参观工厂的时候见一面。多去和他接触。他能力很强,一定会把这件事儿办得让你满意。"

"我明白了。"

"很好。那么再次向你表示祝贺。这个奖是你应得的。五十年了,嗯?老天哪。"

豪瑟尔意识到这场会谈已经告终。他的杯子也见底了。

"怎么会这么久？"天外来客问道，几名阿斯塔特带着他从篝火旁走进了埃特的黑暗大厅里。风声在周围呼啸不已。离开灼目火光之后，他的左眼再次失去了视觉。

"你一直在睡。"符文牧师回答。

"你刚才说十九年了，但你是按芬里斯历法来算的，对不对？你是指十九个大年？"

"是的。"

"那就是泰拉年的三倍，四倍！"

"你一直在睡。"符文牧师说。

天外来客感觉头晕目眩。强烈的错位感让他阵阵反胃。他担心自己会呕吐或者晕倒，但他不愿在阿斯塔特面前表现出如此脆弱不堪的样子。他害怕这些阿斯塔特。于是恐惧便叠加在错位感上，让他更难受了。

走在他身旁的一共有三个巨人：符文牧师，瓦兰格尔，还有一位是天外来客不认识的。斯卡西显然没兴趣一起来。头领已经将注意力转回棋盘上，仿佛天外来客仅仅是个得到了妥善处置的细枝末节，而精美棋盘上的那些骨雕棋子反倒更加重要。

几名阿斯塔特偶尔在天外来客肩膀上拍一下，以此提示他向左或者向右转弯。三位巨人引导他穿过一座座高大宽广的洞穴，其中有以玄武石为壁的空旷厅堂，有花岗岩包裹下的沉闷阴影，也有嵌着骨制墙板的冷寂房间。天外来客透过右眼中的绿色幽光目睹了这一切，左眼则只能看到无法穿透的黑暗。所有房间都空无一人，只有音色单调的嘶鸣风声前来造访。这些就像是从山岩中开凿而成的宏伟墓穴，静静等候着被填满的那一天，建造者仿佛早已预料到某种巨大灾难与可怖伤亡，因而兴建了这座山中石冢，只待无数战士躺在盾牌上安息于此。一支百万大军。不计其数。一整支军团的亡者。

那么风声此刻便是在演练它作为哀歌领唱的角色。

"我们要去哪儿？"天外来客问道。

"去见牧师。"瓦兰格尔说。

"但你就是牧师啊。"天外来客扭过身子对欧谢尔说。瓦兰格尔轻轻推了他一下示意继续前进。

"不同的牧师，"瓦兰格尔说，"另一种牧师。"

"哪一种？"

"你知道的，就是另一种。"那个不知姓名的阿斯塔特说。

"我不知道。我不明白，"天外来客说，"我一点儿也不明白，而且我很冷。"

"冷？"瓦兰格尔响应道，"经过那些之后，他不应该还怕冷啊。"

"这是个好现象。"另一个人说。

"给他一块皮子。"符文牧师说。

"什么？"瓦兰格尔反问。

"给他一块皮子。"符文牧师重复道。

"把我的皮子给他？"瓦兰格尔低头看着自己肩膀上的红棕狼皮。他脑后的蛇形发辫随之扬起，像是一根投掷长矛的手臂："这可是我的皮子。"

另一名阿斯塔特低哼一声，将自己身上的灰色狼皮扯了下来。他把狼皮递给天外来客。

"来，"他说道，"给你的。这是比图尔·伯考送给艾哈迈德·伊本·鲁斯塔的礼物。"

"这是某种契约吗？"天外来客谨慎地问道。他可不想糊里糊涂地欠了某个野狼战士的人情。

伯考摇摇头："不是，这不涉及什么血债。不过你在讲述我的故事时，或许可以记起这件事，顺道提一句我为人慷慨。"

"在我讲述你的故事时？"

伯考点点头："是的，因为会由你去讲述。到时候你记得多给我说些好话，说我把这块狼皮送给了你，也记得要把瓦尔讲成一个自私的吝啬鬼。"

天外来客抬起头看着瓦兰格尔。对方的双眼像灯笼般在冷冽黑暗中闪烁。看样子他是打算对伯考动手了。随后瓦兰格尔发现符文牧师正盯着自己。他顿时泄了气。

"我知错必改。"他咕哝道。

天外来客将伯考的赠礼裹在身上。他仰望欧谢尔·沃德梅克。

"我还是不明白。"

"我知道。"符文牧师说。

"不对，不对，"天外来客沮丧地回答，"这时候你应该安慰我。这时候你应该告诉我说一切都将被解释清楚。"

"但我不能这样说，"牧师回应道，"因为不会这样。有些事情会得到解释，或许足以让你安心。但不会是所有事情，因为将所有事情都解释清楚从来不是个好主意。"

他们走到了边缘。

漫长而沉闷的大厅到了尽头，众人站在了一道陡峭悬崖的末端。脚下的幽深裂谷径直遁入黑暗。在裂谷彼端，天外来客能分辨出对面岩壁的淡绿轮廓。这座墓穴厅堂将他们领到了一条贯穿山脉中心的垂直隧道面前。隧道向他们头顶上方继续延伸，同样隐没在黑暗中。凛冬狂风自下而上地劲吹不止。

"现在往哪边走？"天外来客问。

瓦兰格尔紧紧握住他的手臂。

"往下。"话音未落，瓦兰格尔便拽着天外来客遁入深渊。

强烈的恐慌在天外来客胸膛中喷涌而出，在他脑海里轰然爆发，然而他受到了太强的震慑，反而叫不出声来。他们在坠落，在坠落，在坠落。

但他们坠落得一点也不快，并非埋头冲向死亡。他们缓缓下落，就像残破枕头里漏出的羽毛，如同被轻风抓住的飘扬灰烬，恰似两个急速扇动翅膀的蜂鸟形机仆。

无论在埃特的哪个部分，芬里斯的狂风都无孔不入。它在厅堂里呼啸，在密室中奔窜，在走廊间呜咽，而在这条庞大的垂直隧道里，自下而上的强悍风力足以托住任何坠落物体，减缓它们的速度。无休无止的升腾烈风让众人缓缓下降，拉扯着他们肩头的皮毛，不断抽打阿斯塔特身上的珠串和皮索。

瓦兰格尔一只手抓着天外来客的瘫软身躯，另一只手则伸展开来。他的臂膀像雄鹰羽翼般驾驭狂风，调整方位。他缓缓转向，与凶猛气流保持着特定角度。扑面寒风与满心惊惧让天外来客涕泗横流，他不停地眨动双眼，在矇眬中看到下方峭壁上出现了另一个洞口。他们保持着完美的角度坠落在那道悬崖的边缘。瓦兰格尔双脚着地，向前连迈几步将速度放缓。天外来客则趔趄着失去平衡，一头扑倒在地。那块狼皮向前一甩盖在他脑袋上，仿佛是一顶兜帽。

"你慢慢就能学会了。"瓦兰格尔说。

"怎么学？"天外来客问。

"熟能生巧呗。"阿斯塔特回答。

天外来客跪伏在地，剧烈地干呕起来。十九年来空空如也的肚子只能挤出一点酸水和黏液，但他的身体还是抽搐不已，试图从肠胃里狠狠拧出些什么东西。

伯考和符文牧师也随即降落。

"把他扶起来。"牧师说。

战士们搀着天外来客继续前进，将悬崖抛在身后。他精疲力竭地耷拉着脑袋，但他的左眼却骤然苏醒。他在前方看到了一个被生物能源照明球与玻璃电灯管点亮的房间。突如其来的光明分外刺眼。天外来客在左眼里看到一幅灼热的橙红色景象，其中充满了跃动篝火投下的纷乱阴影，以及象牙色地板上映射的温暖灯光。在另一只眼睛里，所有事物则迸发着令人难以直视的夺目绿光。电灯和其他光源在他右眼的视野里显得极端明亮，几乎要将他的视网膜烧焦，留下一块块白热的残像斑点。他的右眼看不到什么阴影，一切细节都聚焦得甚为清晰。

阿斯塔特将他放在地上。

天外来客能闻到鲜血、盐水和刺鼻的消毒药物的味道。这个房间要么是医疗场所，要么是屠宰场，或许两者皆是，抑或在两种角色间发生过转换。这里还潜藏着实验室的气息，甚至是厨房的味道。周围摆放着金属长桌和可调整的躺椅。一簇簇手术灯聚集在头顶，大批由机仆操纵的伺服臂如柳枝一样从天花板上垂挂下来。另有一些庞大石板像屠宰台或祭坛一般。隐匿于四处的仪器发出阵阵低吟，电子提示音有节奏地鸣响不止，如同是一片机械化热带雨林里的背景噪声。一道道拱门引向更多类似的房间。这片区域非常庞大。他还瞥见了诸多覆满寒霜的低温冷冻间大门，以及装有玻璃顶盖的机体修复舱。排列整齐的铁架一直延伸到远方，上面摆放着无数厚重的玻璃瓶和储存罐，那里面仿佛是人们为了过冬而在地窖里存放的腌制蔬果。但悬浮于浓稠液体中的东西绝非蔬菜或瓜果，而且那些固定在架子上的储存罐都与整座设施配备的生命维持系统相连。

长着犄角的骷髅纷纷出现，这些身披长袍、头戴颅骨面具的家伙正像是在天外来客苏醒时围在他身边的那群怪人。符文牧师察觉到了他的警惕。

"他们都只是奴役，是仆从和助手。他们不会伤害你。"

更多身影从实验室的隐秘角落中浮现。根据他们的体形判断，这些都是阿斯塔特。他们脸上的骷髅面具相比之下更加庞大，也更具威胁意味。他们的及地长袍像是绗缝而成，由一块块绒毛皮革拼凑所制。当他们伸出手来招呼或是捏握天外来客的时候，他注意到那些阿斯塔特的手套也是相同质地，与包裹全身的长袍浑然一体，仿佛他们披着一副方便活动的拼制皮囊。皮料连接处的精细针脚工艺高超，但还是让天外来客联想到了被缝合的伤口。

这些高大身影显得甚是凶恶，但更令人胆寒的是，就连欧谢尔·沃德梅克也对他们颇为尊敬。

"你们是什么人？"天外来客问道。

"他们是野狼牧师，"欧谢尔在他身旁柔声回答，"是基因织工，血肉匠人。他们要检查你。"

"为什么？"

"为了确保你身体健康。为了检视他们的手艺。"

天外来客顿时回头瞥了一眼符文牧师。

"他们的什么？"

"你抵达埃特的时候已经身躯残破，体格老迈，艾哈迈德·伊本·鲁斯塔，"一位野狼牧师用冰川碎裂般的嗓音开口道，"残破得难以修复，老迈得年岁无多。唯一一个救你性命的方法就是将你重塑。"

一位长着犄角的巨人握住他的右手，另一位握住他的左手。天外来客任由他们将自己领入那屠宰场般的大厅，如同是在父母身旁的懵懂孩童。他解下肩头的狼皮，躺在一个扫描仪器的黑色玻璃台上。一群顶着怪兽尖角的野狼牧师围在他身边低声交谈，在墙上投射出扭曲的影子。其中一些仔细调整着背光屏幕上的控制按钮。另一些则专注于摇动珠串和骨杖。这两种职责似乎同样重要。

扫描台缓缓升起，使天外来客仰面躺下。带有传感器或是微型工具的一根根伺服臂轻吟着垂落下来，如同一只趴在他身上的巨型蜘蛛。伺服臂随即展开工作。他能感觉到扫描光束的瘙痒和针头的刺痛，他被迫圆瞪的双眼无法遮挡那灼目的诊室灯光。

天外来客抬起头，将目光避开手术灯，在扫描台的光滑顶棚上看到了自己全身躯体的倒影。

他拥有一具三十岁上下的健壮身躯。事实上，这还要比他当年三十岁的时候更加健壮。清晰的肌肉线条令人赞叹。他身上没有丝毫赘肉。曾经的植入改造装置也踪影全无。他脸上留着些许大概积攒了几周的长度的胡须。他的头发比惯有的发型略短，仿佛是在剃成秃头之后重新生长的。自从他五十岁生日以来，他的发色就远没有如今这么深了。

胡须遮盖下的那张面孔仍然属于他自己，更显年轻，但确实还是他自己。从他苏醒的那一刻直到现在，唯有这一点让天外来客备感宽慰也更具信心。

这张面孔属于卡斯佩尔·安斯巴克·豪瑟尔，属于他满腔热血、高傲自负却又懵懂无知的二十五岁。只不过懵懂无知这项特点放在此刻依旧颇为恰当。

在倒影里，他看到十几只带着皮手套的巨掌在自己周身忙碌。

"你们把我重塑了。"天外来客说道。

"你的肢体和内脏承受了相当程度的损伤，"冰川碎裂般的声音回答，"你那个样子没有活路。我们前后花了九个月的时间，首先通过矿物质强化和骨质培养来重建你的骨骼密度，之后再包裹上源于你自身基因编码的肌肉组织，不过也用合成纤维进行了强化加固。你的大部分内脏是根据基因编码而复制培养的移植器官。你的皮肤倒是原装的。"

"原装的？"

"取下来，修复更新，再装回去。"

"你们剥了我的皮。"

他们没有回答。

"你们也对我的脑子动了手脚，"天外来客说道，"我学会了一些东西。我学会了之前不会讲的语言。"

"我们没有教给你任何东西。我们没有对你的脑子动手脚。"

"但我们现在能够正常交流，不需要翻译器。"

他们再次沉默以对。

"我的眼睛呢？你们为什么废掉我的眼睛？我的左眼为什么总是瞎的？"

"你的左眼没有瞎。你左眼的视力是常人水准。那就是你原本的眼睛。"

"那个战士为什么要挖掉我的右眼？"

"你知道为什么。那是一枚植入器官，那不是你原本的眼睛。那是一个视频记录装置。我们不允许那种东西。所以，他在检测确认之后就动手摘除了。"

"但我还能看到东西。"天外来客说。

"我们可不会挖掉你的眼珠就甩手不管了。"冰川碎裂般的声音说道。

天外来客再次抬起头，检视自己的倒影。他的左眼与记忆中并无二致。

他的右眼则是生有细微黑瞳的金色眼眸，恰似一头成年野狼的眼睛。

在月亮升起的时候，乌维教区长便喊孩子们回去了。大家都在外面待了一整天，因为这片沙漠高原上今日气候晴朗，广播也没有预告辐射云或者污染浓雾的逼近。

孩子们都要干活，尤其是年龄较大的那些。教区长说过，这便是社区的核心意义。包括诸位孩子父母在内的所有成年人正在埋头建设伟大的乌尔城。他们时常几个月都无暇归家，一直住在连绵不绝的工程营地里，按照大建筑师为那块土地绘制的宏伟蓝图而日夜劳作。乌维教区长给孩子们看过关于古埃及的图画书，里面描绘着发式统一的大批工人一同拉动绳索，用无数巨型石灰岩搭建出那些宏伟金字塔。他解释说，大家的父母正是这样齐心协力，才让一座城市拔地而起。同时他也补充道，其中的区别在于，古埃及的建筑工人们都是奴隶，而兴建乌尔城的男男女女则拥有自由之身，是自发前来贡献力量的。

孩子们虽然无法亲手参与城市本身的建设，但同样可以尽心尽力。他们在大棚中收获水果与蔬菜，洗净装箱以备送往工程营地。他们接过从营地寄回的黄色包裹，把里面的破旧衣物缝补完好，再将一些写着鼓励言语和祈祷文字的字条塞进衣服口袋里，给未知的收件人藏一份惊喜。

下午通常是教区长给孩子们上课的时间。他在社区的宽敞屋子里或是大棚农田的果树下为大家教授语言、历史和天主教故事，当天气良好时也偶尔在室外露天授课。孩子们学会了写字算数和简单的教义。他们也逐渐了解到周围的世界，包括沙漠高原和狭长山谷，以及那片为乌尔城选定的土地。他们知晓了各个教区的名称，在那些地方其他教区长也在看护着一群群类似的孩子，而所有人则都是同一个伟大社区的成员。除了身兼保姆和厨师的妮娜之外，乌维教区长再没有其他助手，所以年长的孩子们便学会了看管弟弟妹妹。教区长允许最聪明的几个孩子借用图书馆旁那间小屋里的教学桌进行自学。

卡斯还只有四五岁，但已经是最聪明的孩子之一了。与教区长负责照顾的很多孩子一样，卡斯也是个孤儿。一年前，大建筑师麾下的几名勘探队员在辐射平原上发现了一辆翻倒的货车，而卡斯就躺在车里的一张小床上。货车陷在盐碱坑里，没有复原的希望。它的能量已经全部耗尽，周围并没有成年人的踪迹，除了一公里之外的些许白骨与残破衣衫。

"我估计他们是被野兽给吃了，"勘探队长把卡斯带来的时候曾说道，"车坏了，所以他们就出去寻找饮水和救援，结果撞上了野兽。这孩子倒挺幸运。"

乌维教区长默默点头，伸手抚摸了一下脖子上佩戴的黄金十字架。这可真是对于幸运一词的奇特用法。

"他被我们找到了很幸运，"队长解释道，"没让野兽给叼走。"

"你看到什么食肉动物了吗？"教区长问。

"就是常见的秃鹫之类，"队长回答，"但是有狗的脚印，好多狗的脚印。它们个头不小，没准是狼。它们胆子越来越大了，每年都逼近一些。"

"它们知道我们在这里。"教区长所说的我们是指人类，他惯有的讲话风格便是这样言简意赅，不加赘述。

教区里有不少孤儿，因为兴建城市绝非一项安逸无忧的工作，不过大部分孩子都有名字。这个男孩并没有，于是乌维教区长就给他取了个名字，一个颇为恰当的名字。那些勘探队员还在货车里发现了一枚木制的小玩具马，它与特洛伊木马有些相似，这就让取名的工作更加容易了。

在月亮升起的时候，乌维把孩子们都喊回去了。一等到劳作与课程结束，大家便会纷纷越过那条推动水车的溪流，一头扎进树林与草地中去。随着夏日接近尾声，仅剩的几片修长绿草已经在阳光和辐射的折磨下愈发苍白。天空是蓝绿色的。星辰点缀着傍晚的苍穹。孩子们在一排排树木间追逐打闹，头顶上方是被辐射灼烧成棕色的浓密树叶。他们大声喊叫，埋头狂奔。男孩们尤其喜欢扮演雷霆战士。他们以手指为枪，口中呼吼着假装被打中的声音，等到吃晚饭的时候一个个都磨破了膝盖。

总有些孩子回来得慢。妮娜便用狼作为威胁，催促他们加快脚步。

"外面有狼！等到月亮一升起来，狼就要把你们吃掉了！"她往往站在厨房后门大声呼喊。

那天傍晚，卡斯满面通红，气喘吁吁地跑了回来，抬起头看着乌维教区长。

"外面真的有狼吗？"他问道。

这个男孩大汗淋漓，上气不接下气。他估计是和岁数大一些的孩子们去玩雷霆战士的游戏了，想必需要埋头狂奔，扯开喉咙，如此才能赶上其他同伴。但他也显得有些害怕。

"狼？不不，妮娜只是那么说罢了，"乌维教区长回答，"外面确实有野兽，所以我们必须小心。那无非是些野狗，一群一群的野狗。它们是腐食动物。它们偶尔会从沙漠高原上溜下来，到我们的垃圾堆里找吃的。但那也只是因为它们在食物匮乏的冬天走投无路了。相比之下它们倒是更害怕我们。"

"野狗？"卡斯追问。

"只是野狗。狗曾经和人住在一起，是人类的朋友。有些教区直到现在还养狗，用来看家和放牧。"

"我不喜欢狗，"那个孩子回答，"而且我怕狼。"

随后他便快步跑开，去找伙伴们把这局游戏玩完。像所有小男孩一样，他在眨眼之间就一溜烟地不见了。乌维教区长微笑起来，但他心事重重。他不禁猜想，卡斯在那辆翻倒货车里究竟有着怎样的经历。他不知道一个三岁孩子能记得多少。他难以想象那些野兽当时离卡斯有多近，是否险些就要将车厢撕开一个口子，它们的咆哮又有多么可怖。

接下来的几周里天公一直作美。今年的秋季姗姗来迟。傍晚时候的金色余晖泼洒在大地上，将赭红树木的阴影拉得修长。天空碧蓝如洗。棉花团一样的零星云朵点缀在天际线上，如同是含义莫辨的烟雾信号。孩子们一直玩到很晚。比起循环风而言，新鲜空气对他们更有好处。

在晚饭之后，乌维教区长往往会将那套弑君棋摆出来，和最聪明的孩子们下几盘。乌维喜欢教他们下棋（他甚至还有几本古老的教学书籍可以借给孩子们），同时也很享受与真人对弈的乐趣，孩子们的棋艺纵然粗浅，也还是要比教学桌内置程序的死板布局更有意思。

教区长的这套弑君棋年代久远，饱受磨损。木盒包裹着一种据他说叫作鲨革的东西，上面还镶嵌着褪色的象牙，盒里铺有蓝色天鹅绒。可以折叠的棋盘（已经略微变形了）由核桃木雕刻而成，棋子则是骨雕的。

卡斯学得很快，比其他几个年龄更大的聪明男孩还要快。他颇具天分。乌维也倾囊相授，但他知道卡斯还要磨炼很久才能逐渐掌握一些基本的开局和终局技巧。

他们那天晚上也下了一盘，乌维教区长最终轻松取胜，卡斯则开口提起了另一个男孩的名字，说那孩子在白天听到了野狗的叫声。

"野狗？哪里？"

"在西边的山坡上。"卡斯回答，模仿教区长的样子用拳头托着下巴，仔细斟酌如何落子。

"估计是牛叫吧。"教区长说。

"不，就是野狗。你知道吗，全世界所有狗的祖先都是同一群狼，是在长江岸边被人驯化的。"

"这我倒不知道。"

"那是五万五千年前的事儿了。"

"你从哪儿知道的？"

"我在教学桌上查过狗和狼。"

"你不是挺怕它们的吗？"

卡斯点点头："谁都该害怕。它们是掠食者，吞噬一切。"

"你害怕秃鹫吗？"

卡斯摇摇头："不怕，不过它们很丑，啄人也很疼。"

"那么野猪呢？"

"它们也很危险。"男孩点点头。

"但你不怕它们？"

"要是碰见了它们，我会小心。"

"你怕蛇吗？"

"不怕。"

"熊呢？"

"什么是熊？"

乌维教区长微笑起来："该你下了。"

"况且它们都是动物。"男孩说着，挪动了棋子。

"什么？"

"你刚才提到的那些，蛇啊野猪啊之类的。熊也是动物吗？我觉得它们都是动物，其中一些很危险。我不喜欢蜘蛛，还有蝎子。尤其是那种红色的大蝎子，不过我不怕它们。"

"不怕吗？"

"叶拿抓到了一只红色大蝎子，就用玻璃瓶装着，放在他的储物柜里。他给我们看过，我不怕蝎子。"

"我得找叶拿谈谈这件事。"

"反正我不怕它，不像西米尔，还有其他人那么害怕。但我怕狼，因为它们不是动物。"

"哦？那它们是什么？"

小男孩皱起眉头，仿佛难以决定该如何做出恰当描述。

"它们是……怎么说呢，它们是幽灵之类的。它们是邪魔，就像教义里说的那种。"

"你的意思是，它们是超自然的？"

"是的。它们只知道毁灭和吞噬，因为那是它们的天性，它们唯一的天性。而且它们既可以变成狼的样子，也可以变成人的样子直立行走。"

"你怎么知道这些的，卡斯？"

"大家都知道。这是常识。"

"这或许并不是真的。狼和狗一样。它们是犬科动物。"

小男孩用力摇摇头。他俯身前倾，将嗓音压得很低。

"我见过它们，"他耳语道，"见过它们直立行走。"

阿斯塔特给了天外来客一些食物，无非是最基本的营养糊和饼干，之后天外来客就被独自抛在一间小屋里，那小屋位于那片厨房兼停尸间区域附近。房间墙壁上铺着苍白骨板，屋里只有一个小火坑和一张卧榻。此外还有一盏小小的生物能源提灯，这与帝国军队标配的同类装备一模一样。提灯的光芒允许他用两只眼睛一起观察周围环境。他已经逐渐习惯了双目视野间的反差。

食物摆在一个光滑的金属托盘上。这远远称不上合格的镜子，但毕竟还算是一面镜子。天外来客借助托盘检视着自己的新眼珠。

这枚崭新的眼睛拥有绝佳的夜间和低光视力。自从苏醒之后，他有很长时间都处在漆黑无光的环境里，然而却毫不自知。这就是为什么他原本的眼睛像是瞎了。也正因为如此，他眼中的世界才浸透了绿色幽光，而正常光源则迸发着令人难以直视的灼目光芒。芬里斯的野狼们大多数时间都生活在黑暗里。他们不太需要人造光线。

　　天外来客的新眼睛缺乏清晰的远距离视力。三十米开外的事物就已经略显失焦，使得他仿佛是在透过一块广角透镜进行观察，即他在记录考古发现时装在高档相机上的那种透镜。但新眼睛的优秀的边缘视力以及对于动作的敏锐捕捉令人惊叹。

　　这正是一头掠食者应该具备的眼睛。

　　他将托盘举在面前，交替闭上双眼。当天外来客第五次睁开狼眼的时候，他突然在背后走廊的阴影里察觉到了一个模糊的身形。

　　"你不如进来吧。"他头也不回地说。

　　那个阿斯塔特迈步走入房间。

　　天外来客放下托盘，转过身看着对方。那个阿斯塔特与同类一样高大，身上裹着一块铁灰色狼皮。他披挂的皮毛和盔甲都沾着水滴，他似乎是刚刚从外面回来。他摘下皮革面具，展露出一张布满刺青、饱经风霜的面孔。天外来客认识那张脸。

　　"野熊。"他说道。

　　那个阿斯塔特低哼一声。

　　"你是野熊。"天外来客说。

　　"不。"

　　"你是。我不认得多少阿斯塔特，不认得多少太空野狼——"

　　他注意到对方听见这个词之后卷起了嘴唇。

　　"但我认识你的脸。我记得你的长相。你想必是野熊。"

　　"不，"那位战士说道，"但你或许确实记得我的长相。我现在是第三连的神斩。但在十九个冬天之前，我曾经名叫菲斯。"

　　天外来客眨眨眼睛。

　　"菲斯？你是菲斯？那个阿斯科曼尼人？"

　　阿斯塔特点点头："是的。"

　　"你曾经名叫菲斯？"

　　"我现在的名字还是菲斯。狼群里的其他人管我叫神斩或者神砍，因为我能像暴怒的天神一样挥动战斧，有一次我把斧刃埋进了一个战争头目的脑袋里……"

他没有继续讲下去。

"这个故事回头再说。你为什么那样盯着我?"

"他们……他们把你变成了一个野狼。"天外来客说。

"这是我自愿的。我想让他们改造我。我的村落没了,我的族人也没了。我命垂一线。我想让他们改造我。"

"我跟他们说过。我跟野熊说过要把你也带上,你和另外一个。"

"布洛姆。"

"对,布洛姆。我让野熊把你们两个都带上。你们拼了命保护我,我跟野熊说必须把你们也带上。"

菲斯点点头:"你也被他们改造了。我们都被改造了。你我两个如今都变成了芬里斯的子嗣。芬里斯一向善于推动改变。"

天外来客难以置信地缓缓摇头:"我简直无法相信是你。我当然很高兴是你。我很高兴看到你还活着。但我无法相信……瞧瞧你现在的样子!"

他低头扫了一眼金属托盘。

"说到这个,瞧瞧我现在的样子。我也无法相信这是我自己。"

天外来客站起身,向阿斯塔特伸出手。

"我想谢谢你。"他说道。

菲斯·神斩摇摇头:"不必谢我。"

"有这个必要。你救了我的命,为此付出了一切。"

"我并不这样看。"

天外来客耸耸肩,垂下手。

"我救了你的命,但你看起来并不开心。"阿斯塔特补充道。

"我当时很高兴,"天外来客回答,"十九个冬天之前很高兴。至于现在,怎么说呢,一切都有些奇怪。我还在逐渐适应。"

"我们都需要适应,"菲斯说,"这是改变的一部分。"

"野熊,他还活着吧?"天外来客问道。

"是的。野熊的命线还没断。"

"那就好。我现在醒了,他没想到要来看看我?"

"我不觉得他有必要来。"阿斯塔特回答,"我是说,他欠你的债早就还清了。他犯了个错误,也做出了补偿。"

"对，说到这个，"天外来客坐在卧榻上，仰着身子，"他究竟犯了什么错误？他需要补偿什么？"

"你坠落在荒郊野外是他的错。你变成一枚扫把星就是他的错。"

"是吗？"

菲斯点点头。

"真的吗？"

菲斯再次点点头："我觉得等到欧格维召唤你去见第三连的时候，你就会碰上野熊的。你到时候应该能见到他。"

"欧格维为什么要召唤我去见第三连？"

"他会决定如何处置你。"

"啊。"天外来客说。

菲斯伸手从狼皮下面掏出一个扎紧的塑料袋。那个不起眼的包裹外面还沾着冰屑和水滴。

"听说你已经苏醒之后，我就把这个找出来了。这是你来到芬里斯时携带的随身物品。反正我就找到这么多。我想你可能打算要回这些。"

天外来客接过那个冰冷潮湿的袋子，将绳结解开。

"布洛姆在哪儿呢？"他问道。

"布洛姆没能挺过来。"菲斯回答。

天外来客顿时停下手上的事情，抬头看着阿斯塔特。

"噢，真遗憾。"

"不必。一切事物都有各自的归宿，布洛姆已经身在上界了。"

"那个词，"天外来客说，"我记得那个词。当我来到芬里斯的时候，当阿斯科曼尼人把我从坠落地点抬回去的时候，你们就管我叫天外来客。"

"是的。"

"上界就是天堂的意思，对吧？它是指凡间之上的界域？"天外来客指着天花板问道，"天外来客就是指从上界坠落到人界的家伙。无论星辰、其他星球，还是天堂，都是一个意思，对吧？你们当时以为我是某种陨落的神明。"

"或者恶魔。"菲斯补充道。

"我猜是的。无论如何，我想说的是……你现在已经了解宇宙和星辰了。你知道其他星球的存在。你肯定去过其中一些。你既然成为了阿斯塔特，就一定学到了自己在宇宙中的地位。"

"是的。"

"但你依旧会使用上界这个词。你说布洛姆已经身在上界了。但天堂和地狱都是愚昧的概念,不是吗？它们只是一些古老的称谓？"

菲斯没有立刻回答。他在思索了一阵之后开口说道："对我而言,上界依旧存在。人界和下界也是。至于地狱,我很清楚地狱是存在的。我亲眼见过好几次了。"

当阿斯塔特终于要带天外来客去见第三连头领的时候,天外来客很是为自己的性命担忧。从理智的角度来看,他认为这种担忧是多余的,因为野狼们花费了相当多的精力才保住他的性命。野狼们理应不会白费力气,到头来只是为了把他干掉。

但那种疑惧照样纠缠着他的心灵,萦绕不去。疑惧像块狼皮一样将天外来客包裹起来。无论这些野狼拥有什么特质,优柔寡断都绝非其中之一。他们在做出决定和分辨对错的时候似乎全凭心血来潮,不过那大概要归功于超人战士的心念电转。对于他们而言,天外来客最多算是个新鲜玩意。野狼们确实花了不少力气来维持他的存活。但考虑到阿斯塔特近乎不朽的寿命,这或许只是一种在漫长寒冬里打发时间的方式。

前来召唤天外来客的是菲斯·神斩,以及另外几名第三连的战士,天外来客此时尚不知晓众人的名字。菲斯是最年轻的,跟他们也隶属于不同的单位。其他那几位都是獠牙修长、眼窝深陷的魁梧巨人。天外来客意识到,菲斯之所以能够加入这支荣誉卫队,完全是缘于上级长者对于这个新人的尊重态度。毕竟是菲斯救了天外来客的性命,让他能够活着抵达埃特,所以菲斯理应在这支荣誉卫队里获得一席之地,即便那向来都是连队老兵的职位。

这在逻辑上讲得通。当阿斯塔特迈进这个骨白色的房间,挥手示意天外来客跟上的时候,这在逻辑上还讲得通。然而等到他们在高大阶梯、蜿蜒石穴和呼啸风道中向埃特上层爬了一个多小时,终于抵达第三连的厅堂时,疑惧便将逻辑磨灭得一干二净了。如今天外来客已经笃信,菲斯·神斩是被罚前来目睹他遭到处决的。

第三连的厅堂阴冷而昏暗。天外来客的狼眼捕捉到了几个闷燃火坑的微弱热量。在取暖和采光的问题上，野狼们显然并未将凡人的舒适程度放在心上。毕竟野狼们给了天外来客一块狼皮，又给了他一枚能够在黑暗中视物的眼睛。他还想怎样？

天外来客意识到自己远非孤身一人。第三连的战士们就在这里。他们的体热几乎难以被察觉，比那些火坑还要暗淡。这座大厅是一个不规则形状的天然洞穴，那些阿斯塔特三五成群地散布在四周，身上都裹着厚重毛皮，一动不动，恰似一伙正在休眠的群居猛兽，为了取暖而挤在一起。藏在兽皮兜帽之下的眼睛凝视着他。人堆里时常传来一些低吼和咕哝声，那声音就像野兽在沉睡惊醒或是争抢骨头时发出的响动。在他的眼睛逐渐适应了昏暗环境之后，天外来客便能够捕捉到更多动作的痕迹。他看见装着黑色液体的银碗被战士举到嘴边。他看见蜷缩成一团的身影在玩板棋，就像斯卡西之前那样。

没什么人理会他，第三连正在休憩。大家聚集于此不是为了会见天外来客。他只是一件需要被在大厅里解决的事务。他只是个微不足道的插曲。

在大厅最深处那个居高临下的位置上坐着欧格维·欧格维·海姆施鲁特，狼主，猎群之首，第三连的头领。他在举手投足之间便流露着无可置疑的权威。他体形壮硕，身高腿长，是一个能够凭借无尽耐力在荒凉苔原上穷追不舍的冷酷猎手。他有一头漆黑的中分长发，未留胡须，高傲地昂着脑袋，用深陷在眼窝中的双目俯瞰四周。欧格维的下嘴唇正中穿着一枚粗重银环，这赋予了他一种显得幼稚而危险的暴躁气质。

他从一摞饱受磨损的皮毛上蹭下来，仔细看着天外来客。

"合着噩兆就长这副模样？"他自言自语道。天外来客的喘息在寒冷空气中留下一团团白雾，但欧格维在开口说话的时候嘴里只呵出几丝暖气。阿斯塔特的强化体质能够极好地保存热量。

头领穿着一件无袖的皮革外套。他臂膀修长，皮肤苍白得仿佛不见天日，上面点缀着深色刺青。他伸出手拿起一个银碗，里面盛满了某种漆黑如墨的液体。头领握着酒碗的手上佩戴了很多脏兮兮的戒指。天外来客猜测，那些并非装饰品，而是为头领的铁拳赋予额外杀伤力的工具。

欧格维喝了一口，接着示意天外来客也尝尝。他将酒碗递了过来。

"他不能喝那个，"荣誉卫队的一名成员说道，"蜜酒会把他的肠子烧穿的。"

欧格维抽了抽鼻子。

"不好意思，"他对天外来客说，"我可不想在敬你身体健康的时候让你喝死了。"

天外来客能够分辨出那酒里的汽油味道。他猜想里面还掺着血。这是某种液体食物，经过了发酵和蒸馏，具有极高的热量……这与其说是饮料，倒更接近航空燃料。

"这能帮你抵御寒冷。"欧格维说着放下了酒碗。他看着天外来客。

"告诉我，你为什么在这儿。"

"我能在这里都要感谢狼群的热情好客。"天外来客用尤维克语回答。

欧格维撇着嘴。

"不，那是你还在喘气的原因，"他说道，"我问的是你来到这里的原因。"

"我接到了邀请。"

"跟我说说这份邀请。"

"我曾经向芬里斯信标发送了一些通信信息，请求进入芬里斯近地空间。我想要接触并观察芬里斯的阿斯塔特。"

站在天外来客身后的一名卫队成员哼了一声。

"这听起来不像是我们会准许的请求啊，"欧格维说，"你很执着吗？"

"我觉得类似的请求我大概发送了一千多次。"

"你觉得？"

"我无法确定。我保存了一份通信记录，里面有确切数目和发送日期。我已经拿回了随身物品，但所有数据板和记事本都没了。"

"书面文字，"欧格维说，"书面文字和储存仪器。我们这里都不让用。"

"都不让？"

"对。"

"所以说我的笔记和草稿，我的所有工作成果，都被你们给毁了？"

"应该是的。既然你能傻到把它们随身带着。你就没留个备份之类的？"

"十九个大年以前我是有备份。你们在芬里斯如何记录信息？"

"脑子就是干这个用的，"欧格维说，"也就是说你请求了很多遍。然后呢？"

"我获得了许可，着陆许可。我拿到了一个坐标。通行许可是阿斯塔特制式的。但在降落过程中，我的飞船发生严重故障坠毁了。"

"那不是故障坠毁。"欧格维说。他又喝了一口那漆黑的饮料："那是被打下来的。是吧，野熊？"

头领高台脚下的一坨幽暗皮毛动了动。

"是你把他打下来的，是吧，野熊？"

一阵咕哝声传来了回应。

欧格维咧嘴一笑："这就是为什么他必须出去救你。因为是他把你打下来的。那是个错误，对吧，野熊？"

"我当时就知错了，头领，也做出了弥补。"野熊回答。

"既然你们很清楚这些，何必要问我？"天外来客问道。

"只是想知道你是不是也还记得。"欧格维皱起眉头，"不过你这故事讲得可真不怎么样。我就当是你在冰盒里躺了好些年，脑子还不怎么转吧。但作为一名吟游诗人，你可是差点儿意思。"

"作为一名吟游诗人？"

欧格维俯身向前，将苍白修长的手臂架在膝盖上。他的皮肤像极地冰川一样幽幽发亮。

"没错，吟游诗人。那么我来讲好了，这个故事由我来讲。在我之前统领第三连的格达斯，被你的信息触动了。他和第三连谈了谈，和当时给他担任副手的我谈了谈，也和其他头领甚至是狼王谈过。他说有个诗人也不坏，应该会挺有意思，能打发时间。一个诗人可以从天外和上界带来一些新的故事，也能来学习我们的故事，可以学会我们的故事，再讲给我们听。"

"你们认为我是来干这个的？"天外来客问道。

"你认为自己是来干什么的？"头领反问，"你想要了解我们，不是吗？我们可不会随随便便地把故事讲给外人听。不是所有人都有资格听。你看起来挺有前途，态度也很积极。"

"还有那个名字。"天外来客身后的一名卫队成员开口道。欧格维点点头，允许那个第三连老兵迈步上前。此人身材瘦高，一头灰发，扭曲的蓝色刺青图案沿着皮革面具边缘攀爬到他深陷的眼窝上方。结成辫子的灰色长须从面具之下延伸出来。

"你说什么，艾斯卡？"欧格维问道。

"那个名字，"艾斯卡回答，"他说自己叫艾哈迈德·伊本·鲁斯塔。"

"噢，对。"欧格维说。

"格达斯头领有个浪漫主义的灵魂,愿他的命线安息。"那位战士补充道。

欧格维咧嘴一笑:"是啊。他很受触动。我也是。我当时担任他的副手,他和我商量过。他不希望让自己显得太冲动或者太软弱,但陈旧的记忆和历史的气息毕竟能够触动人心。你打的就是这副算盘,对不对?"

欧格维盯着天外来客。

"是的,"天外来客说,"实话讲,在发送了一千多条信息之后,我愿意尝试任何手段。我也不确定你们会不会看出其中的寓意。"

"因为我们都是没脑子的野蛮人?"欧格维依旧微笑着问道。

天外来客想说是。但他转念开口:"因为从任何角度而言,那都是一件晦涩的陈年往事,而且当时我还不知道你们完全摒弃书面文字和记录装置。很久以前,早在古老长夜之前,人类尚未迈出泰拉并展开扩张,也还没有步入科技黄金年代,当年曾有一个人,名叫艾哈迈德·伊本·鲁斯塔,亦称来自伊思法罕的鲁斯塔的伊本。他是个学识渊博之人,致力于周游世界去发现并保存知识,坚持亲力亲为,坚信只有第一手信息才能确保真实无误。他从现今被称为波斯地区的伊思法罕出发,一路走到诺夫哥罗德,与罗斯人相遇。那些是基辅罗斯部族的人民,他们所属的庞大基因群组分布甚广,其中包括斯拉夫人、斯维德人、诺斯卡人和维京人。伊本是第一位成功融入罗斯人社会的外来者,体验了当地的文明,最终得出结论表明这些人远非大家想象中那种没脑子的野蛮人。"

"你觉得这里面有些类似之处吧?"欧格维问道。

"不是吗?"

欧格维吸了口气,用拇指揉揉鼻尖。他的厚重指甲像乌木般漆黑,上面深深刻着繁复的图案。"格达斯看出来了。你把这个名字当作暗号来用。"

"没错。"

一阵沉默。

"据我所知,我被带来这里是为了让你决定如何处置我。"天外来客说道。

"对,是这么回事儿。在格达斯去世之后,我当了头领,所以是我说了算。"

"而不是你们的……原体说了算?"天外来客问。

"狼王?他可懒得管这种事儿,"欧格维回答,"在你抵达的时候,正好轮到第三连负责掌管埃特,所以是格达斯做主。这是他的决定。现在轮到我来决定第三连是否要反悔。你真的想要了解我们？"

"是的。"

"这意味着了解生存，还有杀戮。"

"你是指战争？我大半辈子都生活在泰拉，那是一个即便在休养生息中依然冲突不断的世界。我经历过不少战争。"

"我倒不是指战争，"欧格维犹疑地说道，"战争只是一种冠冕堂皇的说法，它的纯粹本质就是活着。有时候，在最基本的层面上，你如果想活命，就要阻止其他一些人活命。我们就是干这个的。我们极为擅长这件事。"

"我对此毫不怀疑，先生。"天外来客回答。

欧格维双手端起酒碗捧在嘴边，准备喝一口。

"生命与死亡，"他柔声说道，"一切都与它们脱不开干系，天外来客。"这个称呼从他口中道出时像是某种轻蔑的讥讽。"生命与死亡，还有二者交汇之处。那就是我们的职责所在。那就是我们栖息的空间。那就是决定命运的关键。你如果想要与我们共处，就必然会去了解生命与死亡。你会近距离接触它们。告诉我，你是否真正接近过其中任何一个？你有没有造访过二者交汇之处？"

豪瑟尔能听到音乐声。有人在弹琴。

"我为什么能听到音乐声？"他问道。

"我不知道。"穆尔扎回答。他显然也并不在乎。陈旧的书桌上摊着厚厚一摞手稿和地图，他正在其中挑挑拣拣。

"那是钢琴。"豪瑟尔歪着头说。

天气晴朗。被帝国军队火炮轰炸所扬起的大团灰白尘土似乎吸干了昨天的降雨云，留下一片碧蓝如洗的苍穹，如同木制盒盖里铺垫的蓝色天鹅绒。阳光穿过残破的窗棂与门廊，携着音乐声从街道上洒进屋里。

这里曾经是一座办公楼，可能属于专利局或者法治部门，它的上半截楼层吃了一枚穿甲炮弹，状若被炸碎的脑壳。当时摆放在架子上的几百瓶墨水爆裂四溅，将两人此刻脚下的地板染成了海军蓝色。墨水已经在随后的几个月里彻底渗透并风干了。地板与天空的颜色交相辉映。豪瑟尔踩在一块阳光光斑上，仔细聆听音乐声。他已经有好多年没听过钢琴的声音了。

"瞧瞧这个。"穆尔扎说道。他将一台便携相机递给豪瑟尔。豪瑟尔看了看相机显示屏上的图像。

"这是我们的线人刚刚发过来的,"穆尔扎接着说,"你觉得靠谱吗?"

"图像清晰度够烂的——"豪瑟尔开口道。

"但你的脑子并不烂。"穆尔扎厉声说。

豪瑟尔微笑起来:"纳维德,这或许是你对我最大的赞扬了。"

"别太激动,卡斯。仔细看看图。这是那个盒子吗?"

豪瑟尔再次检视图像,并与书桌上的一连串档案照片和手绘图样进行比较。

"这看起来是真的。"他说道。

"这看起来美极了,"穆尔扎微笑起来,"不过咱们上次在朗格多克吃了个大亏,我可不想重蹈覆辙。我们必须确定这是真的。我们贿赂和赏金已经花了不少,到时候还得接着花钱,你瞧着吧。当地教会非得吃些好处才能睁只眼闭只眼。"

"真的?按说他们理应心存感激啊。我们在努力避免他们的文化遗产遭受战火摧残。他们总该明白我们是为了抢救这些吧?"

"你知道事情没那么简单,"穆尔扎回答,"这关乎信仰。你这种天主教乖孩子肯定明白。"

豪瑟尔没有上钩。他从不掩饰自己与生俱来的信仰体系。作为他家乡的那个社区的居民一致信奉天主教,其他所有投身于乌尔工程的教区和营地的居民也是一样。那座城市由信徒而建,为信徒而建。这是一个值得认同的理念,与无数类似的理念一样,都是在古老长夜消散之后对于人类种族整体目标的徒劳探索。豪瑟尔自己从来都算不上虔诚,但他十分欣赏并尊重乌维教区长这种人的高尚理念。同样,乌维也从不会越俎代庖地为豪瑟尔强加信仰。他很支持豪瑟尔攻读大学的理想。等到多年之后,豪瑟尔与一位老教授交谈的时候才偶然得知,自己昔日之所以蒙受萨迪斯大学全额奖学金录取,在很大程度上要归功于乌维寄给招生部门主管的一封信。

若不是乌维教区长,豪瑟尔恐怕永远不会阔别乌尔城并投身学术。他如果没有前往萨迪斯大学就读的话,想必会留在教区里。那么当众多人面兽心的匪徒从西部辐射高原上流窜过来的时候,他便会与其他人一样为乌尔城的伟大梦想殉葬。

二十年过去了，他依然为自己凭借这个逃过一劫而感到内心难安。

豪瑟尔对于信仰和宗教的传统与历史很感兴趣，然而在当今这个年代，某位神祇的真实存在已经无可辩驳，于是人们便很难再去信奉其他什么捕风捉影的虚幻偶像了。据传帝皇对于任何将他标榜为神的说法都彻底否认，然而现实情况是无法被忽视的，那就是随着帝皇执掌泰拉，全世界范围内的各种现存教派和信仰体系都像炎炎夏日里的溪流般迅速干涸了。

至于穆尔扎，他则是将自己的信仰深埋于心。豪瑟尔很清楚穆尔扎也是从小信奉天主教。他们还讨论过几次。天主教包含着一些千禧年思想。缔造其基础的原始教义相信某种天启或末日的存在，届时一位救世主会将正义良善之人护送到避难所去。天启确实降临了。它名叫冲突年代和古老长夜。而救世主却并未出现。有些思想家提出，这是因为人类的恶行与罪孽太过深重，所以救赎迟迟未到。在人类彻底赎清罪恶之前，救世恩典必将无限期地延后，预言也不会成真。

这难以让豪瑟尔信服。没有人知道或记得人类种族究竟犯下了何等罪孽，竟让神祇震怒至此。豪瑟尔推想，人类既然连犯有何罪都不知道，那么赎罪也就成了空谈。

同样让他不安的是，越来越多人将帝皇的崛起视为那份救世恩典的最终降临。

"抱歉。人有时候很容易拿宗教开玩笑。"穆尔扎说。

"是啊。"

"我们很容易批判宗教的陈旧与落后。宗教都是愚昧的渣滓。我们已经有科学了。"

"对。"

"科学和技术。我们已经先进到不需要精神信仰了。"

"你到底有没有下文？"豪瑟尔问。

"我们忘记了宗教能够给予我们什么。"

"什么？"

"神秘感。"

这就是穆尔扎的核心观点。神秘感。所有宗教都要求信徒去信奉某种无以言表的概念。你必须做好心理准备，承认有些事物是自己永远都无法明了或理解的，你对此唯有坚信不疑。宗教概念中的神秘核心并不是需要探究的那种神秘，而是需要被珍惜的那种神秘，因为它的存在便是为了强调你个人在宇宙万物中的渺小微末。科学则痛恨这种观点，因为一切事物都应当是可解释的，而无法解释的那些事物便皆为虚伪，不值一哂。

外面的街道上传来一阵响动，瓦西里从灼目阳光中迈步走入。

"啊，上尉，"穆尔扎说，"我们正要派人去找你呢。"

"准备好出发了？"瓦西里问道。

"是的，我们要穿过老城前往一个会面地点。"豪瑟尔回答。

"我们的线人拿到东西了。"穆尔扎补充道。

上尉显得不太情愿："我有些担心你们的安全。近一个小时以来，整个地区都很动荡。我接到报告称我们在峡谷各个区域都与N旅部队发生了交火，这甚至波及到了罗兹尼卡巢都。徒步穿越老城会让你们非常暴露。"

"我亲爱的瓦西里上尉，卡斯和我都绝对信任你还有你的部下。"

瓦西里咧嘴一笑，耸耸肩。她是个三十来岁的漂亮女人，隆巴迪兵团的防弹装甲并未彻底掩盖住她优美身材的女性化特征。她的右胳膊搭着那把挂在肩头的镖弹枪。连接在武器和背包之间的装甲弹药带在阳光下熠熠闪亮。一副宽大的黄色塑料护目镜像飞行员头盔一样遮盖住了她的面孔。豪瑟尔知道，护目镜内部表面闪现着各种数据信息和目标图像。他曾经问瓦西里借来护目镜试戴过一次。她当时咧嘴一笑，立马摘下来给豪瑟尔戴好，将束带扣在他下巴上，随后开始详细解释各种指针和标签都代表什么意思。豪瑟尔其实只是想借机看一看她的整张面孔。她的眼睛很美。

在街道上，兵团部队正在集结。背着沉重仪器和摇摆天线的通信官像甲壳虫一样往来穿梭。士兵们检查着镖弹枪和热熔武器，排成射击队列逐步开拔。阳光照耀着他们的黄色护目镜。

一座规模可观的小型巢都占据着山峰顶端，激烈战火点缀其间。山脚处的外围城市被称为"老城"，那些古旧街道和庞杂建筑像树木根系一样延伸开来。豪瑟尔能听到南边传来的炮火声，头顶上也不时有火箭弹呼啸而过。

豪瑟尔和穆尔扎在这片地区花费了三个月的时间与精力，通过一大串复杂曲折的线人与中介关系才将祈祷盒追踪至此。据说那些盒子里存放着冲突年代之前的圣人遗物，这是当地一种古老信仰的宗教传统。其中一些也盛有书面文字或旧式磁盘。翻译其中内容的可能性尤其让穆尔扎感到兴奋。

至今为止他们已经找到了两个祈祷盒。今天，他们希望能够入手品相最好的第三个盒子，之后恐怕就要在愈演愈烈的巢都战事面前退避三舍了。一小群地下教派的信徒将那份珍宝看护至今，使它在六个世纪以来未见天日，但九十年前一位古董收藏家拍摄的照片证实了其重大意义。那位收藏家的图片也表明其中有着可观的文字材料。

"你们要听我的命令。"瓦西里说道，每天早上带领俩人出门的时候都是如此。

他们在武装护送下穿过城镇。

"你听到音乐声了吗？"豪瑟尔问。

"没有，不过我倒听说今天是你的生日。"瓦西里回答。

豪瑟尔脸红了起来："我没有生日。我的意思是，我不确定自己究竟是哪一天出生的。"

"你的档案里写的生日是今天。"

"你查过我。"豪瑟尔说。

她佯装漠不关心："我是领头的。我需要掌握这些信息。"

"好吧，上尉，我档案里写的那个日期是我养父决定的。我是个被捡来的孤儿，生日究竟算在哪天都一样。"

"噢。"

"那么你为什么需要知道呢？"豪瑟尔问道。

"我刚刚想起来，等到正事儿办完之后，今晚我们可以举杯庆祝一下。"

"好主意。"豪瑟尔说。

"我觉得也是，"瓦西里同意道，"你四十了，嗯？"

"祝我生日快乐。"

"你看着不显老，最多三十九岁。"

豪瑟尔笑了起来。

"你俩调完情了说一声。"穆尔扎开口道。他刚刚收到了线人传来的信息。那张图片里展示着掀开盖子的祈祷盒。图像清晰度比之前好多了。

"他像是在勾引我们。"豪瑟尔说。

"他说祈祷盒就藏在大约五百米之外的一座公共大厅地下室里,只等我们去拿。他已经和教派长老谈好了条件和价钱。对方很高兴能在整座城市被烧成白地之前把盒子转移到安全的地方去。"

"但他们还是想要一笔钱。"瓦西里说。

"钱其实是给线人的,不是给那些长老的,"豪瑟尔说,"这样也算是互惠互利吧。"

"咱们能走了吗?"穆尔扎尖锐地问道,"如果我们二十分钟之内还没到,他们就要取消交易了。"

瓦西里招呼部下继续前进。

"他挺不耐烦的啊,是不是?"她点头示意穆尔扎,轻声对豪瑟尔说。

"他有时候确实性急。他担心错失良机。"

"你呢?"

"这就是我们的不同之处,"豪瑟尔说,"我想要保护知识——不管是什么知识——因为任何知识都聊胜于无。至于穆尔扎,我觉得他渴望找到那些意义重大的知识,那种能够改变世界的知识。"

"改变世界?怎么改变?"

"我也说不好……比如揭示某种我们已经遗忘的科学真理,或者发掘一些失落的技术成就,抑或知晓神祇的名号。"

"我来告诉你怎么改变世界。"瓦西里说道。她从裤兜里拿出一张皱巴巴的照片。上面是个在明媚阳光中欢笑的少年。

"这是我妹妹的儿子,伊萨克。我家族里的每个男孩都叫伊萨克。这是传统。我妹妹负责结婚生子。我负责出来打拼。除了生活必需之外,我把挣的每一分钱都寄回家里去,寄给她和伊萨克。"

豪瑟尔接过照片看了看,随后还给对方。

"的确,"他说道,"我更喜欢你的方式。"

众人转过街角,看到了那架钢琴。

它被安放在路中央,是一架高档货,但已经缺了几块侧面挡板。不知道是谁把钢琴从被炸成空壳的房子里推出来的，或许只是因为它竟能逃过一劫。一位老人正站在钢琴前面弹奏乐曲。因为没有凳子，所有他不得不弯下腰来才能接触到琴键。显然他昔日技艺高超。如今他的手指依旧颇为灵活。豪瑟尔试着辨认那曲调。

"我就说能听到音乐声。"他说。

"离开街道。"瓦西里对部下发出命令。

"有必要吗？"豪瑟尔问，"他也没有妨碍到谁。"

"N旅成员会在孩子身上绑毒素炸弹，"她厉声回答，"这个老家伙完全可以在那架木盒子里藏一枚微型核弹，我可不打算冒任何风险。"

"有道理。"

老人抬起头，朝缓步逼近的士兵们微微一笑。他打了个招呼，手底下顺畅无滞地将乐曲转换。曲调变成了《统一的步伐》，绝对不会错。

"这老东西。"穆尔扎嘀咕道。瓦西里的部下已经围在老人身边，开始和善地劝说他离开。乐曲顿时漏了几拍，混入一些杂音。那老人笑了起来。《统一的步伐》变得轻佻而欢快。

"说到你的生日。"穆尔扎转身看着豪瑟尔。

"你之前从来都不记得。"

"你之前从来都没到过四十岁。"穆尔扎说。他将手伸进外套里："这是给你的，只是个小玩意儿。"

音乐声戛然而止。士兵们终于说服老人从钢琴前面离开了。老人的脚从强音踏板上抬了起来。一声金属轻吟顿时传出，恰似给钟表上发条时平衡摆锤的响动，那枚藏在钢琴里的微型地雷随即被引爆。

在一个人的心脏来得及跳动最后一下之前，钢琴便消于无形，那个老人也灰飞烟灭，他周围的士兵们像飘零的蒲公英一样化作四散尘埃，整条街道的路面骤然剥落成了暴雪般的漫天碎石，两侧的房屋土崩瓦解，穆尔扎在冲击波的推动下离地而起，他的鲜血泼溅到豪瑟尔眼睛里，豪瑟尔自己也飞了出去，宇宙万物的一切奥秘都在这生死交汇的短暂瞬间里被尽数揭示。

欧格维把天外来客送走了，自己考虑该作何处置。在接下来的四五十个小时里，除了送来一碗食物的那位仆役，天外来客便没有见到任何人，最终，那位名叫艾斯卡的战士带着头领的决定出现在门外。

"欧格说你可以留下。"他轻描淡写地说道。

"我要不要……我是说，接下来要如何？有没有什么正式的手续？我在记录故事的时候是否要遵循某种既定规章或者传统风格？"

艾斯卡耸耸肩："你有眼睛，对吧？你有眼睛，会说话，能记事儿吧？那就齐了。"

第二部
野狼传说

第五章

兵临欧拉米克静远联邦城下

考虑到当前情况，豪瑟尔询问是否应该让自己也佩戴武器。那些戴着骷髅面具的仆役们一边协助第三连战士准备空降，一边哈哈大笑起来。

野熊说那没有必要。

静远联邦在干船坞的核心区域部署了一队强能战士。这座球形船坞规模十分庞大，与一颗小型卫星体积相当。厚重的密闭式装甲外壳包裹着连绵不绝的蜂窝状合金脚手架，那台几乎完工的仪器就坐落其中，仿佛是嵌在柔软果肉里的一枚果核。

对于那台仪器的深层扫描未能揭示可观的信息，仅仅表明它是一个直径两公里的环形物体。并不显著的空腔回声意味着它不是一艘可供驾驶的飞船。在40号帝国远征舰队的指挥官眼中，任何一艘无人驾驶的飞船便只能扮演某种攻击手段，欧格维·欧格维·海姆施鲁特对此也毫无异议。

第三连从干船坞超结构的极点位置闯了进去。随后连队战士们便沿着包裹在那台仪器外围的庞杂支架网络爬向船坞主体建筑。野狼们手脚并用，借助任何着力点向下攀爬，也时常从横梁上纵身飞跃，落在下方的脚手架上。豪瑟尔本以为这个过程一定显得笨拙而粗鄙——身披战甲的阿斯塔特比平日更显壮硕，想必会像一群毛手毛脚的猿猴般在这片金属丛林里翻转腾挪。

事实上远非如此。他们的动作与步调中没有一丝猿猴的意味。他们在纵横交错的支架与梁柱间状如水银泻地，像是某种晶莹闪亮的深暗液体，比如蜜酒，或者鲜血。这是一股流淌滴落、聚拢奔涌的湍急黑潮，响应重力的召唤寻找最快捷的途径越过一切障碍。

日后，正是这段描述让豪瑟尔赢得了他在吟游诗人生涯中的第一句赞扬。

野狼们悄无声息地向下爬，没有费力的咕哝，没有疲惫的喘息，没有通信器的轻响，没有松散武器和凌乱盔甲的碰撞声。头发都已经被束在脑后，编成长辫或用发蜡固结。手套和靴底沾着由马鲸鳞片碾成的粉末以增加摩擦力。具有尖锐棱角的铠甲部分裹上了柔软皮毛。在一张张紧绷的皮革面具之下，他们缄默无言。

静远联邦的强能战士在体形和力量上与阿斯塔特不分伯仲。这是人工改造的成果。所有强能战士都配备着一系列感应装置，对于动作、光线、热量和气味具有相当可观的敏感度。然而它们依旧没有察觉到野狼的逼近。

豪瑟尔不禁猜想，为什么第三连的战士们都没有拿起武器。他感到愈发惊慌。泰拉在上，他们忘记拿出武器了！就在豪瑟尔快要开口提醒的时候，野狼们齐刷刷地从支架上纵身飞跃，径直坠向下方的强能战士巡逻队。

他们大多瞄准了敌人的脖颈。强能战士高大魁梧，但身披全套盔甲从天而降的阿斯塔特也足以将它们狠狠压倒在地。阿斯塔特用空闲的双手攥住各自目标的脑袋，朝敌人躯体摔落的反方向猛力拧动，将颈椎关节骤然扭断。

这是一种干净利落又冷酷无情的处决方式。野狼们利用自己身躯的重量将那些经过钢铁加固的脊柱折为两段。五十余根脖颈纷纷扭断的脆响昭示着这场战斗的开始。那些声音几乎重叠在一起，仿佛有人在这座宽广开阔的锃亮船坞里燃放了一串鞭炮，就像掰弄指关节的喀喀声。

事故警示和急救信号随即发出尖鸣。众多被撂倒的强能战士尚未死透，因为它们所谓的生命已经与常人的大相径庭了。那些强能战士如今只是陷入瘫痪，动弹不得，它们大脑发出的指令信号再也无法传递给全副武装的躯体了。种种警报声汇聚成一股怪异的合唱，在船坞的超结构中四下回荡。一层层紧急信号重叠累加，这意味着静远联邦的社会网络已经逐渐察觉到了目前的危机。

隐秘行动不再具备任何价值。

解决了第一批敌人的野狼们挺直身躯。他们手里突然都端起了武器。武装自己的最便捷方法就是从那些瘫倒在地的强能战士手中夺过它们时刻就绪的枪械。野狼们用整齐划一、锃亮如新的热能射线枪和重力步枪瞄准其余敌人。这些武器在狼群成员手中显得纤巧脆弱、格格不入，然而这一点无论何时都还轮不到豪瑟尔去加以评判。那就像是看到一群野狗嘴里叼着玻璃工艺品或者不锈钢手术器械。

豪瑟尔的故事并未包含这两句描述，而是强调了以下观点。用敌人的武器还施彼身，这恰恰是狼王的教诲。敌人或许有能力制造工艺超群的护甲，但经验丰富的野狼早已明白，敌人的防护能力往往与其武器强度成正比。这或许是有意为之的设计理念，但通常只是一种自然而然的思维方式。敌人往往认为"我知道盔甲强度可以达到某个特定水平，因为我有能力铸造此等强度的盔甲，因此我需要研制出可以击穿这种盔甲的武器，以免我日后遭遇到装甲强度与我相近的对手"。

　　热能射线枪会释放出炽热灼目的纤细光束。它们并没有什么戏剧性的音效，除了击中目标后的震耳爆炸声之外。

　　重力步枪则会投射具有超高密度的金属子弹，在船坞的温暖空气中交织出一道道转瞬即逝的模糊紊流，如同油腻手指在玻璃上留下的痕迹。这种武器相比之下要喧闹得多。它们开火时的咆哮像是清脆的鞭笞声，并且衬托着一种怪异的能量颤鸣。被热能射线击中的强能战士往往应声炸碎，烧成焦炭的内脏与白热的盔甲碎片四下横飞，而重力步枪那极具穿透力的子弹则仅仅制造出一个细如针尖的射入伤口，却在穿透敌人躯体之后留下一片大得夸张的模糊血肉。

　　这简直可悲。静远联邦的军事传统已有数百年历史，在几光年之内都声名显赫，强能战士则是其精锐力量。如今，它们却像踩上冰面的笨拙白痴一样纷纷扑倒，仿佛是一群小丑在表演无声闹剧，十几个、几十个强能战士轰然倒毙，双腿瘫软，甚至未能开火还击，一个都没有。

　　当强能战士终于开始重振军心的时候，野狼们便打出了手中的下一张牌。他们抛开缴获的枪械，拿出了自己的武器，其中以爆矢枪为主。静远联邦的社会网络已经狂乱地对于目前危机做出了紧急分析，并构建出一套快速应对方案。这仅仅花费了不到八秒时间。强能战士的主要防护手段是身躯表面重叠交织的钢铁皮肤，同时它们还配备着可以灵活调整的能量力场作为外层防线。在战斗打响的八秒之后，欧拉米克静远联邦的社会网络就成功地精确识别出了正在向强能战士开火的武器类型。它们立刻对单兵防护力场做出了相应调整。

　　因此，强能战士便基本免疫了热能射线和重力步枪子弹的攻击，而就在此时，它们却迎来了帝国爆矢枪的洗礼。

这对静远联邦的声望堪称雪上加霜。第三连的战士们分散开来，将武器端在胸前不断开火，把那些不知所措的强能战士成片扫倒。

豪瑟尔突然意识到，就是为了这个，为了这种工作，为了这样的行为——诸多野狼连队就是为此而生的。

他之前从未亲眼目睹过爆矢枪开火。在八十余年的岁月里，他经历过不少战事，但从未见过爆矢枪开火。爆矢枪正是帝国威权和泰拉统一的标志，将趋近极致的简单与粗暴集于一身。它虽然并未被限定为阿斯塔特的专用装备，但二者的形象早已密不可分。鲜有凡人能够驾驭如此庞大的武器。这些生硬粗糙的枪械是一个过往年代的左膀右臂，分外耐久而可靠，早已摒弃了种种容易导致失灵或卡膛的精细构造。它们是老旧科技的凶蛮产物，却并未被更加复杂的现代武器系统所取代，反而是至臻完美，愈发强悍。一位手持爆矢枪的阿斯塔特就如同一个端着步枪的士兵，只是前者经过了可怖的放大。

这景象让豪瑟尔重新意识到野狼身上的非人特性。他已经与这些战士相处得足够久，逐渐习惯了他们的庞大身形与居高临下的样子。

无论如何，与静远联邦的部队相比，野狼还是显得颇令人心安。

根据几名静远联邦俘虏的颅骨尺寸和其他体征数据，它们的确拥有来自泰拉的祖先。在古老长夜降临之前的某个时间点，一批泰拉殖民者携带着静远联邦的源头基因来到了银河中这个早已被遗忘的偏远角落。40号帝国远征舰队指挥官以及他的幕僚们一致认为，这场集体迁徙应当发生于第一个伟大科技年代之中，大概是在一万五千年前。静远联邦的科技水平极其先进，但是与泰拉乃至火星的技术标准天差地别，这就意味着多年以来的独立发展，以及潜在的异形文明的介入。

在远离泰拉的早期阶段，静远联邦的人类就抛弃了自身的人格。它们通过社会网络进行运作，用于相互交流的网状仪器在出生时便被植入于神经组织之中。在孩童时期，它们会经历仪式化的外科手术，切除绝大多数身体组织，最终迁入人造躯体。静远联邦成年个体所保留的有机结构基本只有大脑、颅骨和脊柱。这些残存的肉体被安放在一具工艺精巧的人形躯壳里，所需的能量由仿生机械器官来提供。

这就解释了为什么那些布满弹孔的强能战士尸首周围流淌着紫色液体，而非猩红鲜血。

静远联邦的民众用覆盖着银色回路的兜帽蒙住头颅，以全息面具替代了自己的脸。当它们被爆矢枪夺去性命之后，那些面具便闪动几下消于无形，暴露出隐匿其下的泯灭了的人性。

艾斯卡背着豪瑟尔与第三连同行，并吩咐他抱住自己的脖子。于是豪瑟尔就像块狼皮一样紧紧挂在艾斯卡身上，这对那位阿斯塔特而言却轻若无物。在他们沿着船坞支架网络向下攀爬的时候，唯一能够避免豪瑟尔当场坠亡的就是他死命抓住艾斯卡脖颈的几根手指。然而即便如此，他也从未将双眼闭上。这并非因为他已经习惯了纵身跃下埃特的风道从而不再恐高。这是因为他知道自己必须睁开眼睛。这是他应该做的。

野狼在船坞主体建筑中发动了攻击，艾斯卡便将豪瑟尔放在地面上，提醒他躲在自己身后。那片锃亮的庞大甲板在他们两侧延伸出去，像是他们从轨道上俯瞰的一颗星球那样具有弧度，他们头顶的支架网络则如同一团纠缠交错的浓密荆棘。爆矢弹四下横飞。

豪瑟尔并不需要他提醒。

在交火爆发的五分钟之后，静远联邦终于开始还以颜色。重力枪子弹从一位名叫加列戈的战士身上取走了狼群流下的第一滴血。加列戈咽下痛楚，挥舞着链锯斧扑向对手。那枚子弹并非强能战士的手笔。三名体形较小，担任技术职责的纤弱者捡起了某个死去的强能战士的武器，并将它架在一条过道上朝阿斯塔特开火。它们在慌乱绝望之中打偏了随后的两枚子弹，这便允许加列戈快步冲上过道，嘶号着用战斧把它们逐一肢解。那野狼充满快意地展开杀戮，伴着低沉咆哮将敌人的脆弱躯壳劈成碎片，引发出一声声凄厉断续的电音尖叫。

在加列戈完成杀戮之后，他满不在乎地挥了挥那根血淋淋的残破手臂，示意自己完全可以继续战斗，这个动作让豪瑟尔颇为胆寒。

几名强能战士把守着一座重要工程设施的入口通道，它们似乎配备了威力更为强大的重力步枪，或许是某种非单兵武器。一片爆发力惊人的凶悍弹雨从那座地下设施中席卷而来，将一马当先冲入视野的哈亚德化作灰烬。野熊立刻带领他麾下猎群的其他成员展开迂回战术。他们没有必要继续送死。豪瑟尔看到野熊掏出一柄整体铸造的小型手斧，在通道斜坡旁的墙壁上刻下了一个标记。他的动作快捷而灵巧。他显然多次铭刻过同样的标记——他四下猛力挥砍组成一个粗糙的菱形，第五道刻痕则将图案从中间一分为二。豪瑟尔仔细检视那个刻在金属墙壁上的标记，顿时意识到它究竟是什么。

那是一个极其简略的眼睛图案。那是一个驱邪神符。

欧拉米克静远联邦自始至终都极具敌意。它们满怀疑心，不愿建立任何正式对话，反而先后两次对40号舰队发动袭击，试图逼迫远征舰队离开静远联邦所辖的宇宙空间。在第二次冲突中，一艘帝国战舰连同其船员被静远联邦俘获。

40号帝国远征舰队的指挥官向静远联邦发出了警告，明确表示泰拉人类帝国的首要目标是和平接触与友善交流，但静远联邦的侵略性姿态绝不会被容忍。那艘战舰及其船员必须被交还。谈判将随后启动。帝国宣讲者会前去发起对话交流，促进相互理解。对此，静远联邦做出了第一次的直接回应。对方像是在教育懵懂孩童或是训练家养宠物一样解释道，静远联邦才是泰拉血脉唯一的真正传承者。正如其名号所表达的那样，它一直在静静等待与遥远家园重新建立联系。它已经极具耐心地熬过了充满险恶风暴的灾难岁月。

如今闯入其领土的所谓帝国则是冒牌货。他们的真实身份与他们口中所说不符。就连傻子都能看出来，他们一定是某种异形种族，妄图伪装成人类的模样蒙混过关。

为了支持这一论断，静远联邦给出了内容详实的帝国俘虏审讯报告。静远联邦宣称，每一名俘虏身上都体现出了超过一万五千个差异点，这足以表明他们是异形伪装者，这些解剖结果毋庸置疑。

40号远征舰队的指挥官立刻呼叫了最近的阿斯塔特。

豪瑟尔与狼群相处得越久，与阿斯塔特间的关系就越紧密。很多素未谋面的其他连队战士会特地前来找他，满腹狐疑地用一双双非人的金色眼眸上下打量他。

他们还并不信任豪瑟尔。只是逐渐习惯了在埃特里察觉到他的陌生气味。

要么是这样，要么是野狼们奉命接受他，而那道命令则来自某个能让芬里斯最狂野的杀手都俯首帖耳的家伙。

对于野狼们而言，讲述故事显然很重要，就像比图尔·伯考所说的那样。

"为什么故事很重要？"豪瑟尔问道，这天晚上获准与斯卡森以及棋友们一同进餐。板棋之类的游戏是用来磨炼战略思维的。

斯卡森耸耸肩。他正忙着把肉塞进嘴里，那狼吞虎咽之状已经超乎人类范畴。即便是饥肠辘辘的暴食之人也远不及此。这是凶猛野兽埋头进食的样子，它仿佛不知道何时才能再度捕获猎物。

豪瑟尔抱着一小碗炖鱼和几块果干坐在旁边。第五连的阿斯塔特则一边畅饮蜜酒，一边大啖烤肉，那些近乎鲜红的野味还散发着腥气。

"是因为你们从来不把东西写下来吗？"豪瑟尔追问道。

斯卡森大人抹了抹嘴边的血。

"关键在于记住。你如果记住了一件事儿，就能重复去做，或者不再去做。"

"也就是学习？"

"是学习，"斯卡森点点头，"你如果能把一件事儿当作故事来讲述，就已经理解了它。"

"而且故事能帮助我们铭记死者。"瓦兰格尔补充道。

"没错。"斯卡森说。

"死者？"豪瑟尔问道。

"他们如果被遗忘了就会变得孤独。谁都不该被同胞遗忘而变得孤独，即便他已经是个遁入黑暗下界的鬼魂。"

豪瑟尔借助灯光看着瓦兰格尔的脸。除了一张顶尖掠食者的漠然面孔，他无法从中解读出任何表情。

"在我沉睡的时候——"豪瑟尔开口道。他说出上半句之后，他的思绪却随即中断，他不知道要如何继续讲下去。

"然后呢？"斯卡森不耐烦地问。

豪瑟尔摇摇头，回过神来："在我沉睡的时候，在我被你们装进冰盒的时候，我听到过一个声音。它说它不喜欢黑暗。它想念篝火与阳光。它说那些梦境它都经历过成百上千遍了。它说它并没有选择黑暗。"

豪瑟尔抬起头，发现斯卡森、瓦兰格尔和周围其他第五连的成员都放下了食物，直勾勾地盯着他，竖起耳朵仔细聆听。其中几人甚至忘了抹掉下巴上的血迹。

"它说是黑暗选择了我们。"豪瑟尔说。野狼们咕哝着表示同意,只不过那声音从他们嗓子里传出的时候就变成了低沉咆哮。

豪瑟尔盯着他们。跃动的火光照亮了众多幽暗身影中的金色眼眸与苍白獠牙。

"那是个鬼魂吗?"他问道,"我听到的声音是来自下界的吗?"

"它有名字吗?"瓦兰格尔问。

"科米克·铎德。"豪瑟尔说。

"那它就不是鬼魂了。"斯卡森说道。他顿时泄了气,仿佛大失所望:"它几乎如此,但还不是。"

"那兴许比鬼魂还糟。"特朗克嘀咕道。

"别那样说!"斯卡森厉声斥责。

特朗克俯首致歉。"我知错必改。"他说道。

豪瑟尔询问他们究竟在说什么,但野狼们一个个缄口不言。诗人的故事短暂地勾起了他们的兴趣,但此刻他们都神色阴郁。头领将话题转回到死亡上。

"我们焚烧死者,"斯卡森说,"这是我们的传统。芬里斯并没有适合被当作坟墓的土壤。大地在漫长寒冬里坚硬如铁,在夏日里则变幻无常。我们不像其他人那样树立墓碑并将尸骨交给蠕虫。死者为什么会想要那样?他为什么会想让自己的鬼魂遭到镇压,被栓在一处?他的命线已经断离,他终于可以随心所欲地畅游四方了。他可不想被一块石头压住。"

"故事就比石头好多了,"瓦兰格尔说,"铭记死者是好事儿。你知道如何铭记死者吗,诗人?"

在东罗兹尼卡战地医院,负责照顾豪瑟尔的那位医生详细解释了一下当时差点就能保住他那条腿的过程。

"弹片损伤本来是可以被修复的,"医生说道,仿佛只是在随口谈论涂刷墙壁的细节,"但问题在于碾压损伤。爆炸把你震飞到一座楼里,又让一根横梁砸在你腿上了。"

豪瑟尔没有任何感觉。他的感官估计都被镇痛剂所麻痹了。隆巴迪兵团的战地医院拥挤不堪,人手奇缺,这位医生的手术服、口罩和帽子上都遍布血迹,他显然不是在每场手术前都能更换一套新的,但床边的金属托盘上放着几根刚刚用过的注射器。他们在豪瑟尔身上耗费了不少宝贵的医疗用品。他值得被特殊对待。他是一名地位甚高的来访专家。

很可能有几名普通士兵因此丧命，或是被迫遭受不必要的剧烈痛苦。

豪瑟尔没有任何感觉。

"我认为义肢是可行的。"医生鼓励道。他看起来疲惫不堪。他的目光黯淡无神。医生戴着沾满血迹的口罩，豪瑟尔只能看到对方的倦怠双眼。

"我目前无法做出恰当的评估，"医生继续说，"我手头实在没有足够的资源。"

只有一双眼睛，看不到口鼻。豪瑟尔没有任何感觉，但一股湍流在他被药物蒙蔽的脑海里骤然涌过。一双眼睛，没有口鼻，沾满血迹的口罩，只有眼睛。这不对。他常常看到的面孔与之相反。应该是一张嘴，看不到眼睛。一张微笑的嘴，没有眼睛。

一双很美的眼睛，藏在黄色护目镜下面。

"瓦西里。"豪瑟尔说。

"嗯？"医生回应道。外面有人在呼喊。装有一排排担架的运输车带来了新一批伤员。

"瓦西里。瓦西里上尉。"

"啊，"医生说，"她没能撑住。我们尽力了，但她的内脏损伤太过严重。"

豪瑟尔没有任何感觉。这种状态注定持续不了多久。

"穆尔扎。"他又说道。他的嘴唇像面团一样。他的嗓音比胶水还要黏稠。

"谁？"

"另一个来访人员。另一个专家。"

"很遗憾，"医生说，"他在爆炸中当场丧生了，几乎尸骨无存。"

在夺取静远联邦干船坞的行动中，有几位战士的命线被斩断了，豪瑟尔将他们的名字牢记于心。五名阿斯塔特，五个第三连的成员——哈亚德、安德桑·灰颚、风暴眼、修尔·冰行者以及弗塔格·红刃。

豪瑟尔亲眼目睹了其中两人的死亡，并且在事后详细询问了另外三例，如此一来就能或多或少地掌握每个人牺牲时的细节情景，从而为亡者各自的故事画上完满的句号。

举例而言，就在哈亚德被强能战士的重型武器化作飘散血雾和飞溅碎甲之前，他刚刚迎头冲向两名静远联邦的壮硕精锐，将它们扑倒在地。其中一个遭受重创，再也无法起身战斗。另一个则妄图向哈亚德展开还击，它的全息面孔闪烁不已，试图载入某种更具威胁性的图像，哈亚德则一拳打穿了敌人，这就是哈亚德，坚定不移，冷酷无情。这是个不错的故事。

豪瑟尔相信自己已经明白要讲述怎样的故事了。

安德桑·灰颚的爆矢枪被一发流弹所损毁，于是他就拎着链锯剑扫清了干船坞主体建筑中的整整一层。他一头扎进成群结队的强能战士和纤弱者之间，挥剑大杀四方。没有人真正目睹安德桑身中两枚重力步枪子弹，不过塞尔恰好看到了他轰然倒地殒命，并告诉豪瑟尔说安德桑那著名的灰色长须已经几乎被敌人的淡紫体液染成了靛青色。安德桑死得其所。他在身后留下了横陈四处的尸首与无数断离的命线。在安德桑故事的结尾，豪瑟尔还讽刺地补充道，他如今躺在紫雪上了。这让第三连战士们发出一阵会心的咕哝。

风暴眼是被热能射线送往下界的。他当时已经双目皆盲，整张脸都被烧焦，嘴唇熔融黏结，但他依旧在陨落之前用手中利斧将一个强能战士劈作两半。这是豪瑟尔亲眼所见。一个濒死之人将最后的对手拖入坟墓。这个故事的结尾引发了一阵肃穆而钦服的沉默。

俄桑·赤掌将修尔的结局告诉了豪瑟尔。修尔被称为冰行者，因为他酷爱狩猎，即便是在芬里斯那洁白死寂的恶冬里依然热情不减。他会抓起长矛或利斧走出山巅堡垒，埋头扎进阿萨海姆的高原荒野。大家都说他的热血永不冻结。这都是因为他喝了太多蜜酒，俄桑补充道。

在那一天，修尔的猎场便是这座干船坞。他斩获了很多战利品。这就是豪瑟尔所讲述的重点。修尔的怒火从未熄灭。他的热血永不冻结。

最后一位阵亡者是弗塔格·红刃。在夺取干船坞的故事落下帷幕之前，这是最后一段需要铭记并讲述的传说。弗塔格负责率领部队向船坞控制中心发动攻击，他们切断了静远联邦社会网络的喉舌，让所有传输数据顿时化作毫无意义的噪声。

那场突袭绝非豪瑟尔想象中的肆意破坏。弗塔格的队伍并没有像一群热衷于践踏文明造物的狂野蛮族那样将整套系统不分青红皂白地乱砸一气。与之相反，他们只是用磁力炸弹、爆矢枪和拳头摧毁了控制中心的特定组件，将主体网络的大部分设备完好保存，留交机械神教进行研究，若有必要的话还可以重新将其启动运作。

静远联邦的高层成员显然担心热兵器会在控制中心里发生走火事故。因而驻守于此的强能战士都并未配备枪械。这片区域——位于船坞空间中央，坐落在那台仪器正下方的一座半球形拱顶建筑——由数队超强能战士把守。这些高大巨人身披厚重装甲，手持震荡杖和加速锤。其中一些还长着两对手臂，如同古印度的蓝肤神祇。还有一些甚至生有两个脑袋，那宽厚的肩膀上并排安装着两枚用于盛放残存肉体的头颅，两枚头颅各自被覆盖在银色回路和全息面具之下。

弗塔格的队伍给它们上了一堂关于战斧技巧的课程。前去增援的乌斯特目睹了整场战斗。他说双方的臂膀皆具无穷神力，脚下的甲板随着每一次交手而颤抖不已。超强能战士与野狼都在开碑裂石的重击下趔趄倒地。那是一场凶蛮而刚猛的对决，锤斧相交的震撼隆隆声在控制中心数层甲板间回荡不已，闪亮的玻璃窗户纷纷碎裂，环布四周的控制台也被高大身躯砸成残骸。地毯上迅速洒满了玻璃碎碴、铠甲残片和紫色血滴。

弗塔格在控制中心入口舷梯上打倒了他的第一个对手。迎面而来的震荡杖被他低头避开。如果这一击正中目标的话，那么就算是芬里斯培育出来的强壮躯体也会粉身碎骨。那柄未能建功的敌方兵器带着一声呼啸划过半空，那呼啸就像是海豹之母的疲惫咆哮。

弗塔格因为被迫闪躲而步伐虚浮，但震荡杖即刻便要卷土重来，他赶不及把脚步站稳再挥动利斧了。他勉强递出手中武器，用斧头钝面击中了对手。超强能战士的一侧肩甲应声碎裂，它的手臂随之瘫软不便。它立刻双手交握震荡杖作为补偿。

但弗塔格已经收回战斧并调整了姿态，自上而下地挥动武器，将超强能战士的双臂一同斩断。

超强能战士显得犹豫不决，仿佛不知道自己接下来该如何应对。

"哦，赶紧死吧！"弗塔格低吼一声，像踢开门板一样抬脚将敌人踹倒。

此时他麾下小队的其余几名成员已经在舷梯顶端的大门入口处与敌军单位展开了交战。激烈的近身搏斗将门口彻底堵住了。弗塔格纵身翻过舷梯扶手，沿着一条环绕拱顶外表面的护栏展开迂回战术。当他挪到第一扇窗户旁边时，他抬起战斧将玻璃砸开,接着一跃而入。

整块玻璃轰然粉碎,泼洒在控制中心的地面上,那些负责操纵各种仪器的纤弱者在刹那间便起身逃窜。弗塔格只来得及将其中一个踢倒在地,砍作两截。一个超强能战士随即猛扑上来,弗塔格立刻抬起斧柄挡住对方的巨锤。他像一位棍术大师般用双手握住斧柄平端在身前,狠狠砸在那个静远联邦精锐士兵的胸骨上。随后他的斧刃便埋进了超强能战士的右肩。

战斧被牢牢卡住了。然而那个东西还没死,它凶猛地发起反击。弗塔格抽出长刀纵身迎敌,正是这把斩断过无数命线的长刀为他赢得了红刃的称号。他带着对手轰然撞在一座控制台上。他们两者加起来的重量将那座固定在地面上的控制台骤然掀翻,与之相连的下方缆线也纷纷被扯断。超强能战士攥住了他的脖颈,但弗塔格手起刀落,捅进敌人面孔正中。

它终于死了,头颅和四肢瘫软在控制台上,就像一个祭坛上的牺牲品。

没等弗塔格从敌人尸首上爬下来站稳脚步,他就被另一个超强能战士从背后狠狠击中。那是一柄加速锤,它砸碎了弗塔格的盔甲和左胯。

野狼低吼一声,转过身来面对敌人,在暴怒中瞪圆了那双生有漆黑瞳孔的金色眼眸。阿斯塔特的超人体质已经将痛楚压制下去,隔离了破损的血管,并释放大量肾上腺素来帮助弗塔格依靠半边完好的骨盆继续行动。

面前这个超强能战士便是那种双头四臂的怪物。它的上半截躯干和肩膀简直比一架台风型兰德速攻艇的驾驶舱还要宽阔。它用上方的一对臂膀握着那柄加速锤,恍若祭祀典礼中的持杖司仪。弗塔格勉强躲过了敌人的下一次攻击,那座翻倒的控制台以及瘫在上面的超强能战士尸体则被轰然砸扁。紧随而至的攻势扫中野狼的右边肩甲,将他打飞到另一座控制台上。弗塔格龇牙咧嘴地咆哮起来,口中喷出一滴滴鲜血,这头受伤的野狼如今愈发致命。

他迎面冲向超强能战士,扭住对方那双紧握武器的臂膀。静远联邦的精锐战士居然趔趄后退了几步。它无法将手臂挣脱出来。于是它用下方的那对臂膀发动攻击,试图打破弗塔格的钳制。它死死箍住弗塔格的破碎盔甲和受损胯部,从野狼喉咙里挤出一声痛苦呼号。阿斯塔特向敌人左侧的脑袋送去一记凶狠头槌,砸裂了那块全息面具。隐藏其下的真实面孔是一个形容枯槁的人类头颅,它被固定在塑料底座和繁复回路之中。没有眼睑的双目凝视着弗塔格。头槌的冲击让其中一枚眼睛顿时充满了紫色的假血。

弗塔格咽下一声尖锐嘶吼,再次猛撞一记。趁超强能战士头晕目眩的时候,他将加速锤从对方手里抢了过来,然而那沾满紫色液体的握柄从他掌中滑脱出去掉落在地。

更多敌人随即包围上来,而触手可及的武器只有那柄加速锤。这正是弗塔格的末日。在遭受自身枪械的打击之后,静远联邦早已调整了武器装备的运行设置。当弗塔格试图用战锤御敌的时候,那把武器立刻通过握柄释放出一股强大的能量冲击,致使野狼当场毙命。

围坐成一圈的战士们肃穆地点点头。诡计、陷阱、敌人的欺骗,这些都是战场上的致命危机。设身处地来看,大家都会做出与弗塔格相同的选择。那位战士凭一己之力拖住了超强能战士,让第三连得以夺取控制中心,他的死充满荣誉。

野狼牧师们前来照管亡者。豪瑟尔看到了自己苏醒那天在厨房兼医院兼太平间里瞥见的若干黑暗身影。隶属第三连的牧师名叫纳尤特·引线者。

弗塔格的死最令第三连感到困扰。他的身体组织被彻底烧焦。纳尤特·引线者告诉豪瑟尔说,他已经无法被加以回收了。

豪瑟尔不明白那是什么意思。

第三连发送信号表示干船坞已被攻陷,一艘战舰随即缓缓靠近。他们能感觉到船坞超结构在战舰强悍火力的打击下的阵阵颤抖。那些精准炮火将次级船坞和辅助舰船逐个湮灭,并使干船坞的主要弹射设施瘫痪了。

甲板震动不已。一股沉闷的轰鸣在四周回荡,就像是一口巨锣在某座遥远而空旷的大理石宫殿里杂乱无章地敲响。空气中泛起一股不同以往的味道,显得更为干燥,仿佛中央循环系统里混进了尘埃或灰烬。豪瑟尔感到了恐惧,比起与第三连一同身陷恶战时还要恐惧。在他的想象中,那群如僧侣般头戴兜帽的轰炸精算师们端坐在战舰火炮控制室的一圈圈阶梯式金色座椅上,嘴里像连珠炮一样念诵着庞杂繁复的瞄准算法,将打击目标传达给那些与武器阵列合而为一的机仆。他们注定会犯些错误,或许只是一个错位的小数点,但那就足以让一门高能激光炮或加速射线在六万公里的距离上向左右偏差一米。干船坞会像一枚爆燃的纸灯笼般化为乌有。

豪瑟尔意识到,这是因为他相信第三连的诸位成员会保他平安,即便最危险的强能战士也休想动他一根毫毛。他仅仅对那些他们无法控制的事物感到恐惧。

这场战争的下一阶段逐渐展开。大家得知远征舰队正在向静远联邦的家园世界发动全面攻势。第三连的战士们都聚集到了干船坞极点位置的机架去观看战况。

位于极点位置的机架如今已经门户大开，放任机械神教和帝国军队的各式飞船将大批人员运送到船坞建筑中。豪瑟尔与野狼们一起透过纵横交错的对接索和大大小小的舰船俯瞰下方。一扇扇巨型舱门在粗重悬臂的操纵下逐个张开，如同古老神话中的大鹏振翅。

再往下就是那颗充满整个视野的星球，它恍若一枚庞大无比的橙子。地面反射而来的阳光在真空中不受任何阻隔，显得分外灼目。

第三连的战士们纷纷爬到那些支架与横梁上去，寻找最为理想的位置来观看下方的战况。他们毫不在意那令人晕眩的高度。豪瑟尔努力维持一副淡然的表情，心里却时刻想要紧紧抓住任何触手可及的栏杆或突起。

他跟在艾斯卡·裂唇、神斩和乌耶身后，挪到了一根船坞横梁上。其他野狼则挤在附近的支架网络各处。

在他们下方三公里之外，一批重型运输舰正排成阵列驶入视野，战士们都目不转睛地看着。其中几人还指指点点地对一些技术细节加以评论。而豪瑟尔的注意力却被身旁那三名战士的姿态所吸引。他们看起来如同是从悬崖上俯瞰猎物的饥饿野兽。乌耶蹲在横梁上，另外两人则四仰八叉地趴了下去。豪瑟尔不禁联想到晒太阳的猎犬，它们一边疲惫地喘着粗气，一边保持警惕，时刻准备再次扑击。野狼们披挂的笨重盔甲似乎一点都不碍事。

一簇渺小而凶猛的火光突然在下方那片光明夺目的橘黄色大地上点亮，为轨道轰炸拉开了序幕。诸多深色斑点顿时玷污了静远联邦家园世界的大气层，那是冲天而起的浓厚黑烟与飞扬灰烬。这枚橙子的表皮染上了一块块淤青。步履蹒跚的运输舰随即开始投放空降部队，如同一群伟岸巨人向脚下泼洒细如尘埃的种子或谷壳。

野狼们开始大加评判。乌耶略带鄙夷地指出，40号远征舰队的指挥官以及他麾下的众多幕僚没有将轨道突袭和逐渐逼近的晨昏线重合在一起，在乌耶看来这是错失良机，他们未能有效利用夜幕降临所带来的心理效果和战术优势。艾斯卡表示认同，但又补充道，他也想把整场突袭安排在晚上，只是帝国军队不喜欢打夜战。

"眼神太差，"艾斯卡就像是在谈论废人或者动物，"我很遗憾。"他补充道。最后这句话他是扭过头对豪瑟尔说的，后者正紧紧攥着一根护栏，指节都变得苍白了。

"遗憾什么？"豪瑟尔问。

"他是指你的那枚人类眼睛。"神斩回答。

"兴许该有个人行行好，把你的那枚眼睛也给挖出来。"乌耶说。

三名野狼笑了起来。豪瑟尔也讪笑几声，表示他明白对方是在开玩笑。

野狼们将注意力转回到下方的攻势上。

"当然，如果是我说了算的话，"艾斯卡开口道，"我就把欧格维扔到敌人的主要城市里去，等到一周之后再回来把他拴好。"

三名野狼又龇牙咧嘴地大笑起来。豪瑟尔脚下的横梁都开始微微震颤。

附近传来一声呼喊。他们都转过头去。

野熊以及名叫欧齐尔的另一位第三连战士终于攻破了先前夺走哈亚德性命的那道防线，将盘踞在通道斜坡之下的强能战士彻底击溃。他们把那些俘虏拖到一个空旷位置，在众多第三连战士的围观下用一种显得过于血腥的仪式性手法将它们尽数屠戮。纵然静远联邦的士兵早已泯灭了人性，豪瑟尔依旧不由自主地将视线移开，不愿目睹这惨烈场面。两名战士将最残酷的手段留给了那支重武器小队的纤弱者指挥官。看热闹的第三连战士们纷纷高声呼喊表示支持。那肢解敌人的过程中似乎充满了喜悦。

"他们在驱逐恶灵。"欧格维说道。豪瑟尔抬起头。他完全没有意识到那位战甲焦黑的高大头领是何时走到自己身边的。

"什么？"

"他们在驱逐恶灵，"欧格维重复道，"施以最可怕的痛苦，让恶灵明白永远都不要回来。他们在惩罚恶灵，向它解释清楚，确保它不会再来烦扰我们。"

"我明白了。"豪瑟尔说。

"你明白就好。"欧格维说道。

那个纤弱者已经死透了。野狼们将所有尸体留在原地。

豪瑟尔看着野熊走到那条通道斜坡顶端,用手斧铲掉了自己先前刻下的驱邪神符。

第六章

晶莹城

"我已经目睹了七十五个春秋的流逝，"卡斯佩尔·豪瑟尔说道，"其中五十年都花费在这个项目上——"

"道马尔奖所表彰的正是——"

"我能把话说完吗？我能吗？"

亨瑞克·斯卢森点点头，抬起一只带着手套的手掌表示让步。

豪瑟尔咽了下口水。他感觉口干舌燥。

"我花了五十年，"他继续说道，"白手起家，把考据协会的整体理念一点点塑造成今天的样子。将我抚养长大的那个人让我明白了信息的价值和知识的宝贵。"

"我们都笃信于此，豪瑟尔博士。"三十六名书记员坐在斯卢森身后围成了一个半圈，其中一人开口回应道。豪瑟尔特意让瓦西里将这场会面安排在了学院的无名讲堂里，而非斯卢森所提议的教务长办公室中。这是一招攻心之计——如此一来他就能把斯卢森及其随行人员放在为学生准备的折叠座椅中，从而强调他自己的权威。

"我认为博士还有几句话要讲呢。"瓦西里对那位书记员说。她语调平缓，但话音里含着明确无疑的责备意味。瓦西里就站在豪瑟尔身后。豪瑟尔知道自己的助理正将一只手揣在大衣口袋里，暗自攥着那个小药瓶，以防豪瑟尔的身体承受不住当前的紧张局面。

瓦西里往往过于小心。这挺讨人喜欢的。

"考据协会的一切工作，"豪瑟尔说，"我的一切工作……它们都是为了增进人类对于宇宙万象的理解，而不是收集数据并装进一个暗无天日的档案库里。"

"请你向我说明，为何会有这样的看法，博士？"斯卢森问。

"请你向我说明，一位普通民众要如何从内政部的数据库里提取信息，次长?"豪瑟尔回应道。

"有一套正规程序。首先递交请求——"

"接着等待认可。这涉及层层官僚。最终获得准许的请求或许要耗费几年时间才能被兑现。而民众遭受回绝时往往不知缘由,也无从申诉。信息资源,宝贵的信息资源,就这样和普通行政数据搅成了一锅粥。瓦西里?"

"效率办公室当前的评估结果预计帝国中央管制下的数据量每八个月就要翻一番。仅仅是对这些数据的目录进行检索就已经是一项艰巨工作。在一两年之内……"

斯卢森对豪瑟尔的助理看都不看。

"也就是说问题在于提取信息的便利性,以及我们数据库的组织结构。我很乐意在这些话题上展开探讨——"

"我不认为这些是话题,次长。"豪瑟尔说,"我认为这些都是症结和借口。它们是监管与封锁的委婉形式。它们是控制信息流通的阴暗手段,用来决定谁能知道什么。"

"此话言重了。"斯卢森的语气中毫无波澜。

"这在我今天要讲的话里还远远不是最重的,"豪瑟尔回应道,"做好心理准备吧。在全球范围对于信息的高度管制,这已经够糟了。试图限制并掌控系统性知识在人类大众间的自由传播,这已经够糟了,简直堪称是阴谋。然而比这些还要糟的是由此引发的无知。"

"什么?"斯卢森问道。

豪瑟尔抬起头看了看讲堂的屋顶,上面那些用蛋彩画描绘的天使在石膏云朵间腾跃飞翔。说实话,他感觉有点头晕眼花。

"无知,"他重复道,"帝国急于将一切信息都据为己有,所以不加评估和检查便一股脑地纳入囊中。我们在收集数据时完全是囫囵吞枣。我们不知道自己究竟知道什么。"

"这涉及安全问题。"一名书记员开口道。

"这我明白!"豪瑟尔厉声说,"我所要求的只是更公开透明一些。或许可以建立一个论坛性质的分析机构,对新的数据进行审阅,进行评估。自从艾曼丁让你执掌大权已经过去了六个月,次长。自从你将考据协会引入这浓雾一团的内政部已经过去了六个月。我们在逐渐丧失活力。我们已经无法继续开展项目或者发起探索了。"

"我想你有些夸大了。"斯卢森说。

"单单是这一周,"豪瑟尔接过瓦西里递过来的数据板,"就有一百八十九项重大的考古学或人类学调查报告彻底越过了考据协会,经由你的办公室递交到内政部手里。其中有九十六项是我们直接出资的。"

斯卢森一言不发。

"很多年前,"豪瑟尔说,"我已经不敢想究竟是多少年前了,我曾经向某人提过一个问题。从很多方面来看,正是那个问题引领我们走到了今天这一步,并推动着考据协会根本理念的发展。那个问题有两部分,我很想知道你是否能够回答二者之中的任何一个。"

"继续。"斯卢森说。

豪瑟尔紧紧盯着对方。

"有人知道冲突年代究竟缘何而起吗?有人知道古老长夜的深重黑暗到底是怎样降临的吗?"

"你下一步有何打算?"瓦西里问。

"收拾箱子,"豪瑟尔回答,"你想帮忙吗?"

"你不能走。"

"我能。"

"你不能辞职。"

"我已经辞职了。你也在场。我向斯卢森次长表示希望能暂时脱离这个项目。我记得这叫学术休假。"

"你要去哪儿?"

"可能是卡利班。有一支调查队伍已经被派到当地的城堡图书馆,去审阅关于那些恐怖巨兽的记录了。这个主意听起来不错。或者火星。技师论坛向我发送过一项长期有效的邀请。总之是个有意思、有挑战性的地方。"

"这是个过激反应。"瓦西里说道。下午的阳光穿透了百叶窗,洒进这间位于巢都上层的豪华居所里。房间中真正属于豪瑟尔的物品寥寥无几,他正在将这些东西甩进模块式旅行箱里。他带了些衣服、若干喜欢的数据板和纸质书籍,还有他的弑君棋盘。

"次长的回应只是有些轻率，"瓦西里说，"是一套陈词滥调罢了。他没有那个意思。那都是政客的搪塞之词，等他明白过来之后肯定会把话收回的。"

"他说那不重要。"豪瑟尔说道。他停下手中的事情，看着自己的助理。他此刻正攥着一枚木制玩具马，还没想好是否要将它装进行李中。这个小物件陪伴他很久了。

"他说那不重要，瓦西里。冲突年代的根本起因对于这个崭新的黄金岁月而言无关紧要。我从没听过这样的蠢话！"

"那确实很傲慢自负。"瓦西里说。

豪瑟尔察觉到一丝微笑爬上自己的嘴角。他的腿有些疼，他在紧张状况下一向如此。他将木制小马放回书架上。他不需要这个。

"我非走不可，"他说道，"已经太久没有参与过实地工作了。我烦透了这些鸡毛蒜皮的琐事和勾心斗角的政治。我没这个天分。我没有一点点当官僚的愿望——你明白吗，瓦西里？一点儿都没有。这和我水火不容。我需要在一片挖掘场或者一座图书馆里工作，需要手上拿着铲子、笔记本或者相机。我不会走太久，最多几年。这足够让我在新环境里换换脑子了。"

瓦西里摇摇头。

"我知道我劝不动你，"她说道，"认得出你现在的那种眼神。它告诉我要离这个疯老头远点儿。"

豪瑟尔微笑起来。

"你看？这就是预兆。你已经得到警告了。"

静远联邦的家园世界，那枚橙黄色的夺目星球，它的所有重要位置上都覆盖着坚硬冰层。显然静远联邦对星球冰盖进行了人工加固，这如同是给它披上了一套装甲外壳。

欧格维接到了寻求进一步协助的信息。

"我们要去地表了，"菲斯·神斩对豪瑟尔说，"你也是，去记录故事。"

这听起来几乎像是询问，但其实是对于下一步行动的通知。

一艘艘风暴鸟驶入了干船坞那华丽到近乎奢靡的机库。在第三连战士们整装待发列队登机的时候，豪瑟尔注意到其中几人正半开玩笑地争执不休。

"怎么了？"他问神斩。

"他们在讨论你该坐哪架飞机,"神斩说,"你抵达芬里斯的时候是一颗从天而坠的灾星。谁也不愿意和灾星一起空降。"

"我可以想见。"豪瑟尔说。

他看着那些阿斯塔特,高声询问:"野熊是坐哪架飞机的?"

其中几人抬手示意。

"我就坐那架了,"豪瑟尔朝他们指向的风暴鸟走去,"野熊不会让我被打掉第二次的。"

除了野熊之外,第三连的战士们都大笑起来。那笑声中掺着低沉咆哮。

豪瑟尔不得不佩戴一套覆盖口鼻的塑料呼吸器,因为这颗星球的大气层里有某种不适宜于普通人类的成分。阿斯塔特则并不需要这样的防护手段。其中很多人连头盔都不戴。

风景美妙绝伦。几乎不见一丝云朵的琥珀天空明亮而透彻,仿佛是一整块棕色玻璃。所有事物都被染上一抹淡淡的橙黄色。这让豪瑟尔回想起某件事,他仔细琢磨了一阵才将那条记忆的丝线抽离出来。

等到他终于想起来之后,那幅往日图景却是清晰得令人惊诧。奥赛梯,在他四十岁生日的几天之前,瓦西里上尉咯咯笑着让他试戴那顶沉重头盔,豪瑟尔则眨着眼睛,透过宽大的护目镜窥视一个染上了橙黄色泽的世界。

随后豪瑟尔便在脑海里听到了一架老旧钢琴在弹奏那首《统一的步伐》,于是他努力将思绪移开。

部队降落在一片宽广冰面上。在橙黄色的天空之下,这块整体而言较为平坦的区域上点缀着大大小小的波纹,那仿佛是某种特意营造出起伏效果的地板纹理。然而这确实是坚冰。那些波纹是荡漾着的液体遭到急速冷冻的结果,帝国先遣部队的工程师们已经对此进行了穿孔取样。寒冰的化学成分符合先前轨道扫描的结果。一座座规模惊人的高塔刺穿冰面直入天际,这些如巢都尖塔般庞大的建筑与轨道上那座干船坞的设计风格如出一辙,相互间隔大约六百七十公里等距排布,仿佛是一个个嵌在香丸上的花苞。

坐在豪瑟尔身边的野狼所说的第一句话就是:"这鬼地方没有猎物。"

他的意思是,这片冰面毫无生机。豪瑟尔也有所察觉。这并非阿萨海姆的洁白荒野。这是一块人工塑造的地貌。他推想那些高塔都是能量发生器。

面对一场规模庞大的地外入侵，欧拉米克静远联邦利用其先进科技将天然冰盖扩展成了巨型护盾。这层厚度和硬度都相当可观的坚冰足以吸收轨道轰炸的大部分力量。

在冰盖之下的城市中，静远联邦正在准备发动反击。

帝国军队向几座高塔发动了大规模突袭。豪瑟尔看着无数士兵和装甲车辆如滚滚巨浪般从冰盖上席卷而过，他们沿着搭建在支撑柱上的塔桥涌向目标地点。凶猛火力在冰面上留下点点斑驳，高塔建筑周围的坚冰逐渐融化，这可能表明其内部机制已经遭受了一定程度的损伤。

火光无处不在。广阔冰面上星罗棋布的数千条滚滚烟柱朝头顶的赭黄天空升腾而起，喷薄着浓烟的损毁车辆只是苍白寒冰上一个个微不足道的黑点，轻易被埋没在汹涌前行的如潮攻势之中。他难以真正理解规模如此宏伟的场面，这就像一幅战争画卷的背景，衬托着前方某位脚踩头盔、拔剑而立的将军或统帅。豪瑟尔一直以为，画家在画中人物背后所描绘的灭世战场都经过了艺术手法的夸张和放大，意在凸显主人公的重要性。

然而面前的场景远远超乎他所见过的任何画卷：一片横跨大陆的战场，一支数以百万的大军。然而这支部队在横扫星海的帝国铁骑中尚且不及万分之一。在一个颇为矛盾的瞬间里，豪瑟尔骤然目睹了人类身上那相互矛盾的不同尺度：一方面伟岸强大的人类种族已经执掌银河，而另一方面渺小脆弱的个体士兵猝然倒地，立刻消失在无数同僚向异形壁垒发起冲锋的脚步之下。

静远联邦防御阵线充满鄙夷地向这支压境而来的大军投以摧枯拉朽般的凶猛火力。在帝国攻势最前端，静远联邦的武器打击将装甲车辆、厚重坚冰和凡人躯体一概化为残骸，连空气本身仿佛都遭到了扭曲。在一座座不祥的高塔顶端，灯笼形状的庞大炮台缓缓转动，不紧不慢地用湮灭万物的能量束洗刷大地，如同是某种可怖灯塔的指路明光。那些能量束在摩肩接踵的帝国大军阵势里留下一道道焦黑黏稠、热气腾腾的疤痕。

大批列队开进的超重型坦克作为冰面射击的固定措施，开始轰击高塔底层结构。建筑侧面逐渐碎裂，大团烟尘与残渣四下飞溅。远远看来，那些爆炸显得微不足道，一片片飞扬灰烬不过是些许飘散尘埃，但豪瑟尔明白这依然是与宏大尺度进行对比的结果。那些高塔无比雄伟。每一团暴雨般的碎片景象都不逊于整条街区化为废墟的场面。

他眼看着一段塔桥桥面骤然坍塌，塔桥带着立足其上的帝国部队遁入那道位于高塔与冰架之间的深邃裂谷。成百上千名士兵的渺小身躯翻滚着坠向末日，他们的盔甲和穗带在阳光中熠熠闪亮。几台装甲车辆也沿着塌陷的桥面滑入深谷，一条条飞速转动的履带崩解断折。大军全力冲击的那道外围防线则依旧紧闭大门、毫无懈怠。五分钟之后，一座高塔的附属炮台终于在超重型坦克的持续轰击下瓦解，如同山崩般轰然坍塌，其整体构造化为乌有，从高塔主体建筑表面倾覆而下，将又一段宽阔桥面砸落深谷。

豪瑟尔不禁猜想：究竟有多少名帝国士兵在那一秒魂飞天外，在那个瞬间里，在那震耳欲聋的轰鸣中？

我又为什么来这里？

"过来。你，诗人，过来。"

豪瑟尔将自己的旁观视线从这灭世景象上移开，看到了野熊被火光点亮的面孔。从野熊的面孔上，他无法辨别出一丝微笑，哪怕是任何表情。豪瑟尔早已发现，这名性情阴郁的野狼向来如此。他猜想野熊此刻格外阴郁，因为作为凡人的豪瑟尔居然给作为阿斯塔特的野熊制造了在连队同僚眼中，甚至于在所有芬里斯之子眼中十分尴尬的麻烦。

"去哪儿？"诗人问道。

野熊的毛发微微竖立起来。

"我说去哪儿就去哪儿。"他说道。战士转过身，别了别脑袋示意豪瑟尔跟上。

他们离开了那道泛黄的冰脊边缘，大部分第三连战士将此处当作观景台。在两人身后，一股愈发粗重的尘埃烟柱正缓缓占据那片琥珀色的天空。浓烟从高塔脚下的焦灼战场上拔地而起，像一座污浊但雄伟的冰山，用几乎令人胆寒的峰峦直刺天际。逐渐膨胀的烟柱顶端已经足有七十公里宽，这导致所有向高塔发起攻势的帝国战机编队都被迫完全依靠自动驾驶，否则他们将难以冲破那厚重云团。

豪瑟尔跟着野熊爬上冰脊。粉末状的泛黄冰雪沾在这位野狼战士的暗灰色铠甲上。柔软的雪坡时常塌陷滑脱，豪瑟尔步履蹒跚，然而野熊的每一个步伐都坚实稳健。他大步迈进，将披覆钢铁的双脚扎进雪地里，从不需要借助手臂来保持平衡。他逐渐将豪瑟尔甩在身后。

豪瑟尔紧紧盯着悬挂在野狼战士腰带和盔甲上的诸多漆黑皮索与符文饰品，一边想象自己攥着那些东西挂在野熊身上，一边努力加快脚步。

他们踏着曲折的路线爬上冰脊，旁边是一群群休憩的野狼战士，以及如怪物般庞大而阴郁的终结者，他们的厚重甲胄被打磨如新，在阳光下熠熠闪亮，大批奴仆正在对盔甲接缝和关节进行最后的调整与修复，他们的主人则不耐烦地想要回去观看战况。终结者们像一座座凶恶的青铜塑像般纹丝不动，都面朝那场鏖战的方向。

在第三连观景台的无形边界之外，帝国军队的后备部队和补给营地像一座露天剧场般铺展开来。第三连所在位置距离最近的岗哨也有大约两公里之遥，其间那片空无一人的死寂区域表明，帝国军队的任何士兵、军官乃至于特派员都丝毫不愿意出现在芬里斯野狼的视线之内。

可惜他们不知道，豪瑟尔心想，芬里斯上是没有狼的。

"跟上！"野熊转过头瞥了一眼。此刻他脸上终于显现出了表情。那是恼火。他的纷乱黑发将双目笼罩在阴影里，让他的眼眸闪烁着一股幽暗凶光。

穿着紧身衣又披挂皮毛的豪瑟尔早已汗流浃背。他上气不接下气，脖颈被晒得热辣辣的。

"来了。"他说道。豪瑟尔抹掉满脸的汗，从面罩内置的吸管里嘬了一大口水。他刻意停下脚步来喘口气。他想看看自己能把野熊逼到什么地步。他想看看野熊会做什么。

他希望野熊要做的不是揍他。

野熊冷眼旁观。在向干船坞发动突击之前，这位野狼将漆黑长发结成了辫子围绕在额头上，为第四型战甲头盔提供填充和缓冲。其中一条发辫有些松散，遮挡在了他双眼上方。于是野熊一边等豪瑟尔，一边将头发重新编好。

豪瑟尔又深吸了一口气，在令人瘙痒的燥热中活动了一下脖子，随后快步跟上。

他们踏入了帝国军队的营地。在区区几个小时之内，规模堪比大型殖民城镇的一座军营便已经凭空出现。大批开拓型和飞鸟型空天运输机依旧往来不止，在起落之间激起漫天飞扬的冰晶雪雾。大团细微冰雪捕捉到了强烈的阳光，营造出一段段彩虹。这片营地由事先建造的帐篷与密闭房屋拼凑而成，其中点缀着无数货舱、库房、弹药箱和车辆。在豪瑟尔看来，那就像是一团团米白、暗金、黄褐、锈红和浅灰色的霉斑或苔藓覆盖在洁白无瑕的冰原表面上。他事后提及这段描述的时候又赢得了野狼们的些许赞赏。

没有人前来质疑他们是否有权进入营地。大批巡逻队伍被部署在这座移动军营四周，其中有头戴筒状军帽并手持金顶长杖的萨瓦林侵扰者，也有身披半动力甲和及地长袍的G9K杀戮部队精锐士兵。然而从未有哪怕一支枪指向两人。当这位野狼带着一个步履蹒跚的凡人逐渐走近的时候，哨兵们都不约而同地将视线转移到某些更为重要的地方去了。在这座帐篷城镇的"街道"上，熙熙攘攘的军队人员给他们让开了一条宽敞的大路。

这就像一座露天剧场、一片繁忙集市，只不过商旅皆为现役军人，货品则都是弹药和补给。

"我们要去哪儿？"豪瑟尔问道。

野熊不予理会。他在营地中继续前行。

"嘿！"豪瑟尔喊了一声，快步追赶。他伸出手，拽住了野熊左侧腕甲的生硬边缘。塑钢摸起来十分冰冷。

野熊停下脚步，非常缓慢地转过身来。他看了看豪瑟尔，随后又低头看着那只抓住自己臂膀的脆弱手掌。

"我不该那样做的，是吧？"豪瑟尔小心翼翼地收回手。

"你为什么不喜欢我？"豪瑟尔问道。

野熊转过身继续前进。

"我对你无所谓好恶，"野熊说，"但我不认为你应该在这里。"

"这里？"

"和狼群在一起。"

野熊停了下来，回头看着他。

"你为什么来芬里斯？"他问道。

"好问题。"豪瑟尔说。

"那么答案是？"

豪瑟尔耸耸肩。

野熊重新开始迈进。

"头领想让你看些东西。"他说。

在豪瑟尔眼中，这座庞大的军营愈发近似于狂欢游行场地了，其核心位置矗立着一座宽敞的指挥部。支在头顶的凉棚一定程度上遮挡住了冰雪荒原的强烈阳光，经过层层强化的防爆墙板则是为了抵御任何偏离战场或极端幸运的敌军炮火。在近旁，一队身披锃亮银甲的机仆正忙着组装并启动一台便携式虚空盾生成器，在夜晚降临之前，营地中的重要区域就会被笼罩在一层焦灼的蓝色光幕之下。从桥梁远端传来的战场轰鸣被凉棚和墙板扭曲了，然而与野狼们所聚集的那道冰脊相比，这里反而显得更加喧嚣震耳。

大约有两百人挤在那座中央顶棚之下。他们重重环绕一张移动式战略台，上面闪烁着若干全息投影。

由全部帝国军官组成的人群在豪瑟尔以及那位高大的阿斯塔特面前分散开来。当他迈上那道自动抬升的连锁阶梯时，豪瑟尔感觉到耳中一声轻响和脸上些许寒意，这表明他刚刚走入了一个人造环境泡。于是他解下呼吸器，让面罩挂在脖子上。他闻到了清新的空气，以及众人燥热、紧张而疲惫的汗味。

欧格维就在人群中央，面前是那张战略台。他身旁没有任何第三连战士作为护卫，而且他未着头盔，并卸下了覆盖手臂、肩膀和躯干位置的大部分铠甲。他的腰部以下位置依然披挂重甲，修长而苍白的双臂从那件黑色橡胶质感的无袖紧身衣中延伸出来，一根根垂挂的供能管和散热条如同坏死的毛细血管，再加上那中分的黑发，欧格维看起来恰似乡村集市上一位站在围观人群中间的赌拳斗士。

从小在教区长大的豪瑟尔见过很多那样的人。乌维教区长有时候会带着孩子们去参加乌尔工程营地里的节庆集会，在那座从宏伟蓝图慢慢变成壮丽现实的梦想城市脚下，建设大军会定期暂停劳作来庆祝天主节、圣诞节和神圣建筑师日，以及各个工人结社的诸多传统节日。这些假期基本上都是纵情狂欢的借口。往往会有赤裸上身、虎背熊腰的建筑工设下一场来者不拒的拳击比赛，赌注便是啤酒、金钱和众人的欢呼。那些家伙至少要比看热闹的人群高上一头。

然而在这里，围观者们是帝国军队的现役军官，其中不乏令人畏惧的高大壮汉。于是鹤立鸡群的欧格维便如同一个骨架粗大的怪物。皮肤苍白之极的头领像是由坚冰雕琢而成，在旁人都满脸通红、汗流浃背的时候，对这无情的燥热却毫不在意。穿在他下嘴唇上的粗重银环营造出一种挑衅嘲讽的意味。

豪瑟尔不禁猜想：欧格维为什么要卸下战甲？他看起来很……不正式。他为什么要让我来这里？

野熊带着豪瑟尔在人群最外围停下脚步。欧格维看到了两人。他正在与三位帝国军队高级将领展开激烈讨论。他将双掌按在战略台边缘，俯身前倾，用手臂支撑住自己的重量。这个随意的姿态显得颇为轻蔑。军官们看起来都有些手足无措。其中一个是奥崔玛战地指挥官,他恭顺地举起一台全息投影仪，让他的顶头上司总督阁下可以借助影像参加会议，这恰似一位侍者抬着装有牛头的餐盘。他旁边那位体形健壮、脾气暴躁的 G9K 杀戮部队作战大师身穿一袭防弹大衣，头上戴着坦克驾驶员的绗缝皮帽。第三位军官长着满脸雀斑和淡金色头发，他那套一丝不苟的整洁制服属于锯齿坦克团。听到欧格维开口讲低哥特语是件新鲜事——首先他居然会说这门语言，再者他的粗重双颚与满口獠牙竟能发出那些脆弱的凡人音节。

"我们在浪费时间，"欧格维正说道，"这场突袭的力度不够。"

奥崔玛总督的全息影像发出一阵暴怒的尖吼，那声音经过数字化传输后略显扭曲。

"这是对于整场全球攻势的公然侮辱，"那个投影宣称，"你越权了，头领。"

"我并没有。"欧格维欣然纠正道。

"你的评论确实是在批判这场攻势的合理性。"锯齿坦克团的军官开口了，他的语气和那位总督相比要更加委婉，大概是因为他亲身站在欧格维面前。

"没错。"欧格维表示同意。

"你认为这样的力度还'不够'？"G9K 指挥官挥手示意众人面前的战略全景。

"不够，"欧格维说，"作为一场大规模轨道空降，这确实还好。我猜是你们其中之一安排的？"

"我有幸为远征舰队指挥官筹划了入侵行动的整体方案。"总督说。

欧格维点点头。他看着锯齿坦克团军官。

"你能用一把枪杀人吗？"他问道。

"当然。"那人回答。

"你能用一把铲子杀人吗？"欧格维又问。

对方皱起眉头。

"可以。"他回答。

欧格维看着G9K军官。

"你，你能用一把铲子挖洞吗？"

"当然！"那人答道。

"你能用一把枪挖洞吗？"

对方默然不语。

"你得运用合适的工具才能把事情办好，"欧格维说，"你们手里有一支配备完善的大军，面前是一颗需要征服的星球。但并不是说你把前者往后者上面一扔，就万事大吉了。"

欧格维转头看了一眼野熊。

"就好像你不会试图用斧子去猎杀食尸猫，是吧，野熊？"

野熊发出一阵猛兽嘶吼般的笑声。

"老天，当然不会！我非得用长矛才能穿透那层皮毛。"

欧格维重新面对几位指挥官。

"你们需要合适的工具，明白了吗？"

"莫非你们就是合适的工具？"总督问道。

豪瑟尔听见锯齿坦克团的军官轻声惊呼并稍稍后退了一步。

"适可而止，"欧格维对那个全息影像说，"我这是在帮你们挽回一些颜面。如果战局持续恶化的话，到时候在舰队指挥官手里吃苦头的可不是我。"

"我们非常感激阿斯塔特所能提供的一切建议。"托着全息板的那位战地指挥官突然开口，将手里的仪器拿到旁边，以免上司的影像再说出什么挑衅言语。

"这就是为什么我们会向你们发出求助。"G9K军官补充道。

欧格维点点头。

"毕竟，我们都服侍泰拉的伟大帝皇，对不对？"他微笑起来，露出满口獠牙，"我们都站在一条阵线上，为了同样的目标而战。他创造出芬里斯的野狼，就是为了去摧毁那些坚不可摧的敌人，所以你们不必多说，甚至都不必太礼貌。"

欧格维看着总督影像上那张微微闪烁的面孔。

"不过一点儿基本的尊敬总是好的，"他说道，"注意了，我要把话说清楚。你们如果想让我们介入，就不要妨碍我们。你要回去联络你们的上司，确保他们向远征舰队指挥官发出正式通讯，明确告知他们，我的阿斯塔特将要接管行动指挥权，直到战争结束。在得到确认之前，我不会动一兵一卒。"

豪瑟尔暗自思索：欧格维为什么希望我目睹这一幕？他想让我感到敬畏吗，仅此而已？他想让我看到，远征舰队的高级军官被他随意威吓摆布。他想让他们看到自己卸下铠甲的轻松态度。

会议随即告终。欧格维朝野熊和豪瑟尔缓步走来。

"你看到了？"他用尤维克语问。

"看到什么？"豪瑟尔回应道。

"看到我带你来看的东西。"野熊厉声说。

"大家都惧怕你？"豪瑟尔问。

欧格维微微一笑。

"这没错。同时，我也遵循战场的准则。我们遵循战场的准则。芬里斯之子遵循战场的准则。"

"你为什么一定要我明白这一点？"

"阿斯塔特第六军团名声在外。"野熊说。

"所有阿斯塔特军团都是名声在外。"豪瑟尔回答。

"我们与众不同，"欧格维说，"我们以凶蛮手段为人所知。在外界看来，我们本性狂野、桀骜不驯。就连其他兄弟军团都认为我们目无纪律、兽心未泯。"

"但你们并不是那样的？"豪瑟尔问。

"我们仅在必要之时才会如此，"欧格维说，"但如若那果真是我们的常态，我们早就死光了。"

他俯身看着豪瑟尔，如同一位训导孩童的家长。

"我们要让自己如此危险，是需要极大自控力的。"他说道。

距离出发的时间还有一两个小时，豪瑟尔请求在帝国军队营地里多待一会儿。欧格维早就不见踪影了。野熊交给豪瑟尔一支小型定位杖，告诉他只要信号响起就立刻返回空降地点。

豪瑟尔很久没有和普通人类相处过了，早已重生为某种异于常人的个体，昔日种种皆恍若隔世。自从苏醒以来,豪瑟尔在狼牙要塞里与狼群生活了接近一个大年之久,逐渐适应环境,熟悉他们的习惯,了解他们的故事,探索埃特中的无数幽暗厅堂。

一直以来,有三件事物是他无法触及的。其一是狼王本人。豪瑟尔甚至不知道第六军团原体在这段时间里是否驾临过芬里斯。他对此深表疑惑。狼王理应身在天上,率领众多连队为帝皇效忠。豪瑟尔不得不承认,斯卡森和欧格维恐怕就是他能接触到的最高阶的野狼了。

其二是一个秘密,与豪瑟尔本人息息相关。豪瑟尔很难说清楚自己究竟是如何意识到的,但他就是知道。这是一种感觉,一种本能。野狼们经常用类似的方式描述特定战斗场景:某种源自五脏六腑的刺激信号让他们在弹指间做出了生死攸关的抉择。对于这份特殊的感知能力,他们一向颇为自豪。于是豪瑟尔也大言不惭地认为,自己在野狼的社会中浸淫许久,逐渐学到了同样的技巧。

倘若确实如此,那么他的本能就有话要说。阿斯塔特和众多仆役向豪瑟尔隐瞒了某些细节信息,某个关键的秘密。其蛛丝马迹细微难察。他并未捕捉到任何明显的迹象,比如当他走进房间时众人的交谈戛然而止,或者开口讲话之人在略加思虑后便缄默不语,诸如此类。

其三便是帝国凡人臣民的陪伴。

在第一个大年的尾声,第十连结束了在钴蓝二次战争中的漫长服役,终于回到埃特,第三连则随之重返一线战场,奉命前往戈格玛戈格星团寻找40号远征舰队并提供支援。

作为吟游诗人的豪瑟尔理应随军出发,这一点似乎是毋庸置疑的。他属于连队辅助人员,与数目众多的仆役、铸甲师、飞行员、机仆、乐师、补给官和屠户没有分别。

连队登上了尼德霍格号,这是第六军团麾下众多阴郁刚硬的战舰之一,他们随即在大批辅助舰船的簇拥下向亚空间展开了跃迁。九周之后,连队在戈格玛戈格二号行星附近的孟德维尔点返回现实宇宙,与40号远征舰队建立了联系,此时后者正徒劳无功地向静远联邦所属疆域发起推进。

"你算是个什么东西?"

豪瑟尔从战略台上抬起头,发现问话之人是那位刚刚与欧格维会谈的G9K

杀戮部队作战大师。

"你有权限来这里吗？"那人问道，自从虎背熊腰的阿斯塔特离开之后，他的胆子显然大多了。

"你知道我有权限。"豪瑟尔答话中的自信让他本人都颇为惊讶。对方看起来还不买账，于是豪瑟尔将自己在一个大年里留出的长发拨到一边，明确展示出那枚黑瞳金眸。

"我是一个观察者，阿斯塔特第六军团授权如此。"豪瑟尔说。

作战大师脸上浮现出了反感。

"但你是人类？"

"基本上是的。"

"你怎么能跟那些野兽一起生活？"

"首先，我会注意自己的言辞。你叫什么名字？"

"帕威尔·科林，一级作战大师。"

"我明显注意到，大家都不喜欢有野狼这样的盟友。"

科林迟疑地打量着豪瑟尔。

"我想，我也该注意自己的言辞。"他说道，"我可不想让他们透过你的眼睛审视我，再决定给我点儿教训。"

"我不是干这个的。"豪瑟尔微笑起来，"我可以保守秘密，选择性地汇报情况。我想听听你的看法。"

"所以你到底是……干什么的？编年者？记述者？"

"差不多吧，"豪瑟尔说，"我负责记录故事。"

科林叹了口气。他是一个拥有普鲁士血统的大个子，在举手投足之间都是职业士兵的姿态。G9K作为前线部队声誉出众。它最为著名之处在于其古老的奖励机制和晋升系统，据说那套独特传统源于上古年代，可以追溯到众多依赖商业城邦出资赞助的佣兵团体。科林既然身居一级作战大师之位，想必是久经沙场的善战老兵。

"谈谈你的看法。"豪瑟尔说。

科林耸耸肩。

"我见得多了。"他开口说，"我知道，我知道，这听起来像是老兵油子的那一套。但相信我。我在这场远征里已经混了三十七年。三十七年，八场战役。

多糟的事儿我都目睹了。我见过阿斯塔特四次。每一次都让我胆寒。"

"他们理应让人感到恐惧。否则他们就失去功效了。"

科林看起来丝毫没有被说服。

"对,但这完全是另一个问题,"他回答,"要我说,人类如果想夺回这个伟大帝国,就该依靠自身的力量亲力亲为,而不是创造出一些超人来替自己干活。"

"我之前听到过类似的观点。这确实有些道理。但是若没有阿斯塔特的话,我们连统一泰拉都做不到——"

"没错,没错。但是等到事情办完之后又要如何?"科林问道,"在远征结束的那一天,我们要怎样处置这些无比强大的阿斯塔特?这些永远只能扮演武器的家伙在和平年代该怎么办?"

"或许战争总会存在。"豪瑟尔说。

科林厌恶地撇着嘴。

"那我们都是在浪费生命了。"他回答。

他手腕上那枚包裹着黑色橡胶的通信器突然鸣响一声,他低下头检视屏幕。

"命令已经下来了,六小时之内撤离,"科林说道,"我得去看一眼情况。你要是愿意的话,可以跟我走走。"

他们迈出指挥中心,回到了阳光炙烤下的开阔空间。豪瑟尔察觉到人造环境泡在一声轻响中被他抛在身后,于是重新戴上了呼吸器。军营中的忙碌程度已经显著提高。在营地边缘之外的那一段段彩虹之间,大批运输机正排成一条蜿蜒的队列悬浮于冰封荒原上空,轮流着陆来装载乘客与货物。最远处的那些飞机在诡异热霾的笼罩下泛起阵阵波纹。

"如此说来,你很反感阿斯塔特了,作战大师?"两人信步穿过营地时豪瑟尔问道。

"完全没有。他们超凡脱俗。我刚才说了,我见过他们四次。"

他们走进了作战大师的指挥所,此刻已经有数十名G9K军官和技术人员着手拆解这座带有人造环境的大型帐篷。科林来到一张小书桌前面,开始收拾自己的物品装备。

"有一次是死亡守卫,"他伸出一根手指开口道,"他们兵力规模很小,但杀伤效率极高。还有圣血天使。"第二根手指,"那是在弗雷姆的一颗卫星上,当时围绕一座酪蛋白工厂的战局急转直下。他们就像是……就像是天使降临。我不是要故意夸大。他们救了我们。他们仿佛是去拯救我们的灵魂。"

科林抬头看着豪瑟尔。他伸出第三根手指。

"白色伤疤,在X173复星并肩作战六个月,剿灭异形。他们绝对专注,彻底投入,冷酷无情。我凭良心说,无论是他们的责任感、对远征大业的忠诚,还是作为战士的超群技艺都让人无可置疑。"

"你说一共是四次。"豪瑟尔追问道。

"是的。"科林回答。他抬起第四根手指的样子让豪瑟尔联想到投降的姿态。

"太空野狼,两年前。那是他们所谓的第十连。在那场见鬼的钴蓝战争里,他们前去提供支援。我听过一些说法。我们都听过一些说法。"

"什么说法?"

"星际战士与星际战士是不一样的。他们有些是超人,有些是怪物。据说为了培育完美无缺的阿斯塔特,指引全人类的帝皇做过一两次出格的事儿,结果创造了一些不该被创造的东西,那种理应夭折或者被溺死的畸形。"

"狂野的东西?"豪瑟尔问道。

"其中最糟糕的就是太空野狼,"科林继续说,"他们是野兽,泰拉在上,那些和我们一同作战的家伙是野兽。当你开始同情敌人的时候,那就意味着你的盟友实在太可怕了。他们屠杀一切,毁灭一切,而且最糟糕的是,他们非常享受让敌人末日临头的过程。他们身上没有任何令人钦佩和振奋的东西。他们给人留下一种酸苦的回味,就好像我们为了获胜而向他们求援是在作践自己。"

科林停住话头,转过身向几名军官下达指令。他们都十分恭敬,训练有素,反应及时。豪瑟尔看得出来,科林是那种用严明纪律来确保部队顺畅运作的军人。其中一名体格壮实,留着络腮胡子的次级军官递给科林一块数据板。他充满敌意地瞪了豪瑟尔一眼。

科林将数据板还给部下。

"全面撤离地表。"他说道。他显得垂头丧气:"所有部队。我们要退出战局,让野狼独自解决。妈的。这场突袭让我们死了几千人,结果就这么完了。"

"总好过再死几千人。"

科林坐在椅子上，打开背包，掏出一个略微变形的金属酒瓶。他倒了满满一盖递给豪瑟尔，随后对着瓶嘴猛喝一口。

"在40号舰队发现能帮我们对付静远联邦的阿斯塔特就只有那些野狼的时候，我们差点儿都要收回请求了。我这是听舰队指挥官身边一个高层人物亲口说的。我们确确实实认真考虑过，是否应该避免再和野狼扯上关系。"

"你们宁愿面对失败？"

"结果很重要，但达成结果的手段也很重要，"科林回答，"关键问题在于，那些野狼到底是干什么用的？帝皇为什么要把他们塑造成那个样子？究竟有什么理由能让他培养出如此非人的东西？"

"你能够回答这其中任何一个问题吗，作战大师科林？"

"要么是帝皇作为人类新纪元的设计师并非如我们想象中那样完美无缺，照样会失手创造出一些梦魇，要么是他早已预料到某种我们难以想象的可怕威胁。"

"你更希望是哪一个？"

"无论哪一种解释方式都很难让我对未来充满信心，"科林回答，"你既然和他们待在一起，那么有答案吗？"

"没有。"豪瑟尔说。他刚把酒喝完，科林又给他续了一杯。这是某种烈酒，是干邑或者杜松子酒，科林脸上已经泛起潮红，但豪瑟尔除了喉头的轻微灼烧感之外没有其他感觉。芬里斯上的生活显然让他的酒量大有提升。

"我们在钴蓝星区对抗的那些敌人，"科林轻声说道，"致命而高傲。它们对于人类的行为和事务毫不关心，也完全有能力与我们打成对峙局面。它们的宏伟星舰就像城市一样。我亲眼见过。我参加了对其中一艘的突击。有人管它叫晶莹城，因为它就像玻璃制品一样闪闪发光。我们事后得知，那个构造体在它们的语言里名叫苏耶萨，是一个所谓的工艺世界。无论如何，我们始终没能搞明白，它们究竟为什么与我们作战，又是在保护什么。我们大概只知道它们是要阻止我们接近某处或是染指某种东西，反正你能意识到，它们肯定是有什么值得捍卫的事物。某种遗产、历史、文化。最终那一切都没了。"

科林低头盯着酒瓶，仿佛真理便潜藏在瓶底的黑暗深处。豪瑟尔猜想，对方或许长久以来都试图在那里寻找答案。

"最终，"科林说道，"它们开始哀求了。野狼降临在它们头上，那座城市星舰分崩离析，它们意识到自己即将失去一切。它们开始哀求我们提出条件，似乎只要能挽回丝毫也远远胜过失去一切。我们从未真正理解它们究竟想表达什么，或者它们能做出怎样的投降。我个人认为，它们愿意牺牲全部性命来保住晶莹城。但那时已经太晚了。野狼绝不停手。他们把那座城市夷为平地。野狼摧毁了一切。他们所过之处寸草不生，他们甚至没有留下一丁点儿能够回收的东西，没有任何值得保存的战利品。所有东西全被野狼毁了。"

科林随即陷入沉默。

野熊交给豪瑟尔的那支定位杖发出一声轻响。

豪瑟尔放下酒瓶盖子，朝作战大师点点头。

"多谢你请我喝酒，还有陪我聊天。"

科林耸耸肩。

"我觉得你可能把野狼想得太坏了，"豪瑟尔补充道，"他们或许遭到了误解。"

科林像是笑了一声。

"所有怪物不都是这么说的吗？"他反问。

豪瑟尔离开了 G9K 的指挥帐篷。周围的部队人员都忙着拔营，准备离开地表。

他站在原地查看定位杖的方向指示。在他背后，有人咒骂了一句。

他扭过身子。

科林手下那位留着络腮胡子的副官正带着其他几名 G9K 士兵把一批抗震箱装到卡车上。

"你刚才是对我说话吗？"豪瑟尔问道。

络腮胡子的目光里充满怨毒。他放下手中的箱子，朝豪瑟尔走了过来。他的部下们原地旁观。

"狗屎畜生。"络腮胡子嘶声道。

"什么？"

"滚回去和那些肮脏的东西混在一起吧。你应该感到耻辱。他们不是人类。他们是畜生！"

豪瑟尔转过身去。这家伙虎背熊腰，咄咄逼人，显然情绪不稳。豪瑟尔这辈子一直都努力避免类似的正面冲突。

络腮胡子一把抓住豪瑟尔的右臂。他攥得诗人生疼。

"你就把我的原话转告他们，"他说道，"为了这场地表突击，杀戮部队一天里就死了一千七百人，现在那群白痴畜生叫我们滚蛋？一千七百条性命就这么白费了？"

"你显然很沮丧，"豪瑟尔说，"这场战斗损失惨重，我很同情——"

"去你妈的。"

络腮胡子手下那几个搬箱子的士兵围拢过来。

"放开我的胳膊。"豪瑟尔说。

"不然呢？"络腮胡子问。

"跑！"穆尔扎说。

在这种事情上，穆尔扎通常都是对的。豪瑟尔觉得这并非由于穆尔扎是个懦夫，而是因为他更加理智现实。毕竟，他们两人都不会打架。他们是学者，是数据考古专家，是思维不凡但体格平庸之人。他们谁都没有接受过任何军事训练，也没有上过什么自我防卫课程。他们手无寸铁，能够利用的只有自己的脑子，以及一份授权文件，文件上面标示着他们的姓名，三十出头的年龄，以及作为统一议会所指派的考据者前来卢泰西亚展开工作的身份。

这两样东西都帮不上他们的忙。

"绝不能任由他们这样——"豪瑟尔开口道。

"噢，你就赶紧跑吧，白痴！"穆尔扎回头大喊。

实地考察队伍的其他成员不需要进一步的催促，都已经开始埋头狂奔了。他们冲进那座死寂教堂周围的纷乱小巷，在迷宫般的卢泰西亚贫民窟里四散逃命，脚下皮靴狂乱地敲打着石子路。

那座教堂如今只是一具庞大的建筑尸骸。在三千年前的第十九次欧洲分裂战争中，它作为宗教场所的身份便已经凋亡，自那之后教堂被数次挪作他用：它当过三个世纪的议会大厅，接着是陵墓、制冰厂和济贫院，在屋顶最终全部坍塌之后则成为了集市。在最近的八百多年里，它仅仅是个空荡荡的躯壳，是一个具象化的回忆，用锈迹斑斑的钢铁肋骨直面头顶的阴郁天空。

关于它过往荣耀的谣言恐怕要比那些钢铁肋骨苟延残喘得更久。穆尔扎在两天前向队伍公布任务细节的时候完全难以掩饰自己的亢奋。这个地点自古以来便是朝圣之处，那座教堂脚下正是前后数座教堂的昔日根基。事实上，它之所以被称为教堂，也仅仅是因为对于过往建筑所属身份的传承。

有一些地窖还隐藏在那座建筑的根基之下，诸多古老教堂的暗室和水池被后来者掩埋至今，未见天日。据说你如果能在黑暗中分辨出正确的通道，便可以径直遁入地心，找到法兰克的古老墓穴。

穆尔扎的某个线人（就像在其他地方一样，他用不菲的酬劳维持着一个人数众多的情报网络，这个网络负责监控整个卢泰西亚城区的古董和圣物流动情况）报告称，一群工人在回收古旧石料的时候恰巧挖到了一个储水池的入口。在遗迹中捡到的几个银制护身符和一枚戒指足以让那个线人确信，这片地区值得深究，也值得让考据队伍付出一笔可观资金，从而让工人们透露具体地点。

豪瑟尔从一开始就深表疑虑。那些粗壮的劳工都是当地人，衣服上沾满了黑色泥点。他们每个人多多少少带着一些核辐射引发的突变痕迹，这在贫民窟里十分常见。豪瑟尔立刻感觉遭到了威胁，就像儿时被教区里那些大孩子欺负一样。他不是个斗士。正面冲突，尤其是肢体冲突会让他全身僵直，无所适从。

贫民窟就像一座迷宫。曾经占据这片区域的规整城市已经踪影全无。街道都腐化成了纵横交错的小巷、岔路和死胡同，无一例外地昏暗狭窄且满地污秽，也没有任何明确路名。小孩在垃圾堆里玩耍，婴儿的号哭和大人的争吵在堆砌于两旁的楼宇间回荡。晾衣绳密布头顶，使这里如同一片幽暗的人造密林。整个区域阴影密布，空气浑浊。

工人们带着考据队伍扎进小巷迷宫中。豪瑟尔觉得他们选取的路线过于曲折，穆尔扎则让他闭上嘴。在走了大约二十分钟之后，工人们转过身，告诉穆尔扎说该付钱了。

领头的工人顺便提了一句，需要付的钱数要远远高出穆尔扎与队员们商定的那个金额。

豪瑟尔明白，他们遇到麻烦了。他意识到这一切都只是个骗钱的陷阱，他们最有可能的下场是挨一顿揍或者遭到绑架。考据项目会为此付出代价，无论是医疗费用、赎金还是额外酬劳，甚至有可能要搭上人命。他满腔怒火。

豪瑟尔觉得自己居然又放任穆尔扎把大家带进了坑里，简直是愚蠢至极。

"这不是发火的时候！"穆尔扎吼道。暴躁的工人们高声呼喝着逐渐逼近。其中一些手里拿着铲子和铁锹。

"快跑！"穆尔扎大喊。

豪瑟尔明白走为上策，但面前的威胁终究遮蔽不了心中的暴怒，愤怒将他钉在原地动弹不得。其中一个工人已经挥着拳头冲了过来，通过满口烂牙吐着脏话，那家伙的手指像熏肠一样粗。豪瑟尔努力逼迫自己的双脚服从命令。

穆尔扎用力扯了他一把，将他的胳膊攥得生疼。

"快跑！快跑，卡斯！"

豪瑟尔终于跌跌撞撞地迈开了腿。那个工人朝他们伸出手来。豪瑟尔这才发现，对方握着一把手枪。

穆尔扎猛地把豪瑟尔拽开，扭过头来朝那工人喊了一个字，或是发出了一个音节。一股怪异的脉动应声而起，就像人造环境泡边缘的气流轻响。那个工人厉声呼号，顿时倒在地上抽搐不已。

两位学者随后并肩狂奔而去，穆尔扎还攥着豪瑟尔的胳膊。

"你做了什么？"豪瑟尔大喊，"你做了什么？你刚才对他说了什么？"

穆尔扎没法回答。他口中淌着鲜血。

络腮胡子的五指像铁钩般钉在豪瑟尔的胳膊上。豪瑟尔出于恐慌猛力一推。他只是想把对方甩开，这样就可以继续前进，把士兵们抛在身后。

络腮胡子轰然摔进卡车里，落在那堆包裹着橡胶的货箱之间。他的脊梁和肩膀首当其冲，脑袋随后撞在顶端的箱子上。接着他向前扑倒，如同一袋碎石般瘫软在地。他的脸拍在脏兮兮的坚冰上，砸碎了塑料面罩。

在络腮胡子尚未着陆的时候，他的一个部下就挥拳打向了豪瑟尔的后脑。在豪瑟尔看来，这一拳像是个荒唐的慢动作镜头，仿佛对方想要给他留些还手的机会。他抬起胳膊遮挡自己的脑袋，用掌心截住了对方的拳头。一股微弱的冲击随之传来。他察觉到指骨断折，关节碎裂，而且指骨和关节都不是自己的。

第三个士兵决定干脆把豪瑟尔杀掉，试图将一根沉重的铸铁撬棍捅进豪瑟尔的头颅里。然而他似乎同样是在刻意放水，就像演戏时那种夸张的出拳方式，虽然完全偏离目标但依旧让观众感觉真实。豪瑟尔一点都不想让那根撬棍靠近自己。他本能地挥出左手，想要将对方的胳膊扫开。

那人厉声尖叫起来。他的前臂中段位置仿佛长出了第二个手肘。骨骼断折处的皮肤像空布袋一样被折叠起来。他顿时瘫倒，手中的撬棍沿着冰面滑脱出去。

其他人一哄而散。

野熊站在一架风暴鸟的舷梯底端等着豪瑟尔。

"你来晚了。"他说。

豪瑟尔将定位杖还给了对方。

"我现在来了。"

"如果你还不回来的话，我们就要把你扔在这里了。"

"那当然。"

"你身上有血腥味。"野熊说。

"是的，没错。"豪瑟尔回答。他看着野熊。

"你们为什么没有告诉我，你们究竟把我改造到了什么程度？"他问道。

第七章

长牙

针对静远联邦的负隅顽抗,欧格维头领的解决方案直接而高效。在远征舰队高层明确无疑地将战场指挥权做出移交之后,欧格维便召集麾下的钢铁牧师,让他们立刻奉命行动。

他们花了大约两天时间来完成各方面的计算和准备。此时,整支舰队先前投放的大批空降部队已经从星球地表完成了全面撤离。

第三天,头领身旁的几位亲信幕僚认定吉时已到,钢铁牧师们随即揭示了他们的杰作。

一系列规模可观的定点爆破将干船坞推离了稳定的轨道。它身后拖曳着一大团支离破碎的金属残骸,那些残骸在夺目阳光中熠熠闪亮。船坞从那宏伟广阔的橙黄色世界表面划过,就像一对被重力韧带紧紧联合的微型孪生兄弟。两枚球体相互环绕着共舞一曲,如同孩子手中的一件颜色亮丽的旋转玩具。

这座末日临头的轨道平台在公转了八圈之后才终于踏上那不可避免的毁灭之路。此时此刻,从它身上挥洒而出的大量残骸已经在星球周围留下了一道道细密的褐色轨迹,恰似那些巨型气体行星身边的优美圆环。大气层的阻力点燃了干船坞,开始蚕食它的整体结构。它逐渐闪耀光芒,犹如熔炉中的一块铁锭,先是暗红色,随后变成亮粉,最终化为白热。无论是它陨落时的弧线路径,还是那公转轨道的稳步收缩,都缓慢得足以吊人胃口。

它就像一颗灾星。豪瑟尔对此颇有了解。这是最糟糕的那种灾星。

干船坞轰然击中两座参天高塔之间的广阔冰面,那些相隔大约六百七十公里等距排布的高塔或许已经屹立千年。一道转瞬即逝的光芒骤然闪现,随后便化作一片迅速扩散的猛烈辉耀,仿佛一枚恒星正从冰层之下冉冉升起。紧接着那团光辉继续膨胀,像一座让人无法直视的灼目拱顶般朝四面八方展开扩张,让坚冰瞬间气化,以摧枯拉朽之势将宏伟高塔连根拔起。

那场剧烈冲击创造出了一股致命的红外辐射脉冲。腾空而起的巨量尘埃和雾化硫酸在大气层里留下一团污浊黑云。火球坠地时爆裂四溅的炽热残骸随后如大雨般洒落，使席卷大地的烈焰风暴如虎添翼。

　　第三连聚集在战舰的登机甲板上，团团围绕着几块用来播放突击任务简报的巨型屏幕，通过视频信号来观看这刺入敌人身躯的致命一击。仆役和甲板工作人员也都聚拢过来。其中一些人手里还拿着工具或抹布，甚至是被修理清洁到一半的武器枪械。

　　在目睹船坞缓缓坠落的时候，四下近乎静默无声，只有偶尔几句不耐烦的嘀咕。在冲击终于发生的那一刻，野狼们顿时爆发出生机。他们使劲跺着披覆铠甲的双脚，用利斧和战锤的手柄猛力敲打甲板；他们拿起手中长剑拍击风暴盾；他们仰着脑袋高声呼号。

　　那噪声震耳欲聋。豪瑟尔感觉有一道冲击波透胸而过。他周围那些全副武装的巨人们咆哮不已。他们裸露在外的喉咙鼓胀起来，一张张嘴扩展到令人难以置信的程度，毫无掩饰的修长獠牙间唾沫飞溅。在豪瑟尔眼中，芬里斯战士的"兽吻状"容貌特征从未像此刻这般显著。

　　这一点是他事后才意识到的。当时在那片登机甲板上，他的感官已经被这凶蛮噪声的强横冲击所屏蔽。野狼们的粗鲁狂喜像一枚铁拳般迎面敲来。这股力量扎进豪瑟尔的胸膛，用生有利爪的五指紧紧攫住他的心脏。那些戴着兜帽的芬里斯仆役，甚至是一些工作人员也开始挥动拳头，放声号叫。那嘶吼声显得粗莽而原始。

　　就在豪瑟尔逐渐觉得再也无法忍受这一切的时候，他却不由自主地昂起脑袋，闭上双眼，一同加入了呼号。

　　在冲击与火光消逝之后，酸雨倾盆而下，平流层逐渐溃散。第三连的风暴鸟机群一头扑向漫天飞扬的剧毒尘埃与电光流转的污浊烟云。

　　在豪瑟尔眼中，这一艘艘翼展宽阔的深色飞船十分契合它们的型号名称，正像一群如同雷暴乌云般漆黑的渡鸦，盘旋着朝那些暴露在外的静远联邦的古老城市俯冲而下，直刺敌军心腹所在。

　　当豪瑟尔如此向野狼们做出描述的时候，他们都问诗人"渡鸦"是什么。

按照战舰计时，清剿行动花费了三个星期。豪瑟尔相信这是一段展开学习的时间。他所学之事的其中一些是关于自己的。

众多故事已经开始涌现。在地下作战的狩猎小队返回舰队进行补给时带来了一些，而另外一些则是由预备队成员们从通讯频道里听来并转述的。

其中很多都是值得颂扬的英勇战绩。但在豪瑟尔看来，也有一部分显露出了添油加醋的意味。按照艾斯卡·裂唇的说法，这是所谓的蜜酒故事，具有芬里斯致命佳酿的夸张效果。

然而这些似乎又不像是蜜酒故事，因为艾斯卡也曾明确表示，任何稍微有些自尊心的狼群成员都不会自吹自擂，第三连的战士们绝对不会如此。根据芬里斯之子的传统，吹牛皮的家伙是最为低贱的。一位战士的故事就代表着他的个人价值，是用来判定其社会地位的衡量标准。自我吹嘘之人的谎言很快便会在战场上真相大白：只有毫无伪造的力量、勇气和技巧才能通过鏖战的考验。

艾斯卡还补充道，这正是吟游诗人得以存在的原因之一。他们负责去伪存真，担任立场公正的中间人，不会放任自负、偏颇和蜜酒等诸多干扰因素去扭曲公认的事实。

"也就是说，诗人讲述故事的作用在于取悦你们、维护真相以及保存历史？"豪瑟尔当时问道。

艾斯卡咧嘴一笑。

"是的，但作用主要在于取悦我们。"

"究竟什么样的故事能够取悦芬里斯的野狼？"豪瑟尔追问，"你们最喜欢哪种？"

艾斯卡思索了一阵。

"我们喜欢那种能够惊吓到我们的故事。"他回答。

除了那些略显夸大的故事之外，还有一些故事让豪瑟尔感到困惑不解。

按照宏观信息来判断，远在下方的星球地表正爆发着一场灭世恶战。在冰层护盾消弭之后，静远联邦的核心城市已经暴露在外，就像是被猎手挖开的野兽巢穴。情况糟糕透顶。酸雨倾盆，毒雾弥散，冰雹漫天。那场剧烈撞击留下了一个规模堪比整块大陆的辐射巨坑，其陡峭边缘至今还在持续塌陷。

化为残垣断壁的诸多城市如同一个个在车祸中遇难的乘客，被庞大残骸牢牢压住，其生命活力伴着热度与能量的日夜消散而不断流逝。

静远联邦部队已经无路可退，只有背水一战。

第三连组成了帝国攻势的战略矛头。佩戴着防化装备以抵抗恶劣环境的大批帝国军队士兵紧随其后。

让豪瑟尔感到困惑的那些故事大多显得支离破碎，讲述着近乎恶毒的惨烈场面。野狼们显然乐于记录一些丝毫无法展现其英勇气概、鲁莽豪情，哪怕是惊人好运的瞬间。他们似乎颇为享受那些仅仅包含着残酷暴行的片段。

这些都称不上故事，没有重点，也没有开端、中篇和结局，完全缺乏前因后果。它们单纯描绘着野狼在静远联邦作战人员身上所施加的种种屠戮与残杀。

豪瑟尔不知道自己是否应该着力塑造出一条叙事线索，将这些片段串联起来，尽量把它们编织成一个更具戏剧性的整体故事，以此彰显出些许的英雄气概。他怀疑自己大概有所误解，这些故事中可能暗藏着某种文化元素，即便是他这具备着精细改造的大脑回路也未能加以明辨。

随后他回想起了对于干船坞的突袭，以及那群将哈亚德化为尘埃的强能战士最终被野熊和欧齐尔击溃的场景。他回想起了那场近乎血腥仪式的可怖屠杀。

他们在驱逐恶灵，欧格维当时说过。他们对它施以最可怕的痛苦，让它明白永远都不要回来。他们在惩罚它，向它解释清楚，确保它不会再来烦扰我们。

豪瑟尔最终认定，这些令人困惑的故事也是一样，是化为言语的驱邪神符。它们是用来惊吓恶灵的。

既然如此，他不禁猜想：究竟有什么能够惊吓到野狼？

"你看起来不太高兴。"乌弗鲁·赫欧罗斯说道。人称长牙的赫欧罗斯是隶属第三连的符文牧师，比欧谢尔·沃德梅克要年长得多。与欧格维以及第三连的诸多成员一样，赫欧罗斯也有白皙如冰的皮肤，但与欧格维相异的是，他皮肤并不像冰川般闪耀寒光。他的皮肤显得更加明澈幽暗，就像是深冬湖面上覆盖的那层半透明坚冰。

并非只有皮肤能够彰显赫欧罗斯的老迈。他体形削瘦，长发纤细洁白。披挂符文战甲的他略显佝偻而僵硬。岁月在赫欧罗斯身上留下的刻痕与其他野狼老兵有所不同。他变得愈发干瘪，失却光泽，口中格外突出的獠牙则赋予了他那个独特的称号。有些人说，有朝一日还会有更多长牙老兵，如果狼群能存活到那一天的话。赫欧罗斯·长牙的命线至今未断，这完全要归功于命运。他已经是资历最老的野狼了，像他这样在泰拉参与了第六军团的创建，随后抵达芬里斯，为狼王麾下大军奠定基础的老家伙如今屈指可数。

在战舰内部这片庞大的登机甲板里，一艘艘平行排列的风暴鸟悬挂在头顶的轨道上，随时准备出动。与先前干船坞击中下方星球的时候相比，此刻四周要安静得多。符文牧师正跪在地上，仰头观看一块屏幕，那样子恍若古老泰拉的十字军骑士在圣殿中祈祷的模样。即将跟随长牙前往地表去支援欧格维的两队战士在旁边紧张备战。豪瑟尔能听到螺丝钻固定盔甲时的尖锐鸣响。他能听到气泵的嘶吼与起重机的低吟。在五十米之外的甲板中央位置，一群野狼屈膝围拢在小队领袖身旁共同宣誓，类似的传统在其他阿斯塔特军团中被称为临战誓言。

"你在做什么？"豪瑟尔问那位符文牧师。这是个生硬的问题，但他还是开口了。在第六军团的众多阿斯塔特之中，豪瑟尔与第三连相处的时间最为长久，然而他和这位沉默寡言的符文牧师之间却几乎未有过只言片语。长牙没有将任何故事交给他保管，也从未在豪瑟尔履行诗人职责的时候做出过什么补充描述。虽然沃德梅克已经让人心生寒意，但长牙要比沃德梅克更加让人难以接近。

当豪瑟尔发现长牙独自在此的时候，他便抓住了这个机会。长牙不必转过身来就察觉到了豪瑟尔的存在，而且似乎还能知晓诗人脸上有何表情。

屏幕上显示着静远联邦家园世界的俯瞰图像，空旷透彻的太空和明亮夺目的阳光让画面十分清晰。那个星球看起来就像一枚被灼热铁棍捅穿的橙子。

不，它看起来像是一个苹果，一个晚熟饱满的暗红苹果，上面覆盖着一大片铁锈色的腐烂斑点。

长牙继续盯着屏幕。

"我在听。"他说道。

"听什么？"

"命线断裂的声音。命运熔铸的声音。"

"那么你不是在看屏幕了？"

"我只是借助屏幕观察你面孔的倒影。"长牙回答。

豪瑟尔为自己的愚蠢轻笑一声。野狼们喜欢用深邃的神秘感与肃穆的超自然力量编织成一袭斗篷，将自己紧紧包裹起来，但这无非是蛮族的迷信作风，归根结底是源于那些为军团注入新鲜血液的芬里斯人。野狼身上真正的异常之处在于他们的敏锐感官。他们早已训练自己留意周围环境的点滴分毫，对于手中掌握的一切细节加以利用。他们的独特名声也有所帮助。面对这群举止粗蛮的愚昧野人，谁也不会料到他们暗中具备着水准超群的战术天分。

正是这一点将他们塑造成了极端高效的武器。

"那么你究竟为何面露不快？"长牙问道。

"我至今还是认不清我的位置，以及我的目标。"

长牙啧啧一声。

"首先，每个人注定都要不断探索自己的本质。这就是生命。对于自身命运的猜测是一种永恒的思考，这对大多数人而言都适用。你也不例外。"

"其次呢？"豪瑟尔问。

"我感到十分困惑，你是担任第三连吟游诗人的卡斯佩尔·安斯巴克·豪瑟尔，亦称艾哈迈德·伊本·鲁斯塔，有如此之多值得了解的身份，却显然完全不了解自己。让我感到困惑的是，你主动造访一个永恒寒冬的世界，却无法对于这个选择做出解释。你为什么要来芬里斯？"

"我将全部精力投入在求知上，"豪瑟尔说道，"不断搜寻、收集并保存数据。我的动机自始至终都是造福人类。最后，我逐渐感觉到自己的毕生心血都……白费了。我的成果不被重视。"

"你的自尊心受创了？"

"不！不是那个意思。这与我个人无关。我备加重视并努力维护的那些东西被轻易遗忘了。它们丝毫没有得到利用。"

赫欧罗斯·长牙身上那套覆满铭文和珠串的铠甲微微挪动了一下，这或许是因为他耸了耸肩，或许不是。

"无论事实情况是否如此，这都没法联系到芬里斯。"

"当我一生的事业陷入停滞之后，"豪瑟尔说道，"我感觉自己应该去展开最后一场冒险，这场冒险要比之前的任何经历都更远大、更鲁莽，要更接近某种深刻真理和惊人现实，是我在多年事业里从未接触到的。我不愿意继续摸索种种源自遥远过去的秘密，而是打算探查一些属于当今年代的奥妙。阿斯塔特军团。每一支军团都各自具有某种独特的神秘感，都包裹在一层与众不同的仪式与学识中。人类将自身未来托付于精诚奉献的诸多军团手中，而对于这些卫士的认知却颇为匮乏。于是我就打算选择一个军团，融入其中，了解他们。"

"这是个很有野心的想法。"

"或许是的。"豪瑟尔承认道。

"这也是个很有风险的想法。没有哪支军团会把自己的根据地变成怡人的景点。"

"的确。"

"所以说这里面也有故作勇敢的成分？你是在刻意冒险？你打算借此为毕生事业画上一个华丽惊人的句号，给自己盖棺论定，让你身为学者的声誉和自尊重新变得完美无瑕？"

"我不是那个意思。"豪瑟尔酸溜溜地说。

"不是吗？"

"不是。"

长牙将目光凝聚在豪瑟尔脸上。安装在符文牧师颈甲密封处的通信器鸣响起来。长牙并不理会。

"但是，我在你脸上看到了恼怒，"符文牧师说，"觉得我方才的说法比起你的解释要更加贴近事实。你还是没有回答我。你为什么选择芬里斯？为什么不是其他军团的世界？为什么不是某个更安全的地方？"

"我不知道。"

"你真的不知道吗？"

豪瑟尔张口结舌，然而从心底隐约觉得自己本该能够做出回答。

他随后说道："我听人说，直面自己的恐惧是有好处的。我一直怕狼，一直如此，从小就是。"

"但芬里斯上没有狼。"长牙回答。

一直跪在地上的符文牧师作势要站起身来。这看似有些困难，他恍若一位疲惫羸弱的老者。豪瑟尔没过脑子便伸出手去搀扶对方。

长牙看了看诗人的手臂，仿佛那是一根用来通厕所的木棍。豪瑟尔害怕符文牧师会暴怒地猛扑上来，将他的胳膊一口咬断，但他僵立在原地动弹不得，甚至没法将手掌收回来。

长牙却只是咧嘴一笑，用披着塑钢铠甲的巨掌包裹住豪瑟尔的手，接受了这个凡人的帮助。他站起身来。豪瑟尔咬紧牙关尖哼一声，拼尽全身力气避免被这位身形庞大的符文牧师压垮在地。

挺直身躯的长牙居高临下。他松开了诗人的手，俯视对方。

"我很感激。我的关节都上岁数了，这把老骨头已经像冻在冰湖里的死鱼一样冷。"

他步履蹒跚地朝那支在一旁等待的猎群走去，他狂乱纤细的满头白发在甲板灯光的照映下如同蓟花的冠毛一般。豪瑟尔揉了揉僵硬的手。

"你要带队空降了？"豪瑟尔高声追问，"你去地表？这是战斗空降吗？"

"是的。你也该一起来。"

豪瑟尔眨眨眼睛。

"我也可以去？"

"你想去哪儿都可以。"长牙说。

"我在战舰上待了三周，到处收集关于这场战争的二手故事，"豪瑟尔努力避免使自己显得暴躁易怒，"以为我必须得到批准。我以为我要等候某种许可或者邀请。"

"不，你想去哪儿都行。"长牙说，"你是个诗人。这是你最大的特权和优势。狼群里没有任何人能够阻拦你、拒绝你，或者制止你四处打探。"

"我以为我需要受到保护。"

"我们会保护你的。"

"我以为我会碍事儿。"豪瑟尔说。

"这个不需要你来担心。"

"也就是说，我可以去任何地方？我想观看什么都行？"

"是的，是的。"

"为什么没有人想起来要告诉我这些？"豪瑟尔问。

"你想过要问吗？"符文牧师回答。

"这就是芬里斯之子的逻辑？"

"没错。这挺让你芒刺在背的，是不是？"符文牧师回应道。

豪瑟尔并不熟悉长牙麾下这支空降小队的成员。他仅仅听说过其中几人的名字。

野狼们斗志高昂，但略显沉闷。近几天来这种气氛挥之不去。豪瑟尔坐在长牙旁边，乘着风暴鸟离开战舰，在无人开口的沉默中一头扎向地表。

"你刚才还说我面露不快，我看这几双眼睛里才都是阴郁的目光。"豪瑟尔说道。

"第三连的人都想尽快脱身，"长牙说，"这场战争已经没有荣耀可言。"

"荣耀都在乌兰诺。"被捆在对面那排抗震索具里的一位野狼开口道。斯维索。豪瑟尔想起了对方的名字。

"乌兰诺是什么？"豪瑟尔问。

"你该问是哪里。"另一个野狼说道。他叫埃姆拉。

"那是哪里？"

"那是一场伟大的胜利，"斯维索回答，"十个月之前的事儿，但我们刚刚才听说。帝皇剿灭了无以计数的绿皮，用它们的尸首染红江山。随后他将手中利剑埋进大地，宣布自己到此为止。"

"到此为止？"豪瑟尔追问，"你是什么意思？"

"他在伟大远征中扮演的角色到此为止了，"埃姆拉说，"他要返回泰拉。他钦点了一位继任者来接替自己统领大军。"

长牙转过头来看着豪瑟尔。符文牧师的双眼深陷在阴影中，仿佛是两片幽暗无光的池塘。

"荷鲁斯升任战帅。我们踏入了一个新的纪元。或许伟大远征即将告终，我们就要鸟尽弓藏，迟暮终老。"

"我表示怀疑。"豪瑟尔说。

"乌兰诺是一场无与伦比的大战，"长牙说道，"是最伟大的战役，是我们数十年来与绿皮对抗的最终了结。狼群对此有所耳闻，也盼望能够在局势陷入白热化之际与帝皇并肩而战。但我们和这项荣耀无缘。芬里斯的野狼事务缠身，忙着在银河各个角落里处理那些其他人不愿插手的脏活。"

"就比如现在这场战争？"豪瑟尔问。

野狼们点点头。其中几人低声咆哮。

"没有人会为此感激我们。"长牙说道。

苦涩的真相姗姗来迟，在欧格维获得了战场指挥权之后，在远征舰队高层准许钢铁牧师们将干船坞炸离轨道之后，在那场惊天冲击的余韵散去之后，事实情况才得以明了。远征舰队的威胁分析师们多虑了，那枚安放在干船坞中央的巨型仪器并不是某种武器。

第三连刚刚夺取静远联邦的轨道设施后，机械神教便立刻展开检查，其工作重点恰恰是那座被弗塔格刻意保存完好的控制中心。然而直到远征舰队指挥官大笔一挥，准许干船坞被当作一柄破城锤挥向星球地表之后，那些繁杂的检查与分析才得出结论。

那枚仪器是一个数据储存装置。欧拉米克静远联邦当时正在将一切的思想成果、艺术作品、科技学识和深奥秘密注入其中。这个装置的终极意图大概是被发射，要么在茫茫宇宙中扮演一个寻求救赎的漂流瓶的角色，要么径直投向某座踪影莫辨的静远联邦边疆哨所。

在得知事实情况之后，远征舰队指挥官立刻意识到这一重大损失会让上级作何看法。他顿时陷入暴怒，对各方面大加指责。他将一切都归咎于糟糕的情报，归咎于机械神教的低下效率，归咎于军队部门的各自为政，尤其归咎于阿斯塔特的胡作非为。

欧格维当时身处地表战场，正在着手处理那些较为血腥的事务。当指挥官的怒火传来之后，头领便发表了一段简短的通信声明，提醒舰队指挥官以及其他高阶军官，正是他们坚持要求野狼施以援手并打破僵局，也是他们准许头领利用一切现有资源，是他们将战场指挥权拱手奉上。阿斯塔特并无过错，一如既往。野狼仅仅是按照请求行事。

在送出信息之后，欧格维将自己真正想要表达的情绪彻底发泄在了静远联邦的士兵身上。

风暴鸟像一颗灾星般坠向大地。

豪瑟尔之前参与过第三连的空降，但这一次的战斗行动简直像是自杀。

用于抵消惯性的安全带和抗震索具将他紧紧束缚在座椅里。他穿着一套轻型密封装甲,里面的紧身衣逐渐产生压力,确保他的淋巴系统和四肢静脉能够正常运作。他的心脏像颗 X 射线星一样急促脉动。他的牙齿咯咯作响。

"你打算怎么讲述这段故事?"斯维索显然很享受目睹诗人的恐惧。

"尿裤子的故事没什么可讲吧?"埃姆拉说道。野狼们哄笑起来。

"最让你们恼怒的是什么?"豪瑟尔扯着嗓子向他们问道。

"什么?"埃姆拉问。其他人也转过头来。藏在头盔和面具之下的一双双眼睛瞪着诗人。

"我说,你们究竟为何感到恼火,第三连的野狼?"豪瑟尔问,抬高了声音,努力盖过引擎的咆哮与机身的轰响,"这是因为你们错过了乌兰诺的大战,因为你们与荣耀失之交臂,还是因为帝皇钦点了荷鲁斯作为战帅,并未垂青于狼王?"

他们有可能会把我杀了,豪瑟尔心想,但那至少能帮我忘掉这场见鬼的空降。况且,野狼们都被捆在抗震索具里,这正是提出一些尴尬问题的最佳时机了。

"都不是。"埃姆拉说。

"都不是。"另一位野狼表示认同,这个头发赤红的庞然大物名叫赫鲁涅。

"我们当然愿意品尝一些荣耀,"斯维索说,"想要亲身参与一场伟大的战役。"

"在过去的十年里,有上百场战役与乌兰诺规模相当。"长牙提醒那位战士。

"但那里才是帝皇收剑入鞘告别远征的地方,"斯维索回答,"才是青史留名的地方。"

你们看重的正是这一点吧,豪瑟尔心想。

"而且狼王永远都不会担任战帅。"埃姆拉说。

"为什么?"豪瑟尔问。

"因为那永远都不是他的命运,"长牙说道,"狼王生来就不是当战帅的材料。这绝非轻辱。他并没有遭受怠慢。帝皇也不是在专宠狼神荷鲁斯。"

"解释一下。"豪瑟尔说。

"在培育幼崽的时候,"符文牧师说道,"帝皇赐予了他们各自不同的命运。每个人都会走上一条独特的道路。其中一个继承大统,一个巩固防线,一个捍卫首府，一个驻守边疆，一个统御大军，一个掌控情报。明白吗，诗人？就是这么简单。"

豪瑟尔使劲点点头，在贯穿全身的剧烈震动中尽量让对方看到自己的回应。

"那么狼王有何命运，赫欧罗斯·长牙？"他问道，"帝皇为他选择了哪一条道路？"

"刽子手。"那位年迈的野狼回答。

野狼们陷入了沉默。风暴鸟的剧烈颤抖并未停止。尖声呼啸的引擎像是被扼住了喉咙一样，这让豪瑟尔难以置信。

"让我们感到恼火的，"埃姆拉突然开口，"是没能参加那场大捷。"

"据说当时的景象十分壮观，"赫鲁涅说，"一整个世界被夷为平地，向升任战帅的荷鲁斯致敬。"

"我们也想在那里列队集结，"长牙说，"和兄弟军团并肩而立，组成一支在伟大远征中前所未有的雄壮队伍。"

"我们也想和数十年来未曾谋面的野狼连队并肩而立。"斯维索补充道。

"我们本想让自己的嗓音加入那震天呼吼，"埃姆拉说，"本想一同振臂高呼，向新任战帅宣誓效忠。"

"让我们感到恼火的就是这个。"斯维索说。

"还有你提醒我们这些。"赫鲁涅说道。

一艘艘风暴鸟轰然冲破那团被剧烈撞击扬起的厚重尘埃，它们纤细优雅的机翼拖曳着两道剧毒雾气，势若雷霆的步伐则留下一股螺旋云烟，那云烟仿佛是洒入溪流的墨滴。在云层之下，那个庞然巨坑周围依旧跃动着熊熊火光，众多首尾相衔的烈焰风暴组成了一幅梦魇景象。那是将整个星球置于死地的夺命一击。撞击留下的深重伤痕令人愕然。豪瑟尔简直难以相信，那竟然是一块真实地貌。这更像是在他脑海中浮现的种种解剖图。这更像一个暴露在手术台上的巨大伤口，其中充斥着支离破碎的器官、肌肉和骨骼，都染上了一抹橙黄色，同时又略显焦黑，仿佛是被爆燃弹药炸裂的结果。

大批步伐缓慢、身躯笨重的帝国军队登陆船正列队飞向那个焦灼火坑。风暴鸟从它们身边一闪而过，也甩开了担任护卫的雷鹰和武装飞艇。阿斯塔特战机组成紧密阵形，遁入到火光跃动的巨坑边缘之下，穿透了滚滚浓烟和炽热气流，刺向那些藏匿于冰层深处的静远联邦城市废墟。

敌人的城市深不可测。豪瑟尔惊讶地看到，一片片连锁交织的庞杂城区如同破天高塔般踩着厚重岩层扶摇直上。同样让他瞠目结舌的还有那令人震憾的毁灭景象。大部分上层结构已经灰飞烟灭，位于下方的城区和楼宇也被碾成一团。一座座分崩离析的高塔摊在脚下。唯有尚未融解的坚固冰层能够将这些残垣断壁稍加固定，像一团树脂般包裹着那片脆弱不堪的零乱废墟。这让豪瑟尔回想起了乌维教区长，区长在吃过晚餐之后总会把几颗杏仁或者山核桃卷在一块白手帕里，再用勺背将果壳敲碎。如果他没有包好的话，裂片肯定会四处飞溅。

飞船的推进器内突然发出了一种截然不同的痛苦嘶吼。

"还有十秒！"长牙喊道。野狼们开始用长剑和战斧敲打手中的风暴盾。

一阵凶蛮的晃动让豪瑟尔的五脏六腑都错位了。始终保持迅猛俯冲的飞船刚刚利用末尾阶段的大力拉升抵消了巨量动能。在诗人来得及做出调整之前，一场史无前例的强烈冲撞便迎面扑来。他们坠落在地。他们狠狠砸在了什么东西上，那震耳巨响仿佛是帝国宫殿的钢铁大门骤然脱落并拍在石砖地面上的雷霆轰鸣。

他们降落了。他们确实是降落了，对吧？豪瑟尔无从确认。战机似乎还在移动，但这或许仅仅是他陷入迷惑的感官所营造出的幻觉。外面传来一声金属摩擦的锐利嘶鸣。野狼们纷纷甩开抗震索具，一跃而起。

"上！上！"长牙高喊。豪瑟尔突然意识到，他们这十分钟以来都在讲沃尔根语。

登机舱门逐渐打开。光线随即涌入这座被淡绿暮色所笼罩的幽暗机舱。焦灼高温随之而来，那滚烫火团般的凶恶焚风沿着豪瑟尔的喉咙卷入肺里，就像一股轻易穿透了呼吸面罩的炽热尾气。

"泰拉在上！"诗人咳嗽起来。

外面传来的金属尖鸣愈发刺耳。他们确实还在移动。他们缓缓颤抖着向后挪动。

这艘风暴鸟正在滑落。

豪瑟尔面前那扇敞开的舱门被跃动火光所点亮，一个个转瞬即逝的高大剪影从中闪过。野狼已经出击。他能听到号叫声。

不，那不是号叫。那是经过扩音的猛兽嘶吼：一种巨型掠食者发自胸腔的低沉咆哮。那令人手足无措的次声震颤先是脉动叠加，随后才沿着顶尖杀手的特殊声道奔涌而出。

诗人跟着野狼们一同扎进那片火光与热浪。其中一些战士在埋头冲出舱门的时候从豪瑟尔身边挤过，顿时将他撞得晕头转向。他完全不知道自己该做什么。一只覆盖着塑钢战甲的巨手一把揪住他的领子，将诗人从原地拎了起来。

"跟着我，别乱跑！"长牙用沃尔根语低声吼道。

豪瑟尔顺从地跟在那位步履沉重的符文牧师身后。他将注意力集中在长牙盔甲的细节上，就像之前跟随野熊的时候一样。相比之下，野熊的铠甲显得简洁平淡，乏善可陈，但在这位饱经磨砺的符文牧师面前，野熊毕竟只是个脾气暴躁的年轻人。那位战士的灰色盔甲上并没有多少饰品与图案。

长牙的全套战甲则是一件年代久远的艺术品，其深厚底蕴要归功于护甲师和铭文师的共同努力。盔甲表面铺满了符文徽记，其中一些还装点着黄铜、金叶或明亮红釉。两边肩甲上深深铭刻着眼睛造型的驱邪神符。除了一块洁白的巨大狼皮之外，长牙身上还挂着数不清的珠串、护符、战利品和坠饰。

他们迈出风暴鸟所投下的阴影，走进了烈焰风暴的灼目火光里。一座布满凹槽的壮丽高塔如长笛般矗立在冰层之中，其侧面延伸出诸多华丽平台，大批风暴鸟就停落于此。这些塔楼以及更为宏伟的邻近建筑大多陷于熊熊烈火。那坚壁高墙般的热浪咄咄逼人。依附在寒冰裂谷边缘的跃动火苗迸发灼光，翻涌而上，纷纷爬向冲击巨坑的顶端，仿佛是被一条烟道抽了上去。在某些未知源头的推波助澜之下，烈焰风暴继续膨胀涌升，愈发白热的火团喷吐出大片凶猛焚云和焦灼灰烬，如同暴雪般泼入脚下的深谷。豪瑟尔意识到，其中很多根冲天火柱要比自己居住过的一些城市还要广阔。他的思维已经难以认知这样的夸张尺度。他发现自己转而将注意力聚焦在面前的一粒粒飘扬火花上，那些近在咫尺的光点显得与那遥不可及的火云同样庞大。他紧紧盯住一粒舞动火花便是牢牢抓住一丝分外宝贵的理智与宁静。

空气中充满了火花。周围还有一种奇怪的气息，不只是建筑熔毁焚化的味道。那是某种本不应暴露在高温中的合成材料受热散发出的气味。

在巨坑底部苟延残喘的城区逐渐坍塌倾覆，遁入深幽裂谷之中。这场战争充斥于各个层面。在敌军炮火的照耀下，豪瑟尔能看见帝国军队士兵降落到自己头顶的树叶状平台上。在位于西边的斜下方，潮水般的远征舰队空降兵沿着几条尚且完好的桥梁向邻近高塔发起冲击，大批武装飞艇和战斗机则呼啸而过，奋力撕扯着古老壁垒的厚重高墙。

长牙所率领的猎群正跨过脚下的华丽平台，朝几座高大阴沉的楼宇展开进军。房屋和平台表面原本都铺着一层打磨光滑的橙黄色材料，如今早已变得处处斑驳焦黑。但周围的一切依旧是橙黄色的。整个世界都是橙黄色的。这一部分要归功于烈焰风暴的光芒，另一部分则源于那种被静远联邦统一采用的建筑材料。

在刹那间的失落心痛中，豪瑟尔想起了瓦西里上尉。但她仅仅属于多年以前、万里之外的那段往事了，这连讽刺都算不上。

包括大块砖石和坍塌楼宇在内的众多建筑残骸散落一地。在豪瑟尔快步穿过这团灼人酷热与飞扬火花的时候，他不禁猜想此处昔日究竟扮演着什么样的角色。它是议会大厅的停机区域，还是防御工事的外部平台，抑或贵族宅邸的私人码头？其中的居民是否曾经站在平台边缘，观赏下方那些熠熠闪亮的寒冰洞穴，还是说这一切都只是功能性设施？在欧格维下令发动致命一击之前，这里是否存在过艺术美感？这是一份独具匠心的精妙成就，还是仅有凡人双眼能够品味的鬼斧神工？静远联邦的成员是否具有灵魂？

豪瑟尔觉得它们或许是有的。这些平台具有刻意为之的华丽装饰，尤其是那些像莲叶或折扇般伸展开来的下层结构。同样地，在猎群此刻准备攻打的高大楼宇身上，那些宽阔门廊与修长梁柱上也都点缀着一行行简单浮雕，某种独特的美感若隐若现。

敌军火力朝他们挥洒而来，占据主要部分的重力步枪子弹在平台表面敲打出一片片飞溅尘埃。豪瑟尔清晰地听到了爆矢枪开火的咆哮，也看见赫鲁涅与其他战士大步跨过那些四处堆积的石块和废墟。诗人提醒自己要注意修改此后的故事，以前从不知道阿斯塔特的步伐能够如此迅捷。

金属摩擦的尖鸣再度传来。豪瑟尔转过身去。

运送猎群来此的风暴鸟正在向后滑落。长牙麾下航队的其他风暴鸟都安然降落在了各个停机坪上，此刻已经纷纷升空返航，唯独这艘运输机被迫避开一堆坍塌残骸，只得勉强停靠在目标平台的边缘。它居然能够成功着陆，这本身便已经彰显出了驾驶员们的忠诚决心。

备受摧残的平台逐渐分崩离析。风暴鸟的后部机身开始倾斜。那金属摩擦的尖鸣正是风暴鸟试图将几支着陆爪钉进地面以稳住身形的声音。不断滑脱的制动器嘶吼着刨出一道道深重刻痕。飞行员从机首发射了数条停泊链。然而每根铁索末端的抓钩面对那些橙黄色建筑的锃亮表面都无功而返。

风暴鸟是一种重型跨大气层飞行器，其宽阔机身与凶恶外观足以震慑敌人。与那些大规模制造的雷鹰和空降隼相比，风暴鸟体形庞大且工艺精湛，远不是为了满足伟大远征物资需求而批量快速生产的实用型号。雷鹰的设计理念中并不包括历久弥新这一项，那只是一种便宜可用，可被轻易弃之的流水线产品。

风暴鸟则是泰拉统一战争的遗赠，是耗费极大资源与时间方可被打造而成的卓越机械。在人类帝国开疆扩土之初，一支支风暴鸟编队就已经加入了战局，然而当伟大远征的真正规模逐渐显现之后，人们才意识到，某种批量生产且成本低廉的替代品是不可或缺的。风暴鸟绝非那种看似弱不禁风或笨拙粗陋的事物。它们是天空之主，能够从近地轨道俯冲而下，在炼狱高温中展翅翱翔，安然面对一场场枪林弹雨。

但面前这一艘即将罹难。它已经是末日临头了。它向后滑落得越来越快。它的机首逐渐翘起，整个机身的角度愈发偏离水平。随着机尾不断下沉，着陆爪终于被迫松脱了地面，金属嘶鸣声戛然而止。透过驾驶舱的暗色玻璃，豪瑟尔能够清楚看到飞行员们苍白如纸的狂乱面孔，他们还在努力稳定局面。引擎突然发出轰鸣，进气口顿时卷起一股股旋风般的散落残骸与飞扬灰烬，驾驶员显然打算加大马力……然后呢？他是将战机推回平台上，还是重新起飞？

风暴鸟开始翻落。豪瑟尔眼看着它陷入万劫不复之境地。舱门尚未闭合，那看起来分明像是大大张开的尖喙，仿佛这艘战机是一只羽翼未丰的雏鸟，因为不慎从窝中坠落而惊恐地大声嘶鸣。

战机猛然向后滑脱，随即踪影全无，伤痕累累的平台边缘也不翼而飞。透过脚下地面的震颤，豪瑟尔能分辨出风暴鸟最终陨落的那一刻。

他口齿模糊地嘀咕了一句咒骂，心里尚且难以接受自己刚刚目睹的景象。

他脑海中的一个声音坚称，风暴鸟肯定会在坠落过程中重启引擎，像一只辉煌涅槃的凤凰般冲天而起。另一个声音则指出这个想法有多么愚蠢。

诗人逐渐意识到长牙在朝自己大声呼喊。众人面临着某个更为紧急的情况。

风暴鸟的重量以及它滑落时的剧烈震动已经让这块受损平台的整体结构濒临崩溃。

他们脚下的一切都要分崩离析了。

豪瑟尔曾经在南美目睹过一片如层峦叠嶂般的贫民区遭到爆破拆除。那座金字塔状的高大巢城简直是一片堆积成山的垃圾填埋场，已经在那条河谷里矗立了六十代人的岁月，盘踞其中的居民和抗议者终于被统一议会彻底驱赶出来。数座水电站将会取而代之，豪瑟尔与穆尔扎获准在建设过程中前去探索其古老地基，据说那里还埋藏着早期天主教信仰的神圣遗物，就像藏在地下水库里的同位素一般熬过了时间的冲刷。

定点爆破将整座庞大建筑化为一场山崩，无数房屋骤然坍塌，层层楼宇像扑克牌一样堆砌起来。那撼动大地的毁灭与震耳欲聋的轰鸣让豪瑟尔目瞪口呆。其中最令他感到惊愕的是贫民窟湮灭时扬起的巨量尘埃。

此刻这块平台的倾覆显得与之颇为相似。它土崩瓦解，将那些源自上层城区的瓦砾与残骸洒入下方深谷。噪声和震颤融为一体，难解难分，联手将诗人的视野涂抹成一片朦胧。橙黄色的砖块和梁柱轰然爆裂，炸成一团团面粉般的遮天尘云。

豪瑟尔快步冲向那几座高楼。他的未来迅速化作了一场凶猛的塌方，遁入背后那个无底深坑之中。他前方的地面高高翘起，豪瑟尔这才发现自己在向上爬坡。一块曾经属于上层城区某座建筑的巨石朝他迎面冲来。想必正是这个庞然大物为整片平台的最终崩溃做出了重要贡献。

面对那势不可挡的巨石，他急忙纵身跃起，以免自己被碾成地板上的一道长长血迹。豪瑟尔勉强落在石块顶端，用双手紧紧握住一个石雕的残破基座，他的胯部和脚踝严重扭伤了，但他毕竟得以立足。

石块还在继续滑落。诗人稳住脚步，再次纵身飞跃，落在了巨石背后的倾斜平台上。他手忙脚乱地爬起来，细碎的瓦砾不时敲打他的双肩和面具。其中一枚碎石的力度颇为可观，在他护目镜的左侧留下一片裂纹，也让他一时间头晕眼花。

天崩地裂般的轰响逐渐达到高潮。他像只没头苍蝇一样猛地撞上了什么东西，随后发现那是一堵墙。

"坐下。坐下！"一个声音用沃尔根语吼道，"你已经安全了，诗人。"

豪瑟尔几乎什么也看不见。平台的大部分结构已经踪影全无，只剩下一条支离破碎的混凝土边缘，里面穿插着断裂钢筋和裸露电缆。这毁灭场景所扬起的尘埃遮天蔽日，在空气中化作一团诡异的面粉状阴霾。

豪瑟尔正蜷缩在一座高楼的墙根底下，如今只有最多不到两米宽的平台废墟得以苟延残喘，让他能够立足其上，免于堕入那无底深渊之中。野狼也都挤在这里，他们的皮毛和盔甲上沾满了淡黄色的尘埃。

"你还活着吗？"诗人身边的野狼问道。豪瑟尔不知道对方的名字。这名野狼摒弃了密闭头盔，仅仅佩戴着一副皮革面具，其中纵横交错的沟壑与纹路在战士的鼻梁和额头位置组成了芬里斯海蛇的图案。

"是的。"豪瑟尔回答。

"你确定吗？"戴着蛇纹面具的战士追问，"我能在你那只没用的眼睛里看到恐惧，我们可不想被恐惧拖后腿。"

"我确定，"豪瑟尔厉声回应，"你叫什么名字？我要在今日的故事里特地记下你的关怀。"

蛇纹面具耸耸肩。

"约蒙德尔，"他说道，"人称双刃毒蛇。你居然没有听说过著名的双刃，这简直是对我的侮辱。"

"我听说过，"豪瑟尔急忙谎称，"但我刚刚与死亡擦肩而过，还心神未定，没有立刻辨认出你面具上的特征图案。"

约蒙德尔·双刃点点头，似乎接受了这个解释。

"跟我来。"他说道。

他们穿过门房，走入一座庭院。在随处堆积的瓦砾与残骸中，豪瑟尔终于发现了敌人的尸体：纤弱者和强能战士都有，还有其他一些他未曾见过的瘦小种类。四下弥漫的淡黄色尘埃蒙在了静远联邦战士的紫色血泊上。

野狼们正涌入庭院，分头行动。诸多回廊和内室等待着他们。不知所措的豪瑟尔捕捉到了敌军枪炮的声响，接下来便是爆矢枪还击的咆哮。往往会有一把枪率先开火，其余武器随即加入，共同将子弹倾泻在一个特定目标身上，那震耳雷霆般的低沉轰鸣背后还有某种类似于金属碾磨的独特嘶吼，那仿佛是一股苦涩的回味。

诗人还能听到其他一些更为厚重洪亮的声音。那是濒临崩溃的城市和摇摇欲坠的楼宇所发出的隆隆悲呼，那是一记响彻苍穹的丧钟哀鸣，正在这个广阔的冲击坑里往复回荡。

豪瑟尔不由自主地徐徐前行，在庭院和长廊间游荡。他仿佛置身事外，就好像周围这场如火如荼的战斗虽然近在咫尺，却仅仅让他感觉身临其境而丝毫不受烦扰。星辰般的火花在污浊的空气中翻飞舞动。他从一条走廊顶棚的阴影里迈步而出，站在分外明亮的开阔庭院里，烈焰风暴的熊熊火光照耀着他，在铺有石砖的地面上投下一条长长的影子。

豪瑟尔看到自己扭曲修长的阴影跃动不止。比图尔·伯考在豪瑟尔苏醒那天慷慨赠送的皮毛依旧覆盖在诗人肩头。他一直都披着它。那块灰色狼皮为他的怪异幽影添加了蜷曲的脖颈和毛茸茸的后背。

这座建筑的大部分内部设施已经四分五裂。豪瑟尔看到很多处墙壁和天花板的锃亮表面大片剥落，因此暴露出来的机械内层有一种格外奇特的有机性质。这一层层隐藏系统的具体功能难以被分辨。它们的构造看起来颇为繁杂，其中金属电路和有机瓣膜交错排布，缆线与血管纠缠不清。垂挂于地的破损导管散发出一股股热量。另外一些开裂的管道则滴落着不知名的液体。

诗人四处打量。他抬头张望。几近瘫痪的城市在他周围越过他，仿佛还妄想着从这座寒冷墓穴中爬出去。武器弹道在烟雾弥漫的空气里交织成一片明亮的网格。突击飞船从头顶急速掠过，它们所配备的重型武器在漆黑的冲击坑中犁出一条条数公里长的毁灭焦痕。被这种凶暴能量所触及的城市建筑顿时熔融成灼目光柱，并喷吐出太阳耀斑状的高温气体。成群结队的导弹像流星雨般蜂拥而至，其炽热轨迹是判断它们存在的唯一线索，而发射导弹的炮艇更是彻底隐没在了黑烟深处。在左边与屋顶高度齐平的位置，豪瑟尔能远远望见两架战将级泰坦举步跨过高塔之间的桥梁，率领大批帝国军队士兵向一座堡垒发起冲击。微不足道的弹药冲击如云团般笼罩着它们无比庞大的身形，它们恰似在黄昏时分成群飞舞的萤火虫。

他再次听到了这座即将崩溃的城市所发出的深沉轰响。那仿佛是源自星球地心的隆隆钟鸣。

一个更为尖锐的声音让豪瑟尔大惊失色。震荡波扑面而来。在他头顶上方，高大建筑的侧面延伸出了诸多华丽平台，那就像是剧院的贵宾席，一支重型运输机编队正试图将奥崔玛兵团力量投放于此。其中一架飞机被地面火力正中。它轰然爆炸，化作一团规模惊人的烈焰与残骸。飞行编队中的其他单位立刻展开规避。其中两架不慎相互剐蹭，顿时被迫偏离着陆目标，难堪重负的引擎发出了抗议的哀嚎。另外一架则被遇难运输机的横飞碎片所波及，侧翼严重受损。它颤抖起来，已是末日临头。浓厚黑烟从运输机的左舷引擎中喷涌而出。它努力抬高机首。它试图靠近平台并放下舷梯，让机舱中的士兵们紧急撤离。

然而它一头撞在了平台上。机身腹部被剧烈的冲击骤然撕裂，像罐头盖一样被轻易剥落。随着机舱主体彻底解离，四台引擎纷纷爆炸，士兵们也从天而降。

机舱中运载的奥崔玛兵团被抛洒出来，众多士兵无助地朝下方的这片庭院翻转坠落。其中一些已经死了，另外一些在触地前还尖叫不止。他们砸落在屋顶、露台、走廊和院子上。他们从倾斜的墙壁上弹开，又经历几次冲击之后才翻滚着停止移动。熊熊燃烧的残骸一同袭来。

豪瑟尔仰起脑袋，呆呆望着那场令人难以置信的人体冰雹，过了好一会儿才意识到，自己很有可能会被这些从天而降的尸首砸个正中。其中一具尸体急速袭来，诗人猝不及防地朝左边躲闪。那具尸体猛地砸落在庭院地砖上，发出一声如同敲碎鸡蛋或是折断芹菜般的巨响。豪瑟尔低下头，看着那位将要长眠于此的死者，对方以一种不成人形的方式铺展在他的面前。

另一具尸体坠落在右边几米之外，豪瑟尔步步后退。他再次抬起头，发现有一团烈焰笼罩的机械残骸正翻滚着朝自己扑来。

他拔腿就跑。在那块残骸落地之前，豪瑟尔成功钻到了最近处的一条长廊里。眨眼间，一具人类尸首就轰然砸中他上方的那座顶棚，与橙黄色砖块同归于尽。他再次埋头逃命，在大楼主体建筑的坚固拱门下找到了更为可靠的掩护。

豪瑟尔缩在墙角躲了一会儿。那场由尸体组成的恐怖暴雨逐渐停歇。他这才抬起头，从阴影里钻了出去。

一个静远联邦超强能战士朝他猛扑过来。那个庞然大物有两颗脑袋和三条完好的手臂。它的第四条胳膊已经被某种等离子束炸飞了。覆盖在那两张面孔上的全息投影展现着无穷无尽的癫狂暴怒。超强能战士用位于上方的那对臂膀握着两柄带有弧度的巨型弯刀。它挥动武器劈向豪瑟尔。

豪瑟尔不知道自己是如何躲开的。他纵身跃起，笨拙地飞落在拱门之后数米开外的庭院地砖上，把自己摔得生疼。那个超强能战士步步紧逼，两把弯刀交替出击。其中一柄武器的弧形锋刃在地砖上划出长长一道火花。它探出第三条臂膀，试图将豪瑟尔按在地上开膛破肚。

诗人再次闪躲，此刻才逐渐意识到自己究竟在干什么，并意识到自己的反应速度远超常人，这要归功于某种近乎荒谬的强大本能。那些野狼牧师，那些芬里斯之子的基因织工与血肉匠人，绝非仅仅让豪瑟尔伤口痊愈并让他返老还童那么简单。他们赋予诗人的种种能力远不只一枚目光锐利的狼眼。

野狼牧师强化了他的感官、他的速度、他的力量、他的肌肉结构与骨骼密度。豪瑟尔虽然从未接受过任何格斗训练，却能不费吹灰之力地将那些找麻烦的G9K士兵打得落花流水。

即便如此，一个全身血脉里充斥着战斗药剂的欧拉米克静远联邦超强能战士依然可以轻松夺走豪瑟尔的性命。

诗人弯腰闪过一记横向挥砍，紧接着一个后滚翻躲开另一把自上而下劈来的弯刀。那个超强能战士穷追不舍。豪瑟尔不慎踩到一滩奥崔玛士兵的血，顿时失去平衡。

长牙突然扑到了超强能战士背后。那个符文牧师出现的时候像鬼魂般毫无声息。此刻他身上丝毫没有年迈羸弱的迹象了。他的狂野双眸熠熠闪烁，他的修长白发如狮鬃般飞舞。这绝不是一位需要旁人搀扶才能站起身来的老者。

长牙在超强能战士背后用双臂紧紧勾住对方，就像一个技艺娴熟的摔跤手。他将敌人从豪瑟尔面前拖走，同时锁死那双持有弯刀的手臂，让敌人无法挥动武器。长牙低声嘶吼，显然是调动了全身的力量。他把超强能战士扭到一边，又在敌人屁股上狠狠踹了一脚，让它踉跄地冲出去一段距离，同时从自己背后的皮革剑鞘中抽出一把庞大的阔剑。那是一柄寒气萦绕的双手符文剑。它在出鞘之后立刻开始轻吟，吟出了一首属于幽魂与行尸的诡异哀歌。

神秘的能量在夺命锋刃上爆鸣嘶嚎。

超强能战士转过身来,迈步迎向这个凭空杀出的对手。面对那寒霜剑刃的灼目光芒与幽怨挽歌,它似乎并无惧意。它抬起粗壮的臂膀猛扑过去,两柄弯刀的挥砍如雨点般毫无停歇。长牙低哼一声采取守势,用修长利剑与左侧臂甲来消解对手的无情冲击。超强能战士像台打桩机一样力大无穷。豪瑟尔看到,老迈的符文牧师不得不脚踏弓步,勉强加以抵挡。

长牙突然咆哮一声,扭转身躯,将双肩的力量全部注入到还击之中。他将超强能战士的第三条手臂连根斩落。超强能战士蹒跚后退几步,但它早已失去了痛觉。它随即向长牙展开反扑,继续用双刀交替劈砍。这一次它的攻势终于奏效。其中一把武器的合金刀锋切入了符文牧师前臂的精美铠甲。皮革内衬迎刃而解,点缀其上的蛇纹石、牛黄、贝壳与珠串顿时洒落一地。鲜血喷涌而出,沿着符文牧师的袖口向下流淌,从厚重手甲的边缘不住滴落。

长牙发出一声低沉呼吼,让豪瑟尔五脏六腑里一阵悸动。他挥舞霜刃向超强能战士发动反击,在这片火光照耀的血染庭院里将对方步步逼退。一连串狂野攻势的最后一击劈断了敌人左手弯刀的上半截,又在超强能战士的宽阔胸膛中留下一道深深刻痕。

就在此时,另外两个超强能战士闯入庭院。冲锋在前的敌人高举着一柄加速锤,立刻前去夹击长牙。第二个敌人则转向豪瑟尔,它的全息面孔上起初展现着好奇,那随后变成了毫不掩饰的恨意。

赫欧罗斯·长牙绝不打算废除自己对吟游诗人做出的保证。他曾告诉豪瑟尔,想去哪里就去哪里,因为第三连会保护诗人平安,而他将誓死捍卫这项承诺。为了塑造出像长牙这样的超凡个体,人类帝国的一代代基因工程师们苦心钻研,经历了疑云笼罩的久远岁月后终成正果。那段漫长历史赋予他的全部轻捷与力量被长牙尽数调动起来,他如同一头扑击猎物的猛兽般纵身跃起。符文牧师面前的两名敌人突然失去了对手,近乎尴尬地呆立在原地。

长牙落在那个埋头冲向豪瑟尔的超强能战士身后,在短短九十秒的时间里第二次救了诗人的性命。他双手紧握那柄轻声嘶鸣的霜刃,高高举过自己白发飞扬的头顶,随后以开山裂地之势将超强能战士一剑剖作两片。伴着喷薄而出的紫色血雾,敌人的残躯一分为二,颓然瘫落左右。长牙的纤细白发上沾着一粒粒晶莹的紫色血滴。他用那双饱含疲惫的金色眼眸与漆黑瞳孔俯视豪瑟尔。他很清楚接下来会发生什么。

"找掩护。"符文牧师说道。

随后他便轰然不见了。如同音爆般的一声巨响将他带走了。赫欧罗斯·长牙的身影在弹指间便从豪瑟尔的视野里横飞出去。

震荡波让豪瑟尔头晕目眩地趔趄后退，他的呼吸面具布满裂纹，被强大冲击震断的毛细血管往他鼻子里灌满了鲜血。超强能战士的加速锤刚刚埋进了长牙的身躯左侧，将他干净利落地抛到了庭院另一头。符文牧师狠狠撞在一堵墙壁上，砸碎了橙黄色的砖块，随后摔落在地。

两个超强能战士快步冲过去，打算即刻了结这个尚未起身的对手。长牙嘴边一片殷红，符文铠甲腰部和胯部的接缝处也淌着鲜血。

随着两名静远联邦的凶蛮战士迅速逼近，长牙抬起了一只手掌，仿佛要单凭自己的意志力抵挡它们，仿佛在这极端困境之中能够释放出一股魔法，甚至是召唤某种恶灵用以拒敌。在一瞬间里，豪瑟尔几乎相信确实如此。他几乎相信下界幽魂即将呼啸而出，如恶冬凛风般响应长牙的狂怒召唤。

什么都没有发生。没有魔法，没有凛风，没有恶灵，没有下界幽魂的狂喜尖啸。

豪瑟尔抓起一把沾满血迹的奥崔玛激光步枪，将武器背带从前任主人的残破臂弯中扯了出来。这把步枪刚刚从天而降，所幸未损筋骨。他立刻向那两个超强能战士开火。诗人扫中了它们的后背和肩膀，在盔甲表面留下点点凹痕，烧出些许焦黑小洞。那个手持加速锤的超强能战士甚至在脑后中了一枪，这致使它的脖颈微微甩动一下。

两名敌人一齐停下脚步，缓缓扭过头来，那些微不足道的损伤使它们身上飘出一股股轻烟。

"第三连！第三连！来帮忙！来帮忙！"豪瑟尔用沃尔根语高喊。他继续开火，将弹夹中的全部能量倾泻在超强能战士身上。它们起初不紧不慢，随后逐渐加快脚步，猛冲过来。巨锤和弯刀高高抬起。豪瑟尔步步退却，一边呼吼一边开火。

约蒙德尔·双刃此刻卷入战局。他在一条长廊顶端现身，奥崔玛士兵的尸首像秋叶般堆积在上面。他人如其名，双手各持一柄动力剑，那对兵器与长牙的嘶鸣霜刃相比更短也更宽。

他发出一声无与伦比的咆哮，飞身跃入庭院，挡在了两个超强能战士前方。如铁砧坠地般的震耳冲击让双刃脚下的砖块四分五裂。他极具侵略性地正面迎击两个敌人，用右手剑刃敲开一对弯刀，以左手武器挡住那柄巨锤。

手持弯刀的超强能战士不加迟疑地重新发动攻势，向野狼投来一阵暴风骤雨般的挥砍。双刃的格挡与招架毫不逊色，他将对方的两把武器防得滴水不漏。与此同时，他的左手剑刃也拦下了另一个超强能战士的战锤。

在先前与长牙的恶战中，其中一柄弯刀已经被斩断了半截，这样长短不一的两把武器反而为超强能战士提供了些许优势。双刃的左手阔剑被加速锤死死缠住，双刃单凭右手武器抵挡一对弯刀的密集攻势变得愈发艰难，只有同时架住敌人两把兵刃靠近刀柄的位置才能不露破绽。先后两次，那把折损的弯刀在同伴的弧形锋刃被阻拦之时趁虚而入，刺破了双刃的身躯。在战斗开始的短短数秒之后，双刃右臂上的一道深重伤口便已经鲜血淋漓。

他决定直截了当地解决这个问题。野狼弯腰躲开加速锤一记凶狠而迟缓的挥击，转身朝那个手持弯刀的超强能战士猛踢一脚，踹在了它的左侧膝盖上。厚重的塑钢战靴将超强能战士的左腿狠狠拧到一边，双刃的右手利剑随之而来，洞穿了敌人的一侧头颅。

超强能战士顿时蹒跚退却，那张残破短路的全息面孔上喷吐出一团团火花。它的紫色鲜血沿着面具边缘泼溅到胸前。

约蒙德尔·双刃并没有停下脚步来品味成功制敌的喜悦。他不得不立刻将脑袋后仰，以毫厘之差躲过了加速锤的又一次挥击。那个锤手将全身力量注入到臂膀之中，让沉重的战锤几乎划出一个完整圆环。锤头在下半段弧线中错过了双刃的脑袋，徒劳地轰然敲在庭院地面上，伴着震耳欲聋的爆响在砖块间留下一片辐射蔓延的巨大裂痕，那裂痕如同镜面上的弹孔，或是石子入水时激起的波纹。

双刃用左手利剑刺向超强能战士。对方将冲击锤的握柄当作长棍抬到面前，隔开了动力剑的攻势，随后把武器高高挥过头顶，像打桩般砸落下来。双刃及时将两把武器交叉举起，合力架在锤头下方。即便如此，那凶悍的冲击依旧迫使他单膝跪倒。

双刃绷紧全身，死锁对剑。那个手持弯刀的超强能战士则逐渐恢复神志，它的第二颗脑袋彻底接管了躯体运作。它从侧面包抄过来，打算趁双刃无暇旁顾的时候展开夹击。

　　双刃厉声咆哮，拼尽力气交错对剑。冲击锤柄应声被剪作两段。锤头尚未彻底脱落，但阿斯塔特的剑刃切开了冲击锤的外壳、线槽与内衬，直入锤柄核心，使其骤然爆炸。

　　双刃一跃而起，埋头扑向超强能战士，将两把利剑轮流捅进敌人的躯干，一记记自下而上的迅猛刺击狠毒而流畅，毫无停歇。他推着敌人步步后退，用过量数倍的杀伤来确保对手毫无侥幸生还的可能。到了最后，只剩下他的双刃还勉强支撑着超强能战士的身躯。

　　野狼让那具尸首颓然倾倒。另一个敌人已经逼近。他扭转身躯迎击两把弯刀，递出一记横向挥砍将对方打翻在地。超强能战士试图站起身来。双刃猛扑过去，用双腿将对方牢牢压住，接着一剑洞穿敌人的躯体，把它钉死在地面上。

　　它身下逐渐扩散出一滩紫色血泊。

　　豪瑟尔穿过庭院奔向长牙。双刃将动力剑从超强能战士的尸体上拔了出来。阿斯塔特的强化体质已经启动，让他的伤口迅速止血。

　　赫欧罗斯·长牙的伤口却并未止血。符文牧师背靠一堵墙壁撑起身躯，双腿瘫在前方。他的呼吸很沉重。他遍布全身的盔甲裂痕都渗着鲜血。

　　"你倒是会挑时候偷懒。"约蒙德尔·双刃走过来评论道。

　　"我喜欢这里的天气。"长牙回答。

　　"行吧，剩下的活都交给我们来干。"双刃说。他低头盯着老迈的符文牧师，沉默了一阵。

　　"等我找到纳尤特·引线者，我就派他回来找你。"

　　"没必要。"长牙回答。

　　"我不会让你走得没有光彩。"双刃说道。他声音中的一丝微弱哽咽让豪瑟尔备感惊讶："等我找到纳尤特·引线者——"

　　"不，"长牙更为坚决地回答，"你再怎么急着送我走，我也哪儿都不去。我只是要休息一下，享受享受这里的好天气。"

　　豪瑟尔抬头观察双刃面具之下的表情，发现对方咧嘴露出了一个獠牙尽现的笑容。

　　"我知错必改。"双刃说道。

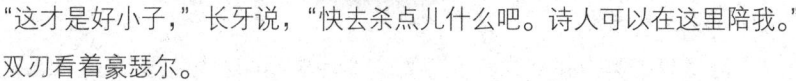

"这才是好小子，"长牙说，"快去杀点儿什么吧。诗人可以在这里陪我。"

双刃看着豪瑟尔。

"取悦他。"他说道。

"你说什么？"豪瑟尔问。

"我说让你取悦他，"双刃回答，"你是第三连的诗人，取悦他，让他分心不去想之后的事儿。"

"为什么？"豪瑟尔又问，"之后要发生什么事儿？"

双刃低哼一声。

"你觉得呢？"他反问道。

这位体形壮硕的野狼突然屈膝跪下，向长牙俯首致意。

"来冬再会。"他说道。

长牙点点头。他们交握臂膀，随后双刃便起身离去，再也没有回头。他厚重的塑钢战靴碾过庭院中的尘土与碎石。等到他即将消失在视野之外的时候，双刃已经开始快步奔行。

豪瑟尔转头看着长牙。

"我知道这样问不太礼貌，但之后到底要发生什么事儿？"他问。

长牙笑着摇摇头。

"你要死了，是不是？"豪瑟尔追问。

"或许是的。你对于阿斯塔特的生理性质并不了解。我们能承受非常严重的伤害。但这往往也伴随着非常剧烈的痛苦，你永远都不确定自己究竟能否挺过去。"

"我该做些什么？"豪瑟尔问。

"履行你的职责。"符文牧师说道。

豪瑟尔坐到了符文牧师身旁。

长牙的皮肤与之前相比显得更加透明。符文牧师身上沾满了血滴，红色的与紫色的，自己的与敌人的。其中一些已经渐渐干涸。

他的呼吸声分外粗重。他的肺一定是出了什么毛病。他在喘息之间喷出一口口血雾。

"这么说我该……取悦你？"豪瑟尔问道，"你想让我讲述一个故事？"

"为什么不呢?"

"你或许可以给我讲讲你的故事,"豪瑟尔说,"或许可以把一些你看重的事情告诉我,以防万一。"

"如此说来,你是要听我的临终告解了?"长牙问道。

"我不是那个意思。艾斯卡·裂唇告诉过我,狼群喜欢那种能够惊吓他们的故事。"

"他说得没错。"

"究竟有什么东西能够惊吓到你们?"

"你想知道?"

"我想知道。"

"最能惊吓我们的,"赫欧罗斯·长牙说道,"就是那些连我们都无法杀死的东西。"

第八章

长牙的凛冬梦境

"我们是帝皇麾下的杀手。"符文牧师说道。

"你们是军人,"豪瑟尔说,"是阿斯塔特。阿斯塔特是泰拉历史上无出其右的精锐战士。你们都是杀手。"

长牙咳嗽起来。他喷出的血雾逐渐凝结在嘴边,浸湿了他的胡须。一滴滴鲜血淌落在那块晶莹洁白的皮毛上。

"这种看法太狭隘,"他说道,"我告诉过你,每一位原体都有各自的角色,每一支军团都有不同的使命。壁垒与尖刀,突击队与近卫军……我们各司其职。第六军团是刽子手。我们站在最后一线。当其他手段皆告徒劳的时候,就轮到我们去完成那些必为之事。"

"所有军团不都是如此吗?"豪瑟尔问。

"你还是没有理解,诗人。我所说的不是防线,而是底线。有些事情是其他军团不愿触及的。我们对于荣誉、忠诚和奉献的看法不尽相同。面对那些太过冷酷无情、令人反感的工作,只有芬里斯之子能够着手去处理。我们为此而生。这就是我们的使命。我们没有疑虑和怜悯,没有拖延与杂念。我们是唯一一支在任何情况下都不会拒绝以帝皇之名展开杀伐的阿斯塔特军团,无论杀伐是何目标,无论杀伐有何缘由,而我们也为此感到自豪。"

"这就是为什么阿斯塔特第六军团在众人眼中备显野蛮。"豪瑟尔说。

"那是次要的,"长牙回答,"那是我们无情本质的副作用。我们不是粗野蛮族。只不过,我们在两个多世纪以来常常接手那些别人看不上的工作,所以赢得了这样的名声。其他军团都认为我们桀骜不驯,但事实上我们所受的管束最为严苛。"

长牙原本还要再说些什么,但他全身上下突然一阵颤抖。他将双眼紧紧闭上。

"痛苦?"豪瑟尔问。

"没事儿，"长牙满不在乎地摆摆右手回答，"一会儿就好。"

他抹去了嘴边的血。

"我们是帝皇的杀手，"符文牧师重复道，"面对一切挑战，都会迎头直上，这关乎荣誉。同时这也解释了为什么其他人把我们看作疯子。我们否认恐惧。它在我们的生命里不复存在。一旦我们整装出击，恐惧便消失无踪。它不会和我们一同踏入战场。它不会束缚住我们的手脚。我们将恐惧从心中和脑海里彻底抹除。"

"这和讲故事有什么关联？"豪瑟尔问道。

"你想象一下我们的极端处境，"长牙说，"芬里斯的酷烈气候，与众多死敌无休无止的对抗。我们该如何寻求解脱？自然不是借助凡人的精致娱乐，不是美酒与歌谣，也不是女人或宴席。"

"那究竟是什么呢？"

"正是那唯一一种我们难以触及的东西。"

"恐惧。"

长牙轻轻一笑，然而那声音顿时被满口鲜血所淹没。

"你现在明白了。在埃特里，在炉火旁，在诗人开口讲述故事的时候，只有那种时刻我们才容许恐惧卷土重来。而且前提是那个故事足够好。"

"让自己感受恐惧，这就是你们的放松方式？"

长牙点点头。

"什么样的故事才算好呢？关于战争，关于猎捕海兽，还是——"

"不，不，"长牙说道，"那些都是我们可以杀死的东西，即便杀死它们有时候会格外艰辛，就算是我们也难言必胜。这里面是没有恐惧的。吟游诗人必须找到那些我们无法杀死的东西来讲述。我告诉过你，有些东西是刀枪不入的，有些东西是无法被狠狠一斧劈成两半的，有些东西的命线你永远都难以斩断。"

"恶灵。"豪瑟尔说。

"恶灵。"符文牧师表示认同。

他看着豪瑟尔，又咳嗽起来，喷出更多血雾。

"你来讲个好故事吧。"他最终说。

"我生在泰拉。"豪瑟尔开口道。

"和我一样。"长牙骄傲地说。

"和你一样。"豪瑟尔也说。他继续讲下去:"我生在泰拉。在第一纪元里,人们称其为古老地球。我作为一名考据者,为统一议会工作了大半辈子。将近三十岁的时候,我在古法兰克地区开展过一个项目,就在伟大的卢泰西亚市中心区域。那里基本只剩下废墟和贫民窟了。当时我有个朋友,不如说他是位同事。他的名字是纳维德·穆尔扎。他如今已经不在了。大约过了十年之后,他在奥赛梯去世的。其实他根本算不上朋友,我们是竞争对手。他的学术成果和个人能力都很出众,但他也十分冷血。他常常利用别人。只要能得到自己想要的东西,他不介意究竟需要把谁搞定。我们之所以联手合作只是情势所迫。我一直忌惮他,他总会越界。"

"继续,"长牙说道,"和我讲讲这个穆尔扎,让我也能看到他。"

琴声悠扬。那是一段录音,西莉亚坚持要在公寓里播放她带来的几份高清音频文件。豪瑟尔确定现在是穆尔扎在放音乐。豪瑟尔确定穆尔扎和西莉亚有一腿。那个女人面容姣好,皮肤黝黑,有一头云团般的茶色长发。在卢泰西亚项目最初启动的那几天,她似乎对豪瑟尔颇有兴趣。但之后穆尔扎展开了浪漫攻势,接下来就顺理成章了。

如果是穆尔扎在放音乐,那么穆尔扎显然是在豪瑟尔之前返回了公寓。两人在埋头逃命的时候走散了。豪瑟尔是从装有基因密锁的侧门进来的,之后还特意把百叶窗关紧了一些。在那座古老教堂脚下试图勒索他们的工人知道考据队伍的容身之所在哪里。其中几个人曾经来公寓里和队伍成员们讨论过一些交易细节。

豪瑟尔脱掉了大衣。他的双手颤抖不已。他们差点挨揍了。他们遭到了威胁,险些被人袭击,不得不四散逃命,肾上腺素此刻依旧在他体内奔涌,然而这并不是让豪瑟尔心神不宁的真正原因。

天色渐晚。他打开了几盏照明球。整个考据小队都在纷乱街巷里走散了。但只要有足够的时间和运气,他们一个个都会返回公寓的。

豪瑟尔倒了一杯干邑给自己压压惊。他更喜欢十年的那瓶,但它不在架子上。他只好用便宜货凑合一下。握在他手中的酒瓶叮叮当当地敲着玻璃杯。

"纳维德?"他高声喊道,"纳维德?"

回应他的只有琴声，那是一首古老的乡村旋律。

"穆尔扎！"他大吼起来，"回答我！"

他又倒了一杯酒，之后走到卧室所在的二楼。

他们租住的这家公寓其实是一座防护严密的宅邸，位于高墙环绕下的波布尔区，紧邻一条名叫萨纳图安的宽阔大街。它的拥有者是一个势力庞大的欧洲商业家族，其名下还有若干座类似的安全居所，这些居所都是为来访商贸使团所准备的客房，这一座被考据协会租借了三个月。它内部设施完善，附带机仆，且安全性在整个卢泰西亚都堪称一流。这是一座焦黑而粗野的宏伟城市，虽然历史颇为悠久，但已经逐渐堕落成一片贫民窟。豪瑟尔十分欣赏这里的历史底蕴，然而他难以想象为什么现在还有人自愿住在这里。对于那些依旧盘踞在市中心区域的诸多富贵豪门而言，大西洋人造板块想必能够提供更高的生活水准，而超轨道平台在人身财产安全方面则要远超此处。

在楼梯中段的拐角处有一扇修长窗棂，住户可以借此越过厚重的墙壁远眺城区景象。天色渐晚，一块块起伏不平的漆黑屋顶如同是覆满尖刺与鳞片的蜥蜴脊背。最显著的一块残破突起像根荆棘般树立在地平线上，正是那化为废墟的教堂。远远望去，它仿佛是一座睥睨众生的利齿状山峰。已经遁入西边天际之下的太阳在身后涂抹出一片粉红色的足迹。傍晚时分的大部分暮光来自一块正从城市头顶缓缓飘向西北方的轨道平台，那过于明亮的人造光芒显得怪异而虚幻。豪瑟尔不确定这究竟是哪块平台，但根据时间和方位来判断，它应该是雷姆利亚。

豪瑟尔喝了口酒。他抬头看着剩余的几级台阶。

"穆尔扎？"

他迈步而上。音乐声愈发响亮。他这才意识到公寓里很热。这不仅仅是腹中干邑所散发的暖意。他肯定有人把取暖系统的温度设置调到了最高。

"穆尔扎？你在哪儿？"

大部分卧室一片漆黑。只有穆尔扎一开始就挑好的那个房间亮着灯，琴声也从中传来。

"纳维德？"

他走了进去。每间卧室都不大，穆尔扎的屋子热得几乎令人窒息。地上堆满了各种物品，有工具包、衣服、书本和数据板。音乐声是从床上一台小仪器里发出来的。豪瑟尔在脚边看到了女性衣物，还有一个不属于穆尔扎的背包。天真可爱的西莉亚显然是搬进来和他一起住了。

穆尔扎把西莉亚抛在了卢泰西亚的贫民窟里，让她在宵禁之后独自跑回来，这倒是纳维德·穆尔扎的一贯作风。

豪瑟尔又喝了一口酒，试图浇灭自己的怒火。穆尔扎让大家都身陷险境，而且这不是第一次了。但最糟糕的还并不在此。豪瑟尔不愿意回想那件最糟糕的事情，然而他也明白自己必须加以面对。

卧室里不只是热，还很闷，雾气弥漫。

豪瑟尔扯开了洗手间的折叠门。

穆尔扎坐在狭小的淋浴间里，双腿蜷缩，把手臂环抱胸前，下巴顶在膝盖上。他全身赤裸。热气腾腾的水流从老旧的塑料隔断里泼洒到他身上。他看起来死气沉沉，目光呆滞，一头黑发都贴在头皮和脖颈上。他手里攥着那瓶十年的干邑。

"纳维德？你在干什么？"

穆尔扎没有回答。

"纳维德！"豪瑟尔用手指敲了敲塑料隔断。穆尔扎抬起头看着他，目光逐渐聚焦。他似乎花了很久才认出面前的人是豪瑟尔。

"你在干什么？"豪瑟尔重复道。

"我很冷。"穆尔扎回答。他口齿含混，而且话音很轻，几乎盖不过流水声。

"你很冷？"

"我回来之后必须让自己暖和起来。你有这么冷过吗，卡斯？"

"这到底怎么回事儿，纳维德？今天晚上简直是个灾难！"

"我知道。我知道这是个灾难。"

"纳维德，从浴室里出来，好好说话。"

"我很冷。"

"从那该死的浴室里出来，纳维德。出来和我说说，你究竟想玩什么花招，居然会安排那样一场会面？"

穆尔扎看着他，眨眨眼睛。热水从他的睫毛上滴落下来。

"其他人回来了吗？"

"还没有。"豪瑟尔说。

"西莉亚呢？"

"他们都还没回来。"

"他们不会有事儿的，对吧？"穆尔扎问道。他的语音又变得含混起来。

"这都要托你的福。"豪瑟尔厉声回答。看到穆尔扎眼中的伤痛后，他顿时心软了一些。

"他们会没事儿的，我肯定。她会没事儿的。我们早有计划。我们都知道后备方案，都知道紧急路线。他们谁也不傻。"

穆尔扎点点头。

"至于你傻不傻，我就说不好了。"豪瑟尔补充道。

穆尔扎皱起眉头，将手里的酒瓶举到嘴边。里面的干邑已经快要见底了。他又灌了一大口，咽了一些，将剩下的酒在嘴里漱了漱。

当他把口中的酒吐到浴室地板上的时候，豪瑟尔注意到了掺杂其中的鲜血。

"你究竟干了什么，纳维德？"他问道，"你对那个人究竟干了什么？你是怎么学会那个的？"

"我求你别问我。"穆尔扎回答。

"你干了什么？"

"我救了你的命！我救了你的命，不是吗？"

"我不确定，纳维德。"

穆尔扎瞪着他。

"我本来没必要那样做。我救了你的命。"

他又啐了一口，更多鲜血卷入水流中。

"出来，"豪瑟尔说，"你得把所有事情和我解释清楚。"

"我不想解释。"穆尔扎回答。

"那算你倒霉。从浴室里出来。我十分钟之后再来找你。你得准备好把事情说清楚。之后我再决定怎么和其他人说。"

"卡斯，我们没必要告诉任何人——"

"从浴室里出来，我们谈谈。"

豪瑟尔回到客厅里，重新倒了一杯酒，坐在扶手椅上努力抚平思绪。大概五分钟之后，其他人便陆续回来了。先是波尔克和勒什尔，接着是奥德赛来的那对双胞胎，随后是齐瑞安，以及脸色苍白、泪痕满面的助理玛瑞斯。最后，当豪瑟尔确实开始感到不安的时候，西莉亚也出现了，森默尔陪着她。

"大家都回来了吗？"她强作平静地问道，但她显然筋疲力竭，备受惊吓。其他几名队伍成员已经各自去洗漱更衣了。

"是的。"豪瑟尔说。

"纳维德也回来了？"她问道。

"是的。"

"混蛋。"森默尔嘀咕了一声。

"我会去和他谈谈，"豪瑟尔说，"就交给我吧，拜托。"

"行吧。"森默尔听起来不太情愿。

豪瑟尔让波尔克和那对双胞胎去给队伍准备些晚餐，又指示勒什尔和齐瑞安着手筹划一些其他的项目，尽量让考据队伍不要虚度此行。他知道这是白费力气，但找点事情来做至少可以帮助大家暂时忘掉今晚的不快经历。那把手枪一直在豪瑟尔脑海里萦绕不去。他总能看到一个黑漆漆的枪口指着自己。

他回到了二楼。穆尔扎已经关掉淋浴，正穿着衬衫和长裤坐在床脚。他没有把身子擦干。他的头发还滴着水。他把干邑倒在了一个小陶瓷碗里，用双手捧在嘴边，愁眉苦脸地喝着。酒瓶躺在他脚边的地板上。

"我们不该去那儿。"豪瑟尔一上来就直奔主题。

"是的。"穆尔扎低着头承认道。

"那是个很糟糕的决定，责任在你。"

"同意。"

"你向我们保证情报可靠，一切安全。我本不该听你的。我本该仔细检查环境，本该计划一条紧急撤离路线，或许再安排一辆车。"

穆尔扎抬起头看着他。

"是的，"他说道，"但你并没有，因为你理应可以信任我。"

"你为什么那样做，纳维德？"

穆尔扎耸耸肩。他将手举到嘴边，用一根指头戳了戳嘴唇下面，像是在检查自己的牙齿有没有松动。他皱紧了眉头。

"你是不是贪心了？"豪瑟尔问道。

"贪心？"

"我知道那是什么感觉，纳维德。我们两个是一类人。有一种强烈的渴求在推动我们去探索，发现并保护那些失落的文化瑰宝。这是一个很高尚的目标，但也是一种执念。我很清楚。你也知道，我们两个很像，虽然我们都不愿承认这一点。"

穆尔扎带着一丝笑意挑起眉毛。

"有时候你会越界，"豪瑟尔说，"我知道我也干过这样的事儿，无论是把别人逼得太紧，贿赂的时候付了太多，还是去了某个不该去的地方，或者伪造一些手续文件。"

穆尔扎抽了抽鼻子。那算是笑了一声。

豪瑟尔靠着对方坐在床脚。

"但你比我还要过分。"他说道。

"抱歉。"

"你似乎并不在乎会伤害到谁。你似乎为了达到目的不惜牺牲所有人。"

"抱歉，卡斯。"

"这种程度的贪婪就很有问题了。"

"我知道。"

"这让我觉得，你有另一种完全不同的贪婪。那不是高尚的，而是自私的。"

穆尔扎盯着地板。

"我说的对吗？"豪瑟尔问道，"你觉得这是个自私的缺陷吗？"

"是的。我想是的。"

"好。"

豪瑟尔捡起了穆尔扎脚边的酒瓶，给自己倒了一杯。之后他侧过身，给穆尔扎双手捧着的那个陶瓷小碗里也倒了些干邑。

"听我说，纳维德，"他说道，"今天你很有可能会让我们都受伤，甚至更糟。这件事彻底搞砸了。类似的事情之前就有过，我不会让它们再发生了。我们按规矩办事儿。从今以后，我们再也不冒险，再也不把安全当作儿戏了，好吗？"

"好的。好的，卡斯。"

"很好，我们就这么说定了。到此为止。谈话结束。明天一切从头开始。

真正让我放不下的并不是这件事儿,你很清楚。"

穆尔扎点点头。

"今天在那座教堂废墟的阴影里,你做了一件事儿。我不知道那究竟是什么。我从来没见过,也没听说过那样的事情。我觉得你好像对那个拿枪的家伙说了一个字,或是出发了类似于一个字的声音,就把他当场放倒了。"

"我觉得……"穆尔扎非常轻声地说道,"我觉得我很有可能把他给杀了,卡斯。"

"干他妈的,"豪瑟尔嘀咕了一句,"我得知道这种事儿怎么可能发生,纳维德。"

"不,你不用知道,"穆尔扎回答,"咱们能不能就说到这儿?如果我没有那样做的话,他会朝你开枪的。"

"这我同意,"豪瑟尔说,"同意你的动机是好的。我同意你是为了应对危机,或许还救了我的命。但我必须知道你究竟做了什么。"

"为什么?"穆尔扎问,"不知道这些事情对你大有好处。"

"两个原因,"豪瑟尔回答,"如果我们从此以后还要继续合作,那么我就需要能够信任你。我需要知道你究竟能做出什么事情。"

"好吧,"穆尔扎回答,"另一个原因呢?"

"我也贪心。"豪瑟尔说道。

豪瑟尔停了下来。他以为长牙睡着了,或者更糟,但符文牧师随即睁开双眼。

"你怎么不讲了?"长牙用尤维克语说道,"继续讲。这个叫穆尔扎的人,身上有恶灵,但你还是把他当作兄弟看待。"

长牙在每一次艰难喘息之间还是会喷出血雾。他下巴附近的洁白皮毛已经变得暗红而潮湿。

豪瑟尔深吸一口气。他喉咙很干。在这个幽暗宽广的冲击坑底部,末日临头的静远联邦城市中依旧回荡着隆隆巨响。在庭院高墙之外,启示录般的烈焰风暴从巨坑远端盘卷而起,将一座座壁垒彻底吞噬,像旺盛的篝火一样喷吐出密集如雨的火花。在较近的位置上,爆矢枪与等离子武器的弹药将空气撕扯得支离破碎。

"这个人，"长牙说道，"这个穆尔扎，你有没有杀了他？我的意思是，因为他身附恶灵。你有没有切断他的命线？"

"我救了他的命。"豪瑟尔说。

"你从来没有讲过你的童年或者学业。"豪瑟尔指出。

"我也不打算现在开始讲。"穆尔扎回答。

他犹豫了一下。

"抱歉。抱歉，我不是故意那么尖刻。只是事情太复杂，我们没时间慢慢聊。我简单说吧。我上的是私人学校。那是一种传统的教育方式，集合了经典的知识体系，同时着重培养神秘学素养。"

"神秘学也是经典知识体系的一个重要分支，"豪瑟尔说道，"几千年来，各种奥秘异闻的掌管者都对其严加看守，绝不外传。"

穆尔扎微笑起来。

"那么，卡斯，你觉得这是为什么呢？"

"因为人们一直相信超自然力量的存在，相信自己可以从中获益，进而掌控宇宙万物。自从我们的远古祖先坐在洞穴里凝望石壁上的跃动阴影开始，我们就一直怀有这种念头。"

"但这还有另一种可能的原因，不是吗？"穆尔扎问道，"我的意思是，从逻辑上讲总该有吧？"

豪瑟尔呡了一口酒，看着身旁的穆尔扎。

"你是认真的吗？"他问道。

"你看我是不是认真的，卡斯？"

"你笑得像个白痴一样。"豪瑟尔说。

"好吧……我今晚所做的事情像不像是开玩笑？"

"你是说那确有其事？那算是……什么？那只是个把戏。"

"是吗？"穆尔扎问道。

"那是一种把戏。"

"但如果那不是，卡斯，如果那不是，那么就存在一种更具逻辑性的理由，可以解释为什么一些特定的学识往往是密不外传的。你说呢？"

豪瑟尔站了起来。他起身有些猛，随着酒劲上头不禁晃悠了几下。

"这太扯了，纳维德。你是说你……你会施展魔法？你想让我相信你是某种巫师？"

"当然不是。"

"那就好。"

"我所学的还远远不够呢。"

"什么？"豪瑟尔问。

"巫师这个词不恰当。正确的叫法是宗师或者魔导师。我这样的入门者则是侍僧或者学徒。"

"不。不，不，不。你当时持有某种武器，某种隐蔽的微型武器。它被藏在你的袖口里或者戒指上，你是用手指操纵它的。"

穆尔扎抬起头看着豪瑟尔。他用左手抹过自己湿淋淋的脑袋，试着将滴水的头发抚平。他目光熠熠，眼中充满了诱人而危险的神采。一直以来，纳维德·穆尔扎的过人魅力都令他获益良多。他正是借此走到了今天这一步。

"你想知道，卡斯。你主动要求了解这些。我这就告诉你。你愿意听吗？"

"我愿意。"

穆尔扎穿好了衣服。豪瑟尔走到楼下，向其他人编了个借口，说自己要和穆尔扎出去"好好谈谈他的问题"。

穆尔扎在公寓背后那块狭小破旧的停机坪上等着他。这里昏暗无光，格外阴冷。挥之不去的刺鼻尾气与萨纳图安大道两旁众多餐馆里飘来的食物香味混杂在一起。在波布尔区的高墙之外，卢泰西亚闪烁着万千灯火，如同披上了一袭星辰织就的斗篷。

穆尔扎穿着一件风衣，肩头还挎着背包。他叫了一架悬浮艇，那艘飞行器正停靠在平台上，马力强劲的引擎呼啸不止。他们首先向波布尔区卫兵报备，用基因密令获得了外出许可，以及一枚信号器，这是他们晚些时候返回住所空域所需的凭证。

"我们去哪儿？"豪瑟尔问道。他们一起钻到载具顶棚下面，坐在了位于悬浮艇中央位置的机仆驾驶员背后。

"这是个秘密，"穆尔扎一边系好安全带，一边微笑着回答，"一切都是秘密，卡斯。"

他按下"出发"键，安装在座舱下方以及机首位置的共三台引擎顿时发动，悬浮艇从停机坪上离地而起。爬升到屋顶高度后，它转向北边，随后开始高速前进。在这个居高临下的位置，豪瑟尔迎着扑面而来的寒风俯瞰下方这座被夜幕笼罩的卢泰西亚古城。其他一些灯光闪烁的飞行器与他们共同分享着漆黑的夜空。

"你看起来有些紧张。"豪瑟尔对穆尔扎说。

"是吗？"

"你紧张吗？"

穆尔扎笑了笑。

"有点儿，"他承认道，"这是个大日子，卡斯。我已经酝酿很久了。我早就想和你说说这些，从我们刚认识的时候开始。我觉得你能理解。我相信你能理解。"

"但是？"

"你太严肃了！我总担心你会像个老大哥一样劈头盖脸地训斥我一顿，把事情彻底搞砸。"

"我真是那样的吗？"

"你知道自己是那样的。"穆尔扎轻笑一声。

"如此说来，你的这项爱好也有些历史了？"

"在我还年轻的时候，在我即将毕业的时候，我经别人介绍加入了一个私密社团，其核心目标就是重新发现并恢复那些人类曾经掌握的力量。"

"那也就是某种傻乎乎的学生俱乐部？"

"不，这个社团历史悠久。它至少有数百年的历史了。"

"它有名字吗？"

"当然，"穆尔扎微笑着说，"但我现在告诉你还为时尚早。"

"本质上讲，它的目标与考据协会类似？"

"是的，但它的关注点更专一。"

"它专门研究那些在我看来属于奥秘异闻的东西？"

"是的。"穆尔扎说。

"你就是因为这个才加入考据协会的吗，纳维德？"

"考据协会让我有机会接触到社团所寻求的各种材料，所以是的。"

豪瑟尔沉默不语。他遥望悬浮艇之外的夜空，让自己压下恼火。雷姆利亚超轨道板早已滑出天际，冈瓦纳的宏伟阴影正默默地扫过地表，像一片庞大的风暴云团般由东向西迈进，规模较小的瓦巴拉则在其下方穿过，从西南飘向东北。

"那么我该作何结论，穆尔扎？"豪瑟尔最终开口，"多年以来你一直为这个神秘社团担任内应？考据协会的职位仅仅是你的伪装？你利用统一议会的资金去——"

"你看？你看？你就像个老大哥！听我说，卡斯。我从未背叛过考据协会。我从未私藏过什么，没有私藏过任何一件考古发现，没有私藏过任何一本书、一张纸、一枚扣子或者念珠。我全心全意投入到工作中。我传递给社团的所有东西都首先交给了考据协会。"

"但你进行了分享？"

"是的。在特定的情况下，我将特定的发现成果分享给了社团。难道分享不是我们的最终目标吗？难道分享不是考据协会的首要理念吗？"

"这种鬼鬼祟祟的分享就不是，纳维德。二者之间大有差别，你很清楚。你只是按字面意思为自己开脱，刻意忽视了内在的含义。"

"或许这是个错误，"穆尔扎阴郁地说，"我们可以调头回去。"

"不，我们已经走太远了。"豪瑟尔回答。

"是的，我想是的。"穆尔扎说道。

长牙突然向前扑倒，在剧痛中全身颤抖起来。豪瑟尔吓得退了一步。他不知道该怎么办，他帮不上什么忙。他没法让符文牧师感觉好受些，而且对方的颤抖甚至让他感觉有些危险。一个全副武装的阿斯塔特即便在伤重濒死的状态下也绝不是普通凡人可以拥入怀中的。

"我不会死的。"长牙说。

"我没说你要死了。"豪瑟尔回应道。

"我能在你的眼神里看出来，诗人。我能看到你的思维。"

"不。"

"别跟我说'不'。你害怕我会死。你不知道要如何应对。你害怕独自和一具尸体待在这里。"

"我不害怕。"

"我也不会死。这只是疗伤。有时候疗伤的过程很疼。"

豪瑟尔听到附近传来一声尖锐的响动。他瞥了长牙一眼。符文牧师也听到了。不等长牙作出反应或者向他打手势,豪瑟尔便将一根指头搭在嘴唇上示意安静。他从地面上站起来,握住了手边最近的一把武器。

他高举兵刃,沿着庭院四周缓步巡视,检查每一道走廊和拱门。这里没有任何可疑迹象。刚刚那个响声或许只是残骸落地所引发的假警报。

豪瑟尔走回长牙身边,重新坐下来,把武器交还对方。

"抱歉,"他说道,"我需要个防身兵器。"

长牙低头瞧了瞧手中的霜刃,之后抬起头看着豪瑟尔。

"如果是其他人不经允许就拿起这把武器,我肯定会杀了他,你意识到这一点了吧?"他说道。

"那你也先要能站起来,是不是?"豪瑟尔回答。

长牙哈哈一笑。那笑声很快变成了带血的咳嗽。

"我不记得泰拉。"他说道。

"什么?"

"我不记得泰拉。我是最年长的,而我已经忘记了泰拉。像我这样诞生于此的战士已经屈指可数,我让所有兄弟时刻牢记我们与家园世界的光荣纽带。但说实话,我只能记起很少一点儿。昏暗的军营要塞、训练场、战区、地外远征,只有这些。我不记得泰拉本身。"

"或许总有一天你能回去看看。"豪瑟尔劝解道。

"或许总有一天你能把故事讲完,再和我说说泰拉的事儿。"长牙回答。

悬浮艇降落在一片明亮灯光下,旁边是一座状如阴郁巨兽的建筑,这里属于市中心西部区域。

"这是图书馆。"豪瑟尔说。

"没错。"穆尔扎面露微笑,但他的情绪愈发紧绷。

"我打过招呼了。我希望他们愿意见你。"

"他们?"

穆尔扎领着他迈上台阶,走向高大廊柱之间的宽阔入口。一根根古老石柱拔地而起，遁入头顶上方的深幽黑暗。他们脚下是黑白两色的地砖。豪瑟尔察觉到了经过人工调节的干燥空气。他造访过图书馆很多次，都是为了学习和研究。但他从未在午夜时分来过这里。一盏盏钠灯为所有事物都覆上了一层冷冽的黄色光芒。

"社团已经注意到你了，"穆尔扎说道，"事实上对你早有了解。我和他们提过你，他们也认为你或许可以大有帮助，像我一样，担任一个有价值的盟友。"

"他们付钱给你吗，纳维德？"

"不，"穆尔扎立刻回答，"不是钱。我的酬劳不是资金形式的。"

"但你确实有酬劳。是什么？"

"酬劳是……各种秘密。"

"就比如怎样用一个字来杀人？"

"我不该那样做的。"

"没错，你不该那样做。"

穆尔扎摇摇头。

"不，我的意思是，那超出了我的能力范畴，远远超出了我的能力范畴。那完全是对力量的滥用。我根本不具备相应的自控，所以我的嘴才受伤了。况且，暗言不该被用来伤人。"

"'暗言'是什么，纳维德？"

穆尔扎没有回答。在出发之前，他们已经每人打了一针可以抵消酒精效果的兴奋剂，又用酶喷雾中和了嘴里的酒味。几位身披仪式长袍的书籍祭司正默默地等着他们。穆尔扎与豪瑟尔脱下了靴子和外套，让书籍祭司为他们穿上访问者的衣物：那自带手套和拖鞋的柔软的奶白色连身长袍。书籍祭司随后替两人把领口系紧，并将他们的头发收拢在一顶皮帽里。穆尔扎从背包中拿出两块数据板，带头走进图书馆。书籍祭司为他们打开了一对高大的屏门。

大厅里空荡荡的。一张张修长的书桌旁空无一人。三百盏吊灯借助长长的黄铜色链条从高挑的天花板上悬挂下来，排成两列从他们面前一直延伸到远方，照亮了整座大厅。这就像走进了一头巨鲸的肚子里。吊灯的光芒打在温润的木制桌面上，化作一个个柔和朦胧的亮点，墙边那些锃亮的黑色铸铁书架反射出水渍般的晶莹光斑。

"他们到底在哪儿？"豪瑟尔问。

"他们无处不在，"穆尔扎自大地回答，"我希望在卢泰西亚活动的几位成员能来这里和我们见面。"

"所以这是要招募我了？"

"这可能是你一辈子里最特别的时刻，卡斯。"

"回答那该死的问题！"

"好，好，"穆尔扎嘶声道，"小声点儿，那些书籍祭司在看我们呢。"

豪瑟尔瞥了一眼，发现几个面露不快的书籍祭司正透过屏门的装饰孔往里窥探。他压低了嗓音。

"这是不是要招募我？"

"是的。我不知道为什么，卡斯。但我就是没法让他们满意。他们总是需索更多东西。我觉得如果我能把你带来——"

"我一点儿也不喜欢这些，纳维德。我不喜欢事态的走向。"

"就在这里等我一下，行吗？等一等，听听他们要说什么。"

"你没法让他们满意，或许就因为你是个麻烦鬼，纳维德！我不想卷进你们的破事儿！"

"求你了，卡斯！求你了！我必须这样！我需要让他们明白，我能做出贡献！你也会明白的！你会明白其中的益处！"

"如果他们不自报姓名的话，我谁也不见。"

穆尔扎递给他一块数据板。

"坐下。看看这个。我把相关文件标出来了。我一会儿就回来。"

他快步走开。

豪瑟尔叹了口气，从书桌旁拉出一张椅子。他打开数据板，找到了一份叫做"给卡斯佩尔看"的文件，于是选中它。文件旁边还有一个小小的标记图案，那是一枚木制玩具马的轮廓。豪瑟尔喜欢在大屏幕上读东西，于是将数据板插在书桌的数据接口上，启动了全屏显示。木制桌面边缘一个天衣无缝的凹槽随即张开，那一米见方的全息投影顿时浮现在豪瑟尔面前，并根据他的视野调整到了最佳的角度。

一张张图像逐个成形。

最初的都是些零碎的笔记，这些显然是从穆尔扎那本残缺不全的工作日记里复制出来的。豪瑟尔之前早就见过类似的东西，因为他多年来审阅并批改过穆尔扎的很多文字资料。这是他们相互合作的一部分。在考据协会的实地勘探结束之后，他们之中的一人往往会负责监督考古成果的整理归档，另一人则着手收集审查他们的工作记录，为帝国档案库以及日后的学术文章提供资料。他已经习惯了穆尔扎的速记方式，那些恼人的笔误、常有的跳跃式思维，以及偶尔出现的平行注解。

这绝对是穆尔扎的简略日记。豪瑟尔看到了穆尔扎一直坚持使用的老旧铜版字体，以及被顺带复制进来的零星涂鸦，不禁微笑起来。

不过这一页页笔记似乎来自若干不同的源头。它们都是穆尔扎特意摘录的，涉及他各个时期的众多工作项目。豪瑟尔通过笔记的内容辨认出了他们这几年共同参与的十余场实地勘探。如果这些都和穆尔扎的执念有关联，那么他的疯狂行为的确是日久天长了。豪瑟尔还看到了关于塔图斯项目的记录，那是穆尔扎在和他相遇之前的那年独自参与的。

豪瑟尔从屏幕前抬起头。他听到了什么。

那或许是一位书籍祭司？附近并没有人影。

他继续阅读，试着搞清楚穆尔扎编辑这份文件的意图。穆尔扎所列举的诸多现象和地点之间似乎并没有什么显著的关联。豪瑟尔是错过了什么吗？穆尔扎究竟发现了什么？

那或许只是他自己的疯狂？

豪瑟尔又抬起头。

他可以发誓自己听到了脚步声，一串轻柔的脚步跨过图书馆的石板地砖朝他接近。或许是穆尔扎回来了。

一个人都没有。

豪瑟尔站起身。他走到长桌远端又走了回来。他停下脚步。他猛地扭过身子。

他依稀捕捉到一个人影从屏门的装饰孔后面闪过，一个穿着长袍的人影。

"纳维德？"他喊道。

没有人回应。

他重新坐回椅子里，开始播放下一组图像。这些是附带注解的考古发现，其中记录着源自世界各地的出土文物。旁边的注解样式都是穆尔扎的风格。其中两件文物来自月球发掘场。

穆尔扎去过月球吗？他从来没讲过。那是需要特殊许可的项目。他必须获得统一议会的直接授权。

豪瑟尔靠坐在椅背上。或许这只是穆尔扎对于他人考古成果的研究？豪瑟尔试着寻找发掘日期和引用代码。

那里面什么都没有。

这些文物都是小塑像和护身符，有石雕、陶器和金属。它们的排列方式并没有明显规律，它们只是共同代表着人类历史上无数个久远而失落的民族与文化。其中一些有数千年历史，另一些则有数万年历史。还有一些过于古老或晦涩，其源头根本无从考证。众多文物之间产自相近的年代或地区，不具备类似的仪式性和宗教性意义，也并未体现出共通的符号和文字。一枚具有四千年历史的纳诺赛瑞德帝国典礼式神经分流器，一个三万年前的拜占庭君士坦丁堡许愿碗，二者之间是一面五百年前的泛太平洋杜姆王朝战旗。这里面完全没有任何——

这里面有一个关联元素。

豪瑟尔逐渐发现了。他早已学会留意种种细节，也具备了可观的工作经验。他的记忆力很强，他近乎过目不忘。他在诸多全息图像之间迅速切换，借助手势使一些三维物体做出旋转，终于看到了穆尔扎所关注的重点。

眼睛，标志化的眼睛。很多很多种眼睛图案，有代表眼睛的黑点，有圆点图和单子，也有翁法洛斯脐形石和驱邪神符。

"无所不知的唯一。"豪瑟尔轻声自言自语。你这个白痴，纳维德。这再简单不过了。人类历史上的每一个文明都思考过眼睛图案的意义，并且在各自的传统仪式和艺术作品中加以体现。你找到的这些关联线索都太牵强了。这些东西相互之间只有一个微弱的共通之处，那就是它们都源自人类的手笔。老天啊，纳维德。你就非要在历史里挖出某种阴谋、某种启迪人类的深奥传承、某种神秘莫测的连续性，但这都是胡扯！你的思维方式简直像是要从石壁阴影中解读出含义一样！但它们根本就没有任何含义！它们只是影子，纳维德，只是——

豪瑟尔眨眨眼。他皮肤上一阵刺痒。这想必归咎于图书馆的干燥空气以及防尘长袍的闷热效果。他面前的图像停留在了针对一枚蛇形徽记或是乌加特的注解上。那是个略微受损的护身符，属于传统的眼睛与泪滴造型。纳维德的详细注释表明,它的年龄在三万至三万五千年之间,它由玛瑙、黄金、青金石和彩瓷制成。

"乌加特/蛇形徽记完美地诠释了眼睛这个图案/符号的绝对双重含义,"纳维德的杂乱笔记十分冗长,"尤其在古埃及时期,它似乎既具备防护和守卫作用,又是传递怒火与恶意的媒介。它同时代表着善与恶、光与暗、正与负。日后,乌加特亦被称作荷鲁斯之眼,或许可以说它恰恰代表了双重性本身:某个人或某件事物可以将自身的一面展现给世界,随后又展现出完全相反的另一面。但这种'背叛性'或'善变性'的解读方式可以被另一个概念所抵消/转化/改进,即从宏观宇宙的角度来看,乌加特是绝对中立的。眼睛既主动又被动,既是防御性的又是侵略性的。其所属的阵营完全取决于当前的使用者是谁或什么。"

这是个非常浅显的结论,在豪瑟尔看来根本与穆尔扎的学术水准不相称。那么纳维德究竟为何忙乱地写下了这些东西?

豪瑟尔不禁猜想他为什么会无法抑制地紧紧盯住全息投影中的那枚眼睛图案。它也投来了凝视,仿佛在挑战豪瑟尔对于纳维德·穆尔扎笔记中那些观点的不屑看法,仿佛是要看看他究竟能不能将视线移开。那眼睛瞪着豪瑟尔。它毫不眨眼。静止的黑色瞳孔嵌在蓝色眼眸中,像天空般透彻。豪瑟尔酸痛的眼睛里泛起泪光。他发现自己也无法眨眼。他无法将目光移开。他努力扭动脑袋,试图对抗那股将自己眼睑钉住的无形之力,最终却只是让自己的眼球愈发瘙痒,泪水不住涌现。豪瑟尔的双手紧紧抓住书桌边缘。他试着站起身来,试着把自己推开,试着强行打断视线,仿佛那幅图像变成了一条通电缆线,他不慎触碰之后就再也无法松手。他仿佛是陷在一场糟糕的梦境里,无论如何都难以脱身。

那枚眼睛已经不再是蓝色的了。

它变成了带有漆黑瞳孔的金色眼眸。

豪瑟尔的后脑勺砰的一声撞在地上。痛楚骤然钻进他的头颅。他成功掀翻了椅子,仰面摔倒在地。他穿着拖鞋的双脚翘在半空,若不是他疼得要死,这副尊荣想必颇为好笑。他的脑袋摔得十分严重。

他或许脑震荡了。他一阵反胃。

他感觉很怪异。

刚才是怎么回事？穆尔扎是在文件里隐藏了某种催眠图形吗？这是不是什么潜意识作用？

豪瑟尔站起身，扶着书桌边缘站稳脚步。随后他将数据板传输线从书桌的接口上一把扯掉，并小心地避免直视全息投影。屏幕顿时暗淡下去。他深呼吸了几次，俯身将椅子拉起来。弯腰的姿势顿时让他头晕目眩，五脏翻卷。他急忙挺直身躯稳住自己。

房间远端站着一个人。

那个身影距离豪瑟尔大约有二十米，在一排排书桌的另一端，位于入口屏门正对面的那座书架旁边。它正看着豪瑟尔。

他看不到对方的脸。那个人与豪瑟尔一样穿着图书馆标配的防尘长袍，然而还拉起兜帽罩住了面孔，就像一位僧侣的模样。对方的双臂垂在身侧。那整个轮廓的线条都显得分外圆润，几乎毫无棱角。在奶白色长袍的包裹下，那仿佛是一个在短时间内体重骤降的肥胖之人，昔日的臃肿身躯变得松弛软垂。在图书馆昏暗灯光的照耀下，那看起来恰似一个幽灵。

豪瑟尔高声呼喊："你好？"

他的声音在暮光笼罩的宽阔房间里回荡起来，如同一枚在储物箱里翻滚不止的弹珠。那个身影一动不动。它直勾勾地看着豪瑟尔。他捕捉不到对方的眼睛，但他知道那个人在凝视自己。他想看到对方的眼睛。他感觉自己必须看到。

"你好？"豪瑟尔又喊道。

他向前迈了一步。

"纳维德，是你吗？你在干什么？"

他向那个人影走去。对方停留在原地，凝视着他，柔软的浅色长袍在微光下如幽魂般形态无定。

"纳维德？"

那个戴着兜帽的人影突然转过身，朝一扇通往内部藏书间的黑色铸铁屏门走去。

"等等！"豪瑟尔高声说，"纳维德，回来！纳维德！"

戴兜帽的人脚步不停。对方穿过屏门，消失在阴影中。

豪瑟尔快步追赶。

"纳维德？"

他冲进了内部藏书间。在昏暗的光线下，一排排书架从他面前铺展到远方。每一座造型华美的木制书架都有十二米高，一直排列到他视野之外。诸多黄铜扶梯分散在各个书架之间，借助复杂的齿轮装置与无摩擦滑轨相连，让读者可以随意获取高处的书籍。当豪瑟尔从书架旁经过时，他的体温触发了两侧的检索标签。全息标签顿时被点亮，一个悦耳的声音随之响起。

东方文学，Hol 至 Hom。

东方文学，子分区，托马斯·霍姆泽尔作品。

东方文学，Hom 继续。

"静音。"豪瑟尔命令道。那悦耳的声音立刻停止了。全息标签则继续依次被点亮，并随着他匆匆走过而逐渐消退。

"你好？"他高声说。他调转方向，往另一列看了看。那个人怎么会消失得这么快？

豪瑟尔在余光中察觉到了一丝动静，立刻转过身，勉强捕捉到那个戴兜帽的身影从两排书架间穿过。他急忙猛冲过去，试图追上对方，然而当他跑到那里的时候，却再也找不到任何踪影。

但几张全息标签正在缓缓消逝，似乎是被刚刚经过此处的温热人体触发的。

"纳维德！我受够了！"豪瑟尔吼道，"别再胡闹了！"

他不由自主地转过身。那个戴兜帽的身影就站在他背后，距他仅一步之遥，像鬼魂般悄无声息。它将双臂从身侧缓缓抬起，如同飞鸟展翅，恰似一位呼唤神祇名号的典礼祭司。

它戴着手套的右手里握着一柄短刀。

那是一把仪式匕首。豪瑟尔立刻认出了它的造型。那是一把祭祀短刃。

"你不是纳维德。"他轻声道。

"你必须做出选择，卡斯佩尔·豪瑟尔。"一个声音说。那不是穆尔扎，也不是面前这个戴兜帽的家伙。恐惧攫住了豪瑟尔的心脏。

"什么选择？"他勉强开口问道。

"你很有潜力，我们乐意与你协作。这将是互利互惠的。但你必须做出选择，卡斯佩尔·豪瑟尔。"

"我还是不明白，"豪瑟尔回答，"穆尔扎在哪儿？他说要带我来见见那些和他共事的人。"

"他做到了。他带你来了。纳维德·穆尔扎很令人失望。他太急躁。他不可靠。他是一个不可靠的仆人，一个不可靠的见证者。"

"于是？"

"我们在寻找一个更符合我们需求的人选，一个知道自己应该选择何种目标的人，一个能够辨明真相的人，一个独具慧眼的人，你。"

"我觉得你们一定是把我错认成那种急于加入某个可悲小社团的白痴了，"豪瑟尔恶狠狠地回应道，"摘下那个傻乎乎的兜帽。让我看看你的脸。是你吗，穆尔扎？这又是你的愚蠢把戏吗？"

戴兜帽的身影逼近了一步。它仿佛是在滑行。

"你必须做出选择，卡斯佩尔·豪瑟尔。"那声音说道。

豪瑟尔意识到，那声音源自四面八方。那绝不是面前这个人的声音。那是书架检索装置的悦耳语音。怎么会有人能通过图书馆的人工系统和他说话？

"你必须做出选择，卡斯佩尔·豪瑟尔。"

豪瑟尔听到了纳维德的喊声。那不是在呼唤他。那是痛苦的惊叫。他从戴着兜帽的人影面前转过身，沿着走廊大步前行，那虽然算不上跑，但绝对比平时步行的速度要快。

"你必须做出选择，"他身边的书架低语道，"必须做出选择。担任我们的眼睛，我们会让你大开眼界。"

"纳维德？"豪瑟尔没有搭理那个声音，高声呼喊。

由书架之间的两条走廊组成的一个十字路口就在前方。一架扶梯被拉到了临近书架的末端，穆尔扎的双臂被捆在黄铜扶手上。他姿势扭曲地半躺在地板上，双腿伸在走廊交汇处，手臂被绳索抻在头顶。他看起来像是被下药了，或是被人打得头晕目眩。

另外六个戴兜帽的身影在穆尔扎身边围成一个大致的半圆。

"你必须做出选择。"那声音说。

"你们把他怎么了？"豪瑟尔质问道。

"你必须做出选择。担任我们的眼睛，我们会让你大开眼界，让你看到超乎你想象的奥妙。"

穆尔扎低声呻吟起来。

豪瑟尔不去理会那些戴兜帽的家伙，而是弯腰跪在穆尔扎身边。他将对方的脸抬了起来。穆尔扎通红的面孔上满是汗水。他眼睛里充斥着恐惧。

"卡斯，"他结结巴巴地说，"卡斯，帮帮我。我很抱歉。他们留意到你了。你让他们感兴趣。"

"为什么？"

"我不知道！他们不告诉我！我只想介绍一下你，没别的。我想让他们知道，我也是有用的，能引荐一些他们需要的人。"

"噢，纳维德，你这个傻瓜……"

"求求你，卡斯。"

豪瑟尔抬起头，看着身后那些戴兜帽的人。

"我们要走了，"他的语气显得远比内心更加坚定，"纳维德和我，我们要离开这里。"

"你必须做出选择，卡斯佩尔·豪瑟尔。"那个悦耳的人工嗓音说道。

"我不需要。"

"你必须如此。我们向你发出了邀请。我们的邀请不是胡乱发放的。你是个与众不同的人，这是个与众不同的机会。我们邀请你来分享的伟大事物不容低估。那些都是你穷尽一生所追寻的东西。"

"这是个错误。"豪瑟尔说。

"如果你拒绝，那才是个错误，卡斯佩尔·豪瑟尔，"那声音说道，"同意就要简单得多了。你是个学识渊博的人，应该很容易辨认代表同意的符号。它就在你周围。"

豪瑟尔眨眨眼睛。他看了看穆尔扎，还有身边的那几个人，以及居高临下的书架和四面延伸的走廊。

"当然，"他说道，"这场仪式在十字路口举行，这代表着殊途同归。八位宗师向一个入门者发出邀请。你们的身份无从辨别，这代表着门槛彼端的未知奥秘。这是冲突年代那些巫术教派的入门仪式，只不过略经修改。你们是哪一个，认知派，启蒙会，求知者？"

"这不重要。"那个声音说道。

"没错，因为关键就在于此，不是吗？"豪瑟尔说，"买方自慎。入门者一无所知，无论真相、名字还是身份，而等到加入之后，一切就已经太晚了。你们一旦揭示真相就打破了保密协约。我知道你们要求我做什么。"

"你必须做出选择。"

"这里有八位宗师，但也只能有八位。这是个神圣的数字。其中一人必须为继任者让位。已经有人犯下错误，打破了保密协约。"

穆尔扎又呻吟起来。他虚弱地扯了扯绳索，让黄铜扶梯一阵轻响。

其中一个戴兜帽的人将那柄仪式匕首递给豪瑟尔。

"噢，求求你，卡斯，"穆尔扎哀声道，"求求你。"

豪瑟尔接过匕首。

"你可真是惹了大麻烦，纳维德。"他说道。

豪瑟尔干净利落地挥动短刃。穆尔扎惊叫一声。他手腕上的绳索被切断了。

豪瑟尔转过身面对那些戴兜帽的人，将仪式匕首举在身前。

"你们都给我滚蛋！"他说道。

围成半圈的那几个身影犹豫了一下。随后它们便开始颤抖。每一件奶白色的柔软长袍都战栗起来，如同是连接了高压管道进行充气。它们以丑陋而臃肿的方式逐渐膨胀，令人联想起种种畸形事物，紧接着又开始抽搐扭曲，仿佛长袍之下藏匿着躁动的幽魂。防尘长袍像气球般鼓胀变形。一阵高亢嘶鸣随即响起，并愈发刺耳。这尖锐呼号是从书架检索装置里传来的。穆尔扎和豪瑟尔用手紧紧捂住耳朵。噪声达到顶峰之后却戛然而止。众多颤抖身影所戴的兜帽纷纷落下，将一股股气流释放到昏暗的房间里。那些金色气流从长袍领口处奔窜而出，并立刻像烟雾般消于无形。七件空荡荡的防尘长袍轻轻瘫落在地板上。

豪瑟尔低头盯着这些无主的衣物，盯着这幅不可能的景象。每件长袍里刚刚都还装着一个活人。就算是最为高端精密的传送手段也无法将人从衣服里移走。他意识到自己正喘着粗气，于是努力压下了恐慌。一种奇特而稀有的惧意在他脑海深处升腾而起，这种恐惧自他在教区长大时便萦绕于心，源自噩梦里那些用利爪挠门的莫名怪物。

穆尔扎瘫靠在那架刚刚用来束缚自己的扶梯上。他抽泣不止。

"起来，穆尔扎。"豪瑟尔说道。他察觉到脸上有滴水，但那太过冰冷，绝不是泪珠。

图书馆里下雪了。大雪轻柔而寂静。雪花从书架顶上那幽暗发霉的角落中缓缓飘落，在走廊壁灯的照耀下闪烁着点点星光。

"下雪了？"豪瑟尔轻声说。

"什么？"穆尔扎嘀咕道。

"下雪了？怎么会下雪？"豪瑟尔说。

"你说什么呢？"穆尔扎心不在焉地问。

豪瑟尔从同事身旁走开，抬头仰视上方的黑暗，高高举起双手，去感受冰冷雪花落在掌心时的触动。

"泰拉在上，"他低声自言自语，"这不对。不该下雪的。"

"你为什么总说下雪？"穆尔扎呻吟道。

"事情不是这样发生的。"豪瑟尔说。

"这和当时的场景差不多，事情的走向还是一样。"长牙说道。

第三连的符文牧师躺在豪瑟尔左边的走廊入口处，背靠着一座书架，仿佛那恰恰是另一颗恒星旁的另一座城市里的铺着橙黄色砖块的楼宇墙壁。长牙胸前的凝固鲜血恍若斑斑锈迹，他呼吸时不再喷出一股股血雾了，但他的嘴唇还是沾满血痕，与他近乎苍白无色的皮肤形成了鲜明对比。

"你怎么会在我身旁？"豪瑟尔问道。

"我不在你身旁，"长牙的声音如同一阵叹息，"是你在我身旁。你记得吗？这只是你的故事。"

"卡斯？"穆尔扎喊道，"卡斯，你在和谁说话？"

"没有谁。"豪瑟尔说。

雪下得更大了。豪瑟尔俯身跪在长牙旁边。

"那么，你喜欢我的故事吗？"

"喜欢。我能感受到你的恐惧。我更能感受到他的恐惧。"

长牙朝穆尔扎的方向点头示意。

"你在和谁说话，卡斯？"穆尔扎高声问，"卡斯，怎么回事儿？"

"他是犯糊涂了。"豪瑟尔对长牙说。

"他从来都不可信，"符文牧师回答，"你从一开始就应该能闻到。在你的故事里，他是个不错的人，是你的好朋友，但我现在亲眼看来并非如此。你太天真了，诗人。别人会利用你这一点。"

"我觉得并不是这样。"豪瑟尔说。

"不是哪样?"穆尔扎呻吟道。

"你显得很老。"长牙抬头看着豪瑟尔说。

"这个故事里的我要比遇见你时还年轻得多。"

"我们把你变得更好了。"长牙回答。

"这里为什么在下雪?"豪瑟尔问。

"因为下雪能让我舒心,"长牙说道,"这是芬里斯的雪。这是冬日降临的雪。扶我起来。"

豪瑟尔伸出手。符文牧师搭住诗人的臂膀,站起身来。这一次长牙却显得轻若无物。他在图书馆地板上留下了一滩血迹。

雪越下越大。

"来。"他说道。他沿着走廊蹒跚前行。豪瑟尔跟在他身边。

"卡斯?卡斯,你要去哪儿?"穆尔扎在两人身后喊道。

"接下来发生了什么?"长牙问。

"我带他回到公寓,让他洗了个澡。我们深刻反思了一阵。我试图做出权衡,一方面他的学术水平、研究能力和坚韧性格对于考据协会而言有着巨大的利益,另一方面他和那些歪门邪道的家伙牵扯不清又是个巨大的负担。"

"你最终有何决定?"

"我认定他是有价值的。我决定将一切调查和问讯都限制在协会内部。我相信他是诚心诚意地对我发誓的,他说他会切断所有联络和关系,全心全意投入到——"

"你本该嗅出他的虚伪。"

"或许吧。但在那之后我们一同工作了十年,再也没有出现过问题。他是个水平超群的实地研究员。我们的合作一直持续到……持续到他在奥赛梯遇难。"

"再也没有出过任何问题?"

"没有。"

"从来没有?"

"从来没有。"豪瑟尔说。

"卡斯?"穆尔扎的呼喊回荡着传来。声音的源头已经被两人远远抛在了身后，在距离和大雪的阻碍下显得模糊不清："卡斯？卡斯？"

"如此说来，你喜欢我的故事？"豪瑟尔问道，"它取悦到你了？它能让你分心？"

"它还算有意思，"长牙说，"但不是你最棒的故事。"

"我保证这就是最棒的了。"豪瑟尔说。

长牙摇摇头。一滴滴鲜血被从他的胡子上甩了出来。

"不，你还会学到更好的，"他说道，"比这个好得多。即便是现在，你也知道更好的故事。"

"这是我昔日生涯中最令人不安的经历，"豪瑟尔带着些许挑衅意味回答，"含有最多的……恶灵。"

"你知道并非如此。"长牙说，"在你心底，你知道。你只是不愿承认。"

"你这是什么意思？"

这场雪的规模已经颇为可观。雪花堆积在地板上，被他们踩得咯吱作响。豪瑟尔能看到自己呼出一股股白气。周围环境变得愈发明亮。书架逐渐隐没在暴雪里，化作众多黝黑的轮廓，仿佛是巨型石板或者参天大树。

"我们要去哪儿？"豪瑟尔问。

"冬天。"长牙说。

"那么，这也是个梦了？"

"和你的故事没什么两样，诗人。看。"

洁白的积雪明亮灼目，反射着正午时分的强烈阳光，这是冷寂冬日里仅有的短暂光明。

空气洁净透彻。在他们西边的起伏雪坡中矗立着一片高大壮丽的常青树林，更远处则是拔地而起的山脉。众多白雪皑皑的参差巅峰如犬齿般尖锐。豪瑟尔意识到它们身后那片阴沉的铁灰色背景并非风暴乌云。那依然是山脉，是更加宏伟的山脉，其惊人尺度足以令旁观者魂飞魄散。在那些荆棘般的参天峰峦刺入穹隆之处，凛冬季节的芬里斯风暴正不断积聚着它们的凶恶怒火，如严苛神祇般狂暴，如狡诈邪魔般狠毒。在一个小时之内，最多两个小时，阳光与温暖就要彻底消逝，风暴会从山巅之上席卷而来，展开杀戮。这是种自杀式的狂怒，就像一位战士向坚固盾墙发起誓死的冲锋，那些厚重乌云会在锐利峰峦上自切肚腹，将满腔暴雪尽数倾洒到峡谷中。

"阿萨海姆。"豪瑟尔在透骨严寒中勉强开口。他的鲜血仿佛全冻结了。

"没错。"长牙说。

"我在埃特里住了整整一个大年，却从没有出来过。我从来没有亲眼见过世界之巅。"

"你现在见到了。"长牙说。

"我们现在干什么？"

"我们现在保持安静，"长牙说道，"这个故事我来讲。"

符文牧师迈步走下一片宽广的白色雪坡。他低垂着头，大步前行。他肩头的洁白皮毛让他几乎消失在了积雪之中。他右手握着一柄修长的铁矛。

豪瑟尔踩着长牙的足迹埋头跟上。那些脚印很浅，积雪如岩石般刚硬。他们口中呼出的白气向两侧飘扬出去，仿佛是丝绸制成的旌旗。

缓缓飘落的大雪已经逐渐停歇，从山脉方向吹来的寒风裹挟着零散雪花漫天狂舞。豪瑟尔能感觉到脸上阵阵刺痛。他们身边环境的光线迅速产生变化。苍穹被蒙上了一层阴影。灰色云气在天边积聚。太阳仿佛移开了视线。这就好像周围被盖上了一块面纱、一道帷幔。明媚的金色阳光依旧照耀着大地，依旧被反射在洁白灼目的雪坡上，但在他们所处的谷地里，积雪突然变成了暗淡冷冽的珍珠色。

长牙抬手示意。在前方树林边缘，众多庞大笨重的身影松散地组成了一个群落。那些四足食草动物一半像野牛，一半像麋鹿，身上披着柔软的黑色皮毛。它们的骨质犄角和树冠一样大。豪瑟尔能听到它们的嘶鸣和喘息。

"那是啸牛。"长牙轻声说道，"趴好了，别出声。它们的犄角有回音作用。在进入长矛射程之前，它们远远就能听到我们。"

豪瑟尔意识到，自己手里也有一柄铁矛。

"我们在捕猎吗？"

"我们永远都在捕猎。"长牙说。

"它们如果听到了我们的声音就会跑吗？"

"不，它们为了保护幼崽会冲过来。那些犄角比我们的武器更长也更锋利，诗人。记得要在故事里提到这一点。"

"我以为这是你的故事，牧师。"

长牙咧嘴一笑。

"我只是想确保你能搞清楚细节。"

"好吧。"

"也要注意树林。"长牙补充道。

豪瑟尔转过头看着树林边缘。越过积雪，他能看到那片幽暗的常青林。一根根粗壮的树干像图书馆的书架一样高大。他知道就算是最强烈的阳光也难以穿透宏伟杉木，也不敢照亮那遍布青苔的阴冷黑暗。

"为什么？"他问道。

"因为不一定只有我们在捕猎。"长牙回答。

豪瑟尔咽了下口水。

"牧师？"

"嗯？"

"这个故事的意义何在？为什么要给我讲这些？"

"这个故事的意义就在于它的意义。"

"这好有哲理。我是说我应该从中学到些什么？"

"是时候与你分享一个我们的秘密了，"长牙回答，"一个重大秘密，一个血亲之间的秘密。"

仿佛是为了强调血这个字，豪瑟尔突然意识到自己能闻到血腥味。他能闻到长牙的血。紧接着他又闻到了其他一些东西：牲畜身上那种浓郁刺鼻的味道。他能闻到那些啸牛。

风向变了。风裹着兽群的气味吹拂而上。乌云也在寒风的推动下迅速飘散。阳光重返谷地，像一盏灯笼般瞪着他们。他们立刻变成了明亮白雪上的两个黑点。

他们无处藏身。

兽群领袖扭过脑袋，发出一声震耳欲聋的呼吼，它的鼻孔足有下水管道那么大。它开始摇晃那对王冠般的犄角。兽群躁动地拔腿就跑，一边呼啸嘶鸣一边埋头狂奔，它们的庞大身躯扬起漫天雪雾。

那头公牛则撇下同胞，朝雪坡猛冲而来。

"该死！"豪瑟尔说。他还没有完全意识到这头野兽究竟有多大。它有四米，或许是五米高？它有多少吨重？瞧瞧那对宽阔的犄角，那简直像是飞船的机翼。

"快跑!"长牙大喊。符文牧师站在原地,将手臂举在肩头,随时准备投掷长矛。公牛逐渐逼近。它太高大,太笨重,不可能达到极快的速度,但它势不可挡,而且怒火滔天。

"我让你快跑!"长牙吼道。

豪瑟尔开始步履蹒跚地跑向长牙身后。

"不。往旁边走。旁边!"长牙命令道。

豪瑟尔尽量远离长牙以及那头迫近的野兽。如果啸牛把长牙撞倒,那么接下来被踩扁的就是豪瑟尔。长牙想让诗人躲到一边去,离开公牛的冲锋路线。

考虑到那对犄角的宽度,他得跑出去挺远的。

积雪十分限制移动。他已经上气不接下气了。他像是在与昔日的老迈凡躯作斗争,仿佛变回了造访芬里斯之前那个羸弱垂暮的卡斯佩尔·豪瑟尔。他每一次把脚从雪里抬出来都分外艰难。他只能半跑半跳。明亮灼目的阳光刺痛着他的眼睛。

豪瑟尔转过头去,正好看到长牙投掷铁矛。那柄武器反射着明媚阳光。它似乎击中了那头巨型野兽,但随即埋没在蓬松的黑色皮毛里。啸牛毫不停歇。长牙顿时消失在一团飞扬白雪中。

豪瑟尔不由自主地呼喊出符文牧师的名字。

公牛扭头向他冲来。

豪瑟尔转身逃命。他知道这是白费力气。他能听到那沉闷的雷霆步伐、那粗重的嘶吼和喘息、那惊涛拍岸般的胃囊翻涌。他能感受到巨兽的恶臭呼气、飞溅唾液和厚实的紫色舌头。啸牛像一支青铜号角般发出隆隆的咆哮声。

豪瑟尔知道自己跑不过它。随时都会有一支犄角从背后将他捅个对穿,于是他转身投出了铁矛。

那柄武器太沉了。它根本没有击中啸牛,即便那头巨兽已经逼近到了五米之内。

豪瑟尔仰面摔倒在地。他无助地瞪圆了双目,眼看着死亡低下头颅向他碾来。

一头黑狼从侧面冲向啸牛。它看似只是一头普通的狼,但豪瑟尔立刻用啸牛作为标尺估算出了那头狼的体形,知道面前的食草巨兽与泰拉史前的爬行类霸主不相上下。巨狼径直扑击啸牛后颈,它狠狠咬在啸牛用来储存过冬脂肪的高耸肩膀前方。

公牛扬起脑袋发出一声浑浊的痛楚嘶吼。它奋力扭动头颅，试图用犄角勾住掠食者并将其甩飞出去，但顽强的巨狼毫不松口。它咬合双颚，透过满嘴的厚重皮毛发出一阵低沉咆哮。

黝黑如墨的鲜血沿着雄兽的一缕缕鬃毛流淌而下，滴落在它前蹄之间的积雪里。黑色皮毛上血如泉涌。啸牛再次闷声嘶吼，从口鼻喷出大团粉色泡沫。它瞪圆了遍布血丝的双眼，那狂乱暴怒的目光在蓬松毛发的环绕下显得格外疯癫。

最终那巨兽不堪重负，前腿首先瘫软。它向前跪倒，后腿也随之崩溃。最后，它的整个身躯灾难性地翻倒下去，就像一艘倾覆沉没的游艇。豪瑟尔能看到啸牛双唇翻卷，粗大的舌头从嘴里探出来，在泛黄的牙齿间颤抖不已。它濒死的喘息泵出大团云雾，它如同一台发生故障的蒸汽机。鲜血从啸牛口中喷溅到雪地上，冒着腾腾热气。

巨狼依旧死死咬住猎物，直到对方发出最后一阵隆隆哀叹才松了口。它嘴边淌着热血。它步伐轻快地在那具庞大尸首周围踱了两圈，低下头嗅着气味。

巨狼在猎物头颅边停下脚步，随后扬起脑袋，竖着耳朵，凝视豪瑟尔。它的金色双眼有着漆黑的瞳孔。豪瑟尔与之对视。他知道就算自己站起身来，那头巨狼依旧会比他高。

"芬里斯上没有狼。"

豪瑟尔抬起头。长牙就站在他身边，同样盯着那头狼。

"这显然不是实话。"豪瑟尔的回答声若蚊吟。

长牙低头朝他咧嘴一笑。

"你仔细想想，诗人。在我们抵达这里之前，芬里斯上是没有狼的。"

长牙的视线回到巨狼身上。

"他已经救过你两次了。"他说道。

"什么？"豪瑟尔问。

"上一次与你相处的时候，他还叫另一个名字。"长牙说，"当时，他名叫布洛姆。"

黑狼转身向森林跑去，以一种顶尖掠食者独有的水准迅猛加速。它很快就消失在了常青林的深幽黑暗里。

几秒之后,豪瑟尔看到巨狼的双眼在黑暗中凝视自己,那是一双明亮的黑瞳金眸。

又过了一会儿,他意识到还有另外一万双眼睛在森林阴影中凝视着他们。

"我觉得你应该解释一下。"豪瑟尔说。他感觉很生气,而且很冷,考虑到正时刻席卷庭院的滚滚热浪,这显得颇为荒谬:"你说他当时名叫布洛姆是什么意思?你为什么那样说?"

长牙没有回答。他带着一副莫名其妙的讪笑表情看着豪瑟尔。

"这简直是胡扯!"豪瑟尔大喊,"这只是你在故弄玄虚!这是个蜜酒故事!蜜酒故事!"

他希望自己能引发些许回应,能触动老迈牧师的一根心弦,迫使对方揭露一点切实的真相。

长牙默然不语。

"好吧,那我觉得你的故事不怎么样。"豪瑟尔说。

他听到背后传出脚步声,立刻转过身去。野熊正朝他走来,艾斯卡·裂唇紧随其后。他们身上都沾满了静远联邦战士的血迹。豪瑟尔重新留意到周围毫不间断的噪声,留意到那深坑周围的战场轰鸣。

"告诉他好好和我说话!"豪瑟尔站起身对野熊说,"告诉他不要再用谜语来羞辱我了。"

野熊蹲在符文牧师身旁。他将战斧靠在橙黄色的墙角,伸手触摸牧师的脖颈。艾斯卡站在一边,将自己鼻梁上的血滴抹掉。

野熊重新起身,看了看艾斯卡。

"怎么了?"豪瑟尔问。

"赫欧罗斯·长牙已经走了。"艾斯卡说。

"什么?不。他受伤了,但他正在自愈。"

"他盔甲上的生理记录表明,他的命线在十二分钟之前就断了。"野熊直白地说。

"但我刚才还在和他讲话。"豪瑟尔说道,"我刚才还在和他讲话。他自愈的时候我一直在守护他。"

"不,诗人,你陪他度过了最后的痛苦,"艾斯卡说,"我希望你讲了个好故事。"

"他自愈的时候我一直在守护他！"豪瑟尔坚持道。

野熊摇摇头。

"他撑了那么久是为了守护你。"他说。

豪瑟尔低下头，凝望着背靠墙壁坐在地上的符文牧师。他心中有千言万语，但它们全支离破碎，无从出口。

更多人走了过来。豪瑟尔辨认出第三连的野狼牧师，纳尤特·引线者。他背后跟着一群身披绗缝皮衣的仆役。

"别看。"艾斯卡·裂唇说。

第九章

十二分钟

在长达四十个星期的航行里,豪瑟尔不断思考那十二分钟。

第三连成功履行职责之后便离开了欧拉米克静远联邦,将清剿余孽的任务留给 40 号远征舰队。这项打扫战场的惨淡工作最终耗费了三年时间,40 号舰队的开拓征途也就在此终止。第三连响应了召唤,去参加下一场行动。豪瑟尔不知道那是什么任务。他没有问。他也不指望会有谁来通知自己。

他预料自己会因赫欧罗斯·长牙之死而遭受惩处。豪瑟尔感觉这实际上都要归罪于他,那么考虑到长牙作为军团元老的身份,已经不太指望自己能够继续和芬里斯之子相处了。

他甚至都不太指望自己能够继续喘气了。

但他并没有遭受惩处。在战舰踏上航程之后,连队只是聚集起来默哀了一次。豪瑟尔接到了十分简洁的指令。

"他们会轮流来找你。"野熊告诉诗人,"记住他们的故事。"

"谁会来找我?"豪瑟尔问。

"所有人。"野熊回答,仿佛那是个愚蠢的问题。

"我刚才是提了个愚蠢的问题吗?"豪瑟尔又问。

"你也提不出其他种类的问题。"野熊回答,"记住他们的故事。"

他们的确都来找豪瑟尔了。第三连的每一位战士,或独自前来,或三五成群而来。他们来找豪瑟尔,向诗人讲述各自心中关于赫欧罗斯·长牙的故事。

故事有很多。其中一些从不同角度描述着同一件事情,只不过源自不同的目击者之口。有些相互矛盾,有些很短,也有些颇为冗长;有些很好笑,有些则十分恐怖。大部分含有狂暴而血腥的场面。在很多故事里,长牙扮演了讲述者的救命恩人或者授业恩师的角色。故事中充斥着感激、尊敬和怀念。

豪瑟尔认真聆听,借助自己的超群记忆和考据技巧将所有故事都铭刻于心。在整个过程告终之后，他的脑海里存放了四百三十二个关于那位符文牧师的零散故事。

有些故事平乏无味，缺少修饰。另一些则浸透着痛失战友的肃穆与哀伤。有些人显然很不善于讲述故事，豪瑟尔不得不多次回过头去进行求证，否则故事根本就是毫无头绪。有些人在激昂情绪的推动下不慎遗漏了关键信息。也有些人的故事堪称一团乱麻，迫使豪瑟尔在脑海里仔细拆解领会。另外一些故事则充满欢乐，在颇为轻快的气氛中对长牙寄以追思。在这种情况下，豪瑟尔记录故事的过程往往会被叙事者的捧腹大笑所打断。

自始至终，豪瑟尔都带着与故事基调相对应的表情，或肃穆或微笑地静静聆听，同时在心底仔细思索那十二分钟。赫欧罗斯·长牙与他共处了十二分钟，和他交谈，向他讲述自己的故事，分享其中的真相。那是符文牧师失去生命迹象之后的十二分钟，那是起死回生的十二分钟。

赫欧罗斯·长牙从下界的生死簿里偷来了十二分钟，这背后必有缘由。这是为了保护诗人，是为了向豪瑟尔展示什么东西，还是为了证明些什么？

当豪瑟尔将众多故事铭记于心之后，送别仪式随即展开。长牙的遗体被封存在静滞力场里，日后将被送回芬里斯，在阿萨海姆的广袤冰原上被加以火化。他们会选取一个可以居高俯瞰啸牛迁徙路线的上佳位置，那正是老迈的符文牧师生前钟爱的狩猎地点，然而眼下将要展开的是另一种送别。连队聚集在战舰厅堂里，用一场宴会来缅怀长牙，豪瑟尔的故事要讲多久，宴会就要持续多久。

神斩好心地提点了豪瑟尔。他告诉诗人要勤加演练，充分掌握戏剧性的叙事手法，并且要妥善规划，将短小故事与长篇史诗交错排列。他告诉诗人说无论如何都不要操之过急，一定要安排出大段的十个小时以上的休息时间，这些对故事加以回味沉思的阶段更能拉长整个仪式。他理应用尤维克语进行讲述，因为这种仪式恰恰是巢穴语言最为庄重神圣的应用场合之一。沃尔根语的词汇难以精确表达种种深层含义。

第三连所乘的战舰名为尼德霍格号。豪瑟尔认为芬里斯之子的星船与其他阿斯塔特军团战舰并没有多少相似之处，它们之间或许只有最基本的建造蓝图是共通的。豪瑟尔没有亲眼见过其他阿斯塔特战舰，但乘坐过数艘帝国舰队的飞船，相较之下尼德霍格号便显得颇为怪异。他逐渐发现，芬里斯之子将自己的重型星舰和跨大气层运输船都作为航海船只来看待，太空无非是他们家园世界上那片动荡海洋的延伸。战舰内部覆盖着骨骼、象牙和木料，正如埃特的厅堂。这艘源自统一年代的巡洋舰在经历过大规模的装潢与改造之后，早已丢失了绝大部分的原本特征，彻底改头换面。

  人造环境的温度明显低于帝国标准水平，尼德霍格号比诗人搭乘过的任何飞船都更加幽暗寒冷。当豪瑟尔缩在舱室角落里瑟瑟发抖的时候，有人提醒他说，过于温暖的环境会让人变得迟缓。太过明亮的光线则会磨钝人的视觉。因此，绝大多数的空间便仅仅笼罩着摇曳烛火所投下的朦胧暮光。

  为长牙进行送别的场所是一座空寂船舱，专为此类仪式所用。只有像长牙这样在芬里斯之子中广受崇敬的老兵才有资格得到如此隆重的送别。

  在豪瑟尔眼中，这座船舱仿佛是个下层巢都的缩影，正像泰拉古城贫民窟的荒废一隅。这里脏乱不堪，光线昏暗。地板和桌面上覆满了黑灰尘土。四下散落的缆线、绝缘材料、金属杆、天花板衬垫以及纠结成团的铜丝表明，这个地方在多年以来要么遭到过洗劫，要么经历过改造，抑或二者皆有。

  各种易燃材料被事先堆砌在那焦黑的排风管道下方，此刻正喷吐着火舌。船舱里充满了浓烈刺眼的烟雾。豪瑟尔推测，这层甲板的危机探测系统和隔离机制已被强制关闭，也可能早就失灵了。

  他靠坐在墙边，等待仪式拉开序幕。多年之前，想必曾有人坐在同一个位置上，借着摇曳火光对这块墙壁加以精雕细琢。覆盖着大部分舱壁表面的象牙内衬上布满了手工刻绘的繁复图案，这种古老的波浪状纹路在狼群的武器和盔甲，尤其是皮革衣物上颇为常见。诗人用指尖抚摸着被阴影笼罩的墙壁，仔细感受各个图案间的分隔与承接，不同匠人的刀工就像笔迹和语调一样清晰可辨。他突然意识到尼德霍格号究竟有多么古老。两百年，或许它甚至有两百五十年的历史了。在他看来，具备种种悠久习俗和光荣传统的芬里斯之子已经是个历经风雨的组织了，然而早在第六军团由泰拉迁徙到芬里斯的多年之前，这艘战舰便已经从船坞中驶入星海了。豪瑟尔穷尽毕生精力四处寻找历史的足迹，而此刻，历史恰恰就凝聚在他指尖之下。他很清楚历史的宏伟尺度，但并未真正考虑过它的多变步调。那些漫长迟缓的平和岁月，那一成不变的科技年代，都像是无穷无尽的沉闷夏日，与尼德霍格号所目睹的两个动荡世纪相比显得乏味而寡淡。人类运势的改写，人类疆土的重建，还有什么星舰能够经历如此波澜壮阔的岁月，能够见证如此意义重大的变革？

　　第三连齐聚一堂。战士们身着革衣，披挂皮毛，纷纷前来。他们仿佛是佩戴着野兽嘴脸与皮革面具的庞大阴影。豪瑟尔能闻到蜜酒的味道，那是巨量蜜酒的刺鼻味道，戴着犄角头饰，身披衍缝皮衣的仆役在连队成员间穿行，为每个酒杯斟满饮品。他们还带来了一筐筐红肉，以此满足阿斯塔特的高强度新陈代谢。

　　鼓声阵阵，节奏却是杂乱无章。每个人似乎都要强行错开自己身旁的鼓点，否则就会丢了颜面。在粗劣号角的伴奏下，这些用骨骼或兽角制成的大鼓发出隆隆轰鸣，那嘈杂刺耳的声响简直与音乐背道而驰。其中一些鼓由环状的木头或骨骼，甚至是受热弯曲的獠牙制成，上面蒙着紧绷的皮革。另外一些则是巨型鱼鳞或大块金属板，豪瑟尔最终意识到，后者往往是被作为战利品缴获而来的盔甲。这种硬面鼓发出的震耳轰响近似于钹或者叉铃。

　　战士们纷纷走到火堆前面，将祭品摆放在灰烬里，并没有遵循什么尊卑长幼的次序，姿态也都显得很随意。豪瑟尔看到战士们留下了珠串和饰品、兽爪和鱼齿，还有用骨骼或蜡块雕成的塑像，以及刻满交织纹路并点缀着海鸟羽毛的贝壳。在献上祭礼之后，他们都会抓起一把灰烬，摘下自己的皮革面具或整个头盔，在脸颊上抹出一块块灰黑痕迹。纳尤特·引线者站在火堆旁看着战士们绘制符记，绷在野狼牧师脸上的皮革面具顶端有两支如冬夜般漆黑的庞大犄角。他时常开口让一些人停下脚步，伸出手扶住对方的肩膀，亲自用灰烬与红泥在战士的额头或颧骨处涂抹额外的符号。

　　"我该去进献些什么？"豪瑟尔问。

　　菲斯·神斩正坐在诗人身旁，埋头啃着手里的一块生肉。豪瑟尔能闻到血腥味，这尖锐的金属气息令他一阵反胃。

　　"你有故事要讲，这就足够了，"神斩说，"但你也应该去让牧师给你画些符记。"

　　"我有种感觉。"豪瑟尔说。

　　"什么感觉？"坐在诗人另一边的乌耶问。

　　"我觉得在这场仪式的最后，我会变成一份用来纪念长牙的祭品。"

　　"老天！"乌耶笑道，"肯定有不少人喜欢这个主意！"

"不是那么回事儿，"神斩抹抹嘴说，"不过如果你愿意的话，我也可以去和头领说说。"

豪瑟尔皱着眉头看了看他。

"你觉得我们因为长牙的事情而怪罪你？"神斩问。

豪瑟尔点点头。

"不是那么回事儿，"神斩重复道，"命运反复无常。有些事物显得尤为重要，但实际上并非如此。也有些事物显得无关紧要，事实上却是最为关键的。并不是你夺走了长牙，而是他注定要离去了。而且你为狼群带来的贡献也值得我们感激。"

"比如？"

神斩耸耸肩。

"我。"他说道。

"你自视甚高啊，阿斯科曼尼的菲斯。"豪瑟尔说。

"我不是那个意思，"神斩说，"但我确实有用，是一把好手。我为头领和狼群都做出了贡献。我命中注定会来到这里。但如果不是你在那年初春从天而降的话，我就不会来到这里。"

"如此说来，对于你而言，我不是个灾星？"

"若非命中注定，你我都不会来到这里，"神斩说，"你明白我的意思了吗？"

"我还是觉得我在这里是个累赘。"豪瑟尔说。

"这话是什么意思？"神斩问。

"我觉得你们之所以容忍我留在这里，只是因为没有别的办法来处理我。"

"噢，我们有的是办法可以处理你。"乌耶一边撕咬生肉一边认真地说道。

"别理他，"神斩说，"看，他们已经准备关门让仪式开始了。快去展现一下你作为诗人的价值，到时候你就知道自己究竟是不是个累赘了。"

在船舱出入口处，第三连的战士们挥动塑钢手斧，将一个个驱邪神符刻在窗台和门框上，那些图案与野熊在干船坞里留下的符记一模一样。这个区域如今被彻底封锁了，在仪式结束之前严禁外人闯入。那绝对称不上音乐的嘈杂鼓声逐渐达到高潮，随后戛然而止。

豪瑟尔迈步走向火堆。

野狼牧师纳尤特·引线者像一头雄性啸牛般居高临下，他面具顶端的那对犄角在背后火光的照映下更显黝黑。虽然船舱里跃动着熊熊烈焰，又充满了令人窒息的烟雾，豪瑟尔却感到一阵阴冷。他将比图尔·伯考所赠的皮毛紧紧裹在肩头，紧身衣里沾满冷汗，躯体不住颤抖。有人往火堆里扔了些种荚和枯叶，这或许正是牧师的手笔，让滚滚烟尘中混入了一丝令人反感的甜腻气息。

"你姓甚名谁？"纳尤特·引线者问道。

"艾哈迈德·伊本·鲁斯塔，第三连的吟游诗人。"豪瑟尔回答。

"你带来了什么祭礼？"

"我将履行职责，前来讲述乌弗鲁·赫欧罗斯，亦即长牙的故事。"豪瑟尔说。

牧师点点头，用灰色泥浆在豪瑟尔脸上绘制了符记。接着他俯身凑近，拿出一根用中空鱼骨制成的吹管。豪瑟尔急忙紧闭双目，让纳尤特·引线者将一股黑色颜料喷在自己的眼眶上。

豪瑟尔随后转身面向连队战士，忍着眼角的刺痛，尽量靠近火堆踱步绕行。他努力控制呼吸节律，提醒自己要掌握住节奏，把声音放开。他的喉咙很干。

他以一种充满了自信和权威的姿态伸出手。一名仆役立刻递来了酒杯，豪瑟尔看也不看地猛喝一口。里面装的不是蜜酒。仆役们都很清楚诗人的生理极限，不会让他意外中毒。

豪瑟尔又灌了一口被冲淡的烈酒，在嘴里漱了漱，随后将酒杯递回去。

"第一个故事，"他开口道，"是欧拉菲尔的。"

欧拉菲尔高举着酒杯从人群中站起身来，点头示意。四周传来一阵零星欢呼。

"在普罗寇费夫，"豪瑟尔开始讲述，"四十个大年以前，欧拉菲尔和长牙并肩对抗绿皮。苦涩寒冬、幽暗大海、黑礁岛屿，那里的绿皮就像海滩上的鹅卵石一样数不胜数。战事艰险，任何参与其中的人都绝不会忘记。在第一天……"

有些故事引出了阵阵欢呼，另一些则触发了肃穆的沉默。有些令人畅怀大笑，也有些引来了充满哀伤或懊悔的一声声叹息。豪瑟尔渐入佳境，逐渐明白哪些技巧成果显著，哪些收效甚微。

他仅有的一次失误出现在他描述某个故事中的敌人"最终屈服于泥土里的蛆虫"时。

有人打断了他。那人是欧格维。

头领举起一只戴满戒指的手掌。穿在他下嘴唇上的粗重银环凸显着他的困惑神色。

"那个词是什么？"欧格维问道。

豪瑟尔加以解释，随即意识到"蛆虫"这个词是野狼们都没有认出来的。不知怎的，他刚才让这个低哥特语词汇混进了尤维克语的故事里。

这十分奇怪，因为他很清楚尤维克语里对应蛆虫的是哪个词。

"啊，"欧格维点点头靠坐回去，"我现在明白了。你为什么不直接这样讲？"

"我很抱歉。"豪瑟尔说，"我造访过很多地方，学会的词语和故事一样多。"

"继续。"欧格维指示道。

豪瑟尔继续讲述。他遵照建议，安排了很多休息时间，自己趁战士们饮酒交谈的空档去睡上几个小时。有时候，毫无节奏的鼓声会再度响起，一些战士便开始跳某种狂野的舞蹈，那令人毫无头绪的舞步看起来癫狂而野蛮，仿佛他们突然着魔，或是集体患上了舞蹈病。船舱里愈发温暖，豪瑟尔在火堆旁讲述故事的时候已经逐渐不需要披挂皮毛了。

这是对于诗人耐力的考验。他大口吞下仆役送来的食物，同时开怀畅饮以补充水分。即便是最为短小零碎的故事也显得格外漫长，长牙的一生像幅精致的艺术品般被仔细绘刻成形。四百三十二个故事要花上很久才能被讲述清楚。

用来压轴的将是长牙之死的故事，其中合并了豪瑟尔自己的经历，以及约蒙德尔·双刃的记忆。豪瑟尔很清楚，自己在讲到最后的时候肯定会精疲力竭。

他也知道，他一定要把那个故事讲得最为精彩。

还剩六十多个故事没讲的时候，欧格维突然站起身来。现在正是休息时间。艾斯卡把豪瑟尔推醒了。此前癫狂轰鸣的鼓声缓缓停息，舞者们也都瘫坐在甲板上，一边大笑一边伸手抓起酒杯。

"怎么了？"豪瑟尔问。

"送别仪式的一个环节是选取继任者。"艾斯卡说。

据说第三连的若干位战士都拥有像长牙那样的独特视野。他们各自担任着类似于牧师的职责，其中一人即将接替长牙的高阶职位。

　　他们迈步上前，屈膝围拢在欧格维身旁。头领的中分长发像黑色瀑布般垂挂在他面孔两侧。他赤裸着上身。欧格维仰起头颅，高举双手，他的臂膀、双肩和脖颈处肌肉虬结。他苍白如雪的皮肤上抹着灰色尘土。与豪瑟尔一样，欧格维眼眶处也被喷上了黑色颜料。

　　他的右手里握着一把短刃。一柄仪式匕首。

　　头领开口了，轮流宣讲每一位候选者的品行。

　　但豪瑟尔根本没有在听。那把仪式匕首，还有那双高举在头顶的臂膀，一切都让他猛然回想起卢泰西亚图书馆里的某个身影，那段故事已经在他脑海里紧锁了数十年，只有赫欧罗斯·长牙才听过。

　　豪瑟尔盯着那把仪式匕首。

　　那不仅仅是相似而已。在这类事情上，卡斯佩尔·豪瑟尔是个专家。他熟知各种风格与样式。这绝不是因为相似而引发的误认。

　　那恰恰就是同一把匕首。

　　他站起身来。

　　"你在干什么？"神斩问道。

　　"坐下，诗人，"乌耶说，"还没轮到你呢。"

　　"怎么会是同一把？"豪瑟尔盯着那场仪式问道。

　　"什么同一把？"艾斯卡恼火地反问。

　　"闭上嘴坐好了。"另一个野狼低吼道。

　　"那怎么会是同一把匕首？"豪瑟尔伸手示意。

　　"坐下，"神斩说，"老天！你要是还不坐下的话，我就亲手灭了你！"

　　欧格维已经做出了抉择。其余候选者俯身跪地以示遵从权威。获选者则站起身来面对头领。

　　第三连的新任符文牧师很年轻。奥恩·恶冬的名号来源于他年纪轻轻就有着像深冬大雪般洁白的长发。他的皮革面具近乎漆黑，他肩头覆盖的皮毛则是棕黄色的。他以古怪态度和空灵气质所闻名，而且众所周知的是，他在战场上轻率鲁莽，却又向来都能奇迹般地生还。好运萦绕在奥恩·恶冬身上，欧格维打算善加利用。

一系列仪式正要展开。但豪瑟尔察觉到众人陷入了沉默。他以为这是由于自己方才的行为。

这并非如此。野狼们纷纷转过头去盯着一扇舱门，众多金色眼眸在烈火照映下凶光毕露。

一群仆役站在那里，中间簇拥着一位备显惊恐的尼德霍格号舰桥船员。他们对于门外的驱邪神符熟视无睹。

欧格维·欧格维·海姆施鲁特将仪式匕首换到左手，拎起了他的战斧。他阔步迈过船舱，去把那些擅闯禁地者大卸八块。

走到一半的时候，头领停住脚步冷静下来。只有白痴才会忽视符记，胆敢扰乱这样一场私密的仪式。

会这样做的只有白痴，以及携有不可耽搁的紧急信息之人。

"如此说来，你喜欢我的故事？"豪瑟尔问道，"它取悦到你了？它能让你分心？"

"它还算有意思，"长牙说，"但不是你最棒的故事。"

"我保证这就是最棒的了。"豪瑟尔说。

长牙摇摇头。一滴滴鲜血从他的胡子上被甩了出来。

"不，你还会学到更好的，"他说道，"比这个好得多。即便是现在，你也知道更好的故事。"

"这是我昔日生涯中最令人不安的经历，"豪瑟尔带着些许挑衅意味回答，"含有最多的……恶灵。"

"你知道并非如此。"长牙说，"在你心底，你知道。你只是不愿承认。"

豪瑟尔猛然惊醒。在一个扑面而来的惊恐瞬间里，他以为自己还站在那座图书馆中，或是与长牙一同身处冰封旷野，甚至是依旧坐在那陷入火海的静远联邦残垣断壁之间。

但这只是个梦。他重新躺下，慢慢抚平心绪，努力放慢自己的急促喘息和剧烈心跳。这只是个梦，这只是个梦。

豪瑟尔陷回床上。他疲惫不堪，丝毫没有焕然一新的感觉，仿佛是睡得很不安稳，或是服过安眠药。他四肢酸痛。长期处在人工重力环境下总会有这种效果。

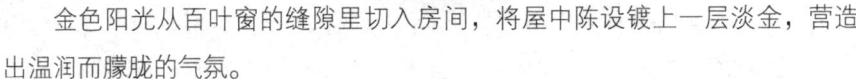

金色阳光从百叶窗的缝隙里切入房间，将屋中陈设镀上一层淡金，营造出温润而朦胧的气氛。

一声电子尖鸣响起。

"什么事儿？"他问道。

"豪瑟尔先生？这是你的五点闹钟。"一个柔和的机仆声音说。

"谢谢。"豪瑟尔回答。他坐了起来。他浑身僵硬，备感疲乏。他很久没有过这么糟糕的状态了。他双腿酸痛。或许抽屉里有止痛药。

他一瘸一拐地走到窗前，按了一下控制钮。百叶窗在一阵低吟中缩回窗框的凹槽里，让金色光芒倾泻而入。他眺望窗外，这真是绝美的景色。

投来灿烂辉耀的太阳正从他下方的地平线上升起。他俯视着荣光伟岸的泰拉。他能看到晨昏线身后的星球夜面，众多巢都的辉煌灯火像漫天星辰般在黑暗中闪亮，他能看到铺满阳光的蓝色海洋以及盘旋流转的洁白云朵，还能看到光芒闪烁的罗迪尼亚超轨道板从他所处的平台脚下气势磅礴地缓缓飘过，所以这里就是……

雷姆利亚。是的，没错。雷姆利亚。这是位于雷姆利亚超轨道板腹部的一间豪华套房。

他的目光重新聚焦。他在舷窗的厚重玻璃上看到了自己的明亮倒影。苍老！如此苍老！如此苍老！他有多老了，八十岁，八十个标准年？他备感惊疑。这不对劲。在芬里斯上，他们已经把他改造了，已经——

但此刻他还没有造访过芬里斯呢。他甚至都没有告别泰拉。

在金色阳光的洗礼下，他盯着自己目瞪口呆的倒影。他注意到玻璃上还反射着另一个身影，对方就站在他背后。

恐惧将他狠狠攫住。

"你怎么会在这里？"他问道。

之后他便惊醒了。

房间里阴冷而昏暗，豪瑟尔盖着皮毛躺在地板上。他能察觉到尼德霍格号引擎的隆隆咆哮。他鸡皮疙瘩暴起的身上裹着一层由噩梦引发的冷汗。

自从仪式被打断之后，就再也没有人见过欧格维。菲斯说第三连接到了任务变更的紧急通知，但并没有具体信息。豪瑟尔一如既往地不指望得到通报。他等待了一段时间来判断仪式是否会继续展开，但显然事情就这么过去了。火堆逐一熄灭，第三连的战士们也纷纷散去。豪瑟尔发现，其中很多人都在军械库里整修武器和维护战甲，或是在训练笼中热身。剑锋斧刃在磨刀石的亲吻下愈发锐利，厚重铠甲被加以打磨和微调。装备上添加了各种小饰品与图案。一串串骨珠和兽牙被精心缠好。驱邪神符被铭刻在爆矢弹的弹头上。在军械库的强烈灯光下，豪瑟尔意识到，身穿皮革衣物的野狼们看起来像极了惨遭剥皮的人。各种交织绳结和挑染花色恰似肌肉与筋腱的纹路。

没有人搭理豪瑟尔。他脑海里充斥着令人不安的梦境，感觉自己睡了太久时间，于是他漫无目的地返回那间船舱里闲逛。

空气中飘着冰冷火烟的味道。他抚摸着门框上的驱邪神符，仔细体会那粗糙的金属边缘，这些符记和之前那些一样，已经遭到抹消，失去了原本的力量。

豪瑟尔走进船舱，在冒着轻烟的主火堆旁站了一会儿。他注意到战士们留下的祭品还躺在灰黑余烬里，地板上满是蜜酒泼溅的痕迹。他看到被弃置于此的鼓和号角。仆役已经收走了所有盘子与酒杯。野狼牧师纳尤特·引线者以及欧格维头领所使用过的仪式物品也都踪影全无。

你想去哪儿都可以。

长牙是这样说的。

"你是个诗人。这是你最大的特权和优势。狼群里没有任何人能够阻拦你，拒绝你，或者制止你四处打探。"

豪瑟尔朝头领的房间走去。

欧格维的住所位于战舰核心。如果说尼德霍格号是第三连的巢穴，这里便是岩洞尽头那片专属于头狼的黑暗角落。装潢简洁的几个房间被链甲一样的铁索门帘隔开。豪瑟尔那枚属于芬里斯的眼睛并没有在冰冷的阴影里捕捉到任何体热痕迹，他的鼻子也仅仅从随处散落的皮毛上搜寻到了些许残留气味。

欧格维的卧室隔壁便是武器库。展露在外的物件大多是头领凯旋后带回来的战利品。种种异形武器的构造和功能都是令豪瑟尔难以想象的：长棍、手杖、刀扇、权杖，以及各种精巧的微型仪器。其他架子上则排列着诸多生体武器：牙齿、利爪、背棘、爪钩、口器和刺针。有一些泡在罐子里，另一些则是风干的。甚至还有几个经过了打磨，仿佛是有人准备加以使用。豪瑟尔停下脚步，对于诸多可怖的巨型样本叹为观止。一枚镰刀状的利爪与他的手臂一样长。另外一根棘刺则形同标枪。他试图想象曾经具备这些天生武器的怪物有着多么庞大的体形。

旁边的台子上摆放着众多枪械和刀剑。豪瑟尔迈步走到陈列着匕首和短剑的区域。

其中有若干柄仪式匕首。有些源于芬里斯。作为考据者的豪瑟尔迫切地想要知道，欧格维是如何将其余展品收罗在此的。那一件件可都是历史能够追溯到冲突年代之前的无价珍宝。

"你可以去问他呀。"

豪瑟尔猛地扭过身。他毫不犹豫地抓起了一把仪式匕首，指着刚刚传来话音的那片阴影。

"你有很多问题要问他，这就是其中之一，对不对？"

"现身吧。"豪瑟尔说。

仪式匕首从他掌中飞了出去。豪瑟尔感觉到一阵痛苦的冲击，随后他就被吊在半空，双腿胡乱踢动。

有人将他拎了起来，用他自己肩头的皮毛把他挂在那支镰刀巨爪上。他刚刚还在挥舞的仪式匕首此刻正颤抖不已地钉在墙面里。豪瑟尔挣扎着试图解开固定皮毛的搭扣。他的脖子被勒住了，他的脑袋动弹不得，他的双腿疯狂扭动。

随后他又被人抓起来扔到了甲板上，一边呛咳一边大口喘息。

奥恩·恶冬蹲在诗人身旁，双臂搭在膝盖上。

"我不在乎你是谁，"新任符文牧师说道，"你休想用刀尖指着我。"

"我知错必改。"豪瑟尔尖酸地吐出回应。

"你在寻找什么东西，是不是？"奥恩·恶冬指出，"你在寻找什么东西，但它不在这里。"

"你怎么知道？"

"你的思维很喧闹，诗人。"

"我的什么？"

奥恩·恶冬抬起手，示意那些摆放着匕首和短刃的展台。

"它不在这里。你所寻找的那柄匕首不在这里。"

在一头修长白发之下，恶冬的面孔肤色近乎寒冰的淡蓝。他脸形狭长，轮廓锐利，双眼周围涂着煤灰。他显得饶有兴味，如同北方神话中某个狡诈而危险的诡计之神。

豪瑟尔沉默而警觉地仰视这位符文牧师。他能听到奥恩·恶冬的话语，但牧师的嘴唇纹丝未动。

"你此刻表现出的惊讶，艾哈迈德·伊本·鲁斯塔，"符文牧师还是没有开口，"恰恰反应着你心底对于阿斯塔特第六军团的鄙夷。"

"鄙夷？不——"

"你无法掩饰。我们是落后愚昧的野蛮人，经过了基因改造并被武装到牙齿，被高贵文明的主子们派去干些肮脏活计。这是普遍的看法。"

"我从来没有这样说过——"豪瑟尔表示抗议。

"你甚至也从来没有真正这样想过。但在你心灵深处，依旧潜藏着一股高高在上的轻蔑感。你是个有文化的人，专程来到这里研究我们，就像一位在偏僻星球观察原始部落的生物学技师。我们的举止有如野兽，我们对萨满言听计从。然而……泰拉在上！我们的萨满难道真的天赋异禀？他们拥有真正的力量？难道说他们不仅仅是摇动骨头和珠串的占卜者，不仅仅是吃了致幻蘑菇后仰天呼号的祭司？"

"灵能。"豪瑟尔轻声说。

"灵能。"奥恩·恶冬微笑着重复道。他此刻改用了真正的语音。

"我听说过有些军团真的具有灵能者编制。"豪瑟尔说。

"大部分有。"恶冬回答。

"但灵能者是非常稀有的，"豪瑟尔说，"相应的基因突变是——"

"灵能者突变对于我们的种族而言是一份无价之宝，"恶冬说道，"如果没有它，我们就注定会困居泰拉裹足不前。众多导航者家族帮助我们扩展疆土。星语者则允许我们跨越星海展开通信。但我们时刻都要保持谨慎，严加自控。"

"为什么？"

"因为当你用心灵凝视远方的时候，你永远不知道会招来什么东西的目光。"

豪瑟尔站起身来，面对着符文牧师。

"你向我展示力量是何用意？难道只是为了吓唬我？"他问道。

"我的本意并非恐吓，"恶冬回答，"刚刚的一瞬间里，你以为自己落入了邪异巫术的魔掌，遭遇了某种恶灵。很多年前，在那座教堂的废墟旁，你曾有过同样的感受。"

豪瑟尔顿时紧紧盯着对方。

"我能读到你与长牙分享的那段清晰记忆。"恶冬告诉他。

"你的意思是说，"豪瑟尔开口道，"你是说我的同事纳维德·穆尔扎是个灵能者，我却从不知情？"

"你来自一个公开接受并广泛运用灵能者的社会，诗人。在古老泰拉，他们已经融入到了日常生活中。你会识别出每一个吗？在芬里斯，难道你能分辨谁是疯癫的萨满，谁又是真正具备超凡视野的人？"

豪瑟尔抿起嘴唇，他无言以对。恶冬俯身凑近，凝视着豪瑟尔的双眼。

"事实上，你的同事大概并不是灵能者。他只是找到了一条通向特殊力量的拙劣捷径。重点就在于此，教训就在于此。灵能是一种手段。它允许我们汲取一股更加伟大的力量。它只是通向那股特殊力量的一条途径。它是最好的途径，是最安全的途径。即便如此，灵能依旧危险重重。你不妨就将恶灵定义为一切未经灵能者严格管控的巫术行径。"

"你就这么轻描淡写地告诉我说，宇宙里存在着魔法。"豪瑟尔说。

"就是这样，"恶冬表示同意，"考虑到寰宇之内的种种美妙奇观与可怖事物，这真的让你难以接受吗？"

"那把匕首呢？"豪瑟尔问，"当年的就是那把匕首。"

"那并不是同一把，"恶冬回答，"但某些人希望你笃信于此。某些人希望你误认为阿斯塔特第六军团在暗中操控你，并且曾经插手影响过你昔日的生活。某些人希望你与我们产生嫌隙，反目成仇。"

他从架子上取下一柄仪式匕首，拿给豪瑟尔看。

"这是欧格维所用的匕首，"牧师说道，"你很熟悉它，对不对？"

"是的。"豪瑟尔说。

"某些人特意让它看起来与你记忆中的那柄匕首相吻合，"恶冬说，"篡改了你的记忆，借此挑拨离间。"

豪瑟尔咽了下口水。

"谁能做这种事儿？"他问道，"什么人能做到这种事儿？"

恶冬耸耸肩，仿佛他并不在乎。

"或许正是那些人让你在抵达芬里斯的时候就已经会讲尤维克语和沃尔根语了。"他说道。

奥恩·恶冬抬起左手招呼了一下,但豪瑟尔相信这个手势并无必要。菲斯·神斩已经关停了训练笼,从里面跳出来迎向俩人。

尼德霍格号连队甲板的训练大厅里异常喧闹。神斩的训练笼低吟着逐渐关停,但其他类似装置还在运行,众多由机械操控的刀剑和枪靶在高速运转中发出一阵阵刺耳呼啸。在铺着垫子的开阔区域中,身穿皮甲的野狼们手持骨制长杖进行着格斗练习。

神斩与其他战士一样全身包裹革衣,看起来就像个被剥皮的人类。他那双带有漆黑瞳孔的金色眼眸在棕色面具后熠熠闪亮。他刚刚在练习双持战斧技巧,此刻也并没有将兵刃放回武器架上,而是拎着斧子径直走来。

"牧师?"他说道。

"有项任务要交给你。"恶冬说。

"我听从吩咐。"神斩点点头。

恶冬瞥了一眼豪瑟尔。

"把你对我说的话,再对他讲一遍吧。"牧师督促道。

"我从来都不是个斗士。"豪瑟尔说。

神斩低哼一声。

"这个大家都知道。"他讥笑道。

"我能把话说完吗?"豪瑟尔问。

神斩耸耸肩。

"我从来都不是个斗士,但芬里斯之子赋予了我强大的力量与速度。我拥有优异的体格,但毫无技巧。"

"他想要学习如何运用武器。"恶冬说。

"为什么?"神斩问,"他是我们的诗人,我们会保护他。"

"他如果想学,就可以学,"恶冬说,"你就这样想,我们保护他的职责之一正是教授他如何保护自己。"

神斩半信半疑地低头看着豪瑟尔。

"没道理让你一口气学会所有东西,"他说道,"我们可以先选择一样武器,专注于此。"

"你有何建议？"豪瑟尔问。

这把战斧是一件单刃兵器，锃亮的塑钢斧刃简直像是镀了银。手柄有将近一米长，是用一块来自阿萨海姆的兽骨手工制作的。打磨光滑的骨柄有种淡黄色泽。豪瑟尔不知道这块骨头来自何种野兽，但他得知其材质颇为坚韧，它堪称牢不可破。

它至少在他手里是用不坏的。

战斧被挂在一个塑钢环上，被用一块皮革与他的腰带栓在一起。

"不要闲逛。"野熊警告诗人。

豪瑟尔并无此意，但他确实已经汗如雨下，要想跟上昂首前进的阿斯塔特绝非易事。

他是这条通道里的唯一一个普通人类，被簇拥在二十多名全副武装、步若雷霆的野狼之间，顿时显得分外纤瘦渺小。众多仆役和随从都远远跟在后面。

欧格维·欧格维·海姆施鲁特一马当先，把头盔夹在臂弯里。这支队伍没有什么严格的排位顺序，但奥恩·恶冬与约蒙德尔·双刃走在头领两侧，纳尤特·引线者以及其他野狼牧师则像幽灵般跟在队伍末尾。

野狼们步履匆匆，仿佛欧格维需要处理什么紧迫事务。豪瑟尔不禁猜想：在长达四十周的航行之后，究竟有什么事务会重要到不容一丝耽搁？在尼德霍格号成功停泊于高层轨道之后，他们立刻动身前往地表，这简直像是一场作战空降，但显然并非如此。他们闷头扎进条件恶劣的大气层里，被迫彻底依靠机械制导，最终在一片深藏于火山岩架脚下的空降区域里着陆。

地表环境炎热异常。他们周围都是黝黑的火山岩，空气中飘散着一股臭鸡蛋般的硫磺气味。滚滚热霾将远方的一切化为闪烁虚影。当豪瑟尔跟在神斩后面迈下风暴鸟的舷梯时，他耳中立刻察觉到了一阵轻微爆鸣，这意味着隐藏于某处的大规模环境处理器正在施展其惊人功能，奋力营造出允许人类生存的适宜条件。

这个世界本不该有生命。

整片空降区域以及向星球核心延伸而下的这条通道都是被用工业热熔之类的重型器械开凿出来的。通道在火山岩中贯穿而过，其绝非自然的光滑表面像玻璃一样。外面的翻滚风暴传来了毫不停歇的隆隆轰鸣，脚下这颗年轻星球的成长之痛也化作阵阵地动山摇。脉动沸腾的灼眼光芒透过平滑岩壁渗透进来，照亮了前方的道路。众人就像是将自己塞在玻璃罐里，接着又被抛进篝火之中。一种古老与崭新相互交织的气氛让豪瑟尔很不自在。这片地下区域和他在诸多考据项目中调查过的古老穴居遗址十分相似，只不过他脚下的通道是近期完工的人力成果。转瞬即逝的当下与亘古不变的过往之间产生了一种颇为奇特的割裂感，某个掌握着可畏能量和无穷资源的人在一座巨型火山的坚硬岩层里开凿了众多隧道与房间，并且在这颗充满恶意的星球上营造出了一个安全的人工环境，二者都彰显着水平惊人的工程学造诣。

然而豪瑟尔清楚地感觉到，无论这个地方即将担负什么样的职责，一旦相关事务彻底告终，整片区域就会立刻遭到废弃。它的角色明确而单一。如此说来，他们采用这颗荒凉空寂的星球想必也是刻意之为。无论那项重大事务究竟是什么，局势有可能已急转直下，显然如此。毕竟有一整支芬里斯之子连队被紧急召唤来了。

下令营造这片区域与环境的人选择了一个极为偏僻的位置，以此确保在危机爆发之时也不会有人遭到误伤。

"这是什么地方？"豪瑟尔努力跟上野狼们。

"安静。"野熊嘶声道。

"四十个星期了！你们到底什么时候才能不把我蒙在鼓里？"

"安静。"野熊再次强调。

"如果掌握不到任何细节的话，我就没法记录故事，"豪瑟尔将声音拉高了一些，"到时候在第三连的篝火旁，没有好故事可讲了。"

欧格维突然站定，令阔步前进的战士们险些措手不及。所有人都顺从地停下了脚步。欧格维转过身，穿过人群瞪着豪瑟尔。豪瑟尔脸上淌着燥热的汗水。所有野狼都半张着嘴，露出满口利齿，像炎夏里的猎犬般微微喘着粗气。

"他说什么？"欧格维咆哮道。

"头领，我是说如果你们什么都不告诉我的话，我要怎么当诗人？"豪瑟尔高声回应。

欧格维看了看奥恩·恶冬。符文牧师闭上双眼，缓缓地深吸一口气，随后点点头。

欧格维也点头示意,接着重新面向豪瑟尔。

"这个地方叫尼凯亚。"他说道。

他们走入一个圆形大厅,这是热熔工具从岩壁中切削而成的。室内墙壁就像是绵延着闪亮云母的黑色玻璃,但这依旧让豪瑟尔联想到了埃特里那些铺着象牙和兽骨的房间。

很多人在等待这支队伍。阿斯塔特第六军团的战士们矗立于房间四周担任护卫,但这些并非第三连的成员。此处还有另一支连队。

第五连头领,阿姆洛迪·斯卡森·斯卡森松,从一张石凳上站了起来。

"欧格!"他低吼道,两位强悍头领的铠甲随即在熊抱中轰然相撞。欧格维与斯卡森交换了几句粗野尖刻的玩笑,接着转过身去,面向那位坐在第五连头领身旁的高阶野狼。

"冈恩大人。"欧格维颔首示意。对方要比斯卡森和欧格维都更加老迈,也更加壮硕。他的胡须被蜡固定成两根指向前方的弯曲獠牙,他的整张面孔左侧都覆满了深色刺青,那些刺青就像皮革面具的纹路。

"那是谁?"豪瑟尔问神斩。

"冈恩纳·冈希尔特,亦称冈恩大人,第一连头领。"神斩回答。

"他是第一连的头领?"豪瑟尔问。

神斩点点头。

三个连队。三个连队?这个叫尼凯亚的地方究竟能发生什么事情,居然需要三个野狼连队同时出现?

冈恩大人从欧格维身旁挤了过来,俯视着豪瑟尔。

"就是这个诗人?"他问道。他将豪瑟尔的脑袋握在一双巨手里向后扳,又拉起豪瑟尔的眼皮仔细凝视诗人的双目,接着捏开豪瑟尔的嘴闻了闻口气,仿佛是在检视牲畜。

最终他放开豪瑟尔,转身走了。

"那已经开始了吗?"欧格维问。

"是的,"斯卡森回答,"但这只是前期阶段。他们还不知道我们在这里。"

"我不希望他们知道。"欧谢尔·沃德梅克说。包括沃德梅克在内的几名符文牧师一直像鬼魂般静默而专注地站在诸位头领身后。其余战士都半张着嘴微微喘息。然而房间里的火山高热似乎完全无法触及斯卡森麾下的符文牧师。就连那朦胧脉动的光芒在他脸上都显得清幽冷冽。沃德梅克看了看奥恩·恶冬。两人之间显然有着无声的交流。

"我不希望他们知道。"沃德梅克重复道。

"我们纯粹是保险措施,"冈恩大人说,"搞明白这一点。只有当命运与我们作对的时候,我们才会展露锋芒。然而一旦如此,这就是一场毫不留情的行动,我们唯一的任务是保护首要目标。在这种情况下,任何敌对单位,一切敌对单位,都得死。明白吗?我不管是谁。这是我们存在的意义。确保第三连的人都明白——"

沃德梅克清了清嗓子。

"你有话要说吗,牧师?"冈恩大人问道。

沃德梅克点头示意豪瑟尔。

"是你告诉我说这里方便讲话的。"冈恩大人说。

"我们在这里确实很隐秘,"沃德梅克回答,"然而我并不认为我们有必要在诗人面前讨论狼群战略。他可以在别的地方等候。"

"瓦兰格尔!"斯卡森高声喊道。他的传令官从房间外围的队伍中迈步而出。

"有何吩咐,斯卡西?"

"我记得今天早些时候有人提议说,诗人一旦登陆就该被送到静室里去。"

"真的吗,斯卡西?真的吗?静室?"

"没错,瓦尔!"斯卡森厉声说。他看了看冈恩大人。"你有异议吗?"他问道。

冈恩大人耸耸肩,发出一阵低沉哼笑。

"瓦尔多明确要求我们不要搞出乱子,但我们又不听他指挥。牧师,你觉得呢?"

沃德梅克微微俯首。

"只要冈恩大人高兴就好。"他说道。

"很少有什么东西能让我高兴,祭司,"冈恩大人回答,"来到这里不让我高兴。这场会议,这个事关重大的局势,这些见鬼的勾心斗角和兜圈子,全不让我高兴。不过把这个小畜生扔进静室里没准能让我高兴一会儿。"

房间里的所有野狼都哄笑起来。豪瑟尔一阵颤抖。

"这边走。"瓦兰格尔说。

在豪瑟尔跟着第五连传令官走出房间之前,沃德梅克将诗人拦住了。

"我听说在长牙命线断离的时候,你一直陪在他身边。"

"是的。"豪瑟尔说。

"不要忘记他的指引,"沃德梅克说道,"他本想带领你再多走一步的,只是自己跟不上了。"

瓦兰格尔带着豪瑟尔走出房间,沿着一条热熔开凿的通道向那个神秘的"静室"进发。他们刚刚迈入与之相连的走廊,豪瑟尔便立刻感觉不适。

"就像你肚子里在搅和,是不是?"瓦兰格尔意味深长地问道,"这像把刀子,不,像烙铁。"

"这是怎么回事儿?"

"这是她们。"传令官回答,仿佛这就解释了一切。隆隆地动沿着两人脚下的通道震荡而来,橙红色的炽热岩浆在半透明的石壁背后绽放奔涌。豪瑟尔感觉步履虚浮,头晕目眩。他靠在洞穴岩壁上支撑身躯,已经无暇顾及那过于温暖的黑色玻璃了。

"你会习惯的,"瓦兰格尔说,"我也不知道哪种感觉更糟,究竟是体会她们的存在,还是想到被她们所屏蔽的那些存在。"

在通道尽头,一个笔画粗糙的驱邪神符在石壁上瞪着他们。

瓦兰格尔领着诗人从神符旁走过,迈进一个宽敞的正方形屋子,这仅比芬里斯头领们集会的房间略小一些。地板由某种粗糙的灰色火山岩铺就,炽热熔岩的光辉依旧能够透过墙壁和天花板渗透进来,为室内提供了些许照明。六个修长的身影端坐在同样材质的石凳上。在瓦兰格尔与豪瑟尔走进房间的时候,那几个人立刻站起身来迎向他们。

"吃的和喝的。"瓦兰格尔指着一个摆在灰色石块上的托盘说道。盘子里盛放着一些干巴巴的军用口粮、一罐微温的水、一瓶蜜酒以及一个带有盖子的碗。从味道来判断,碗里装的是鲜肉,而且鲜肉已经在燥热环境中逐渐变质了。

"别客气。"瓦兰格尔说完就离开了。

豪瑟尔看着面前的六个身影。这些都是女性，比他个子更高，身穿华美复古的高领铠甲。在脉动光芒的照耀下，对方盔甲的颜色似乎是淡金或黄铜。屋子里颇为炎热，但她们依旧披着材质厚重的猩红色及地斗篷。众多精致的卷轴、手稿和祷言字条被借助红色蜡印和丝带固定在她们的腰带与战甲上。若论祷言字条的特殊含义和历史地位，卡斯佩尔·豪瑟尔对于相关的研究文献如数家珍。他很清楚，在相对落后的文化环境里，人们曾经笃信书面文字具备着重大意义以及切实的心理力量。在很多昔日的人类文明眼中，通过仪式性手法书就的祷言、律令以及咒语在经过绑缚或固定之后就能被灌注超自然的力量。它们会保佑佩戴者。它们便是驱邪神符，是招来好运的手段。它们可以让梦想成真。它们能够阻挡不祥邪祟。

看到面前这几个像古代教徒一样佩戴着护身祷言的女人，豪瑟尔感觉自己多年以来从未见过如此惊艳而又愚昧的事物，考虑到他此前与芬里斯之子相处了很久，这一评价显然非同小可。芬里斯人的品性是被那个星球的凶恶气候锻打成形的。这几位冷艳女性的武器和甲胄则是泰拉尖端科技的结晶。每个人佩有一柄银色长剑，那动力锋刃绝美得可怖。此刻每一柄利刃都低垂于地，剑尖抵在她们两脚之间。那些女性将覆有铠甲的双腕交叉搭在剑柄上。

她们没有佩戴头盔，但金色胸甲上延伸出带有格栅的护颈，遮挡住了她们的嘴巴和下半张面孔。一对对眼眸，没有口鼻，金色格栅上方的双目。这在豪瑟尔心底勾起了一段尘封暗淡的回忆。那是一张微笑的嘴，看不到眼睛。

每一个女人的双眼都目光凌厉，一眨不眨。她们剃光的头颅上只留下一束高高绑缚的发辫。

"你们是什么人？"豪瑟尔抹了一把额头上的冷汗。他的皮肤变得黏糊糊的。

她们没有回答。豪瑟尔不愿直视她们。这非常奇怪。那种晕眩而苦涩的感觉又回来了，远比之前更加糟糕。这些女人颇为美丽，令人着迷，然而豪瑟尔不愿直视她们，一点都不想。她们的模样让诗人备感厌恶。她们的存在本身就使他难以接受。

"你们是谁？"他别过头质问道，"你们是什么人？"

她们还是没有回应。他听到了剑尖从火山岩地板上抬起时发出的微弱嘶鸣。豪瑟尔依旧盯着别处，将战斧抽了出来。他的动作稳健而流畅，就像神斩所传授的那样：左手握住斧头下方，大拇指顶着斧面边缘，等到战斧几乎彻底脱离塑钢环的时候再松开，用右手抓住斧柄中部，左手则重新攥住斧柄末尾。如此一来武器就会横在他胸前，随时可以迎敌。

一个低沉的嗓音隆隆响起。它似乎在下达命令。它听起来简直像是脚下地动的延伸。

豪瑟尔壮着胆子抬起视线。他依旧紧握战斧，准备出击。

那些可怖得美丽，美丽得可怖的女性已经将他包围起来。被握在她们双手中的长剑一齐指着诗人。其中任何一人若要夺取他的性命都是易如反掌。

那个声音再次响起。它变得更加洪亮了，就像是野兽嘶吼与火山喷发交织而成的声响，如同山脉巅峰轰然爆裂般宏伟狂怒。

那些女性齐刷刷地后退一步，转换成典雅的"稍息"姿态，将长剑靠在右边肩头，不再表现出威胁意味。那个声音发出第三次低吼，这一次稍显柔和，那些女性随即退下，解除了对于豪瑟尔的包围。

豪瑟尔从她们身边向房间深处走去。他能够察觉到在前方有一个灰暗的身形，一团盘踞在红润火光中的庞大阴影。那便是方才声音的源头。

豪瑟尔还能听到低沉急促的轻声喘息，仿佛那是一头备受燥热困扰的巨兽。

那个身影发话了。豪瑟尔感觉到对方的声音撼动着自己的横膈膜。恐惧径直涌入他的心底，但有趣的是，这是一种干净而简单的感觉，与那些女性所引发的厌恶相比还要更容易承受。

"我听不懂，"豪瑟尔说，"我听不懂你说的话。"

那个声音再次发出隆隆轰响。

"先生，我能听到你的话语，但我听不懂那种语言。"豪瑟尔继续解释道。

那个身影动了动，直视着他。豪瑟尔看到了对方的面孔。

"我听说你会讲芬里斯之子的语言啊。"黎曼·鲁斯说。

第十章

见证

狼王挺直身躯,恍若一位从亘古沉睡中苏醒的岩石巨人。

"尤维克语、沃尔根语,"他说道,"我听说这两种你都讲得很流利。"

狼王话语中的每个音节都掺杂着芬里斯的阿斯塔特所独有的低沉咆哮。原体的庞大身躯让豪瑟尔目瞪口呆。原体在各个方面都远超阿斯塔特。这简直像是在觐见神祇,仿佛有一尊工艺精湛、比例完美的古典雕像突然活化过来,以那超出常人体型五到七成的伟岸姿态俯视众生。

"怎么?"鲁斯问,"你是连低哥特语都不会讲了吗?"

"先生,我……"豪瑟尔开口道,"先生……你是在讲低哥特语吗?"

"我现在是啊。"

"那我就不明白了。"豪瑟尔说。他迫切地盼望自己的声音不要显得如此可悲而羸弱:"我被领进这间静室之前是会讲尤维克和沃尔根语的。但话说回来,我在抵达芬里斯之前又完全不会讲,所以我也不知道这里面究竟是怎么回事儿。"

狼王若有所思地噘着嘴。

"我认为这证实了沃德梅克和其他人一直以来的观点。你被人动过手脚,艾哈迈德·伊本·鲁斯塔。在你抵达芬里斯之前的某个时间点,曾有某个组织派遣了一名灵能者去篡改你的思维。"

"奥恩·恶冬也是这样和我说的,先生。这不是件容易接受的事情。如果确实如此,那么我就无法信任自己。"

"想象一下我们的感受。"

豪瑟尔盯着狼王。

"那么,你们为何还要容忍我?我不值得被信任。我是恶灵。"

"噢,坐下吧。"狼王说。他伸出一只巨掌,指了指身边的石椅:"坐下,我们聊聊。"

狼王也坐在一张石椅上。在他触手可及之处是一个盛满蜜酒的银碗。他的盔甲显得颜色深暗，仿佛是在铁匠铺里经受过烟熏火燎，但豪瑟尔觉得这只是火光阴影的效果。他相信若在光天化日之下，这套铠甲该是风暴雷云的灰色。

这显然是豪瑟尔所见过最为厚重坚固，也最为伤痕累累的一副甲胄。就连强悍的终结者盔甲都要相形见绌。各种剑痕枪伤遍布其上，与众多皮革绳结和铭刻徽记一同起着装饰作用。鲁斯肩头披着一块黑色狼皮。那皮毛仿佛围拢包裹在他身上，就像环绕山丘的树林，或是拱卫峰峦的乌云。他剃净了胡须，皮肤如大理石般苍白。凑近之后，豪瑟尔还能看到淡淡的雀斑。狼王留着一头长发。粗重的发辫垂挂在胸甲上，末端还缚有打磨光滑的石块。其余的头发被蜡固定成一领锋芒毕露的鬃毛。豪瑟尔听第三连的战士们讲过很多关于狼王的故事。他们往往将原体的发色描述为赤红、锈色，或是熔融的紫铜。但豪瑟尔另有看法。在他眼里，狼王像是有一头沾满血迹的明亮金发。

鲁斯看着豪瑟尔坐了下来。狼王不时从碗里喝一口酒。他还在咧着嘴轻声喘息，就像一头备感燥热又无法褪去皮毛的庞大野兽。

"这个房间证实了那些暗中操纵。"

"他们管这里叫静室，"豪瑟尔说，"那些女人是谁，先生？"

诗人抬起手指了指房间入口处那些披挂铠甲的身影，依旧无法直视她们。

"她们是寂静修会的成员，"鲁斯回答，"那是一个古老的泰拉组织。有些人称她们为绝灵室女。"

"为什么她们会让我很……不安？"

鲁斯微笑起来，那是个奇异的表情。狼王人中很长，下唇厚重。再加上点缀着淡淡雀斑的高颧骨，他的嘴巴便显得如同兽吻一般，而他的笑容就变成了一副獠牙尽现的威胁表情。

"那就是她们的功能……不过她们打起架来也不含糊。她们没有灵魂，是不可接触者，是灵能克星。她们都拥有不可接触者基因。只要和她们待在一起，我们就不会遭受尼凯亚上任何人的侦测或窥探。还有更多寂静修女被部署在整片区域里，她们的集体力量足以遮蔽芬里斯之子的存在。但冈恩觉得最好还是让我留在这个核心位置。"

"为什么？"

"我不想刺激我的兄弟。"鲁斯回答。

"为什么？他会作何反应？"豪瑟尔费力地咽了下口水。他真正想要问的是：你兄弟指的是谁？

"他会做些让我们都追悔多年的傻事儿，"鲁斯说道，"我们来这里只是为了确保他能做出正确的决定。如若不然，我们就要确保那个错误决定所产生的影响被压制到最低限度。"

"你是在谈论另一位基因原体。"豪瑟尔说。

"是的。没错。"

"你是在谈论与另一位基因原体兵戎相见？"

"是的，如果有必要的话。有意思，我好像总会接到些脏活。"

狼王站起来伸了个懒腰。

"就在你走进门的时候，先生，"鲁斯嘲弄着豪瑟尔所用的敬称，"那些让你五脏六腑不得安宁的修女就屏蔽掉了你脑袋上的那条牵线。我倒是很想知道，究竟是谁在操纵你。"

"操纵？"

"我亲爱的艾哈迈德·伊本·鲁斯塔，快醒醒吧，看一看你自己的处境。你是个间谍，是一盘庞大棋局里的棋子。"

"间谍？我向你保证，先生，我绝不是有意的！我——"

"噢，安静，小家伙！"狼王咆哮道。那低沉震撼的声音本身便将豪瑟尔按回到石椅上："我知道你不是。我们花了很长时间和很多精力来检测你。我们想知道你究竟是哪种间谍，是简单地收集信息，还是担负了什么更阴险的任务。我们想知道是谁在控制你，是谁派遣你在二十年前混到了芬里斯之子身边。"

"那是我自己的选择。我选择芬里斯是出于学术目标和——"

"不，"黎曼·鲁斯说道，"那不是你的选择。你自以为如此。你感觉如此，但那并不是。"

"但是——"

"那并非如此，日后你自己也会明白的。"

狼王重新坐下，面对着豪瑟尔。他俯身前倾，凝视豪瑟尔的双眼。豪瑟尔战栗起来。他忍不住。

"人们认为第六军团都是蛮子。但你和我们相处了很久，已经明白实非如此。我们善用谋略。我们并不是只懂得放声呼号和埋头冲锋，虽然看起来像是这样。我们巨细无遗地收集信息并加以运作。我们利用敌人的一切缺陷、一切弱点。我们无情，但我们并不愚蠢。"

"我听过这些，"豪瑟尔说，"并亲眼目睹过。我听欧格维头领向第三连战士们传授过这些训导。"

"欧格维头领明白我想要如何治理军团，否则他也不会被任命为头领。我遵循一套特定的作战思想。这让你感到惊讶吗？"

"不，先生。"

"你有可能是被某个敌人，或者潜在的敌人安插在我们之间的，"狼王说道，"与其将你视作威胁直接处理掉，我倒更愿意对你加以利用。你愿意协助我吗？"

"我全力效劳。"豪瑟尔眨着眼说。

"这可能会害你的命线断掉，"黎曼·鲁斯微笑着低声说道，"但我想让你去试探一下情况，看看能否让你的幕后黑手现身。"

鲁斯再次站起身来。

"女人！"他喊道，接着大手一挥，示意寂静修女们跟上自己。六名女战士将低垂于地的长剑抬到肩头，那整齐划一的动作堪称完美。豪瑟尔听到，那六声金属与岩石间的摩擦轻响近乎重叠。

鲁斯又猛喝了一口蜜酒，随后放下银碗，迈着沉重的步伐从房间对面另一条由热熔切削而成的通道走了出去。豪瑟尔紧随其后，终于有机会仔细观察狼王背后那柄收于皮革剑鞘里的巨型阔剑了。其美感令他瞠目结舌。那巨剑有种摄人心魄的完美魅力，就像一场黑云压顶的凶恶风暴，或是一张即将咬合的庞然大口。那柄剑比他还要长。为卡斯佩尔·豪瑟尔定制的棺材是装不下那把兵器的。

几名身披金甲的女战士作为荣誉护卫分列两旁。在她们的包围下，豪瑟尔感觉自己的皮肤一阵刺痒。他自从踏入房间时便抽出了战斧，至今都还没有收起武器，此刻他紧握着温暖骨柄的手掌更是指节泛白。他脸上淌着一滴滴汗水。

并不算长的走廊引领众人走下几段粗糙石阶，众人迈入一个分外高大的宽阔房间。豪瑟尔被狭小的通道和静室束缚许久之后，面前的宏伟尺度令豪瑟尔不由屏息。在这块山体由冷却的熔岩固结形成的时候，显然曾有一个巨型气泡受困于此。他们脚下的地面已经被热熔工具切削平整，但洞穴上层的石壁依旧保留着自然的弧度，神似一座大教堂的拱顶。此处的温暖空气里飘散着低沉嗡鸣声，那是埋没在庞大空间里的茫茫话语声。

这个房间被用作一个指挥中心。铺在洞穴岩层表面的厚重金属板上坐落着一批便携式发电机，它们为运转不停的沉思者机组和高强度通讯台提供所需能量。照明灯架遍布各处，豪瑟尔还注意到，每个出入口都配备了全自动哨卫炮塔和力场发生器。这是个要塞据点。整片区域便是一座防御工事。一列列帝国旌旗从屋顶上肃穆地悬垂下来，在闷热空气中纹丝不动。旗帜上描绘着部队徽记和荣誉战果，那一块块绣满金线的宽大布料彰显出人类帝国的尊严与伟岸。即便是在这个地方，在这座为了一时之用而从山脉中开凿出来的洞穴里，如此大张旗鼓的恢宏布置依旧不可或缺，仿佛这是泰拉皇宫的一座宏伟厅堂。

指挥中心里聚集着一群颇为奇特的人员。数百名人员和机仆正在埋头工作。更多寂静修女潜伏于这宽阔空间的各个角落，用那种令人不安的死寂气场笼罩了整片区域。在一些格外忙碌的控制台旁，大部分身穿制服的工作人员都来自帝国舰队或中央兵团，但豪瑟尔也看到了若干第六军团仆役以及隶属其他组织的凡人侍从。

最引人注目的当数那些披挂金甲的高大身影。房间里至少有十几位这样的战士在分头监督各项事务。他们的盔甲与阿斯塔特的装备一样华美，同时又备显轻巧细致，仿佛是出自一批技艺更为精密的匠人之手。其中几位巨人以面孔示人。另外一些则佩戴着顶覆红色马尾的锥形金盔，一双双绿色护目镜熠熠闪亮。

他们是禁军，是至高泰拉的精锐近卫。他们经过强化的超人本质源自一套独特奥秘，与阿斯塔特和基因原体的创生手段都有所不同，这便将禁军置于二者之间：禁军数量远比阿斯塔特更为稀少，实力则更为强大。

"我能想到。"豪瑟尔开口说。

"什么？"鲁斯扭过头，看着身后的诗人粗声问道，"你说什么？"

"我能想到让禁军战士出现于此的理由只有一个。"豪瑟尔说。

"那你就想对了。"鲁斯厉声回答。

"他在这里。"豪瑟尔说。

"是的,他在这里。"

卡斯佩尔·豪瑟尔缓缓仰起脑袋,遥望黑石洞穴的半透明拱顶。熔岩的光芒在火山石壁背后脉动不已,然而他眼里只能看到一团想象中的超凡辉耀。他从来没有,从来都没有想过,自己会亲身站在——

"他在这里?"豪瑟尔低语道。

"是的!所以我们都表现得很规矩。"

狼王朝一位姿态庄重的金甲战士不停招手示意,后者正站在不远处的一台编码器旁监督几名操作员。那个人早已注意到神色阴郁的狼王走进了这座大厅。其他一些人同样有所察觉。他们都急匆匆地围拢过来,仿佛是不想怠慢狼王,或是不想让他在无人看管的情况下闹出什么乱子。

那位禁军首先来到两人面前。近观之下,他的镀金铠甲上那些精工细作的繁复装饰才真正清晰可辨。蛇形花纹盘踞在颈甲密封周围,并蔓延到双肩与胸甲上。太阳、星辰和各个月相的铭刻徽记环绕着护腕与臂甲。此外还有树木、火焰、花瓣、钻石、短匕、手掌以及若干塔罗牌面的图案点缀四处。诸多眼眸与圆周造型投来凝望。作为一个深谙符号学奥妙的历史学者,豪瑟尔在禁军的每一片甲胄上都能找到巨量细节,这些细节足以令人穷尽一生来潜心研究,所有徽记和雕纹,所有铭文和图案,都蕴藏着深厚的文化背景与象征意义。他面前简直矗立着一尊活生生的文物。人类文明积淀已久的神秘学识皆凝聚在此,汇成一股虽不完整但依旧诱人的清晰脉络,并化作一套动力铠甲具现于前。

在甲胄之外,禁军还披挂一袭红色长披风,以及内衬猩红布料的镶钉皮裙。那密封式锥形头盔顶端飘扬着一束红色马尾,让禁军显得格外高大。他用幽光闪烁的绿色护目镜直视狼王,略微颔首以示敬意。

"大人,出了什么事情吗?"禁军的声音从头盔扬声器里传出来,显得有些沉闷。

"我正说呢,我们都表现得很规矩,康斯坦丁。"

"的确如此,大人。那么,有什么事情吗?我以为你还在静室里休息。眼下我们挺忙的。"

"是啊。康斯坦丁，这位是第三连的吟游诗人。我说过可以让他四处转转。诗人，我向你介绍康斯坦丁·瓦尔多，禁军领袖。你可一定要表现得受宠若惊。他是个很重要的人物，他负责我父亲的人身安全。"

"大人，我能否与你私下谈一谈？"瓦尔多问道。

"我还在介绍你们呢，康斯坦丁。"鲁斯厉声回应。

"我坚持我的请求。"瓦尔多说，他的沉闷声音显得颇具威胁性。第二名禁军走到了瓦尔多身后，旁边还有两位披挂全副盔甲的阿斯塔特，其中一人身着猩红战甲，另一人的终结者铠甲则是带有绿色镶边的暗灰涂装。一支獠牙般的犄角从后者的头盔上延伸出来。附近的工作人员也纷纷停下脚步，围观这场对话。两个如人类孩童般大小的智天使机仆扇动着豆娘一样的翅膀低飞至此。它们的脸被银质面具所取代，那轻盈翅膀的单调嗡鸣好像外置马达的低吟。

"你猜怎么着？"狼王说道，"之前也有人这样向我坚持过什么，结果我就把那家伙的胳膊拧下来，然后从后门捅进去了。"

两个智天使机仆尖叫一声，躲进了瓦尔多的影子里。

"大人，"瓦尔多平静地回答，"你长久以来都乐于扮演一位蛮王的角色，这纵然十分有趣，但我们此刻都在忙着——"

"噢，康斯坦丁！"鲁斯轻笑一声，"我还以为你真会上钩呢！"他一巴掌拍在禁军领袖胳膊上，豪瑟尔确信那金色战甲表面留下了一个凹坑。

"鲁斯大人，我必须支持瓦尔多大人的看法，"身着红甲的阿斯塔特说道，"这个地方不适合——"

通信扬声器的一声轻响打断了这位战士的话。他转而朝豪瑟尔点点头。

"——不适合一个拿着斧子的人。"他把话说完。

豪瑟尔这才意识到，自己的战斧还握在手里。他急忙把武器收回腰间皮索的钢环中。

"你瞧瞧，诗人，"狼王挥挥手示意面前的四个威武战士，"他们这是来围攻你了。你看见那个一身红的了？那是劳多伦，我兄弟圣吉列斯麾下圣血天使的战团长。还有那个穿灰色的英俊壮汉，是泰丰，死亡守卫的一连长。把他们的名字记好了，日后在第三连的炉火旁，你就能将今天故事的全部细节讲得清清楚楚。"

"够了，大人，"泰丰说道，"有很多安全事务——"

"喂！你这可是越线了，一连长！"鲁斯迈步上前，充满斥责意味地指着那个身披灰甲的阿斯塔特，"你可不能……你可不能对一个基因原体说'够了'。"

"那么，或许我有这个权力。"另一个声音说道。他们都转过身去。新来者与黎曼·鲁斯一样气势逼人，同时又像一枚主序星般极具魅力。他是夺目光彩与优雅完美的结合，相比之下鲁斯则是狂暴活力与染血金发的结合。站在二者之间，就连雍容华贵的禁军也黯然失色。

"你，"鲁斯不情愿地说，"好吧，我猜你确实可以。"

他瞥了一眼豪瑟尔。

"你知道这是谁吗？"

"不知道，先生。"豪瑟尔咕哝道。

"那么，先生，这位呢，先生，就是我的兄弟弗格瑞姆。"

帝皇之子的基因原体身披一套精工打造的紫金战甲。一头修长白发笼罩着那张完美得令人心悸的高贵面孔。他礼貌地低下头，对豪瑟尔微微一笑。

"你是不是又在静室里待不住了，兄弟？"弗格瑞姆问。

"是。"鲁斯别过头承认道。

"你明白你暂时还要留在那里吧？你的存在有可能会火上浇油，尤其在他发现是你推动了这场训责之后。"

"是啊，是啊。"鲁斯不耐烦地说。

弗格瑞姆又微笑起来："忍耐一下。只要你不现身，我们手中的证据在被揭露之后就能发挥更大的效果。你手下的沃德梅克已经准备上台发言了。"

"很好。之后就没必要藏着掖着了，我也不用总躲在这些修女后面。"鲁斯说。

"不过，"他语气平淡地补充道，"我真希望能在沃德梅克登场的时候看看他脸上的表情。至少，我也希望日后能坐在炉火旁，听我身边的这位诗人来仔细描述那一幕。"

狼王攥住豪瑟尔的胳膊，把他拽上前来，为了表示强调还将诗人摇晃几下。

"我们可是尽量对你保持耐心了，兄弟。"弗格瑞姆说。

"拜托，大人，"瓦尔多补充道，"这不合适——"

"你们一直都没有容许我正式介绍他，"鲁斯神采飞扬地打断了对方，"这可不太礼貌。他是第三连的吟游诗人，名叫艾哈迈德·伊本·鲁斯塔，亦称卡斯佩尔·安斯巴克·豪瑟尔。"

众人迟疑地愣了一阵。

"你这老狗，鲁斯。"弗格瑞姆咕哝道。

瓦尔多将双手抬到头盔两侧，在一声气压嘶鸣中解开了颈甲密封。他将头盔摘下，递给了身旁的禁军同僚。

"你有些拿我们寻开心啊，大人？"他问道。禁军领袖语气中的轻快笑意似乎是强装出来的。瓦尔多头上只留有很短的白发，眼窝深陷，容貌像雄鹰般锐利。看起来他很少有理由展露微笑。

"是啊，康斯坦丁，"鲁斯低哼一声，"我在静室里无聊了。我得找些事情做。"

"你或许可以早点儿把这个人的身份告诉我们。"瓦尔多说。他从同僚手中接过一个便携式扫描仪，开始检查豪瑟尔。

"我的身份重要吗？"豪瑟尔问。

"当然，卡斯佩尔。"弗格瑞姆说。

"你们知道我是谁？"豪瑟尔结结巴巴地问。

"我们略知一二。"劳多伦的声音从头盔通信器里传出来。

"卡斯佩尔·豪瑟尔，成果卓越且广受推崇的专家学者，"泰丰说道，"考据协会的创始人与领导者，研究项目受到帝皇本人的赞许。"

泰丰摘下了带有犄角的凶恶头盔。隐藏其下的那张暴躁面孔蓄着胡须，他留有一头黑发："你在大约七十个标准年之前突然辞职，随后踪迹全无，显然是向着芬里斯展开了一场动机不明且风险极高的旅程。"

"你们知道我是谁。"豪瑟尔轻叹一声。

"我们给他解释清楚吧。"康斯坦丁·瓦尔多说道。

"按照你们的说法，我这一生好像都是被别人设计好的。"豪瑟尔说。他身边的机仆喏喏低语。

"或许是的。"瓦尔多说。

"我拒绝接受这个说法。"豪瑟尔说。

"到底要有多少人这样告诉你之后你才能听得进去？"鲁斯话音隆隆地问道。

"克制，大人。"另一名禁军开口劝诫。

"康斯坦丁，管好你的小崽子。"鲁斯警告道。

瓦尔多朝另一名禁军的方向点点头，后者已经摘下了覆满铭文的头盔，展露出一张更为年轻的面孔。

"阿蒙·陶洛马奇安可不止是个小崽子，狼王。不要嘲弄他。"

鲁斯大笑起来。他正坐在指挥中心准备区的高台边缘，旁观那一系列生理检查程序。双臂环抱站在狼王身边的弗格瑞姆则摇摇头露出微笑。

众人将豪瑟尔领到了一个设置在大厅角落中的医务监护区里。诗人奉命躺在一张衬有软垫的长椅上。专业人员借助众多电极和贴片展开了各种生理扫描。若干机仆擦拭着豪瑟尔的皮肤，随后将一些小型仪器接合上去。

"我造访芬里斯的动机很简单，无非是从小以来一直推动着我的求知欲和探索欲，"豪瑟尔很清楚自己的语气里充满了辩解与开脱，"我为统一议会辛勤奉献了很多年，到头来我的毕生成果却被束之高阁，正是这种失落感促使我做出了那个决定。我当时很沮丧，很失望。我决定彻底抛开泰拉的荒谬权谋和勾心斗角，远离这些让我束手束脚的东西，转而展开一场纯粹以科研为目标的远航，重拾文化历史学者的身份，去造访帝国疆域里最神秘也最狂野的世界之一。"

"即便你从幼年时期开始就怀有一种对于狼的极端恐惧？"瓦尔多问道。

"芬里斯上没有狼。"豪瑟尔回答。

"噢，你知道有的，"鲁斯的声音像是一阵深沉低吼，"也知道它们是什么。"

豪瑟尔意识到自己的双手在微微颤抖。

"如果……如果你们非要挖掘出某种深层次的心理因素，或许我在试图面对并克服童年的恐惧。"

奥恩·恶冬此前已经从大厅外部走进来加入了他们。符文牧师坐在旁边的另一张躺椅上，将一把打磨光滑的贝壳在双掌之间来回翻动。他的体重对于躺椅的可调节框架施加了相当的压力。

"事实恐怕并非如此，"恶冬说道，"我认为这恰恰是关键所在，这种恐惧，这种特殊的恐惧，我认为，他们最初就是借此打入了你的心灵。无论如何，我们一直未能明确认定,对方埋设的触发机制究竟是什么,即便我们通过那段寒冷梦境从你的思维里榨取了很多信息,即便长牙当时距离看清真相只有毫厘之差。那个触发机制毕竟还是遮蔽得太好了。"

"什么触发机制?"豪瑟尔问,"什么寒冷梦境?"

康斯坦丁·瓦尔多正在检视一块数据板。

"你获得的诸多荣誉中包括道马尔奖。你的成果在那些身居核心的高层学者间颇受推崇。你的几篇文章还作为跳板,催生了更长远的科研发展方向,这对于整个社会都具有深远意义和积极作用。考据协会掌握着相当强悍的政治影响力。"

"并非如此,"豪瑟尔说,"我们当时是寸土必争。"

"难道其他政治机构都不必如此吗?"站在一旁的劳多伦问道。

"不,"豪瑟尔猛地转过头,甚至扯掉了皮肤上的一块电极,"考据协会是一个有着单纯目标的学术基金会。我们不具备任何影响力。在我离开的时候,我们已经要被中央政府全盘吸收了。这我不能接受。别跟我讲我们力量强大。我们被扔进了狼嘴里。"

他看了一眼狼王。

"无意冒犯,先生。"

鲁斯又放声一笑,展露出来的满口獠牙令人十分不安。

"尽量别那样,亲爱的兄弟,"弗格瑞姆说,"你吓到他了。"

"我认为,你们或许确实具备了相当可观的影响力,"瓦尔多说道,"容我这样讲,先生,你最大的缺陷就是天真。你的工作在帝国顶层颇受赞赏,并由此获得了不成文的翼护。帝国政治机器中的其他组织对此都心照不宣。它们害怕你。你自己看不出来,也无从知晓。这是个常见的失误。你是一位超群的学者,努力运作一个学术基金会。你本该潜心研究,将管理工作交给一位更合适的人选,一位精明事故,可以将饿狼拒之门外的人。"

瓦尔多转过身面对鲁斯。

"这只是个比喻,大人。"禁军说道。

鲁斯依旧带着笑意点点头。

"没关系,康斯坦丁。有时候我总要把人大卸八块也只是个比喻。"

"那一向是纳维德的角色,"豪瑟尔低声自言自语,"他很享受中央政府和学术圈里的勾心斗角。最让他开心的工作就是争取补助津贴或者商谈采购资金。"

"你是指纳维德·穆尔扎？"瓦尔多盯着数据板发问，"我看到了，他英年早逝。没错，你们配合默契。你在实地考察中的卓越水准和他在官僚场合里的无穷热情能够相互支持。他是在奥赛梯罹难的。"

"他的死或许意义重大。"另一名禁军说。

"噢，拜托！"豪瑟尔低哼一声，"纳维德是被叛军地雷炸死的。"

"无论如何，"瓦尔多说，"这将他从考据协会里以及你的身边彻底移除了。"

"我决定前往芬里斯，并不是因为纳维德·穆尔扎在奥赛梯被炸死了，"豪瑟尔气恼地说，"这两件事儿之间相隔了几十年。我拒绝相信——"

"你的思维太狭隘了，先生，"那个名叫阿蒙的禁军说道，"穆尔扎遭到了剪除，他对于你和考据协会的贡献由此消亡。你是否找过别人去接替他？你并没有。他和你相识多年，你早已习惯他的存在。于是你将那些责任扛在了自己肩头，纵然很清楚自己难以像穆尔扎那样胜任于此。你逼迫自己去成为一个政治动物，因为寻找一位继任者感觉像是背叛故友。你不想玷污关于他的回忆。"

"所以在时机来临的时候，你就已经疲惫不堪了，卡斯佩尔。"弗格瑞姆说，"你多年以来与官僚主义进行搏斗，多年以来替穆尔扎完成他生前的职责，多年以来没有机会去开展自己真正享受的工作，这一切都让你心力交瘁。某些人在你身上进行的准备工作成效显著，你随时可以抛下一切奔赴芬里斯了。"

"这还是需要一个触发机制。"奥恩·恶冬说道。

"是的，这依旧是个谜团。"瓦尔多表示同意。

"但时机可以确定了。"泰丰说。那个身披灰甲的终结者站在躺椅远端。他和瓦尔多一样手里捧着数据板。

"他当时已经成熟了。"弗格瑞姆说。

"无意冒犯，大人，的确如此，"泰丰说，"目标个体已经成熟了。但我所说的时机是对幕后操纵者而言的。"

他又低头看了看自己的数据板。

"八六九阿尔法号档案。"他说道。瓦尔多立刻检视自己的数据板，弗格瑞姆也拿出了一块。

"这是一份由亨瑞克·斯卢森提交的报告,他是负责引导考据协会纳入中央政府的专员次长。"

"那是压垮我意志的最后一根稻草,"豪瑟尔说,"斯卢森是个可恶的家伙。他根本不理解我的——"

"或许他与你印象中的不同,其实是一位理念相合的盟友,卡斯佩尔。"弗格瑞姆说道。原体的平和微笑令人心安,他的嗓音充满了支持力:"在你提交辞呈并消失无踪的同时,斯卢森向他的上级提交了报告。这里有一份抄本。他建议保留考据协会的独立性。他提出,纳入中央政府的过程会严重损害考据协会的工作能力,极大削减其宝贵贡献。"

"这项提议得到了马卡多大人的认可,"瓦尔多说,"掌印者用他的私人徽记批准了维持考据协会自主状态的文件。"

"掌印者?"豪瑟尔问道。

"他对你们的成果一直很感兴趣,"瓦尔多回答,"我认为他恰恰就是你的幕后支持者。你如果没有失踪的话,先生,本可以得到那份你苦苦追寻的特权。你的团队建制和项目规模都会得到扩充。我相信只需三到五年,你就会在中央政府内环议会的顾问委员里获得一席之地。你本可以成为一个颇具影响力的人。"

"一连长泰丰说得没错,"弗格瑞姆说,"果真如此的话,你就会更加难以被掌控。你的沮丧感会逐渐消退。你的操纵者必须在那个狭窄的窗口期里立刻开展行动,否则就有可能丢失一枚培养了至少五十年的棋子。"

豪瑟尔站了起来。他身上的传感器顿时被接连扯落。

"先生,我们还没有完成——"一个医疗助理开口道。

弗格瑞姆抬起一只手,温和地制止了那个人的抗议。

"没有人会花费那么久来培养一枚棋子。"豪瑟尔轻声说。

"人们当然会那样做,卡斯佩尔,"弗格瑞姆说道,"帝国的各大机构都会毫不犹豫地从诞生开始着手安排操控一名特工的毕生经历。而这名特工对于其中的大部分事情会毫无察觉。"

"你会这样做吗,先生?"豪瑟尔抬起头看着对方。

"我们都会这样做,"瓦尔多直白地说,"情报工作至关重要。"

"我们把你冰封了十九个大年,就是为了调查你究竟是由谁派遣的。"鲁斯说。

"人生道路可以被预测，"奥恩·恶冬说道，"命运可以被拆解。我们通过分析一个人的品性便能推断其潜在职业和未来方向。经验老道的占卜者能够规划一个人的全部生命，像修剪植物那样进行引导，出于特定目的让此人朝某个特定方向进行成长。"

"是谁对我做了这种事儿？"豪瑟尔问。

"某个对你的内在品性加以利用的人，卡斯佩尔，"弗格瑞姆说，"某个早已发现你对失落知识的纯粹渴求能够转而为其谋利的人。"

"他是指我们那位误入歧途的兄弟。"狼王说道。

名叫阿蒙的禁军将豪瑟尔从那座恍若宏伟拱顶般的指挥中心里带了出来，沿着由热熔切割而成的通道向上方行进，他们在两旁时不时会遇到第九和第十四军团的阿斯塔特卫兵。禁军手里握着他的仪式性武器，那柄造型华美的金色守护者长戟内置了一把精工爆矢枪。通道里烟尘弥漫，热霾滚滚。豪瑟尔能体会到环境处理器那稳健而深沉的隆隆震颤，正是它们让这座在尼凯亚星球上由人工开凿而成的会场不致须臾之间就焚灭。诗人的心脏在胸中猛跳，他感觉到一阵反胃。那俊美的原体弗格瑞姆提议让他随处走走以抚平心绪，但豪瑟尔怀疑自己的生命依旧处于旁人的掌控之下。

不过他还是很高兴能从那些显贵人士身旁离开。作为两位原体、两名禁军和三个高阶阿斯塔特的关注焦点，实在令人难以承受。无论是他们的高大身材还是显赫地位都让豪瑟尔备感渺小。他觉得自己就像是成年人之间的一个孩童，或是玻璃罐里的一只昆虫，抑或是一头被捆在木桩上担任猛兽诱饵的牲畜。

"我们是不是要离开那些不可接触者的影响范围了？"豪瑟尔向他的护卫问道。

"是的，"禁军回答，"只有下层区域受到了屏蔽。"

"所以我的思维即将暴露在外了？"豪瑟尔追问，"这或许会让我的操纵者察觉到？这不是在冒着让我泄露大量情报的风险吗？"

阿蒙点点头。

"我们同时也有机会赢得一些筹码，"他说，"狼王知道你是个间谍，但他让你活了下来。他将你留在芬里斯，之后又带着你参与伟大远征。狼王想让那些妄图刺探他的人透过你的眼睛来看到这一切，让对方明白他早有察觉。狼王认为，赢得胜利的方式并非在于对敌人隐藏秘密。他认为赢得胜利的方式在于向敌人公开展现自身实力，让对方明白他们会输得很惨。"

"那很自负。"

"那就是他的方式。"

"这里所说的敌人，并非真的是敌人，对不对？敌人是另一位原体？我们所说的只是竞争，对吧？"

"所有军团都维持自己的情报网络，"禁军回答，"但他们这样做的缘由不尽相同。太空野狼的动机是从战略角度评估一切潜在对手，哪怕只是单纯的假想敌。千子的出发点则主要是他们对于学识的渴求。"

"学识？"豪瑟尔重复道，"他们想知道什么？"

"据我所知，"禁军回答，"他们想知道一切。"

他用一个恭敬的手势示意豪瑟尔继续前行。他们前方闪耀着夺目光芒，仿佛是灿烂朝阳将万千辉耀洒入一条特意设计的山底隧道。走廊愈发宽敞，达到了尽头。

豪瑟尔迈步踏上面前的黑石平台，这就像是依附在那宏伟火山岩洞上层的一个巨型楼座。在头顶那参差残破的火山口之外，是一片被尼凯亚动荡大地映成粉红色的天空。在一个令人不安的瞬间里，这将豪瑟尔骤然拉回到静远联邦家园世界的那个冲击坑底，让他回想起自己不愿目睹长牙殒命时抬头仰望所看到的景象。

粉红色的天际之上淡泊无云。这座巨型火山将一种诡异的静谧感紧紧锁在自己空旷的胸膛里。

豪瑟尔看了一眼禁军，对方表示宽慰地点点头。其他一些身影都聚集在庞大楼座的弧形边缘，放眼俯瞰下方。豪瑟尔也走到了那条与他腰部等高的玄武岩护墙旁边。他俯身靠在墙头上，感受着那粗糙的表面。他能体会到一丝微风从下方吹拂而上，其中夹带着一股充满了压抑和反抗的气氛。

楼座及其边缘的护墙都是用热熔切割而成的。同样的工艺还在下方开凿出了更多楼座，被如此营造出的一个个同心圆沿着岩洞内壁逐级排列，最终缩减为从山岩中直接雕刻的黑色石凳，在底端组成一座宏伟的圆形剧场。

每一个观景楼座和每一张黑岩石凳上都人头攒动。豪瑟尔眯起眼睛努力分辨。大部分人距离太远了，简直微若蝼蚁，其中有披着长袍的机械技师，有被侍从环绕的华服贵族，也有三五成群的阿斯塔特。

豪瑟尔回头看着自己的护卫阿蒙。

"这里在发生什么事儿？"他问道。

"不同的理念在经受考验，"禁军回答，"对于力量的善用与滥用在受到权衡。"

"由谁来考验和权衡？"豪瑟尔问。

阿蒙·陶洛马奇安发出了一个可能是轻笑的声音。

"亲爱的先生，"他说道，"再仔细看看。"

豪瑟尔低头俯瞰。微风吹拂着他。这惊人的高度令他头晕目眩，排列在下方岩壁表面的无数楼台与石凳仿佛组成了一座古罗马竞技场，供自由民安坐其中，为奴隶与恶狼的殊死搏斗欢呼叫好。

向下，向下，一直向下，他的视线越过众多帝国显贵的头顶，来到圆形剧场中央的平滑地面，看到了一个像风暴鸟那样大的金色鹰徽嵌在黑色大理石上。

一座高台紧邻鹰徽的头部位置。

那高台上承载着光明。

那光明一直存在，太过耀眼以至于令人无法直视，太过辉煌以至于被豪瑟尔的大脑拒绝识别。那正是方才被他误认为灿烂朝阳的光辉源头。那是一枚白热的超新星，将一束束夺目辉耀像长矛般刺入苍穹。

那既是一团光明，又是一个身影，这难以置信的念头与超乎想象的现实令豪瑟尔轻声抽泣。他一直都能看到，但他的大脑不敢对自己所目睹的事物加以认知。

人类之主正在会见臣民，他的伟岸光芒令人顿感卑微。

这在卡斯佩尔·豪瑟尔此生所见的超凡景象中位列第二。

"你必须看。"阿蒙说。

"我受不了。"豪瑟尔抹着眼泪嘀咕道。

"但你也没法将视线移开。"禁军回答。

豪瑟尔颤抖着朝下方凝望。他在那团剧烈辉耀中分辨出了一个装饰着飞扬羽翼的王座。黑色旌旗悬浮在那个身影头顶，提着旗帜的一群智天使机仆几乎埋没在了夺目光芒里。

手持长戟的禁军战士分立于王座两侧。那普照四方的超凡光辉似乎也渗入了他们的身躯，将华美战甲化作熔融流金。

"那些都是什么人？"豪瑟尔问道，"他们能站在高台上，距离那光芒咫尺之遥，却不被烧成灰烬，想必都不是凡人吧。"

阿蒙迈步走到他身后，抬起手逐个指认那些身影。

"星语庭领袖，帝国军队总指挥，火星铸造总管凯尔博·哈大人，导航者领袖，还有掌印者马卡多大人。"

"先生，我的感官快要无法运作了，"豪瑟尔说，"今天的一切已经让我麻木。敬畏逐渐转变成了某种心理创伤。我的思维彻底瘫痪了。我即将失去理智，难以再体会到任何的震慑或惊讶。你刚刚提起了帝皇王庭中的五位核心人物，我耳中听到的却只是几个名号，只是名号。就算你现在告诉我说，这里是沉没的亚特兰蒂斯城，或是雅戈泰的地底洞穴，我也不会有什么反应。人不该被迫看清自己宇宙观里所有神秘元素的本质。"

"很不幸，有些人不得不看清楚，"阿蒙说道，"况且，这难道不正是你的毕生追求吗？至少，关于你的简报是这样写的。你在自己的职业生涯里始终追寻那些埋没于岁月尘埃之下的神秘元素，如今它们与你狭路相逢，而你却要退缩？这是软弱的象征。"

豪瑟尔将视线从面前的奇观上扯开，瞪着身旁这位高大的禁军。

"我想也该允许我表现出些许震慑吧！我可不像你一样，早就习惯了与显贵人士相处！"

"我如果冒犯了你，先生，"阿蒙说，"那么很抱歉，但恰恰是你的探究精神导致你成为了这盘棋局里的一份子。正是这种品质让第十五军团阿斯塔特垂青于你。你原本就是个求知若渴之人。他们是只需要对此加以利用罢了。"

"他们是怎么做到的？我从来都没有和他们打过交道。"

"从来没有？"阿蒙问。

"从来没有！我——"

豪瑟尔的嗓子哑了下去。一段尘封多年的记忆从他脑海深处的幽暗裂谷中逐渐浮现。

皮奥夏。那是很久以前，很久很久以前了。

他当时问道："长官，请问我有幸得到了哪个军团的保护？"

"第十五军团。"

第十五军团。千子。

"你叫什么名字？"

豪瑟尔当时转过身。图波列夫枪骑兵已经将大部分队员带出了神殿，只剩下他一个人站在这里。另外两名阿斯塔特出现在了他背后，与之前那位同僚一样威武惊人。个子如此之大的家伙怎么能够走路毫无声息？

"你叫什么名字？"一位新来者再次问道。

"豪瑟尔，长官。卡斯佩尔·豪瑟尔，考据者，隶属——"

"这是个笑话吗？"

"什么？"豪瑟尔当时问道。另外的阿斯塔特刚刚开口了。

"你是在开玩笑吗？"

"我不明白，长官。"

"你告诉了我们你的名字。那是一个玩笑吗？那是个绰号吗？"

"我不明白。那是我的名字，你为什么会觉得那是个玩笑？"

"卡斯佩尔·豪瑟尔？你不知道这个名字的来历？"

"那是很多年以前了，"豪瑟尔对阿蒙说，"就那一次，一面之缘。我都快忘记了。不可能是那次。那很……微不足道。他们只是问了我的名字。"

"你的名字？"

"我的名字有什么奇怪的吗？"豪瑟尔问。

"名字很重要，"阿蒙说道，"名字为其拥有者赋予力量，同时也允许得知名字的旁人针对其拥有者施加手段。"

"我……什么？"

"当你得知某个人的名字之后，你就能对其加以控制。否则为什么所有人都只知帝皇的称号，而不知他的名字？"

"照你的说法，这简直像是巫术！"豪瑟尔喊道。

"巫术？这可是无端控诉了。你很清楚话语的力量。你在卢泰西亚亲眼见过穆尔扎运用话语的力量。"

"那个该死的符文牧师把这段故事公告天下了吗？"豪瑟尔厉声说。

"你的名字是谁取的？"

"我的名字是乌维教区长在我年幼时为我取的。当我被送到教区的时候，谁也不知道我叫什么。他就给我选了这个名字。"

"这是源于一个民间传说的名字。它有多种变体，比如卡斯帕·豪瑟，卡斯佩尔·豪泽尔。早在科技年代之前，在一个名为纽伦堡的上古城市里，卡斯佩尔·豪瑟尔是个不知来历、没有双亲的男孩，从小在某座黑暗地窖里长大，只有一枚木制小马作为玩具，迈入社会之后不久便在安斯巴克的花园里神秘地死去了。这位教区长，他给你取的名字很恰当。深厚的意义为其赋予了独特的强大力量，一个孤儿，完全未知的过去，对于真理的追寻。就连相伴他身旁的那枚木制小马都是一个符号，代表着用来穿透敌人防线的诡诈战术。"

"伊利奥斯的木马计，"豪瑟尔问道，"这就是我的角色？"

"当然，"阿蒙说，"不过，比其他阿斯塔特更为敏锐的野狼一眼就看穿了它。"

"如此说来，我的名字就注定了我的一生，这也太荒谬了，"豪瑟尔厉声说道，"你怎么会有这种想法？"

禁军敲了敲自己铠甲的护颈。

"对于我们而言，名字有着至关重要的意义。每一位禁军的名字都被镌刻在他的金甲里面。从右侧护颈开始，排在首位的名号展露在外，随后沿着胸甲内侧盘旋而下。至于一些资历最老的战士，他们的名字已经将胸甲内部彻底填满，逐渐像腰带一样环绕铭刻在铠甲外面。康斯坦丁·瓦尔多的名字多达一千九百三十二个。"

"我知道禁军的这项传统。"豪瑟尔说。

"那么你也就知道，'阿蒙'只是他的第一个名字，是最初的部分，随后是'陶洛马奇安'，之后是'日喀则'，他诞生的地方，接下来是'勒普朗'，他求学问道之处，再往后是'凯恩·海卓萨'，他最早接受武器训练的地方——"

"停。停！你应该说'我的'名字，而不是'他的'。"豪瑟尔纠正道。

"当两个人重名的时候，"属于一阶禁军阿蒙的声音说，"操纵和控制就变得格外容易。我的名字也是阿蒙。我暂时利用了这个巧合来彻底压制住你的高贵卫士。转过身来看看我，卡斯佩尔·安斯巴克·豪瑟尔。"

豪瑟尔突然意识到，禁军僵立在原地，仿佛是陷入了瘫痪，抑或那套锃亮铠甲里仅仅裹着一尊雕塑。禁军阿蒙·陶洛马奇安一只手搭在楼座护墙上，一动不动地凝望远方。

豪瑟尔缓缓转身，朝右边看去。他身上鸡皮疙瘩骤起。一股强烈情感终于刺透了方才彻底蒙蔽他脑海的震慑与麻木。

那是恐惧。

有什么人站在他身后，一个近在咫尺却并未暴露踪迹的人。那是一名穿着金红两色盔甲的阿斯塔特，伪面装置所产生的扭曲光幕让此人的庞大身躯显得朦胧不清。他弯腰靠在护墙上，仿佛只是个无所事事的旁观者，他的视线透过绿色护目镜聚焦在下方，他像是并未关注豪瑟尔一样。

"我是阿斯塔特第十五军团的阿蒙，第九学会连长，原体的侍从。"这位阿斯塔特如今用自己的声音开口了。

"我的谈话对象从什么时候开始从禁军变成了你？"

"自从我们走入这个开阔空间之后。"对方回答。

"你就是幕后主使吗？"豪瑟尔问道，"就是你一直在操纵我吗？"

"是我们引导你走上了我们的道路，"那位战士回答，"只有丝毫不知道自己遭到操纵的潜藏者才是最听话的。"

"那么你公然承认我是一枚棋子？"

"这很有趣，是不是？我们知道你是我们的间谍，野狼也知道。按照某些人的看法，如此一来你就失去功效了。"

"为何不是呢？"

"因为这盘棋还没下完。"

千子原体的侍从指了指圆形剧场的底层。一个长发飞扬的巨人此刻迈上几级台阶，站在一个正对那座光辉高台的木制讲坛后面。

"这绝不是什么议会，"原体侍从说道，"而是一场不合法理的审判。看看吧，在一个由愚昧和盲信堆砌而成的法庭上，我挚爱的原体正要为知识做出辩护。帝皇在这件事儿上早已受制于人。他对猩红君王做出的裁决必定是遭到操纵的。"

"那是谁？谁能做到这种事儿？"豪瑟尔问。

"那是猩红君王的兄弟们。其他原体都妒忌千子，妒忌我们为了造福帝国而掌握的诸般奥秘。我们的异禀天赋被称为邪恶巫术，他们的群起而攻完全是出于嫉恨。有些人隐藏得很好。比如圣吉列斯，还有可汗，他们表面上声称这仅仅是一项微末争端，为了安抚人心我们只需简单加以化解，但在内心里他们妒火正旺。而另外一些人甚至都无法掩饰。莫塔瑞恩，狼王，他们公开表现的憎恨或许反而显得更加诚实。"

原体侍从终于将视线放在豪瑟尔身上。那覆有顶饰的金红面甲显得颇为凶恶。随着阿蒙将头盔摘下，护目镜的绿色光芒便暗淡下去。原体侍从是一位老兵，留着短发，饱经风霜的皮肤像老旧纸张一样。

"尼凯亚议会的根本目的是讨论解决阿斯塔特军团对于智库成员的利用问题。"他说道。去除了头盔扩音器的干扰之后，他的深沉嗓音充满磁性："我们认为，某些人口中的所谓魔法正是帝国存续所依的重要工具。我们的对手称我们为异端，谴责我们长久以来积累的学识。如果帝皇的裁决对我们不利，众位原体之间就会出现一道永远无法消弭的深重隔阂。"

"如果你们违逆帝皇裁决的话，情况会更甚。"豪瑟尔说。

"那样一来他别无选择，必然要对我们施加惩戒。"千子原体侍从同意道。

"而施加惩戒的手段就会是第六军团。"

"他容许这个狂野可憎的第六军团存在至今，唯一的理由就是运用他们施加惩戒。只有一种原因能够解释他为何创造并保留了这群怪物，那就是将其用作终极的威慑手段。"

"而我就是你们的早期预警机制。借助我，你们能够提前有所察觉。"

"是的，卡斯佩尔·豪瑟尔。正是如此。"

"他的裁决一定会对你们不利，"豪瑟尔说道，"无论你如何加以粉饰，你所说的那些奥秘就是恶灵，而我相信，正是这种东西让人类陷入了古老长夜。"

原体侍从转过头去，重新遥望下方。豪瑟尔仔细观察对方。他不知道巫师理应是什么样子的。他不知道巫术是否会散发某种味道。

他努力回想多年前的那个早上，当他醒来后站在窗边俯瞰泰拉的时候，浮现在自己身后的面孔是否就属于这位战士。那是他吗？这张脸看起来熟悉吗？

"既然你毕生都在试图揭示一些蛛丝马迹，"原体侍从说道，"那就让我来给你讲讲古老长夜。和传说中一样，那是一场规模无比庞大的可怕灾难。那是整个宇宙的启示录。的确，对于某些奥秘技艺和幻变天赋的滥用扮演了导火索的角色。但我要强调滥用这个词。我这里指的是整个社会，乃至于整个文明肆意运用强大奥术，并且往往对于自己的行为只有一知半解。但你知道关于古老长夜最可怕的是什么吗，卡斯佩尔？"

"不知道。"卡斯佩尔回答。

"我来告诉你。最可怕的在于，这个名称根本不准确。我们只要回望过去，追溯历史，就能发现数百场大灾难。历史上有很多个彻底陷入黑暗的漫长年代，其间人类不懈地重建家园，新建的家园随后又灰飞烟灭。文明的崛起和消逝的次数已经数不胜数。那正如亚特兰蒂斯和雅戈泰，先生。曾经的一些人类文明如今根本不剩丝毫痕迹。这是一种自然过程。"

"自然？这显然证明人类不该沾染毁灭性的力量！"

"不，"原体侍从说道，他的语调充满耐心，他如同是在辅导一个后进的学生，"想象一片时常遭到野火侵袭的森林。烈焰纵然无情，但它恰恰是自然循环的一部分，因为它会带来迅猛的新生。如今人类正在努力从上一场灾难的灰烬里重生，卡斯佩尔。从中我们可以学到，唯有知识是延续不断的。唯有知识才能给予我们力量。如果失去知识，我们就会再次焚灭，因此阿斯塔特第十五军团的核心目标就是积累知识。和你一样，卡斯佩尔。所以你是个非常合适的潜在人选。所以当我们对你的野心进行操纵时，你的心灵甚至都没有加以抗拒。知识是生命与力量，是抵挡黑暗的壁垒。遗忘才是真正的邪恶，是黑暗在我们身上切开的伤痕。"

原体侍从用指尖轻触额头。

"这里，比任何东西都更重要。这是对于知识本身的追寻，不是书籍，不是数据板或信息库，而是记忆。告诉我，野狼虽然对于恶灵有着种种的抗拒，但不是自豪地维护着口耳相传的历史传统吗？记忆与故事不是他们唯一尊重的知识形式吗，吟游诗人？"

"是的。"豪瑟尔不甘心地低声承认。

"有一个古老传说，"原体侍从说道，停顿了一下，抬头看着尼凯亚的死寂天空，"说的是关于古埃及神祇托特的故事。他发明了文字，便展示给埃及国王。然而国王备感惊恐，因为他觉得这会促使人们遗忘知识。"

原体侍从又转过身来盯着豪瑟尔。

"我们并没有用花言巧语来说服你，也没有给你下达书面指令。我们没有用任何容易遭到抹消或篡改的手段来影响你。我们在你的梦境中开口，在你的记忆上书写，这样才最为有效。"

"你的意思是，你们让我别无选择。"豪瑟尔回答，"你们修改了我的一生，重塑了我的命运，而自始至终我都无可置喙。"

"卡斯佩尔——"

"你说遗忘才是真正的邪恶？那么你们又为何采取这种手段？为什么我有些事情记得很清楚，另外一些却完全没有印象？如果遗忘确实是最大的邪恶，你们为什么还要利用它来操纵我？我的记忆为什么是残缺的？有什么东西是你们不想让我看到的？"

原体侍从的目光变得冰冷。

"你什么意思？"他问道。

"他的意思是让你退后。"野熊说。

第十一章

鲜血与名字

"退后。"野熊用更为坚决的语气重复道。

千子的阿蒙转过身,看着豪瑟尔背后的那位太空野狼。他脸上再次露出微笑。

"你要用武器指着一个阿斯塔特同胞吗,野狼兄弟?"他显得饶有兴味地问道,"这样明智吗?这样……合适吗?"

野熊稳稳端着爆矢枪。

"我在保护诗人,这是我的职责所在。退后。"

千子的阿蒙放声大笑。他从豪瑟尔和护墙旁边走开了几步。那位禁军依旧僵立在原地,但他逐渐开始微微颤抖,就像一个陷入噩梦之人挣扎着试图苏醒。

"在这个历史性的时刻,我们难道要把精力浪费在争论斗嘴上?"原体侍从问道。

"有这个可能。"奥恩·恶冬说。符文牧师悄无声息地从另一边走了过来,将千子原体侍从夹在中间。

"二对一?"阿蒙佯装欣喜地说。

"这位诗人处于我们的保护之下。"符文牧师回应道。

"但我对他并无恶意,"阿蒙轻描淡写地说,"我们只是在聊天。"

"聊什么?"恶冬问。

"聊轻松的话题,"阿蒙回答,"无关紧要的事情,一枚木制小玩具马,一块弑君棋盘的镶嵌纹理,苹果的味道,还有琴声。将人的一生串联起来的正是这些东西,是怀念,是记忆。"

"退后。"野熊重复道。

"噢,这位朋友可真是索然无趣。"阿蒙说。

"退后,带着你的魔法离开这里。"奥恩·恶冬说。符文牧师迈步逼近,左脚踏在右脚前方，摆出了某种仪式性姿态。他双臂交叉，左手像一条扑击的毒蛇般高高举起，低垂的右手则掌心向上，五指弯曲如钩。豪瑟尔突然感觉气压骤增。

"最让我赞赏的，"千子原体侍从说道，"就是你们的虚伪。你们针对我们的所谓巫术死缠烂打，自己却毫不迟疑地加以运用，萨满。"

"我为了效忠狼群而运用的力量与你施展的邪术之间隔着一条巨大的鸿沟，巫师，"恶冬回答，"其中最大的区别就在于自控。只有无知孩童才会认为人类即便不依靠任何手段和智计也能在宇宙中求得生存，然而这总要有一个限度，一个限度。我们必须明白自己能掌握什么，不能掌握什么。我们决不可放任自己僭越雷池。告诉我，你们究竟僭越了多少？是一步，三步，十步，还是一千步？"

"无论多少步，都是在我们的掌控之下，这要归功于我们天生的优越本质，"阿蒙反驳道，"你们对于浩瀚之洋仅仅是浅尝辄止。永远都有更多可以学习的事物。"

"你们应当适可而止。"豪瑟尔说。

阿蒙微笑起来。

"当你在芬里斯苏醒的时候，正是那个奸诈的符文牧师沃德梅克对你说了这句话。"

豪瑟尔看着恶冬。

"这是他亲口承认的，"豪瑟尔说道，"这足以表明第十五军团自从我抵达埃特的那天起就在利用我大肆窥探，我不认为还需要什么更多证据了。"

阿蒙的微笑顿时消失无踪。他瞥了一眼蓄势待发的符文牧师。

"奥恩·恶冬！"他高声喊道，"你的名字被清清楚楚地印在诗人脑海里！我已经道出你的名字，你对我再无威胁了！"

原体侍从和符文牧师之间的空气仿佛骤然崩裂。那凶悍的冲击将豪瑟尔掀翻在地。光芒四下迸发。恶冬随即被抛飞出去，轰然砸在楼座后部的墙壁上，双手冒着轻烟。他在花岗岩墙面中留下了一个凹坑。

野熊用手中的爆矢枪打出三发精准点射。敌人近在咫尺，野熊毫不留情。每一发都是致命攻击，每一发都足以让对方横尸当场。在他的牧师兄弟遭到恶意攻击，连队诗人又身处险境的时候，野熊根本没有考虑要给千子原体侍从留下一条活口。他做出的应对几乎是机械性的，没有任何一位手持标志性武器的阿斯塔特战士会在这种条件下错失目标。

豪瑟尔翻过身趴在地上，感觉时间似乎被拉伸扭曲了。他能看到三枚爆矢弹从上方飞过，留下一条条模糊轨迹，如同是堕入天际的炽热灾星。

然而子弹在击中阿蒙之前便逐一爆炸。它们裂解成扁平圆盘模样的微型震荡波纹，泼洒出大团灰白色粉末，像飞扬尘埃或深冬大雪般纷纷散落。阿蒙抬起双臂从那团舞动尘云里猛冲过来，口中呼吼着野熊的名字。豪瑟尔明白，这个名字同样是原体侍从从自己脑海里窃取的。原体侍从掌握了野熊的名字，也就掌握了野熊。

野熊发现当下难以仰仗爆矢枪的威力，于是他抛下武器，将右拳狠狠砸在阿蒙脸上。

原体侍从趔趄倒退，撞在护墙边，嘴唇和鼻梁都已经血肉模糊。野熊的重击势若雷霆，豪瑟尔不得不匆忙扭身躲闪，以免被原体侍从踩在脚下。阿蒙身上怒火迸发，还有一丝惊愕夹杂其中。那个名字本该彻底制服野熊的。

野熊再度出击，接连两记重拳命中对方的躯干。那位野狼战士口中厉声咆哮。阿蒙被压制在护墙边上，墙体在剧烈冲撞之下剥落出一片片花岗岩碎屑。他挥动拳头向野熊发动还击，然而对方丝毫不以为意。

铁拳与惊愕让阿蒙难以专注心神。那位在原体侍从现身之后就被自己的姓名牢牢钉在原地的高贵禁军终于打破了恍若橱窗标本般的静止状态，在一声压抑许久的嘶吼中重获自由。那是个令人心惊的声音，就像即将溺毙者在绝望之际吸入了一口空气，或是深陷梦魇之人突然惊醒时发出的声音。禁军颤抖着摆脱了僵立的姿态，随即朝那位千子战士猛扑过去。

"阿蒙·陶洛马奇安！"原体侍从高喊，禁军顿时扑倒在地，仿佛有一阵呼啸气流将他骤然吹飞了。那股唯独对他生效的暴虐罡风推动禁军沿着楼台地面滑出去十余米，他的厚重铠甲在石板上摩擦出阵阵火星。

原体侍从伸出右手，阿蒙·陶洛马奇安的守护者长戟立刻从地面上悬浮起来。那柄武器稳稳地落入千子战士掌中。阿蒙技巧娴熟地双手握住长戟，朝野熊横扫而去。锋刃尾部咬在野熊左边肩甲上，凶狠地扭动野熊的身躯。一丝丝铠甲残片四下飞溅。

野熊抽出战斧，用斧柄招架住对手后续的攻击。

他试图勾住敌人的武器，然而守护者长戟的威胁范围要大得多。阿蒙的运用手法更是炉火纯青，豪瑟尔确信原体侍从一定是直接窃取了禁军思维里那数十年苦练而成的全部技艺。长戟的锋刃将芬里斯战斧从野熊掌中扯飞出去，随后向这位手无寸铁的对手展开追击。

每一位第三连的战士，或者说每一位狼群的战士都早已明白，唯有胜利才是关键。外人都以为阿斯塔特第六军团的狂野好斗臭名昭著，然而那仅仅是他们核心思维方式的副产物。芬里斯之子坚决而果断地追寻胜利，为此不吝采取任何必要手段。

事实上我们所受的管束最为严苛。

野熊微微侧转，用身体迎向长戟。利刃切开了他左臂下方躯干处的盔甲。面对同样的凶险威胁，其他军团的阿斯塔特战士或许会试图放低身躯，用肩甲保护自己。如此一来，他便会付出一条臂膀的代价。野熊则高举双臂让自己门户大开，用躯体吸收了全部的冲击。他在剧痛中放声咆哮。豪瑟尔惊恐地瞪大双眼，看到了野熊口中的森森利齿。他也看到了汩汩鲜血从野熊身侧的深重伤口中喷涌而出。

野熊压下左臂，像钳子般紧紧夹住那柄埋进自己胸膛的战戟。他攥住鲜血淋漓的长柄，猛地将阿蒙扯到近前。原体侍从无法将武器抽离出来。野熊抬起空余的右拳，接连轰击阿蒙的面孔，每一拳都伴随着痛苦与胜利的呼吼，都伴随着四散飞溅的鲜血。第五或第六拳狠狠击中了千子战士的喉咙。阿蒙脸上血肉模糊，华贵的胸甲遍布猩红。

原体侍从身形不稳地趔趄倒退，松脱了掌中的守护者战戟。野熊将那长柄武器的锋刃从自己身上猛地扯出来抛在一边。豪瑟尔不由自主地放低身子，血迹斑斑的长戟从他脚边铿锵滑过。

野熊一只手抓住阿蒙的胸甲，另一只手紧紧攥着头发。他将原体侍从的头颅向后扳，使他暴露出脆弱的喉咙，随后龇着獠牙猛扑下去。

"不！"豪瑟尔大喊。

正准备一口了断猎物性命的野熊抬起头来，朝豪瑟尔发出一阵低沉咆哮。他那双带有漆黑瞳孔的金色眼眸已经变得愈发深暗，其中充满了痛苦，还藏着某种狂野的特质。

"不要！"豪瑟尔抬起手高声说道，"我们需要留他的活口！他必须活着才能被当作证据。他的死只会成为我们的暴行！"

野熊稍稍松开手，不再准备发动致命攻击，然而他依旧饥渴地张大了嘴，露出满口獠牙。他又凶狠地打了阿蒙一拳，将对方扔在花岗岩地板上。

"兵器！"他喝令道。

豪瑟尔抽出战斧，抛给野熊。那位野狼战士用右手稳稳接住武器，俯身跪在原体侍从旁边，在对方的胸甲上刻下了一个驱邪神符。

千子的原体侍从厉声尖叫。他在癫狂暴怒中剧烈地抽搐扭动，将野熊甩翻出去。阿蒙用拳头和双脚疯狂地敲打地面，鲜血和黏液从他口中喷溅出来，让他的尖锐呼号逐渐变成了断促的呛咳声。随着他的抽搐达到巅峰，一团恶臭扑鼻的灼目能量骤然从他身上奔涌而出，化作一股股漆黑浓烟四下飘散。

阿蒙伴随着颤抖与尖号爬了起来。他的面孔早已在野熊的铁拳之下变得血肉模糊，他此刻于喘息之间喷吐出阵阵血雾。他像神经错乱了一样战栗不止。刺鼻浓烟从他身上滚滚涌出。他沿着楼台边缘步履虚浮地仓皇逃窜，双臂紧紧夹在躯干两侧。

野熊挣扎起身，打算展开追击。那位终于彻底摆脱了巫术桎梏的禁军则挡在他面前。禁军的金色铠甲上刻着深重伤痕。

"等等，"他对野熊说，"我已经向全体禁军发出了信号。所有上层楼台都被封锁了，他逃不掉的。寂静修女能够困住他，我的禁军兄弟一定会将他制服。"

"我要亲手抓住他！"野熊坚持道。

"不。"禁军更加决然地回答。他转过头看着豪瑟尔。

"先生，"阿蒙说道，"我很抱歉，我有愧于你。"

豪瑟尔摇摇头。他走到护墙旁边俯瞰下方。那场万众瞩目的议会并未受到任何干扰。这座巨型火山口内部的锥形空洞十分庞大，位于底层的人们丝毫没有察觉到会场上层方才目睹的激烈场面。

奥恩·恶冬出现在豪瑟尔身边。他的面孔比平日更显苍白，仿佛他是在一座漆黑地牢里忍饥挨饿了许久。他已经摘掉动力盔甲的手套，他的双掌被严重烧伤，猩红的皮肤上遍布水泡。他也凝望着大厅底部。

"必须立刻汇报给帝皇。"他这句话并非说给豪瑟尔听的，而是说给阿蒙·陶洛马奇安与野熊的。符文牧师紧紧盯着高台上的那个光辉形象，还有木制讲台背后那位正在力证清白的红发巨人。

"无论猩红君王作何雄辩，"恶冬说道，"这件事儿必然足以影响人类之主的裁决。"

"这是我昔日生涯中最令人不安的经历，"豪瑟尔带着些许挑衅意味回答，"具有最多的……恶灵。"

"你知道并非如此。"长牙说，"在你心底，你知道。你只是不愿承认。"

豪瑟尔猛然惊醒。在一个扑面而来的惊恐瞬间里，他以为自己还站在那座图书馆中，或是与长牙一同身处冰封旷野，甚至是依旧坐在那陷入火海的静远联邦残垣断壁之间。

但这只是个梦。他重新躺下，慢慢抚平心绪，努力放慢自己的急促喘息和剧烈心跳。这只是个梦，这只是个梦。

豪瑟尔陷回床上。他疲惫不堪，丝毫没有焕然一新的感觉，仿佛是睡得很不安稳，或是服过安眠药。他四肢酸痛。长期处在人工重力环境下总会有这种效果。

金色阳光从百叶窗的缝隙里切入房间，将屋中陈设镀上一层淡金，营造出温润而朦胧的气氛。

一声电子尖鸣响起。

"什么事儿？"他问道。

"豪瑟尔先生？这是你的五点闹钟。"一个柔和的机仆声音说。

"谢谢。"豪瑟尔回答。他坐了起来。他浑身僵硬，备感疲乏。他很久没有过这么糟糕的状态了，他双腿酸痛。或许抽屉里有止痛药。

他一瘸一拐地走到窗前，按了一下控制钮。百叶窗在一阵低吟中缩回窗框的凹槽里，让金色光芒倾泻而入。他眺望窗外，这真是绝美的景色。

投来灿烂辉耀的太阳正从他下方的地平线上升起。他俯视着荣光伟岸的泰拉。他能看到晨昏线身后的星球夜面，众多巢都的辉煌灯火像漫天星辰般在黑暗中闪亮，他能看到铺满阳光的蓝色海洋以及盘旋流转的洁白云朵，还能看到光芒闪烁的罗迪尼亚超轨道板从他所处的平台脚下气势磅礴地缓缓飘过，所以这里就是……

雷姆利亚。是的，没错。雷姆利亚。这是位于雷姆利亚超轨道板腹部的一间豪华套房。

他的目光重新聚焦。他在舷窗的厚重玻璃上看到了自己的明亮倒影。苍老！如此苍老！如此苍老！他有多老了，八十岁，八十个标准年？他备感惊疑。这不对劲。在芬里斯上，他们已经把他改造了，已经——

但此刻他还没有造访过芬里斯呢。他甚至都没有告别泰拉。

在金色阳光的洗礼下，他盯着自己目瞪口呆的倒影。他注意到玻璃上还反射着另一个身影，对方就站在他背后。

恐惧将他狠狠攫住。

"你怎么会在这里？"他问道。

之后他便惊醒了。

"你在和谁说话呢？"欧格维问道。

"他在做梦，"奥恩·恶冬说，"他的声音已经越来越响亮了。"

豪瑟尔坐起身来。众人正待在静室外面的大厅里。墙壁背后的动荡熔岩投射出斑驳光辉。这里酷热难耐。浑浊空气中的阵阵暖意让他打了个盹。与千子巫师的那场激烈交锋令人心神难安，豪瑟尔猜想睡眠恰恰是身体与思维的自我保护机制。

房间中聚集着相当多的第三连战士，此外还有第一连和第五连的成员。

"你们抓住他了吗？"豪瑟尔问。

恶冬瞥了诗人一眼，摇摇头。符文牧师正在往自己被烧焦的手掌上涂抹药膏。豪瑟尔之前看到过他的伤势，这位野狼的愈合速度堪称惊人。

"他溜走了。"恶冬说。

"那些软骨头禁军把他跟丢了。"斯卡森说道。

"无所谓，"一个声音隆隆传来，"现如今这都无所谓了。"

狼王迈入房间，在火光映衬下，他的高大身影备显阴暗。那些美丽得令人心痛的修女高举长剑紧随左右。

鲁斯走到近旁，战士们纷纷俯首致意，就连欧格维和冈恩大人也是如此。闪烁火光照亮了原体的半张面孔，以及他咧嘴微笑时露出的修长獠牙。

一阵低沉咆哮从他口中传出。

"帝皇已经下达了裁决。"他说道。

第十二章

萨迪亚

"如此说来,你喜欢我的故事?"豪瑟尔问道,"它取悦到你了?它能让你分心?"

"它还算有意思,"长牙说,"但不是你最棒的故事。"

"我保证这就是最棒的了。"豪瑟尔说。

长牙摇摇头。一滴滴鲜血从他的胡子上被甩了出来。

"不,你还会学到更好的,"他说道,"比这个好得多。即便是现在,你也知道更好的故事。"

不对……不是这段记忆……你总是执着在这段记忆上……我们必须越过它……

"这是我昔日生涯中最令人不安的经历,"豪瑟尔带着些许挑衅意味回答,"含有最多的…恶灵。"

"你知道并非如此。"长牙说,"在你心底,你知道。你只是不愿承认。"

豪瑟尔猛然惊醒。这只是个梦。他重新躺下,慢慢抚平心绪,努力放慢自己的急促喘息和剧烈心跳。这只是个梦,这只是个梦。

好多了,我们已经很接近了,越过关于长牙的回忆,去捕捉真正重要的内容。

豪瑟尔陷回床上。他疲惫不堪,丝毫没有焕然一新的感觉,仿佛是睡得很不安稳,或是服过安眠药。他四肢酸痛,长期处在人工重力环境下总会有这种效果。

金色阳光从百叶窗的缝隙里切入房间,将屋中陈设镀上一层淡金,营造出温润而朦胧的气氛。

一声电子尖鸣响起。

跟紧了,集中精力。

"什么事儿?"他问道。

"豪瑟尔先生？这是你的五点闹钟。"一个柔和的机仆声音说。

"谢谢。"豪瑟尔回答。他坐了起来。他浑身僵硬，备感疲乏。他很久没有过这么糟糕的状态了，他双腿酸痛。或许抽屉里有止痛药。

他一瘸一拐地走到窗前，按了一下控制钮。百叶窗在一阵低吟中缩回窗框的凹槽里，让金色光芒倾泻而入。他眺望窗外，这真是绝美的景色。

不要看风景。谁在乎风景？你已经看过很多很多次了，无论是现实还是在梦里。真正重要的东西在你背后。集中精力！

投来灿烂辉耀的太阳正从他下方的地平线上升起。他俯视着荣光伟岸的泰拉。他能看到晨昏线身后的星球夜面，众多巢都的辉煌灯火像漫天星辰般在黑暗中闪亮，他能看到铺满阳光的蓝色海洋以及盘旋流转的洁白云朵，还能看到光芒闪烁的罗迪尼亚超轨道板从他所处的平台脚下气势磅礴地缓缓飘过，所以这里就是……

这不重要。这不重要。抓住那个瞬间。把精力集中在那段记忆上，仔细留意那个真正重要的部分！

雷姆利亚。是的，没错。雷姆利亚。这是位于雷姆利亚超轨道板腹部的一间豪华套房。

他的目光重新聚焦。他在舷窗的厚重玻璃上看到了自己明亮的倒影。

你走神了！不要走神！别去管你的形象！这是个梦！这是一段记忆！你的背后才是关键所在！转身！看看你背后！集中精力！谁在你背后？

苍老！如此苍老！如此苍老！他有多老了，八十岁，八十个标准年？他备感惊疑。这不对劲。在芬里斯上，他们已经把他改造了，已经——

但此刻他还没有造访过芬里斯呢。他甚至都没有告别泰拉。

集中精力！谁在你背后？

在金色阳光的洗礼下，他盯着自己目瞪口呆的倒影。他注意到玻璃上还反射着另一个身影，对方就站在他背后。

好！好！

恐惧将他狠狠攥住。

"你怎么会在这里？"他问道。

之后他便惊醒了。

豪瑟尔呻吟一声。他浑身大汗，气喘吁吁。草药油膏与彩绘颜料的浓烈气味扑鼻而来。

"你看到了吗？"奥恩·恶冬问。

"没有。"豪瑟尔回答。

"嗯。"符文牧师说。

"我很抱歉。"豪瑟尔说道。

牧师耸耸肩。

"我们下次再试试，"他说，"明天吧，如果你还有力气的话，今天晚上也可以。"

"这次就差一点儿，"豪瑟尔说道，"我更早转身了。我改变了那段记忆，我的行为与之前不同了。我转身更早，但还是不够快。"

"下次再试试。"恶冬说。他显得心不在焉。

两人此前穿过一片片静谧森林，来到了高原工作站上方的峡谷中，一周以来他们每天都会重复这段长达两个小时的徒步旅程。这里气温很低，他们如果动身较早的话还能在小径上看到残留的寒霜。浅灰和乳白色的峡谷石壁上覆盖着一簇簇冬季苔藓，有深紫、淡紫、蓝色和红色的，有些像砂纸般粗糙，也有些像绒布般柔软。

奥恩·恶冬声称，这片人迹罕至的峡谷能够帮助他们沉静冥想，洞察内心。此处远离一切繁忙交通与嘈杂人声，况且在萨迪亚星球上，人类的足迹原本就被局限在高原工作站和科研机构里，因此两人的命线不会遭到下界幽魂和萦绕回忆的纠缠。

恶冬也享受这里的寒冷。即便是在星球两极，萨迪亚的气候环境也难以媲美芬里斯的凛冬，但无论如何，符文牧师喜欢这令人振奋的温度，喜欢呼吸之间在空气中留下的白雾。

他们今天选用的石板周围散布着各种药罐、护符和道具，恶冬此刻将它们一一收好。这块覆盖着淡蓝色苔藓的宽大石板表面平坦，足以让豪瑟尔伸直躯体平躺其上。它让豪瑟尔联想起奥赛梯祈祷盒的天鹅绒内衬，或是一块饱经风霜的棋盘。

符文牧师披挂着厚重皮毛与全副皮甲。他的面具、头盔、胸甲、肩甲和护腕都是闪亮的黑色皮革，上面覆满了繁杂绳结。他的修长白发从头盔后面探出来，被蜡固定成一条S形的尾巴。他的漆黑面具被塑造成邪魔的形象，用一副凶恶嘴脸让幽魂望而却步。

豪瑟尔也穿着自己的暗棕色皮甲,造型更为简单,只有遮挡双眼的半张面具,没有头盔。从尼凯亚来到萨迪亚的航程总共花费二十六周,他利用这段时间练习了一些基本的制皮技能。第三连的战士们先后向他传授过各种技巧,也为他的成果提出了改进建议。豪瑟尔已经开始在左侧护腕上添加一些简易的绳结装饰了,但进度十分缓慢,他对自己的拙劣技艺颇为不满。皮甲的其余部分都平淡无奇,尚未被加以点缀。

将众多物品收拾好之后,恶冬蹲伏在一块石板上,双腿张开,脊背弓起。在一瞬间里,这个姿势让豪瑟尔联想到趴在睡莲上的青蛙。随后他又联想到另一种东西:盘踞在石脊上的狼群首领。它一边安然晒着太阳,一边警觉地扫视下方的密林。

恶冬从腰带上解下一柄仪式匕首,开始在脚下那块覆满苔藓的石板上刻画符记。

豪瑟尔有些冷。他漫步走开,让符文牧师专心处理那些深奥晦涩的祭司事务。对于此类仪式而言,任何一颗星球的自然环境都比悬浮在星海里的战舰船舱更为有利。特遣舰队只会在萨迪亚进行短暂停留,恶冬显然打算尽量利用这短暂的时间。

在东边的透彻天空中,一串陌生的星座在萨迪亚的苍穹上熠熠闪亮。这个世界从未目睹过那些奇异的星辰,之后也无缘再见,而就连任何毫无通灵天赋的三流祭司都能看出来,它们所组成的崭新星座无疑代表着灾厄与毁灭。

那是停泊在高层轨道上的特遣舰队。第六军团的六支连队、诸多护卫补给舰船以及仆役部队共同组成了这支特遣舰队吉塔。在当今年代里,阿斯塔特战士们早已随着伟大远征的步伐分散到了广袤星海的各个角落,战斗力如此集中的一支部队以任何军团的标准而言都堪称罕见。若以第六军团的标准而言,这几乎是前所未有的。官方说法是,各个连队在萨迪亚集结是为了召开大会并进行补给,但豪瑟尔明白其中另有内情。

他感到一阵透骨冻寒。豪瑟尔抽出斧子,沿着斜坡逐渐远离牧师,开始按照神斩所传授的一系列挥砍技巧和移动步法进行重复练习。他对于武器的掌握愈发纯熟,偶尔还能赢得神斩的赞许。豪瑟尔如今已经可以旋转战斧,改变或调整斩击方向,用斧柄招架,将武器在左右手之间或者在单手和双手持握间随意切换。他甚至还学会了一个比较吸引眼球的招式：单手持斧快速回旋。这模仿的是野熊和俄桑所展现过的华丽剑术，但神斩警告豪瑟尔不要这样。那位战士说这太花哨。他们不值得为了炫耀技艺而冒险让武器从手中松脱。

战斧格斗是一种复杂而严苛的舞蹈。与剑技相比，它显得粗蛮简单，然而从某些角度而言，这比剑客的芭蕾更加暗藏玄机。战斧的夺命锋刃较短，在交战过程中能够对敌方造成威胁的机会也就远少于长剑。战斧格斗更加关注挥动与回旋，步法与闪避，以及对于出手时机的把握。你需要像一位优秀的弑君棋手那样，在三招之外就料到对方的破绽，并且不动声色地加以利用。关键在于能否预见到斧刃与目标相互接触的那个瞬间。一旦判断失误，你就输了。

斧子属于寒冷的气候，既是武器，也是破冰、伐木和切肉的工具。运用斧子进行战斗的技艺十分注重远见和决断，而正因如此，预言也就理所应当地在芬里斯这样的文明眼中占据了至高的地位。在微观层面上，预见未来是重要的生存技巧，所以在宏观层面上这便成为了他们文化的一部分。有几种依靠长远战略取胜的娱乐活动是所有狼群成员都要参加的。

具体到豪瑟尔身上，他的大把童年时光都是在弑君棋盘面前与乌维教区长一起度过的。

豪瑟尔用肩膀和后背发力挥动武器，令那破空斧刃传出阵阵低吟。战技练习让他逐渐暖和过来。

他骤然扭转身躯，以利斧呈八字形轨迹猛力挥砍。而与此同时，他意识到自己显然继承了一些芬里斯之子的预言天赋。即便在转身之前，他就已经知道自己必须将斩击终止了。

欧谢尔·沃德梅克站在诗人身后咫尺之遥。被豪瑟尔预先加以偏转的锐利锋刃依旧以毫厘之差从符文牧师身边扫过。

"快走，"沃德梅克说道，"跟我走，立刻。"

"什么？"

"快走！"

沃德梅克的态度永远都令人难以解读。他的冷傲神色与压迫性气势让旁人不愿接近，更不用说符文牧师本就是芬里斯之子中最为孤僻怪异的群体。

但此刻他不停地眨着眼睛，额头上有一层微微的汗意。在豪瑟尔看来，沃德梅克显得躁动不安。

"这里有危险。"他说。

"那么我们必须警告恶冬。"豪瑟尔答道。他抬头回望斜坡上方，奥恩·恶冬刚刚就蹲在那块石板上。然而第三连的符文牧师此刻踪影全无。

豪瑟尔转回头来看着沃德梅克。牧师将一根食指抬到嘴边，伸手抓住豪瑟尔的臂膀，拽着诗人朝森林边缘走去。

这里的林木颜色深暗，根脉虬结，漆黑的树干湿滑闪亮，边缘参差的叶片如同是死去昆虫的残破翅膀。唯有远观之下他才能勉强将它们一概而论地视为树木。

其中一些参天巨木令人叹为观止，肿胀膨大的枝干在岁月的蚀刻下备显粗糙。豪瑟尔每一天都要漫步穿过林地，却从未对此加以留意。此刻他蹑手蹑脚又满心困惑地从它们身边走过，终于逐渐意识到这些树木的怪异模样。空气中飘散着尘土和肉桂的味道。地面上铺着一层黝黑的枯枝腐叶，细如尘埃的飞虫在林木阴影之间的洒落在阳光里会集成一团团云朵。

豪瑟尔尽量放轻脚步，努力运用神斩传授给自己的跟踪技巧和潜行步法，然而他依旧像是被沃德梅克在地上拖曳的一个包袱。符文牧师的动作却没有丝毫声响。

他们躲进一棵粗壮树木的阴影里。树冠上垂下一根根纤细藤蔓，它们如同寡妇的服丧面纱。枯叶的灰尘钻进了豪瑟尔嗓子里，他努力忍住咳嗽的冲动。

沃德梅克将豪瑟尔推在树干上。漆黑光滑的树皮像茄子一样。牧师举手示意豪瑟尔留在原地，随后抬起脑袋。

豪瑟尔只能在面前的阴影里勉强看到沃德梅克。与豪瑟尔和恶冬一样，第五连的符文牧师也身穿皮甲，佩戴面具。图腾性质的珠串和野兽牙齿盘绕在他脖子上。豪瑟尔想不明白，那些东西为什么不会出声。他开始全神贯注地思考这个问题。这太奇怪了。他几乎要笑了起来。它们怎么不会出声呢？这里面有什么小把戏吗？

沃德梅克挺直身躯侦察了一阵子，四下扫视树丛，聆听周围的响动。之后他重新蹲回豪瑟尔身边，开始摸索自己脖子上的一条珠串。

"我知道恶冬这周一直在干什么，"沃德梅克低声说道，"在这件事儿上他得到了我的准许和建议。如果他能够打破你记忆中的人造屏障，那么无论对你还是对芬里斯之子都大有好处。"

豪瑟尔咽了下口水，点点头。沃德梅克从项链上摘下了两根黑色羽毛，又从腰包里掏出一枚石榴石和一根人类指骨，接着用纤细银丝将这些东西缠在一起。

"你的记忆架构异常牢固，"沃德梅克一边动手一边说道，他的声音轻若耳语，"构建它的手法巧妙。这里面有很强的恶灵。恶冬每天都向我汇报。他很不甘心。今天，他尝试了一种新的手段，或许这样可以解锁你的思维。你认识伊达·半狼吗？"

豪瑟尔点点头。半狼是另一位隶属第三连的符文牧师，担任着恶冬麾下的高阶祭司。那是一位身材高挑、骨架粗壮的战士。他将全身皮甲都染成红色，以此搭配自己火焰般的头发和胡须。

"半狼今天也和你们一起来了。"

"我没看到他。"豪瑟尔低声说。

"我们就是这样安排的，"沃德梅克回答，"他跟在后面，不露行踪，在恶冬吸引你注意力的时候，悄悄从另一个角度刺探你的记忆。"

"于是乎？结果如何？"

沃德梅克摇摇头。

"我不知道。但一个小时之前，我突然察觉到一种可怕的噩兆。我预感这片山谷里会有糟糕的事情发生，于是我立刻赶来了。"

"你吓到我了。"豪瑟尔轻声说道。

"很好。这表明你在认真听我说。"

"恶冬在哪儿？"

"我抵达这里的时候只看到你在埋头练习。"

"恶冬就在那儿！"豪瑟尔嘶声说，"他就在那块石头上，距离我不到二十米。"

"我抵达的时候他已经不在了。"

"他不可能凭空消失。他当时在忙着做什么，某种深奥的仪式。他在聆听。"

"他想必也有所察觉。"沃德梅克说。他已经完成了手里的活计。他将那些羽毛和小物件捧在手心，吹了口气，接着抛入半空。

一个黑色物体从他掌中蹿入林间。豪瑟尔听到了响亮的振翅声。他在转瞬间依稀瞥见一只渡鸦的轮廓，纵然他知道沃德梅克不可能在身上藏了一只渡鸦。

"怎么——"他开口道。

沃德梅克示意他安静。

"耐心等吧。"

牧师紧闭双眼，仿佛在集中心神。豪瑟尔耳中只能听到自己愈发响亮的呼吸声。森林陷入了一种诡异的静谧。只有零星的响动不时传来，轻风吹拂，昆虫爬动，枯叶从肿胀的枝杈间缓缓飘落。

他突然听到不远处的翅膀拍打声。那是一只大鸟在上层树冠间飞过的动静。

"你是……你是做了一只乌鸦吗？"豪瑟尔问道。

沃德梅克瞥了他一眼。

"一只什么？"牧师轻声问。

"乌鸦。"

"那是什么意思，诗人？"

"乌鸦呀。"

"你是说乌鸦吗？"牧师问。

"我说的就是这个。"豪瑟尔低声回答。

"你刚才讲的可不是尤维克或者沃尔根语。你用的是泰拉语言的叫法。"

"不对，我没有，我——"

"安静。"

沃德梅克再次闭上双眼。豪瑟尔也闭上了嘴。他还能听到翅膀扇动的声响，但那距离更远了。他也能听到其他声音，像是有什么东西在林中穿行的动静。那无论究竟是什么，显然都要比昆虫或者小动物要庞大得多。

沃德梅克猛然睁开眼睛。

"我看到它了，"符文牧师几乎是自言自语地轻声说道，"老天，它个头真大。"

他看着豪瑟尔。

"往山谷的方向走，动作快，不要出声音。别回头。"

沃德梅克掏出一把小型等离子手枪。他将武器启动了。被他握在皮革手套里的手枪显得格格不入，同时又自然而然。

"快走！"他说。

符文牧师转过身，从肿胀树干的阴影里一跃而起。他大步流星地埋头扎进树林深处，冲向方才那阵响动的源头位置，他肩膀上披挂的皮毛像斗篷一样飘扬在身后。眨眼之间他就已经无影无踪了。

豪瑟尔等了一会儿，盼望牧师能够再度现身。随后他也握着斧子站起身来，开始遵照命令进行转移。他每次踩在枯枝落叶上发出刺耳声响时都要暗自咒骂一句。他感觉自己就像一个闷头乱撞的傻瓜。

他还没走出多远就听到了什么声音。他停住脚步四下张望。这片森林被一条条明亮阳光分割成了众多深暗阴影。体形微小的昆虫在光柱里飞舞。凋零树叶投下的影子仿佛是干瘪的膜翅。他又听到了那个声音。

扇动声，翅膀的扇动声，就在不远之外。密林中传来一阵细微躁动。树枝轻轻摇摆。扇动声又出现了。

一阵激烈挣扎引发的狂乱声响毫无预警地传来，又戛然而止。距离豪瑟尔不到十米之外的底层灌木被摇晃撕扯得噼啪作响。他立刻放低身躯，举起武器。某种非人的生物发出了短暂而粗哑的尖嚎。

与之相伴的还有低沉咆哮。

在他身后的森林深处，一声痛苦哀呼随即传来。

豪瑟尔知道那是沃德梅克的声音。

他挺直身躯。那位牧师受伤了，身陷险境。他不能就这么……

他听到一声食肉动物的隆隆喉音。那声音几乎近在咫尺。他不确定那是哪个方向。恐惧的冷汗沿着豪瑟尔的脊梁缓缓流淌。他抬起斧子准备出击。他迈步向前。他靠着一棵粗壮的大树挪步绕行，那肿胀树干就像是一株上下颠倒的蘑菇般从林间灌木中拔地而起。他将后背紧紧贴在树上。豪瑟尔慢慢地、慢慢地探出脑袋瞥了一眼。

他看到了那头狼。

他算是半看到了。那只是一团阴影，一团狼形阴影，一头阴影巨狼。它庞大而凶暴，仿佛是幽暗如血的午夜天空，就像临终狂人的最后一句诅咒般轻若无物却又充满恶毒。它栖身于幽影之中，在斑驳阳光下并不存在。豪瑟尔能感觉到巨狼喉咙里的咆哮。恐惧将诗人彻底笼罩起来，他心头那团冰冷厚重的寒意仿佛是由芬里斯的凛冬浓缩而成。

那头狼形怪物口中叼着什么东西，那是一块闪亮的黑色物体。它将那东西抛在丛林地面上。它发出一声隆隆嘶吼，那声音就像是最为低沉的蛮族皮鼓。豪瑟尔等着它转过身来，等着它转过身来发现自己。诗人屏住呼吸。他将自己紧紧贴在那肿胀巨木的漆黑树皮上。

他等待着，他等待着。他等待着那张巨口将自己狠狠咬住。他熬过了无限漫长的时光才敢再次喘息。

那头狼形怪物又发出一声低沉咆哮。

豪瑟尔听到地面上的枯草和腐叶发出一阵扰动声响。

他冒险又探头张望了一下。

那头狼形怪物已经无影无踪。它走了，它遁入到森林深处的黑暗之中。

豪瑟尔又等待了一阵子。随后他双手紧握斧柄，从树木阴影里迈步而出，踏入了那头狼形怪物方才所处的幽暗空地。

在空地中央，被狼形怪物抛下的物体躺在腐叶之间。那是一团惨遭撕扯的漆黑羽毛，像墨色丝绸一样闪闪发亮。那是沃德梅克的乌鸦。它已经死了，支离破碎，一边的翅膀已经被咬掉。鲜血泼洒在乌鸦的羽毛和周围的地面上，在暗淡幽光中如同一粒粒琥珀。覆盖在羽毛下面的精巧奇物已经重归为几块骨骼。

豪瑟尔与芬里斯之子相处了很久，已经能够明白沃德梅克那声遥远的痛苦哀呼是何缘由。那是同感魔法。对于这只精巧间谍所遭的蹂躏，符文牧师感同身受。

豪瑟尔挺直身躯。他努力回想符文牧师的呼声是从哪里传来的。他尽力辨明方向，但这十分艰难。他胸中的恐惧很剧烈也很冰冷。他喉咙里有一道冰川逐渐向上蔓延。他试图采用野狼的，采用第三连战士的思维方式。他试图从战略角度纵观形势，将自己何去何从的问题看作是棋局中接下来的几步落子，仿佛他正在和斯卡森松较量板棋，或是在与乌维教区长对弈弑君棋。

豪瑟尔让战斧在掌中滑落，用双手紧紧握住了斧柄末尾。这个备战起手姿态在沃尔根语里被称为"血盆大口"。它能够将手臂和斧柄的长度延伸到极限，从而达到最大的威胁范围与施力效果。这个起手姿态绝对称不上精妙。

但如果再次遭遇那头狼形怪物，豪瑟尔并不认为随之而来的搏斗会有任何精妙的成分。

他迈步前进，在交替的阳光与阴影间穿行，头顶是一片片恍若昆虫翅膀的浓密树叶。他双手握住斧子，维持着最大的攻击范围。他逐渐察觉到了一种新的声响。那是呼吸声，是人类的沉重呼吸声，是伤者的挣扎喘息。

豪瑟尔俯身从一根长满怪异叶片的低矮枝杈下面钻过，随即看到一个庞大的身躯瘫在扭曲树干的阴影里。那是一位阿斯塔特。他的皮革甲胄是红色的。

"伊达？"豪瑟尔蹲在对方身旁，低声问道。

伊达·半狼眨眨眼睛，抬起头看着他。

"诗人。"野狼战士露出微笑。他在痛苦中绷紧了面孔。他的躯干上鲜血淋漓，他的腰部和胯部被什么东西撕咬成了重伤。

"嘘！"豪瑟尔嘶声道。

"我中了狼怪的招，"伊达低声说，"它简直是凭空出现。它一定是被召唤出来的。今天这里有人与我们作对。"

"我刚才看到它了。别动。"

"再给我一点时间。我的伤口在愈合，我的血管在封闭。我很快就能重新站起来。"

"沃德梅克受伤了。"豪瑟尔说。

"我听到了。我们得去找他。"伊达回答。

"我不知道恶冬的下落。"豪瑟尔说道。

伊达·半狼用一种严峻的眼神看着他，似乎他理应明白恶冬是何下落。半狼摘下了皮革面具。他双颊和额头的苍白皮肤上沾满血滴。

"你刚才那话是什么意思，伊达？什么叫今天这里有人与我们作对？"

伊达·半狼咳嗽起来，身体的抽搐令他不禁微微皱眉。

"恶冬和我在联手解开你的记忆，诗人。"

"我知道。"豪瑟尔说。

"想象你的心灵是一座堡垒。它防守严密,高墙坚壁。恶冬试图从正面强攻。他大张旗鼓地从明处出击。我则在堡垒后方行动，趁你的注意力被恶冬吸引的时候悄悄越过城墙。我的目标是溜进一间防守松懈的内室，与你脑海深处那个紧锁的房间只有一墙之隔。"

"之后发生了什么?"豪瑟尔问。

"他闯进了另一个人的记忆里。"背后的一个声音回答。

豪瑟尔转过身去。

奥恩·恶冬站在林间空地边缘,紧紧盯着他们两人。恶冬手里握着一柄刀刃厚重的作战短剑。

"过来,诗人。"他说道。

"该死!"伊达大喊,"以所有下界幽魂的名义,诗人,待在我身边!"

"什么?"豪瑟尔结结巴巴地问。

恶冬迈近了一步。豪瑟尔瞪着对方,双手紧紧攥住斧柄。他能听到半狼在自己背后努力挣扎起身,他也能听到半狼拔剑出鞘的声音。

"跟紧我,"伊达·半狼嘶声说,"我闯进了另一个人的记忆,这没错,另一个东西的记忆。就是那个东西重塑了你的思维,诗人。它留下了一扇没有上锁的门,一条连通它自身心灵的隧道,以便随时可以重新造访你的脑海。我透过那扇门往里看了一眼。恶冬也是。那个东西发现了我们的窥探,很不高兴。"

"过来,诗人。"恶冬又向前迈了一步。他抬起空闲的手,像挑衅敌人一样朝豪瑟尔示意:"过来。不要听他的。"

"待在这里别动,"半狼低哼一声,在豪瑟尔背后挺直身躯,"准备躲到我身后来。我会保护你。"

"但恶冬——"豪瑟尔开口道。

"该死,听我说!"半狼的嘶哑嗓音被一阵剧痛所打断,"听明白了!那个东西发现了我们,它不喜欢被窥探。它袭击了我们。我们立刻后撤,但没来得及。它的恶灵触碰到了我们,触碰到了恶冬。"

豪瑟尔惊恐而诧异地盯着奥恩·恶冬。那位符文牧师又向前迈了一步。巨狼般的隆隆低吼从他口中传来。透过皮革面具,他的金色眼眸熠熠闪亮。

"你就是那个狼怪。"豪瑟尔的声音微不可闻。

"伊达·半狼所说的基本没错,"恶冬回应道,"除了一件事儿。"

恶冬继续迈近。

"伊达才是被恶灵触碰到的那个人。"

豪瑟尔全身僵直。他仔细辨认背后那位身受重伤的符文牧师所发出的声音。充满痛苦的短促喘息逐渐变成了更为低沉的呼气声。他能听到皮肤和肌肉伸展崩裂，软骨与关节发出的嘀嗒脆响。他能听到骨骼呻吟着扭曲变形，内脏伴着湿滑声音重新排布。他能听到某种生物在形态骤变的撕心剧痛中发出沉闷哀呼。

"不要回头。"奥恩·恶冬说。符文牧师站稳脚步，抬起手中利剑准备作战。

豪瑟尔感觉到灼热的鼻息喷在自己后颈上，还有那垂涎三尺的怪兽低吼。

他猛然扭转身躯。被以"血盆大口"姿势紧握掌中的战斧在他的胸膛高度划过半个圆弧，狠狠埋进身后那个家伙的右边肩膀。

曾经是伊达·半狼的怪物在沮丧与痛苦中放声咆哮。体形庞大的狼怪将豪瑟尔轻易拍倒在地。他甚至都看不清敌人的样子。那仅仅是一团朦胧阴影与猛兽嘶吼。豪瑟尔还瞥见了森森利齿。他在厚重枯叶上向一旁翻滚，躲避那迎面袭来的可怖獠牙。

恶冬迎头扑向狼怪。二者轰然相撞，扭打缠斗在一起。即便只是虚无缥缈的阴影，只是躲避阳光的一缕轻烟，那狼怪的个头依旧是阿斯塔特的两倍。陷入恶战的双方顿时化作一片模糊残像。豪瑟尔挣扎起身。他找不到自己的斧子。一股鲜血突然从那场凶恶搏斗中喷射出来，溅在诗人的面孔和胸膛上，令他不禁发出惊呼。他分辨不清这究竟是利齿还是短剑的功劳。他分辨不清这究竟是恶冬还是狼怪的热血。

豪瑟尔挪步绕开这场鏖战。恶冬几乎要被狼怪所投下的扩散阴影彻底埋没了。双方拼死搏杀的动作迅捷无比，令人肉眼难及。

骨骼断折与血肉撕裂的声音骤然响起。浑身浴血的恶冬被甩飞出来。他撞在肿胀树干上，翻滚着摔落于地。他的皮革护甲遍布伤痕，短剑也不知所踪。他的面孔、脖颈和左腿都受了重伤。牧师努力起身，呼吼着要求自己的肢体服从命令。

狼怪发出一阵前所未有的震耳咆哮。它将长有巨口的脑袋转向豪瑟尔，不再理会自己刚刚摧残的阿斯塔特。豪瑟尔眼中只能看到深幽阴影，那仿佛是一块贴在白昼上的漆黑午夜。在那团黑暗的核心，冰柱般的修长獠牙闪烁着凛冽光芒。

一道纤细而灼目的光束伴着尖啸划过林间，轰然炸在狼怪脚下。在它回过神来之前，第二束光芒正中狼怪胸口，将它抛飞出去。它翻滚着撞倒了两棵粗壮树木。干燥的枝杈像成熟种荚般应声爆裂，顿时让空气中充满了令人窒息的细碎粉末。残破断折的树冠枝叶纷纷洒落下来。

欧谢尔·沃德梅克放下了等离子手枪。他的左臂瘫软地垂在身侧。他肩头的大片血迹尚未干涸，他的胳膊像是被连根咬断了一样。

在这一片狼藉的林间空地远端，阳光泼洒在伊达·半狼身上，他一动不动地躺在黏腻的破碎树皮和植物枝干之间。浓密的弥散孢子与飞扬尘埃在明亮光芒中舞动。

伊达胸膛上那个可怖的等离子伤口冒着轻烟。豪瑟尔的斧子还埋在他右肩里。

众多军团仆役和野狼牧师纷纷退散开来，从尼德霍格号深处这个防护严密的房间里鱼贯而出。一排排功率强大的照明灯被安装在屋顶上，毫不间断地将整片区域照耀得如白昼一般。众多驱邪神符被铭刻在房间地板各处。

被卸去了皮毛、武器与盔甲的伊达·半狼被铁链拴在房间正中央的一根十字形钢架上。他已经频临死亡。将他牢牢锁住的那个装置是野狼牧师的手笔，兼具囚禁、审讯和维生这三种功能。十字架背后的地板上排列着若干台脉动不已的生命维持装置，从中延伸而出的输液管和监测缆线像蠕虫般钻进伊达胸口，那个深重的等离子伤痕已经得到了缝合与植皮处理。

伊达用充满恳求和愧疚的目光望着豪瑟尔与诸位野狼，很清楚自己做了什么，成为了什么。透明黏液从他的口鼻与双眼中流淌出来，滴落在火红胡子和裸露躯干上，像胶水一样逐渐干燥凝固。房间里飘散着一股浓郁的野兽气息，那气息甚至盖过了消毒药水和鲜血的刺鼻味道。

"原谅我，"他带着咯咯喉音说，"我没能抵抗它。"

"你都看到了什么？"欧谢尔·沃德梅克问。

伊达哀鸣一声，仿佛那段痛苦经历不堪回首。他紧闭双目，不情愿地左右晃动脑袋。他的口鼻滴淌着黏液。

"就算他能回答，现如今我们也无法相信他的话了，"恶冬说道，"他被占据过，他被利用过。他遭受了恶灵的触碰，这辈子都休想摆脱。"

"我宁愿听听他的回答。"沃德梅克说。第五连的高阶牧师活动了一下左臂。归功于阿斯塔特那效率惊人的自我修复功能，同感魔法带来的伤口已经逐渐愈合，但痕迹尚存。

"我倒是宁愿让他离开这艘该死的战舰，"站在两人身后的欧格维咕哝道，"他是毒素。他是污秽。他被腐化了。"

沃德梅克抬起手，请求头领的宽容。

"伊达·半狼还没有彻底消逝。"

伊达呻吟起来。他猛力摇晃脑袋，唾沫和黏液四下飞溅。

"我知错必改。"他低声说。

"太晚了。"欧格维回答。

"我们都有可能被恶灵触碰。"沃德梅克说。

"它当时若是想占据我，也是易如反掌。"恶冬补充道。恶冬的伤口也愈合了。他抬头看着半狼。

"尽你所能，伊达，"他对同僚说，"这一切已经无法挽回了，但你还有机会抓住些许荣誉。你都看到了什么？"

"我穿过了诗人记忆里的那扇门扉。"伊达说。他颤抖起来，一股浓稠黏液从他口中涌出，沿着下巴流淌到胡须上。

"你看到了什么？"豪瑟尔问。

"无论是谁重塑了你的心灵架构，"伊达挣扎着开口，"它留下了一条通道，一扇暗门，由此便随时可以再次潜入，继续对你的思维动手脚。当我从暗处刺探你的记忆时，我无意中穿过了这扇门。潜伏在那里面的东西一直专注于抵挡恶冬。它和你一样，将注意力都放在了他的身上。于是我短暂地踏入了那个东西的一段记忆。"

"接着讲。"欧格维说。

"我看到了一柄利刃，大人，"伊达·半狼说道，"一把充满力量的匕首，类似于我们使用的仪式短刃，但它非常古老而恶毒，源于异形的工艺与阴谋。它的比例彻底错乱。它是一把目标单纯的武器。它具有感知。它静静躺在一具从天而降的锈蚀残骸里，那是一艘沉沦于毒瘴沼泽深处的坠毁战舰。那柄武器名为宿敌刃。"

伊达被一阵剧烈咳嗽所打断，恶臭扑鼻的黏稠液体泼溅在他胸膛上。

"于是乎？"欧格维问。

"那个东西不想让我看到这些，大人。"伊达·半狼继续说道，"它不想让我有机会将这些告诉你们。它抓住了我，为我重造皮囊，驱使我攻击诗人和我的兄弟们。唯一的好处是，我如今可以告诉你们这些了，告诉你们这把宿敌刃。"

"它将被用在何处？"沃德梅克问。

"它会让人类种族一分为二，"伊达说，"会将未来彻底扭曲。它会刺杀狼王的兄弟，伟大的战帅荷鲁斯。"

"刺杀他？"欧格维重复道。

"我们所追随并爱戴的战帅将不复存在。"伊达说。

"一派胡言。"欧格维说道。他从铁链紧缚的囚徒面前转过身去："这些正是恶灵想要灌输给我们的谎言。他的嘴里没有实话。怀疑与流言，这些才是分裂人类种族的真正手段。"

"求求你，大人！"伊达高喊。

"或许我们应该听听这些，"豪瑟尔说，"或许伊达·半狼在试图向我们传递某些真相。他——"

"不。"欧格维说。

"他或许还——"

"不！"欧格维厉声回应。他俯视着豪瑟尔："不要听信他的谎言，诗人。你仔细看看。"

豪瑟尔盯着那具被锁在钢架上的身躯。房间里的夺目灯光在十字架脚边投下一片边缘清晰的深暗阴影。那个呈大字形的身影轮廓绝不属于人类。

那是一头狼形怪物的模样。

豪瑟尔不禁倒退几步。

欧格维瞥了一眼恶冬。沃德梅克则已经扭过头去盯着地板上的驱邪神符了。

第三连头领迈步走到沉重的钢架脚下，抬头看着那个被束缚在上面的悲惨躯体。半狼嘴里淌着黏液。

伊达盯着自己的头领，低声耳语："我知错必改。"

"我明白，"欧格维说，"来冬再会。"

欧格维抽出爆矢手枪，将枪口顶在伊达的下巴上，用一枚质爆弹将对方的头颅化作尘埃。

"如此说来，你喜欢我的故事？"豪瑟尔问道，"它取悦到你了？它能让你分心？"

"它还算有意思，"长牙说，"但不是你最棒的故事。"

"我保证这就是最棒的了。"豪瑟尔说。

长牙摇摇头。一滴滴鲜血从他的胡子上被甩了出来。

"不，你还会学到更好的，"他说道，"比这个好得多。即便是现在，你也知道更好的故事。"

"这是我昔日生涯中最令人不安的经历，"豪瑟尔带着些许挑衅意味回答，"含有最多的……恶灵。"

"你知道并非如此。"长牙说，"在你心底，你知道。你只是不愿承认。"

豪瑟尔惊醒了。

神斩在摇晃他。

"起来。"那位战士说。

"怎么了？"豪瑟尔嘀咕道，他备感困倦的脑袋里还是一团糨糊。他正躺在尼德霍格号上的个人舱室中。神斩打断了他重复过无数遍的梦境，但不知怎的，比起照常经历那令人沮丧的结局，这次的戛然而止反倒令豪瑟尔更为困惑不安。

"起来。"神斩说。

"怎么回事儿？"豪瑟尔问。

"有人要见你。"神斩回答。

一艘中型运输船带着豪瑟尔以及他的护卫从第三连的巡洋舰出发，驶向狼王的宏伟旗舰。锚定于高层轨道的舰队就像是一块块硕大无朋的暗灰色石板，悬浮在圆盘状的萨迪亚头顶。周遭的一切都有着真空物体所独具的锐利阴影。

豪瑟尔向外张望。这支舰队的规模令人惊叹。即便是体形较小的护卫舰和补给舰也都像是经过刀劈斧凿的悬崖峭壁。主力战舰更是摄人心魄。运输船在星舰之间穿行，舰身侧面的细节装饰似乎花费了很久才全部从豪瑟尔眼前掠过。

最为庞大的那艘战舰是一个有着犁状舰首的灰色怪兽。这是一头顶尖掠食者，是整支舰队的领袖。

"拉芬克号，"神斩说道，"狼王的旗舰。"

如同城区般宽广的旗舰舱室里显得颇为繁忙。数十万名船员、劳役和机仆正在对这艘宏伟战舰进行最后的全面检查，以备随后展开的亚空间跃迁。甲板和支撑柱得到了排查与加固。供电缆线被反复测试。一些走廊区域里的检测甲板被掀起，营造出一条条五十米长的壕沟。在教堂拱顶一样的高耸舱室里，自动化吊车将大批海战炮弹从披覆重甲的军火库里运往接收地点，诸多弹药列车如同深海蠕虫般盘踞于此，随时准备沿着纵横交错的运输轨道穿过船舱，把这些巨型弹头送往拉芬克号的火炮甲板。在飞扬拱梁脚下显得微如蝼蚁的大批工作人员将枪械从包装箱中取出，整齐排列在甲板上，在将枪械拆解与手检之后便可分发给各支部队。

凶悍引擎的低沉轰鸣如潮水般涨落不止，连带着舱室灯光也忽明忽暗。引擎正在接受测试。这就像一位战士在舒展双肩，活动臂膀。

"战争。"豪瑟尔边走边说。

"一如既往。"野熊说道。

"这不是常规备战，"豪瑟尔说，"有些与众不同。这是——"

"这只是战争，"恶冬说，"无论是什么，永远都只是战争。"

黎曼·鲁斯彻底占据了指挥舰桥，纵然这个多层结构的宽阔空间足以让豪瑟尔联想到帝王议事的宏伟厅堂。众多军官和机仆都埋头于各自掌管的操作台，那些由紫铜或黄金打造的机械环绕着舰桥的壮丽拱顶，借助一条条粗重缆线和繁杂管道与战舰舱壁相连。四下延伸的大丛线路将那些控制机台装点成了巨型管风琴的模样。大多数操作台都具备的多套键盘更是加深了这种印象。键盘的按钮由骨骼制成，上面雕刻着指示符号。长年累月的使用已经让其中一些逐渐泛黄。它们看起来就像狞笑时露出的老旧牙齿。

它们看起来就像一尊残破钢琴的琴键。

全息屏幕从头顶或脚下的仪器里投射出来，将指挥舰桥的中心区域变成了一间光影闪烁的画廊。船员们在众多图像间穿行，围拢在一起进行讨论，用感应式手套的触摸对数据流做出调整。全息图像大小不一，有些甚至被重叠摆放，船员们只需用指尖轻扫便可任意浏览。在恶冬、野熊和神斩护送诗人走入舰桥的时候，豪瑟尔瞥见某位低阶船员将一幅显示出舰队分布的明亮地图隔空传递给对面的上司加以审阅。一些略微闪烁的图像展现着地形、海拔、定位参照或航线计算结果。其他图像则毫不停歇地滚动显示着一行行数据，或是其他战舰指挥官的实时汇报画面。

空气中充满了机械的嘀嗒响动、键盘的清脆敲击、通信频道的噼啪杂音以及背景人声的隆隆嗡鸣。袖口和领口佩有金穗的高阶军官们握着通信话筒嘶哑地下达命令。他们将话筒举在嘴边，麦克风两侧的声障板像口罩一样遮挡住他们的半张面孔。他们只有眼睛，没有口鼻，这让豪瑟尔回想起了什么。

咯咯暗笑的智天使机仆携带着信件和通信包在人声鼎沸的舰桥上空飞过。造型逼真且工艺精巧的蜻蜓状遥控装置悬浮在各自的机械神教主人肩头，它们双翼在盘旋模式下发出令人不安的低沉蜂鸣。

指挥舰桥中央坐落着一台由紫铜和白银制成的巨型机械，被用于进行庞杂的天体计算与结果展示。环绕在外围的众多圆盘和球体让它看起来就像一座浑天仪，但它的直径足有十米，被通过一根粗壮树干般的立柱安置在甲板上。众多船员占据着四周的操作台，十指飞舞地输入调试数据，让这台机械的主体框架不时产生细微的转动与重组。

此刻，这座半球形的星图大厅正在展示某个星球的全息投影。散发微光的三维地形图被投射在那台庞大机械的球形框架里，那框架按照星球自身的节奏缓缓转动，昼夜分明。很多更小的投影悬浮在附近，单独显示某些特定地表细节，以及赤纬、星历和相位等等数据。

众人审视着一颗如星彩蓝宝石般瑰丽无瑕的星球。全息投影清晰地展现出了它的翠绿大地与碧蓝水域，飘扬云朵和绵延山脉，还有狭长河谷、闪耀海洋以及天青色的透彻大气。豪瑟尔凑近之后发现，这个规模宏大的星球投影实际上是由成千上万幅相互独立的高清扫描图像组合而成的，这背后显然有着精密而系统性的情报收集工作，它的形成绝非一日之功。

即便在这恢宏壮丽的星球图景面前，鲁斯依旧是房间里最为引人注目的存在。当他看到豪瑟尔及其随行护卫之后，便立刻将几位攥着计时器和黄道图的导航者推到一边。

"带他过来。"鲁斯指着舰长办公室低吼道。

恶冬、野熊和神斩领着豪瑟尔跟在狼王身后走进了办公室。战舰的舰长是一位头戴尖顶高帽，蓄着灰色长须的严肃巨人，看到原体之后立正行礼，随后便抽身离去。捧着一摞摞数据板和案卷的战舰军官们也都效仿这位军容完美的上司匆匆退散。

鲁斯挥了挥手中的华贵权杖，在办公室周围升起一道伪面遮罩。舰桥传来的杂乱声响顿时消逝。房间里骤然变得如礼拜堂一样静谧。

狼王漫不经心地将那珠光宝气的权杖抛开。它落在了舰长的红色皮革座椅里。鲁斯转过身面对豪瑟尔。他的存在几乎令人难以承受。一股狂躁不安的致命能量在鲁斯体内脉动。他躬着身子，双臂环抱在胸前，仿佛是为了防止自己骤然爆炸。若是果真如此，豪瑟尔相信那爆炸足以吞没整支舰队。

"你能听见吗，兄弟？"他问豪瑟尔。

"什么？"豪瑟尔哆嗦着回答，"大人，你在问我什么？"

"我知道你能听见，兄弟，"鲁斯说，"我知道你能听见。"

"大人，求你解释一下，"豪瑟尔说，"我不明白你在说什么。"

狼王没有理会他，而是继续紧盯豪瑟尔的双眼，仿佛那是两块潜伏着某种生物的深幽池水。

"马格努斯，马格努斯，猩红君王，我的兄弟，"鲁斯说，"我知道你能听见。这个被蒙在鼓里的可怜人正是你的杰作，这位伊本·鲁斯塔，是你将他安插在这里，借此探知我们的秘密。但是呢？我们和你一样狡猾，或许比你还要狡猾。我们知道他是个间谍，然而我们并没有动他。我们将他留下了，这样就能反过来探知你，马格努斯。这样我们就能了解你的秘密。眼睛可以向外看，也可以向内看。你应该很清楚，你比大多数人要看得更深。"

狼王转过身迈了几步。他重新拾起权杖，坐在椅子上。他将权杖平放于膝前，用一只手撑住脑袋，望着豪瑟尔。

"我不需对你作任何掩饰，马格努斯。那完全没有必要。你很清楚我的行为方式。我要让敌人明白自己的处境。这会促使他们进入末日临头的心理状态。我不喜欢掩藏自己的力量或意图。我宁愿让对手知道，超乎想象的狂暴攻势即将全数降临。"

狼王停顿下来。他咽了下口水。他似乎在斟酌随后要说的话。

"但这并不是我与你对话的原因。我此时此刻与你对话，是希望你能听一听。这是你我兄弟之间的私人情分。即将发生的事情根本就不该发生。你知道这实非我愿。你知道与你兵戎相见令我心痛如割，知道被迫让两位子嗣对阵沙场会在我们父亲的灵魂中刻下伤疤。但这是你结出的苦果，这是你铸下的大错。是你的行为导致了这一切。"

鲁斯又咽了下口水。他低头盯着甲板，但话语依旧是向豪瑟尔说的。

豪瑟尔颤抖着僵立在原地。

"我们给过你太多机会了，马格努斯。我们容许你学习，任由你探索。当我们对于你的探索方向感到忧虑时，当我们担心那可能危及大家所珍视的一切时，我们对你开诚布公。尼凯亚议会，那本该是一个抚平嫌隙的良机。你发誓会抛弃那些诡异奥术。你发誓了！你发誓会遵从我们父亲的裁决！"

他放低嗓音，使之如耳语一般。

"但你没有这样做。你已经明确无疑地表现了自己违背尼凯亚敕令的意图。所以这是你一手造成的。你一定明白我们的父亲别无选择。他只能命令我来施加惩戒。"

鲁斯抬头直视豪瑟尔的双眼。

"那么，这就是一份人情了，兄弟之间的。我不会对任何其他对手如此开恩。处理好你的未尽之事。疏散城市中的平民。关闭防御系统。在我抵达之后，带着你的千子公开投降。拜托，马格努斯。芬里斯的野狼已经脱缰。只有你能够让这件事儿不动干戈就得到解决。"

他站起身。

"拜托你，马格努斯。拜托你。"

狼王转过头去。他背对着豪瑟尔。

"他有答复吗？"鲁斯心神不宁地问道。

"我感觉不到任何答复，"豪瑟尔的声音战栗不止，"但话说回来，我也一直都不明白，我究竟是如何担任导管的。"

鲁斯低哼一声。

"或者我究竟是不是导管。"豪瑟尔补充了一句。他不安地意识到，诸位野狼正在恶狠狠地瞪着自己，尤其是恶冬。

"对此我总是有所怀疑。"诗人说。

狼王没有回应。

"大人，"豪瑟尔说，"你的兄弟究竟做了……做了什么？"

"他施展了恶灵巫术，直击泰拉核心，触犯帝皇。"恶冬说道。

"但……这是为了什么呢？"豪瑟尔问。

"这是一项所谓的警告。"鲁斯并没有转过身来。他的嗓音轻柔而低沉，如同远方的惊雷。

"警告？"

"这是关于一场极端重大的危机的，马格努斯认为那值得以暴露自身逆行为代价做出揭示。"鲁斯嘀咕道。

"恕我冒犯，"豪瑟尔说，"但这不恰恰说明了你兄弟的忠诚意图吗？我们可曾检查这项警告？那场危机是否属实？"

鲁斯转过身来看着他。

"何必呢？我的兄弟已经疯了。他是个满口胡言的术士。"

"大人，"豪瑟尔说道，"他愿意承认自己违背了尼凯亚敕令，明知如今的惩戒必将到来，但为了做出警告他还是甘愿以身涉险。倘若那项警告并不属实，他又何必如此呢？"

"你不是一位战士，诗人，"狼王的声音近乎和蔼，"策略并非你的强项。考虑一下你刚才所说情况的对立面。马格努斯希望否决尼凯亚敕令。他想要获得准许与纵容，继续沉溺于诡奥邪术。所以他捏造了一个危机，做出一项无比惊人的警告，妄图借此促使我们原谅他的逆行，抛弃我们的异议。那是一件超乎想象的事情，足以让我们对他感恩戴德，称赞他自始至终都是正确的，自始至终。这便是他的计策。"

"你知道那场超乎想象的危机究竟是什么吗？"豪瑟尔问。

"马格努斯宣称，荷鲁斯即将背叛帝国，"鲁斯说，"从你脸上的表情判断，艾哈迈德·伊本·鲁斯塔，你也能意识到这有多么荒谬。"

豪瑟尔转过头看着恶冬。符文牧师的表情隐藏在面具之下。

"狼王，大人，"豪瑟尔开口道，"这不是第一次有人提出关于战帅的警告了。拜托，大人——"

"诗人所指的是那件涉及伊达·半狼的事情，大人。"恶冬说。

"我知道那件事儿。"鲁斯说，"我承认，这看似证据确凿。但我们重新从策略角度审视一下。我们的一位祭司遭到了恶灵的占据和扭曲，而当事人恰恰是你，一个敌方力量的明确导管。可怜的半狼当然会在临死前吐出同样的谎言。这正是为了从侧面佐证马格努斯所捏造的故事。"

鲁斯凝视着豪瑟尔的双眼。

"事实上，这便是我需要的证据，说明马格努斯在绝望地散播谣言，从而支持自己的诡计。如今他不必通过你做出答复了。他早已认罪。"

狼王转头看着恶冬和其他护卫。

"把他带走，但在开战之前不要走远。我希望保持这条对话通道的开放。我可怜的兄弟。我要让他亲眼看到我们的降临。我要让他知道，乞求怜悯永远都不晚。"

"大人，"豪瑟尔说道，"现在如何？"

"现在？"黎曼·鲁斯回答，"现在，普罗斯佩罗即将陷落。"

第三部

故事

第十三章

第六军团的惩戒

　　我名叫艾哈迈德·伊本·鲁斯塔，是第三连的吟游诗人，今日响应召唤，在此讲述芬里斯之子突击普罗斯佩罗的故事。

　　从我口中被道出的是很多不同的声音，是很多人的记忆，因为我充分履行了第三连诗人的职责。将这项任务交付给我的是欧格维·欧格维·海姆施鲁特，第三连头领，以及他的前任，格达斯·格达斯萨，第三连头领。他们令我搜集第三连战士的所有故事并牢记于心，以备日后一遍遍地广为传颂，直到命运将我的命线斩断。

　　在座的诸位，你们聚集在炉火旁聆听我的话语，一边慢慢饮酒，一边等待自己的故事得到讲述，但我首先要请求你们原谅我。这同样是我的故事，是我的亲身经历，因此我的声音和我的记忆都纠缠其中，不可能被加以剥离。因为我亦名卡斯佩尔·豪瑟尔，是芬里斯的访客，第六军团的朋友，第十五军团的棋子，是一个见证人与外来者。

　　普罗斯佩罗的故事绝不简单。这我们都明白。首先，这个故事彰显了第六军团的勇气与忠诚。他们对于职责的履行毫无迟疑或顾虑。帝皇告诉狼群他有何需求，狼群便遵命执行。任何人听过这个故事之后都不可能质疑芬里斯之子的全心奉献。

　　这同样是一曲挽歌，是一场注定令所有人都为之悔恨的悲剧。即便是胜利的果实也无法令人感到宽慰。纵然他们得以凯旋，向一支同胞军团大动干戈依旧令人难以释怀。这向来是第六军团野狼们的重担，作为帝皇钦选的猎手，他们肩头所背负的肃穆职责是其他军团无法比拟的。我们大可毫无愧意地承认，这是一个悲哀的故事，一段令人心痛的经历。我们都宁愿将这个故事从记忆中抹去，盼望它从未发生过。

　　普罗斯佩罗焚灭了。芬里斯的野狼从天而降，令它燃起熊熊烈火，随后让它堕入黑暗。提兹卡的众多学会纵然英勇善战、知识渊博，但依旧无法抵挡那杀戮行动。战斗过程血腥、凶暴而可怖。它只有一种可能的结局。无人能够幸免于野狼的攻势，就算是猩红君王与他麾下的千子也不例外。

我们都知道结局，我们都知道故事如何告终。我们都知道马格努斯拖着破碎身躯，带着昔日那高贵大军的残兵败将仓皇逃遁，并由此无可辩驳地证实了他的邪秽诡术。只有最为黑暗的魔法才能容许他从战场上死里逃生。

然而，这个故事里还有一部分是你们所不知道的，那就是我的角色，而我只会讲述一遍。

此时，此刻。

鼓声阵阵，那是欢送战士踏入沙场的刺耳噪声。我穿戴了一套仆役的盔甲，外面披着皮毛，而贴身的那件皮革护甲已经变成我的平日着装了。我拿上斧子，还有一台错位力场仪，以及一把工艺精湛的小型激光手枪。我猜想这是欧格维头领私人军械库的藏品。这把武器年代久远，却锃亮如新。它被拆解重组过很多遍，受到了精心的清洁与维护，人们以此确保其各个部件运作正常。它的征战岁月比我的生命还要长，它想必是饱经风霜，一块造型简洁的苹果木已经替换掉了原本的枪柄，精细地包裹在枪械主体外面。木制枪柄上用金丝镶嵌着乌尔的徽记。这把武器曾经是乌尔防御部队某位军官的配枪，那座振奋人心又令人惋惜的天主教理想城市早已不复存在。高傲的符文牧师奥恩·恶冬亲手为我挑选了这把枪。他听说过关于我昔日经历的故事，知道我在乌尔劳工社区里度过了整个童年。

"为了追求更加光明的未来，人类种族在历史上曾描绘过很多幅恢宏而可敬的蓝图，乌尔正是其中之一，"恶冬将武器呈现给我时说道，"正如很多类似的高尚事业一样，它也失败了，但它的精神依旧伟大，它的追求无可置疑。我交给你的这把武器恰恰代表着那种精神。无论我们今日所为多么血腥，我们都怀有同样的追求：统一、救赎、人类的进步。"

我无法反驳他的话。血与汗，劳苦与艰辛，这些正是我们为了铸造美好未来而值得做出的牺牲。捍卫理念一向有着高昂的代价，无论是创建一座城市还是夷平另一座城市。

我必须坦白，我心中怀有疑虑，那便是乌尔对我而言的重大意义。我毕生以来都笃信于此。我毕生以来都笃信于自己的身份和记忆。现如今，我却再也无法相信任何事情。我能听到琴声。我能看到一枚木制小玩具马。我遥望泰拉的黎明，从窗前转身，凝视一张无法回想起来的面孔，容貌模糊的眼睛，双眸难辨的面孔，老旧棋盘上的棋子，黑暗中一柄如寒冰般散发柔光的仪式匕首。

我还是接过了那把枪。

尼德霍格号的停机甲板熙熙攘攘。高悬于头顶的机械臂将空降船吊到弹射轨道里。弹药车隆隆作响地从隔栅甲板上碾过。如夏日云朵般洁白纤柔的大团烟雾在这广阔空间里沉积不散，直没至大腿高度，这是无数台跨大气层引擎纷纷被测试运转并排放废气的结果。在屋顶那一排排明亮灯具的照耀下，我们仿佛化作上界诸神，手握创生与毁灭之力，漫步行走于天堂。我们能听到军械工匠们伴着铁锤轰响与气枪嘶鸣开展最后的调试整修。命运便被铸造于此。

我被安排在约蒙德尔·双刃的猎群里。野熊也身在其中，其中还有神斩、艾斯卡和恶冬。每一位猎群成员都紧紧盯着我，看我会不会突然翻起白眼摔倒在地，一边口吐白沫一边用猩红君王的声音乞求怜悯。

我自始至终都表现如常。他从未借助我道出只言片语。

狼王率领麾下野狼倾力出击，对普罗斯佩罗施加惩戒。一整支军团前来责罚一整支军团。在萨迪亚完成休整的舰队又先后跃迁到了另外三个集结点，不断积聚力量。与之同行的还有寂静修女和禁军部队，他们奉帝皇钦命前来增援。

我原本并不认为第六军团的整编力量还需要任何增援。我放观帝国，没有哪个阿斯塔特战士能够在单打独斗中占得狼群成员的上风，况且我们在人数上拥有显著优势。普罗斯佩罗的尖塔守卫声名远播，其他辅助部队也不可小觑，但唯一的决定性因素乃是阿斯塔特军力，而赤红的马格努斯麾下的军团与芬里斯之子相比规模更小。

然而，第六军团中弥漫着一股阴郁的谨慎气氛。猩红君王的独特优势源于恶灵，那恰恰是整场争端的根源。如今干戈既起，他绝不会再掩藏锋芒。无论我们的军力是千子的十倍、百倍乃至于千倍，魔法依旧足以力挽狂澜。所有猎群领袖都不甘心地默然承认，寂静修女恐怕将是胜利的关键。蒙帝皇恩典，唯独她们有望抵消或削弱马格努斯及其子嗣学徒的巫术。

恐惧难以被除去。至少这在仆役和辅助部队身上很明显。我不认为阿斯塔特能够体会到凡人所遭受的那种恐惧。他们能体会的或许只有不安。但我知道狼群一向渴求关于恶灵的故事，因为那是唯一一种他们无法杀死的东西，所以也是唯一一种能够为他们的生命注入些许刺激感的东西。

我们在亚空间中劈波斩浪，迎头扑向恶灵。

我能感受到恐惧。恐惧在我心中扩散。我戴上面具将它吓退。

在舰队从萨迪亚前往目的地的旅途中，我的狼群面具和皮革护甲已经彻底完工了。艾斯卡·裂唇为我提出了一些宏观建议，我也从欧奇尔与俄桑·赤掌那里抄来了若干绳结样式。我决定采用雄性啸牛的图案装饰面具，让两根修长牛角从鼻梁位置向外延伸，彻底覆盖眉骨。我以此纪念乌弗鲁·赫欧罗斯，他亦称长牙，如今已长眠于红雪之上。我把面具和皮甲都染成了黑色，并将一幅圆点图案，也就是驱邪神符添加在额头正中。这面具有了这枚眼睛符记的庇护，再加上雄壮牛角与嘶吼巨口的模样，只有最黑暗的恶灵才能抵抗这副面具的威胁。

第三连战士们全副武装准备突击。这是一场杀戮行动，他们此行的来意在于斩断命线，因此他们佩戴了死亡的各种面孔来完成任务。当然，利刃与爆矢枪是主流配置，这些备受信任的武器是芬里斯之子的首要资源。但所有头领都已敞开军械库的大门，欧格维将众多特种武器分发给了连队中具备相应意愿和技巧的战士们。当天从那座宝库中获得赠礼的人绝非只有我一个。

有些野狼的盔甲手套化作破城铁拳，甚至是工业规模的巨爪。另外一些战士则配备了覆有甲胄的大型热熔武器、铭文精细的激光炮，或是带有旋转炮管的巨型突击炮，那看起来简直不像是单兵装备。

停机甲板中的风暴鸟像地窖里的风干野味般被挂成一排，放置于它们之间的通告显示屏纷纷展现出先头部队传来的扫描图像，那朦胧而美丽的普罗斯佩罗越来越近。

在最后一晚，我做梦了。那是一个自从离开泰拉之后我就时常会做的梦，一个我不再相信的梦。它看似一段回忆，但其中掺杂着欺瞒。我知道自己踏上旅程之前在雷姆利亚超轨道板居住了一个月。我在轨道板底部租了一间豪华套房。这些都不假。我也知道长期处于人工重力环境下让我始终感觉疲乏不堪。

　　我记得每天早上，那金色阳光都会从百叶窗的缝隙里切入房间，将屋中陈设镀上一层淡金，营造出温润而朦胧的气氛。

　　我记得每天早上，五点闹钟响起之前都会传来一声电子尖鸣。

　　我前往雷姆利亚是为了习惯太空环境，以便之后登船踏上那段筹划已久的旅程。我前往那里是为了躲开其他人。我已经铁了心要开展学术休假，要摆脱泰拉的枷锁，不需要像瓦西里那样的好心人来劝服我改弦易辙。

　　当然，我现在才知道，自己昔日对于局势的理解偏离现实。我和考据协会的处境并非如我想象中那般困顿不堪。这些事实情况的信息源头都是无可置疑的。

　　我当时的头脑并不清楚。我已经遭受了影响。针对我展开的暗中操纵恐怕远远早于此。一种逃离泰拉的迫切需求被植入了我的脑海。亲身体验芬里斯的愿望也是如此。说实话，兄弟们，一个从小就害怕狼的人怎么会想要造访一颗属于野狼的星球，专门去直面内心的恐惧？这毫无道理。恕我直言，我对于芬里斯文化本身也并不格外感兴趣。

　　那种痴迷同样是被植入我内心的。

　　我暂居超轨道板的另一个原因是为了造访生体机械诊所。某种本能，或者说某种被植入的本能告诉我，在芬里斯上恐怕难以保留笔记。因此我自愿接受了一场手术，将我的右眼替换为机械义眼，那同时也是一枚摄影装置。我自己的眼珠被摘除后被存放在了诊所器官库的静滞力场中，待我归来时我便可重新替换。

　　有时候我不禁猜想，它会看到怎样的梦境。

　　那个不断重复的梦让我在套房里被五点的闹钟惊醒。这是我预定的手术日期。我很苍老，若与今日的状态相比，除了年岁稍轻，在其他方面都更为苍老。我身心疲惫。我站起身来，一瘸一拐地走到窗边，按下控制钮将百叶窗升起。它低吟着缩回窗框的凹槽里，让金色光芒倾泻而入。我眺望窗外，畅饮绝美景色。我暂住于此的每天早上都会这样做，因为我知道这或许是我亲眼目睹此般美景的最后机会了，用我自己的双眼来目睹。

在抵达普罗斯佩罗前的最后一晚,那个梦境变得更为精细。我不认为其中添加了任何新的元素,这只是因为我经历了太多次同样的梦,逐渐察觉到越来越微妙的细节。

透过半开的柜门,我瞥见一枚木制小玩具马站在储物箱顶上。我能听到隔壁房间传来的琴声。我能闻到鲜榨苹果汁的味道。在房间角落的书架上,我的道马尔奖章安然坐在那漂亮的小盒子里,旁边则是一个古老的奥赛梯祈祷盒。在窗边,一副弑君棋盘被摆放在小桌子上。从棋子的分布来判断,棋局还有两三步便可告终。

我走到窗前,等待那个身影的面孔被反射在玻璃上。我等待恐惧将我狠狠攫住。

我等待自己发问:"你怎么会在这里?"

我转过身,希望能在那张面孔上分辨出一点细节,希望能比以往看得更清楚。

我在惊醒之前只瞥见了一双眼睛。那容貌朦胧的双眼,像驱邪神符般在黑暗中迸发灼光。

我们预期会遭到抵抗,想必如此。我们纵然信心满满,技高一筹,人多势众,但绝不会因此妄想对方能够束手就擒。普罗斯佩罗的千子是伟大的战士,谁也休想对此表示质疑。他们是阿斯塔特!这一事实本身就让他们远超凡俗。在伟大远征中,我们将他们视为兄弟和战友表示尊重,而现在我们将他们视为死敌表示尊重。即便我们不考虑巫术力量,他们依旧需要得到认真对待。

再者,普罗斯佩罗是他们的家园世界。任何军团在自身根据地的力量都最为强大。在这崭新帝国的辽阔疆域中,帝皇麾下十八支军团的堡垒家园无不是防御最为牢固的不败要塞。

随着惩戒舰队像展开迁徙的马鲸集群一般朝普罗斯佩罗迅速逼近,我们逐渐意识到星球防御系统毫无反应。从外层空间到近地轨道的防御网络尽数关闭。个别城市笼罩在虚空盾下,但这是常规状态,而非针对迫近舰队所展开的备战措施。但有迹象表明,大批平民飞船正在逃离这个星系。

一部分逃亡舰船被拦截下来。符文牧师们对被俘的船员和乘客进行审问,借此搜集任何有价值的信息。我日后得知,一艘名为塞佩亚·瑟琳号的飞船搭载了几名记述者，他们是被派往普罗斯佩罗观察第十五军团的。我听说其中一位老者被称为"马格努斯的书记员"。

我很希望能见见他们，与他们交谈。我迫切地想要知晓他们的故事，聆听冲突另一方的声音。但我错失了这个良机。我听说他们的情况后为时已晚，而他们最终的命运我也无从得知。

双刃推断猩红君王已经屈服。赤红的马格努斯并未正式投降，但他看清了自己的谬误行径，因此毫不设防地以谦卑姿态接受处置，就像一名罪人主动将脖颈暴露在刽子手的刀下。若是如此，马格努斯便展现出了极大的愧疚与悔悟。双刃提出，整场行动在几个小时之内便可了结。

但欧格维表示反对。睿智的头领提醒我们，正是巫术导致这项灾厄判决降临在了普罗斯佩罗与猩红君王头上。马格努斯很有可能利用恶灵暗中树立了一触即发的致命防线，只不过在寻常的探测手段下难以被察觉罢了。

我们耐心等待。普罗斯佩罗的高分辨率图像已经十分庞大，将通告显示屏彻底挤满。我们逐渐察觉到战舰进入轨道时人工重力的轻微拉扯。

一个小时之后，停机甲板的照明系统开始间歇性地暗淡几秒。

"这是怎么回事儿？"我询问艾斯卡·裂唇。

"主火炮在抽取能量，"他回答，"我们已经发动了轨道轰炸。"

等到正式展开空降的时候，我大概是在打盹，或是做着白日梦。我在回忆童年时代的那个教区，那片高原荒漠上的无数帐篷，那修长的房间，图书馆里的教学桌，还有借恶狼之名防止我们出去乱跑的睡前故事。

神斩推了推我。"我们准备出动了。"他说。

战鼓隆隆。我们登上风暴鸟。作为诗人，我想去哪里就可以去哪里，有权利选择任意一张抗加速座椅，但我坐在了机舱后部的一个备用座位里，并没有占据那些带有编号的位置。我不愿打乱兄弟们的编队顺序，那会是一种冒犯。

每一张座椅的抗加速索具都在气泵嘶鸣中紧紧锁定。我们检查了自己的防护装备。劳役和机仆将较为庞大笨重的枪械安放在战士头顶的武器架或是磁性储存板上，之后便匆匆退散，舱门也随之升起。整个机身都在蓄势待发的引擎怒火中颤抖不已，喷气发动机的震耳轰鸣几乎淹没了通信频道中来自驾驶员、地勤和甲板巡视官的沙哑嘶吼。

　　随后舱室灯光就变得暗红如血，凄厉的警报像青铜喇叭一样放声尖嚎，伴着爆响纷纷脱落的液压螺栓恰似雷石，迅猛的加速如一记重锤般骤然袭来。

　　一艘艘风暴鸟从尼德霍格号腹部接连涌现，仿佛是弹夹里射出的一连串子弹。在我们周围的天空中，其他数十艘战舰也播撒出了各自的机群。

　　我看了一眼神斩。

　　"如今我们都是灾星了。"我说道。

　　炉火烧得正旺。你们盘子上还有肉，杯中还有酒，我也还有更多故事要讲。

　　就像这样，在很多个大年以前，我们在普罗斯佩罗与第十五军团的叛徒开战了。那是一场恶战。它无比艰难。它在芬里斯之子的征伐历史中最为苦涩。烈焰风暴、闷燃天空、水晶城市，千子就在那些映着火光的玻璃尖塔脚下等待我们。亲身经历者都将它铭记于心，亲身经历者都无法忘怀它。

　　我们穿过烈焰从天而降。我们从星球防御系统旁边掠过，那些规模宏大的轨道平台未开一枪一炮便彻底陷入火海。它们踏着逐渐收缩的轨迹缓缓翻滚转动，身后拖曳着火舌与残骸，损毁的反应堆不时释放出炽热能量。

　　我们下方的世界也在燃烧。舰队的轨道轰炸点燃了普罗斯佩罗，将大气层化作焚云。螺旋状的尘埃与灰烬汇聚成足有数千公里宽的龙卷风。可怖的等离子能量束烧焦了植被与动物，让海洋转变成滚烫浓雾和有毒气体。重型激光炮的轰击将三角洲蒸发殆尽，在眨眼间让冰盖彻底融化。动能弹头和重力炸弹如恶冬冰雹般漫天洒落，在土地上栽培出一片片崭新的灼目密林，那些由液态狱火组成的冲天树冠在转瞬间扎根发芽，蓬勃生长，枯萎凋亡，这一切都发生在区区几分钟之内。银色虚影般的定向导弹一闪而过，仿佛是从拖网中逃生的仲夏鱼群，它们所承载的弹头将大地送入天空，将空气化作稠密的毒云。恍若天神重锤的巨型炸弹与核武器让星球地貌彻底改观。山脉崩塌，平原裂解，峡谷中涌现出了由泥土碎石堆砌而成的陌生丘陵。普罗斯佩罗的地壳已经处处龟裂。我们亲眼目睹一道道光芒脉动的致命伤口逐渐浮现，那些崭新的熔火裂谷将整片大陆劈成两段。这就是战争的炼金房。光与热、能量与裂变使河流变成蒸汽，将岩石化作尘埃，把沙土熔为玻璃，让骨骼升华无踪。一团团旋涡状的蘑菇云刺穿了我们埋头冲向的天际，如芬里斯的埃特一般高大。

　　这段行程并不平稳。从位于低空轨道的战舰上埋头冲向地表是不可能平稳的。我们像扑击的猎隼般径直下落，在逼近地表时才开始拉平。机首骤然抬起，仿佛是一条在铁钩上挣扎的大海蛇，那重力压迫无比凶猛。风暴鸟剧烈震颤起来，简直像是要四分五裂。随后我们终于拉平了航向，紧贴地表前进。我们的驾驶员丝毫没有减速的意思。运输机依旧颤抖不止。随着地势起伏，我们也上下颠簸，撞击预警的每一次尖啸都促使飞机骤然偏转躲避。

　　有些空降船未能从中生还，它们葬身于急速俯冲。我知道有两架不慎相撞，化为残骸。当然，此时普罗斯佩罗的战士们也展开了还击。主要城市开始喷吐防御炮火。一艘艘空降船在突击过程中被击毁，它们或是直接爆炸，或是像扑火飞蛾般翻滚坠落。命运将我们玩弄于股掌之中。命线纷纷断离。我们——

　　兄弟，怎么了？我刚才说我们像是扑击的猎隼。猎隼，你肯定知道这个词吧？啊。啊，我明白了。有时候我太激动，太急于讲述故事，会不小心暴露旧习，说出一些低哥特语的词，而非尤维克语。我从来都没能将这个毛病彻底除掉，低哥特语是我在昔日生涯中所讲的语言。我请求你们的谅解。我并非有意打断这个故事。

　　踏足于普罗斯佩罗之后，我所做的第一件事就是杀人。

　　这对于我个人的故事有着重大意义，因为直到那一天，我还从未斩断过命线。没有，从来都没有。我是一名诗人，不是战士，但在那一天，在那黑暗的一天，我下定决心不再扮演一个无力自保的旁观者。在欧拉米克静远联邦的家园世界上，战士们献出了自己的生命来保护我。我不愿继续成为那样的累赘。我得到了足以自卫的武器和盔甲，而且在普罗斯佩罗上，我还打算更进一步，打算与兄弟们并肩战斗。毕竟，野狼牧师之所以将我的臂膀与脊梁改造得强健有力，正是为了让我能够去战斗。

　　我们所乘的那架风暴鸟伴着引擎呼啸轰然降落在一块平坦的混凝土地面上，那旁边矗立着一座铁塔或是工厂。这片工业区属于提兹卡，是普罗斯佩罗上众多华美城市中的绝顶瑰宝。即便在今天，兄弟们，即便提兹卡已经化为灰烬，它的理念却始终没有覆灭，提兹卡就像罗马、亚历山大和孟菲斯一样，作为人类文明的伟大成就而永世长存。它曾经，也依然是迦太基，是伦敦，甚至是亚特兰蒂斯，虽然它的命线早已烧焦断离，虽然它的高塔尽数倾覆，瓦砾都被碾作了尘埃，但它尚且萦绕在我们种族的记忆里。提兹卡被规划并建造成了一座宏伟的开放城市，在美轮美奂的玻璃尖顶与水晶金字塔之间散布着大片的优雅园林和公共绿地。那些参天建筑的平滑表面在反射阳光时如明镜般夺目，在倒映苍穹时则浑然融入碧空。到了夜晚，群星在完美的镜面上熠熠闪亮，供人们举行舞蹈仪式。那里也有繁华街区，有摩肩接踵的小巷与广场，有精致的集市和典雅的公共区域，尤其是在港口附近。

在这座庞大的城市里，我们的空降地点算不上光鲜亮丽，而是一个偏重实用性的必要区域，但即便如此，那里依旧堪称华美。众多扮演着寻常角色，行使着乏味功能的建筑都披挂了一层晶莹闪亮的玻璃外壳，楼宇顶端的宏伟尖塔直刺云霄。在提兹卡，就算是最为基础的贸易运输、货品物流、生产加工和补给供应等日常工作也都佩戴着一副美丽绝伦的面具。若是在其他城市里，类似的粗重活计必然会被排挤到精致城区以外。

在我们抵达的时候，那副面具已经被扯掉了。撼动大地的轨道轰炸与数轮炮击将附近绝大多数建筑表面的玻璃震得粉碎，使它们暴露出镜面之下的梁柱与支架。其中一些厂房正在熊熊燃烧。空气被滚滚热浪所扭曲。开阔广场与货运码头上铺满了洒落的破碎镜面，仿佛是一片片由闪亮玻璃组成的海滩，每一块碎片都映射着夺目火光，恍若数千亿只闪烁舞动的萤火虫。我们迈过风暴鸟的舱门猛冲出来，脚下的每一步都咯吱作响。穿透力惊人的弹头在混凝土地面上炸出了一个个庞大深坑，平时不见天日的地下管道网络纷纷展现在我们眼前。

大批风暴鸟从头顶呼啸而过，那些超低空飞行的运输机仿佛触手可及。其中一些降落在了附近位置。白昼的光芒逐渐变成一种格外怪异的浑浊色泽，那碧蓝苍穹像是罹患恶疾一样泛着淡紫光晕。烟尘随风翻滚旋动，遮挡住我们的视线。我只能闻到焚烧的气味，只能听到震耳的呼号：跨大气层引擎的呼号，冲天狱火的呼号，还有野狼的呼号。

渐渐地，我在呼号声以外又听到了远方的轰炸闷响与近处的爆矢枪咆哮。

我们冲进铁塔里，这座高层工业建筑的玻璃表皮已经彻底剥落。烈焰在顶部楼层肆意扭动，那明亮的橙黄色火舌将肋骨般的金属支架映衬得漆黑如炭。在我们所处的建筑底层，遍地都是火光投下的狂乱阴影。野狼毫不迟疑。他们迎头直上，搜寻猎物，分头排查整片区域。神斩和艾斯卡率先登上网格铁梯来到二层。一块依附于轨道上的升降平台由此引向一条俯瞰机台区域的宽阔走廊。我快步跟上他们。爆矢枪的雄浑咆哮骤然传来，让我吓了一跳，我们的战友已经与第一批敌人相遇。艾斯卡吼了一句什么，随即朝更高一层的走廊开火。他的质爆弹从地板和护栏上撕扯下一块块碎片。我看到人类尸首纷纷坠向下方的火焰。我突然意识到我们遭到了攻击。

在同一层的平台上，我发现了披挂着猩红大衣和银色头盔的敌人。他们的外套上覆有华丽金穗，他们仿佛是沐浴骄阳的阅兵队列。其中一些士兵手中握着军刀。他们都在用激光武器开火。

神斩怒吼一声，高举战斧扑了过去。我看到一个穿着红色大衣的身影被艾斯卡一枪击中，那身影顿时支离破碎。风向骤变，头顶烈焰喷出的浓烟突然席卷而下，将我所在的位置彻底笼罩。

随着黑烟迅速退却，我察觉到了从正前方传来的接连两记沉闷冲击。某种激光武器命中了我的错位力场，被消解成两团灼热能量。开枪的敌人就在我面前六米之外，站在走廊护栏旁边。他是个英俊的年轻人，在那覆有金穗的猩红大衣与银色头盔中显得高贵威武。他用手中的激光枪指着我，大声呼喊。他再次开火，却依旧未能穿透我的防护力场。

来自乌尔的那把枪就在我右掌中。我不假思索。我的应对方式纯粹出于本能，并且在神斩的训练下早已变得迅捷而高效。我发动还击，杀死了他。

唯一暴露我青涩水准的线索，唯一能够说明我并无作战经验的现象，就是我不知道应该何时收手。神斩教会了我如何瞄准和射击。我可以立刻举枪开火并击中二十米之外的目标。我的第一枪正中那士兵的胸膛，这便足以致命了。但他在攻击我，若不是防护力场的庇佑我必定当场送命，所以我没有松开扳机。

来自乌尔的手枪接连三次命中敌人的腹部，那剧烈冲击让他的上半身蜷曲下来，这使得随后的两枪穿透了他的脖颈和头颅。他撞在护栏上，接着瘫坐下去，四肢软垂不动。我等着那个士兵彻底翻倒，横尸于地，但他并没有。他保持着那副蜷缩扭曲的姿势，倚靠在背后的护栏上。

我朝对方凑近了几步。我的枪击足以将他杀死三四次。他的锃亮银盔顶端有一个巨大的焦灼弹坑，那仿佛是某位铁匠把一块乌黑的占卜石敲了进去。

我本以为那士兵脸上会残存某种表情，愤怒、不甘，或是对于我的仇恨。我觉得我至少应该能看到一些痛苦狰狞的神色，甚至是濒死的哀伤和绝望。

那里什么都没有。他面孔瘫软。我从他脸上辨别不出任何鲜活表情的痕迹。从那以后我逐渐明白，死者的面孔往往是如此。我们无法从中找到什么信息或遗言。随着生命的离去，面孔也遁入死亡。一旦命线断离，所有力量都会立刻消逝，只剩下一具空空如也的残破皮囊。

那些身穿红衣的士兵是普罗斯佩罗尖塔守卫。这支星球防御部队纪律严明，恪尽职守。他们训练有素，雷厉风行，不逊于帝国军队中的任何一支精锐兵团。

然而他们在战场上显得过于典雅华贵，难以承受野狼的凶猛攻势。那看起来就像一场遭到扰乱而被迫中断的正装典礼。他们似乎理应扭头逃命。

但他们没有逃跑。我们要认可他们的勇气，将这一点记录在故事里。那些士兵直面第六军团阿斯塔特，直面帝国旗下最为高效无情的杀戮机器，却并未退让寸步。他们所遭遇的对手是一批凶蛮狂乱的巨人，这些巨人仿佛是阿斯塔特战士的野性变体，但他们依旧坚守阵地。他们奉命保卫提兹卡，且自始至终都不曾背弃这项命令。

于是尖塔守卫们便举身赴死。当忠诚与忠诚针锋相对的时候，就只有这一种结局。任何一方都绝不会抛下自己肩头那份残酷而沉重的职责，因此至少其中一方的彻底覆灭是在所难免的。

尖塔守卫那标志性的猩红大衣里被织入了防弹护甲，但这休想抵挡质爆弹的冲击。一些士兵配备了错位力场或防暴盾，然而在凶残的自动炮面前一切都只能纷纷凋零。他们的银色头盔是塑钢铸就，可是对于战斧和霜刃的夺命刀锋而言依旧脆弱如纸。他们的炮车与作战车辆都披覆着厚重装甲，甚至配有力场护盾，但在单兵导弹发射器和转换光束的打击下顷刻间便仅剩焦黑残骸，或是被重型火焰喷射器与热熔武器化作火葬柴堆上的一口木棺。据多位兄弟证实，欧格维头领单枪匹马迎战了一辆炮车，仿佛那只是一头啸牛幼崽，即将被他扭翻在地捆缚起来。欧格维用动力爪将炮车撕开，那钢铁车身如锡纸一样单薄。

那幅毁灭景象令人心碎。我们继续前进，所过之处尸横遍地，惨不忍睹。其中一些死者被利刃肢解，另一些则已经焦黑熔融。爆矢枪的轰击留下了一个个巨型伤口，它们看起来就像是苹果上的深深咬痕。另一方面，尖塔守卫的激光枪和自动武器的攻击对于大肆杀戮的狼群而言与瘙痒无异。阿斯塔特仅仅遭受了些许轻微创伤。唯独由机组操作的重型武器和作战车辆能够扮演实际的威胁。然而随着第六军团的装甲部队展开进军，从海边那片云雾缭绕的重型运输船降落点隆隆逼近，他们就连这最后一点负隅顽抗的希望也彻底消逝了。如花岗岩一般灰暗庞大的掠食者和兰德掠夺者从下层城区的林立建筑中埋头冲过，将塔楼与房屋轰然撞塌。它们的履带在城市街巷之间开辟出了新的道路，在身后留下一条条碎石铺就的死亡小径。它们的武器随时搜寻敌人，使攻击范围内的任何目标迅速湮灭。

幽暗的身影四下奔窜，沿着刚刚形成的死亡之路冲入战火。它们看起来像是巨狼，至少像是巨狼的影子。我不确定它们究竟是切实存在的，还是被我想象出来的。烟尘笼罩四方，令人真伪莫辨。

在那天之前，我从未见过我的狼群兄弟们如此狂野，如此冷酷。大家往往以一种奇特非凡的轻松与淡然去对待战争，这种在行刑场上依旧不忘幽默的态度让他们得以建立纽带，共渡难关，并放声大笑地直面命运。那几乎是一种喜悦与宽慰，一种妥善履行职责的急切心情。即便在对抗欧拉米克静远联邦的战斗中，我也目睹了这样的态度：刻薄的玩笑，相互喝倒彩，尖酸的讽刺，还有冷漠淡泊的思维方式。

但在普罗斯佩罗并非如此。这项任务太黑暗，太令人反感。没有什么能够缓解诸位战士心头的重担，于是他们只能让自己沉浸在战斗的狂怒之中。在一定程度上，这使得普罗斯佩罗所遭受的惩戒变得更加极端而可怖。没有人施以怜悯，怜悯甚至根本不在考虑之中。他们露出森森利齿的表情中只有充满了暴怒与仇恨的低吼，并无令人胆寒的笑容。他们口中道出的话语仅仅是咒骂和责难。他们带有漆黑瞳孔的金色眼眸蒙上了一层决绝的阴影，凌厉目光在恶战中显得愈发冷酷。鲜血招致鲜血，杀戮招致杀戮，火焰喂养火焰。在那口愈燃愈旺的癫狂焚炉里，一个星球就此陨灭，一个社会被彻底葬送，一道永远无法愈合的深重伤痕在帝国身上被撕裂开来。

芬里斯之子的狼群履行了全部职责，毫无迟疑或顾虑。他们没有做错什么。他们是完美的战士，完美的刽子手。他们生来便是如此。他们是帝皇的惩戒。这个故事，我的故事，足以消除他们的罪责，表明他们的忠诚。

这个故事还要说明另一点，还要讲述另一件隐秘的事情。仔细聆听，之后再考虑如何应对，即便你们最终认定需要割断我的喉咙与命线，让我永远不能再次讲述这个故事，那也无妨。

那天的经历在我脑海里已经融为一体。当你承受了太多极端冲击，遭遇了太多残暴场景与震耳噪声之后，你往往便会如此。短暂瞬间或许备显漫长，不同的事件都交织叠加在一起。

我记得自己身处一片公园，或是某种公共绿地的废墟。所有植物都在燃烧。旁边有一座圣殿类的小型建筑，它被火炮流弹击中，正在向淡紫色的天空喷吐浓烟。我们从东边顶着交叉火力推进至此。我暂时关闭了错位力场，因为能量已经快要耗尽。

随后，我们首次遭遇了千子。

他们出于某种原因止步不前。那并非恐惧。或许他们无法接受与阿斯塔特同胞兵戎相见的异端之行。抑或那是一项战术计谋，他们为了取得某种优势而按兵不动。

又或许那是源于克制。他们没有阻挠我们的初期进军，仿佛是默然接受了这份惩戒，但与尖塔守卫一样，千子终究还是无法眼见自己的城市陷入火海而坐视不管。

他们披着边缘镶金、雍容华贵的赤红战甲，头盔的鼻梁位置覆有千子军团的标志性装饰。虽然在轮廓、体型和装备方面，千子与第六军团的战士看似无异，但事实上双方天差地别。他们的行进方式便大相径庭，野狼奔驰腾跃，千子则步履稳健，如同滑行一般。野狼埋头疾行，千子则昂首阔步。野狼高声号叫，千子则沉默不语。

我站在那片焦灼草坪中间，看着两条阿斯塔特敌对阵线相互交会，看着狂野的铁灰身影向金红两色的华丽战士猛扑过去。那声音如雷霆般震耳。两支大军像神话里的撞岩一样轰然相遇，其中还夹杂着金铁交鸣的锐利回声。这听起来恰似芬里斯群山之巅的凶恶风暴，像是翻卷乌云在埃特顶端时而奏响的滚滚惊雷声。

　　在那唯有天神及其半神后嗣行走于泰拉的亘古年代里，战争想必正是此般光景。诸多威武巨人披挂着雄伟铠甲，其中一些身覆皮毛的灰暗武士如同北欧神话里的天空众神，另一些高傲自负的金色身影则恰似古埃及的博学神明。双方都施以重手，一位位战士在枪炮与刀剑下伤痕累累，殒命当场。芬里斯的霜刃切入普罗斯佩罗的战盔，普罗斯佩罗的重击穿透芬里斯的铠甲。两条阵线在迎面冲撞之后都丧失了各自的凶猛势头。随后，芬里斯之子的猛兽狂怒仿佛要将第十五军团彻底吞没。

　　我们正是在此刻开始遭受重创的，兄弟们。我们正是在此刻开始目睹惨烈伤亡的。千子释放了他们的恶灵，挥洒出他们血脉中传承的灾厄。

　　暴烈电流在权杖和指尖上跃动。虚空邪光般的肮脏辉耀从护目镜与掌心里奔涌而出。野狼战士被千子的战斗魔法撕成碎片，抛入半空，扭曲或焚灭。还有一些在剧痛中当场固化成轻烟四散的焦灼人柱。敌人的武器充盈着巫术之力，喷薄出地狱火烟与邪秽光芒，那些受诅咒的叛徒随即突入我们的进攻阵线。

　　大批命线像镰刀下的玉米般瞬间断离。有些命线不仅仅被斩断了，它们彻底燃烧成灰烬，这让那些战士的昔日生命也不复存在，就此遭到遗忘。有些人尸首无存，只剩下一滩血迹或难以被辨认的残躯。有些人被无形幽魂和气态鬼灵五马分尸。有些人变成了零乱白骨与焦黑甲胄。

　　太多了，太多了！为他们一一送别的故事必定要花费经年累月才能被讲述完。为他们点燃葬礼柴堆会耗费掉一整个大年的火绒储备。

　　我感觉义愤填膺，千子因其恶灵所遭的控诉并无半点虚假。我们的惩戒有理有据。但我也尝到了恐惧，因为我不相信我们能够侥幸存活，更遑论在此取胜。我们纵然怒火滔天，战技超群，但依旧会全军覆没，并由此证明普罗斯佩罗的千子乃是怪物与巫师。

　　因此我犯下了吟游诗人最不该犯的错误。我停止了观察。我将视线移开，不愿亲眼目睹狼群的覆灭。

　　于是我便错过了救赎的降临。我没有立刻发现那些从残垣断壁之间涌入战场的绝灵室女。她们的剑刃明亮夺目。她们的武器喷吐着脉动的能量与光束。她们没有发出任何战吼。

寂静修女身上的绝灵气场席卷双方阵线。恶灵的毒云立刻被付之一炬，如同夜风面前的薄雾般消逝殆尽。第十五军团的术士们在施展邪法时突然张口结舌。他们的秽恶吟诵戛然而止。我看到他们踉跄后退，他们用双手攥着自己的喉咙，不住抓挠头盔的颈部密封。我看到他们的护目镜里血如泉涌，头盔上渗出一根根猩红黏稠的血线。我看到他们行使奥术的双手骤然痉挛僵死，如同被致残的爪子。

这可怖的寂静让第十五军团的叛徒们魔力散尽，措手不及，那些战斗修女的攻势接踵而至。她们穿过野狼的溃散阵线涌向敌人，用手中长剑大开杀戒。她们的突袭备显奇异，其中交织着狂乱与优雅。每一次劈砍、刺击与扭转都彰显出精锐剑客的高超技艺，而背后的源动力又是一股失心狂热，是一种对于毁伤和杀戮的沉醉。

野狼同样倾尽全力。在来势如潮的强悍魔法凭空消散之后，他们立刻与寂静修女并肩作战，毫不示弱。这场战争回到了物理层面上。它再度充斥着凶猛冲击、隆隆震荡、飞溅鲜血与炽热爆炸。残存的草坪被染成一片猩红，空中飘扬着浓浓的血雾。

禁军战士伴随绝灵室女一同出现。他们的金色铠甲在这场鏖战的漩涡中熠熠闪亮。离开平日的肃穆岗位踏上战场之后，他们与野狼一样势不可挡。他们的战戟锋刃渴求鲜血——

给我倒杯酒，我也很渴。我急着讲述故事，嗓子已经干哑了。我想让你们听得清清楚楚。我想让你们在脑海里看到当时的景象。

你们能看到吗？普罗斯佩罗正在焚灭。

我们步步紧逼，敌人则向着提兹卡那些宏伟的玻璃金字塔不断退却。流星雨一样的空降舱穿过污浊天空轰然落地。光线很糟糕，我不是说光线太弱。我是说白昼的阳光像鲜肉一样恶化变质了。

提兹卡已经惨遭蹂躏，破碎不堪。大部分街道踪迹难辨，各处的建筑和纪念碑只剩下一地瓦砾。焦黑的碎石与废墟在整座城市里纵横交错，有些堆积成了陡峭山脊，也有些被巨型火炮轰作深坑。尸首横陈，弹坑与沟壑里积满了鲜血。破损管道和坍塌楼宇之间奔涌着猩红的汩汩溪水。血肉模糊的残骸散落四周，这便是一些故去灵魂仅存的痕迹。

在每一个突击阶段里，我们都要爬上一座新近出现的山丘。这些由碎石垒成的陡坡上覆满尘埃，令我们难以安稳立足。空气中充斥着暴烈能量、脉动激光、横飞子弹与呼啸火箭。细碎残渣一刻不停地挥洒而下，此外还有黏稠油腻的倾盆大雨，那是被轨道轰炸所煮沸蒸发的海水，在重新凝结后落入了这片残破土地。涂满烟尘与水痕的战争机械厉声轰鸣着碾过遍地瓦砾，毫不停歇地喷吐着死亡。重型火炮每次发射弹药时都被狠狠砸回底座里。主炮塔的震耳咆哮如同是帝皇的怒吼。成群结队的疾驰导弹恰似一心归巢的飞鸟。

我紧跟在神斩和欧齐尔背后。我们手脚并用地爬上一道残骸山脊。我竭尽全力追上两人的迅猛步伐。

当我们抵达丘陵顶端的时候，西边一座宏伟的玻璃金字塔恰好开始崩塌，一团骤然绽放的灼目光芒缓缓扩展膨胀，将那壮丽建筑渐渐吞没在多彩光辉的怀抱里。

野狼的齐声号叫再次回荡于空中。那声音盖过了战场的轰鸣，甚至盖过了楼宇的坍塌，将这行将焚灭的普罗斯佩罗彻底淹没其中。那既是尖号，又是低吼。兄弟们，你们都是阿斯塔特战士，但我是一个外来者。我要告诉你们，那是整个宇宙中最令人胆寒的声音，那是与死亡相伴的原始咆哮。听过它的人不会忘记，听过它的人少有幸存。它昭示着毁灭的降临，宣布谈判与投降都为时已晚。它是第六军团的惩戒之声，是太空野狼的狩猎呼叫。它是断命者的可怖声响。它让热血冻结，将胆意融解。实话实说，纵然阿斯塔特的千子生来免疫恐惧，但我相信，他们听到这个声音后依旧会感到慌乱无措。

你们令我惊惧，野狼兄弟们。你们令所有人惊惧。

每当那段梦境重演的时候，我与长牙的几句交谈往往会首先浮现。遵照符文牧师当时的要求，我与他分享了一个关于恶灵的故事，那是我昔日生命中在古城卢泰西亚的一场诡异经历。长牙说那是个不错的故事，但算不上最好的。他说我会学到更好的故事。他还说就算在当时，我也知道一个更好的故事，只不过我不愿承认罢了。

我已经无从得知他是否确信于此。彼时彼处，在他命线将断的那一刻，我认为他能够用某种超乎凡尘的方式来看待时间。我认为在那生死交界的十二分钟里，他不再受到命线的拘束，得以看清朦胧的过往，并洞察注定的未来。

至于我始终不愿承认的那个故事，我相信长牙所指的恰恰是这段重复梦境的源头事件。那张在我肩头浮现，我却从来无法转身看清的面孔，就是长牙想让我承认的事实。在抵达普罗斯佩罗的时候，我早已迫切地想要甩掉这个包袱了。

我的确将它甩掉了，但最终，那仅仅是被换成了一份更为沉重的负担。

我和第三连战士们并肩穿过那座惨遭蹂躏的城市，一个个狼形阴影也在烟尘中奔窜。天色已晚。饱受折磨的世界喷薄着火光，奋力逼退暮色的脚步，但夜晚必将来临，而我知道那将是一个永恒的暗夜，再也不会被日出所驱散。

我已经杀死了六个人——其中两个是用斧子，另外四个是用枪。在令人头晕目眩的混乱战场上，这些是我确定亲手解决的敌人。我还协助击杀了一名千子。若是一对一，他可以轻易取我性命。他当时猛扑过来击倒了双刃，接着用一柄长矛捅穿双刃的胯部，将他钉在地面上。那千子一边紧握长矛让勇猛的野狼战士动弹不得，一边抽出爆矢手枪准备斩断双刃的命线。

我猜那个千子对我毫不在乎。我只是个仆役，一个在烟雾中埋头乱撞的次等生物。他并不知道野狼牧师们为我的躯体注入了芬里斯的力量。我用沃尔根语发出战吼，助跑几步猛力跃起，双手自上而下地挥动利斧，将锋刃埋进敌人的头盔顶端。这次攻击的惯性让我打着滚摔进了由鲜血混成的泥沼里。那个千子战士放开双刃趔趄后退，口中发出某种低沉恶毒的声响。他的左手松脱了矛柄，奋力抓挠着嵌在自己头顶的斧子，试图将那血迹斑斑的武器拔出来。我没能杀死他，千子的头盔吸收了大部分的冲击。他扭过身来，用爆矢手枪指着我，要让我为自己的愚蠢冒犯付出代价。

双刃一跃而起，那柄长矛尚且捅在他体内。野狼挣脱了桎梏，从背后扑向叛徒。他手中那对著名的双刃像剪刀一样干净利落地割下了千子的脑袋。我不得不用脚踩住那顶滚落在地的头盔，才能奋力取出我的斧子。

约蒙德尔·双刃将长矛从自己身体里抽出来，瞥了我一眼，之后便继续前行。

一些负隅顽抗的敌军集结在了某座玻璃金字塔脚下的晶莹街区里。我想要去看一看。在这一切永远消逝之前,我想要亲眼目睹那华美装饰与飞扬楼宇。

嵌着精细金丝的雪花石膏阶梯引领我迈向了一道由玻璃与白银制成的拱廊。唯一打破这幅美妙景象的便是从阶梯顶端那些横陈尸首上流淌下来的汩汩鲜血。欧齐尔与神斩冲在我前面。大门、墙壁和天花板都是平滑的镜面。其中一些明镜被枪弹击中,留下了众多环绕着细密裂纹的弹孔,以及四下散落的粉末。建筑内部毫无动静,一切可怖事物都被隔绝在外,种种震耳轰鸣也变得沉闷淡薄。我们能听到战场上传来的隆隆咆哮,以及碎屑和雨点洒落在玻璃天顶的骤响。一丝丝轻烟如焚着的香般在空中袅袅飘扬。这座外围大厅的镜面结构将光芒禁锢在室内,为我们赋予了一种备显虚幻的光晕。我们放慢脚步徐徐前进,在这奢华绮丽的厅堂中四处张望。这还仅仅是一座外围建筑。那些金字塔本身究竟蕴藏着何等奇观?那个身为考据者的我在被那段昔年生涯的残存痕迹,此刻在我胸中逐渐苏醒,敦促我去研究那些被用金丝银线在剔透墙壁上绘制的繁复图案,去记录那些被铭刻于水晶中的精巧符文。

我们在光可鉴人的墙面上也看到了自己:惊愕不安的面孔,昏黑佝偻的形体。我们是满身血污的野蛮侵略者,被映衬在温润如蜜的美妙光晕中。掠食者,我们是掠食者。墙壁正是针对我们而被垒砌,篝火正是针对我们而被点燃。

子弹从大厅另一端飞窜而来,打断了我们的思忖。那一枚枚微小的灾星从我们身边疾驰而过。其中一些打在地板上,溅起一丛丛细碎石屑。另一些则洞穿墙壁。玻璃墙面顿时战栗不止。我们匆忙寻找掩护,自己的倒影也随之变得扭曲颤抖。我们躲在倒塌的玻璃廊柱和一列列银制雕像背后,着手展开还击。朝我们尖啸而来的子弹里有爆矢弹。闪亮的廊柱被狠狠咬掉了大块残片。一个个白银人像丢头断臂,轰然倾覆。我看到一名千子站在大厅对面向我们倾泻弹药。他身上笼罩着朦胧光晕,仿佛是披覆了一团属于他个人的风暴。欧齐尔从掩体后面冲出来,拎着重型爆矢枪全力开火。子弹将那叛徒彻底湮灭,他的残破尸首砸进了背后的晶莹墙面上,粉碎的玻璃顿时伴着震耳尖鸣泼洒下来。

欧齐尔和神斩继续前进。敌军火力尚未停止。从武器种类来判断,对方应该是尖塔守卫。我几乎难以忍受这座宏伟殿堂持续遭受的惨重损伤:扩散的裂痕、洒落的玻璃、四散的弹孔、倒塌的雕像、毁坏的内饰。欧齐尔手里的重型武器再次开火,扫清前路。我快步溜到他左边,钻进一间侧厅里,试图寻找更好的掩护。我的错位力场尚未完成充能。枪林弹雨骤然变得更加密集,逼迫我躲回侧厅深处。我已经看不到欧齐尔和神斩了。我四周都是镜子,都是反射我身影的镜子。我继续前行,抬着手枪,紧握战斧走到侧厅末端,打开了一扇玻璃门。那里面是个房间。我迈步而入。

金色阳光切入房间,将屋中陈设镀上一层淡金,营造出温润而朦胧的气氛。

我小心翼翼地缓步前行。一声电子尖鸣响起。

"什么事儿?"我轻声问道。

"豪瑟尔先生?这是你的五点闹钟。"一个柔和的机仆声音说道。

"谢谢。"我回答。我浑身僵硬,备感疲乏。我很久没有过这么糟糕的状态了。我双腿酸痛。或许抽屉里有止痛药,我心想。

我一瘸一拐地走到窗前,按了一下控制钮。百叶窗在一阵低吟中缩回窗框的凹槽里,让金色光芒倾泻而入。我眺望窗外,这真是绝美的景色。

投来灿烂辉耀的太阳正从我下方的地平线上升起。太阳圆盘,圆点图,像一枚眼睛般盯着我。我俯视着荣光伟岸的泰拉。我能看到晨昏线后的星球夜面,众多巢都的辉煌灯火像漫天星辰般在黑暗中闪亮。我能看到铺满阳光的蓝色海洋以及盘旋流转的洁白云朵,还能看到光芒闪烁的罗迪尼亚超轨道板从我所处的平台脚下气势磅礴地缓缓飘过。

我知道我身在何处。我来到了那段梦境的结尾。

我的目光重新聚焦。我在舷窗的厚重玻璃上看到了自己的明亮倒影。我注意到玻璃上还反射着另一个身影,对方就站在我背后。

恐惧将我狠狠攥住。

"你怎么会在这里?"我问道。

我没有惊醒。

"我一直都在这里。"狼神荷鲁斯回答。

第十四章

镜子

　　他不必自报姓名。我在海报、照片、纪念章和全息人像上都看到过他的模样：原体、战帅、英武将军、帝皇骄子。与众多兄弟一样，他是个巨人。这个超轨道板套房里的狭小卧室几乎容不下他的伟岸身躯。他穿着一套属于自己军团的白金两色帝国战甲。眼睛造型的装饰图案被镶嵌在胸甲正中，周围环绕着一枚八芒星。

　　他面露微笑俯视着我，那是一种令人宽慰的笑容，一种睿智父亲凝望顽劣孩童的笑容。

　　"我不明白。"我说道。

　　"你从来都不必明白，卡斯佩尔。"他回答，"你只是棋盘上的一枚棋子。但多年以来我愈发欣赏你，想在棋局告终之前再来见你最后一面。"

　　"我们之前从未见过面，大人，"我说道，"否则我肯定会记得。"

　　"真的吗？我看未必。"他回答。

　　"先生，"我继续说，"我接到了一项警告，重大的警告。你的生命目前正遭受威胁。我看到了一把武器——"

　　"就是这个？"荷鲁斯问道。他从腰带上取下了那柄宿敌刃。它闪着秽恶光芒，与我虚假记忆中的模样别无二致。"太晚了。在大约一年之后，这把匕首就已经完成了使命。我会陨落，会重生。"

　　"在大约一年之后？你怎么会用这种颠三倒四的方式描述时间？"

　　他再次微笑起来。

　　"当这柄武器斩断我的命线之时，卡斯佩尔，隐秘的众神便会将我拥入怀中。他们会转变我。我的生命会从凡俗的秩序化为不朽的混沌。我会违逆宇宙的定律，抗拒万物的法则。看看吧，你我二人身处于你的昨日。普罗斯佩罗在你的今日行将焚灭，卡斯佩尔，但我们都不在那里。"

　　"为什么？"我高呼道，"为什么？你做了什么？你陷入了怎样的疯狂？"

"我正在为即将展开的棋局扫清棋盘，"荷鲁斯说，"正在按照我的意愿规划局势。能够阻碍我实现野心的两大障碍正是普罗斯佩罗的千子与芬里斯的野狼。前者是唯一一支足够博学的军团，对我而言具备魔法威胁；后者则是唯一一支足够危险的军团，对我而言具备军事威胁。帝皇的术士与帝皇的刽子手。我未来不打算与其中任何一支交战，所以我耗费了大量时间与精力来埋线设局，导致他们相互为敌。"

我难以置信地盯着他。他则悲哀地耸耸肩。

"说实话，我原本还抱着更高的期望，"荷鲁斯说道，"马格努斯早已误入歧途，深陷泥沼。他玩火自焚，徘徊于深渊面前，我的父亲对他加以管束是理所应当的。但若非今日的挑衅战火，他也绝不会自甘堕落。我很想让野狼与千子在普罗斯佩罗上相互湮灭，这样便可一举两得。但马格努斯和鲁斯的行事作风一如既往。高尚而虔敬的马格努斯俯首认领了惩戒与毁灭。无情而忠实的鲁斯则面对这份可怖责任毫不退缩。千子覆亡于此。野狼却依旧活跃。"

他目光灼灼地看着我。

"所幸我从马格努斯及其子嗣的命运中获得了一些补偿。在兵败之际，他们拖着残躯倒戈于我。因此，纵然芬里斯之子对于我的显著威胁并未被消除，我依旧有所挽回。"

"没有人能够做到这种事儿！"我摇着头喊道，"没有人能够任意筹划此等规模的事件！"

"不能吗？累积多年的智计和操纵呢？对于秘密与谎言的刻意散播呢？关于马格努斯施展通灵妖法的丑恶谣言？针对鲁斯滥用狂野战术的直白质疑？当然,还有对于间谍网络的刻意营造。就比如你,卡斯佩尔，其中既有真的间谍，也有假的傀儡，而核心目标则是让双方疑心重重，让双方都为最坏的情况做出准备，这些够不够呢？我利用每支军团的特征与习惯，将他们的个性转变为自我毁灭的武器。"

"不！"我坚持道，"没有人能做到这种事儿。"

"谁说我是人了？"荷鲁斯回答。

我缓缓退却。我感觉到窗户或镜面的冰冷玻璃贴在了我的后背上。

"你究竟是什么？"我问道。

"你知道我的名字。"他笑了起来。

"那只是一副面具，对不对？"我指着他的面孔说，"你究竟是什么？"

"你想看哪副面具？"荷鲁斯问道。他抬起手，一把撕掉了自己的面孔。他的皮肤如干瘪豆荚般轻易开裂，像植物组织一样藕断丝连，边缘流淌着黏稠如蜜的汁液。狼神荷鲁斯的面孔被一分为二，隐藏其下的却是阿蒙，猩红君王的侍从。

"这一副？在尼凯亚与你交谈的这个人？真正的阿蒙当时远在下方，始终陪同他的原体。"

他将残破的荷鲁斯面孔随手抛下。面具落地时发出了腐烂水果般湿滑的声响。随后他将阿蒙的面孔也撕掉了。乳白色的黏液四下飞溅，泼洒在胸甲中央的那枚巨眼上。我的老同事纳维德·穆尔扎带着哀伤神色，意味深长地看着我。

"这一副如何？"

"真正的面孔，"我说道，"真正的。我要看你真正的面孔，不是面具。"

"你无法直视，"纳维德说，"没有人在直视了原初湮灭者的凶光之后还能活下来。最终化为灰烬的将是你的理智，卡斯佩尔。噢，卡斯佩尔。我愈发欣赏你，这不是谎言。你待我很好。我很抱歉让你经历了这样的生命。"

"原初湮灭者是什么，纳维德？"我问道，"那是什么？"

"那就是亚空间，卡斯佩尔，"他回答，"亚空间。亚空间便是一切，一切都是亚空间。你们的帝皇还以为自己能够与亚空间交手并占据上风，纵然其他更加伟大的种族都失败了。他赢不了。人类会成就亚空间最美妙的胜利。"

他朝我迈了一步。在他的脖子上，我能看到那枚被佩戴多年的天主教十字架。那闪闪发亮的饰物在逐渐熔化。

"我们驱逐了自己的神祇，卡斯佩尔。总要有些什么来替代神祇。"

他面露恳求。这是一张我熟识多年的面孔，与纳维德在奥赛梯罹难的时候毫无分别。他不再披挂战帅的铠甲。他的体型与常人无异，他穿着卢泰西亚图书馆的柔软长袍。

此刻，我确凿无疑地意识到，昔日在雷姆利亚超轨道板的豪华套房里，我转身看到的正是纳维德·穆尔扎的面孔。从我梦境中遗漏的，在我记忆中缺失的，恰恰就是他的脸。这便是那个触发机制：一个故去多年的旧人在一间密室里找到我，用恐惧扭曲了我的心灵，重启了我的记忆，操纵了我的意志，促使我奔赴芬里斯。

如长牙所说，这便是那个我早已知晓的"最棒的"恶灵故事。

"那么这一切都是白费？"我低声轻语，"普罗斯佩罗白白焚灭？阿斯塔特白白丧生？"

纳维德露出狞笑。

"这简直妙极了，是不是？"

"猩红君王是忠诚的。他误入歧途，但依旧忠诚。这场悲剧根本就不该发生？"

"没错！"他神色明快地高声欢呼，"但这已经发生了。卡斯，这已经发生了，那扇门已经被打开。如今已有先例了。你如果认为普罗斯佩罗是一场深重悲剧、一种可怖情景、一个惊天大错，那么就该看看接下来要发生什么。两支死战到底的阿斯塔特军团？卡斯，这还只是序曲呢。"

他近在咫尺。他向我探出双手。他摘下了柔软长袍自带的手套，将双手解放出来。我不想让他接触自己。

"自从什么时候开始，你就不再是纳维德·穆尔扎了？"我问道。

"我一直都是我，卡斯。"他像哄孩子一样轻声说。他用一只手触摸我的侧脸。我能感觉到他的手指与我的皮革面具相互摩擦。面具上的驱邪神符未能抵挡住他。

他，我觉得称之为它更合适。我能闻到它的喘息，能闻到细菌滋生的猛兽巨口里散发的刺鼻恶臭，还能闻到在我梦境领域之外那普罗斯佩罗的焚灭毒云，这座城市已经踏入了末日。

"一直都是你？"我追问，"不，我认为纳维德·穆尔扎曾经存在，是你篡夺了他的位置。"

"你这样想真是太幼稚了，卡斯。"它抚摸着我的面孔说。

"你凑这么近才是太幼稚了。"我答道，随后说出了一个字，这是多年以前纳维德在那座教堂废墟背后的昏暗小巷里说出的字。它称之为暗言，说这是最原始的魔法咒语。它太自负，太高傲。它根本想不到，经过了这么多年，纵然那个字昔日只是被短暂暴露，我却依旧能牢牢记住那个字。我一直在与芬里斯的符文牧师联手修复并重现我的记忆。我在脑海里反复听了很多遍，足以将那锐利锯齿般的音节铭刻于心。

我记得丝毫不差。

我将那个字吐在对方脸上。那是我作为吟游诗人所说过的最重要的一个字。

它的面孔顿时皮开肉绽,鲜血飞溅。它的脑袋猛然甩向后方,它如同是迎面吃了一斧。它步履蹒跚地后退,高声尖嚎嘶吼,那声音被从残破不堪的嘴里发出,备显可怖。

我也受伤了。为了呕出这个字,我的喉咙传来阵阵痛楚。我能尝到口中的血腥味。我的嘴唇破裂了,几颗牙齿也明显松动。

这些我都不在乎。我举起枪,迈步上前。

"第三连!第三连!来帮我!"我大声呼喊,随后就不得不透过面具口缝啐出鲜血。

我朝那个披着长袍的扭动身形开火。它撞翻了屋里的床,摔落在地板上,像一头被宰杀的家猪般尖声嘶嚎。家具纷纷倾倒,破损的架子洒下了众多书籍。床头柜上的数据板也被撞坏,开始重复播放:"豪瑟尔先生?这是你的五点闹钟。豪瑟尔先生?这是你的五点闹钟……"

我朝那个抽搐身影再次开火。

"诗人?诗人?"

有人在用沃尔根语喊我。房门轰然开启,神斩与欧齐尔现身于门外。两人迟疑了一下。他们背后是普罗斯佩罗的晶莹殿堂。他们面前则是一间狭小昏暗,可以俯瞰泰拉的卧室。在他们所处的门廊位置,两个现实被融合在一起。他们的惊愕理所应当。

"帮帮我!"我指着房间中央那个挣扎翻滚的东西喊道,"杀了它!"

欧齐尔端着重型爆矢枪从我身边挤了过去。他毫无迟疑。他用手中的庞大武器扫射目标,那隆隆轰响在这封闭空间里简直震耳欲聋。爆矢弹将敌人撕成碎片。图书馆的柔软长袍踪影全无,包裹其中的身体彻底湮灭。鲜血、黏液与纤维组织将它背后的墙壁都铺满了。

但它并没有死。

那个血淋林的残破骷髅站起身来,凭空重塑躯体。它获得了新生。它的皮肤拼凑结合。它的内脏褪去焦黑。图书馆长袍的最后一丝痕迹也像死皮般脱落不见,它身上展露出一套白金两色的铠甲。近乎完好无缺的战帅脸上带着一副充满了复仇恨意的狂乱表情。他的一只眼睛还是损毁的。

"后退。"我向兄弟们发出警告。

"老天！"欧齐尔惊呼，"狼神？狼神大人？"

"后退！"我高喊道。

"欧齐尔。"荷鲁斯将那名字如咒语般低声念诵。一股无形之力推动欧齐尔飞向那位巨人。

荷鲁斯掌中的宿敌刃闪动寒光。他将匕首狠狠捅进欧齐尔的胸膛，欧齐尔尖吼起来。他的命线已经断离，但他还是奋力抬起重型爆矢枪，试图在零距离向敌人开火。荷鲁斯再次道出欧齐尔的名字，借此制住了我们的野狼兄弟。这一次，那股无形之力将欧齐尔从夺命锋刃上抽了出来，像个玩偶般抛到房间对面。他披覆战甲的身躯撞在窗户上，砸碎了厚重玻璃。

失压的爆鸣顿时响起。所有家具碎片，一切零散物件，还有每一滴鲜血都追随着室内空气和玻璃碴一同穿过破窗飞窜出去。欧齐尔的瘫软尸首也旋转着落入太空，坠向泰拉，在我们的视野里越来越小，逐渐变成一枚燃烧的流星。

剧烈的失压并未将荷鲁斯一并带走。他在迅速稀薄的空气中高声怒吼。我感觉自己步履虚浮。我试图站稳脚跟，却逃不出那奔涌气流的魔爪。台灯的玻璃灯罩砸在我肩头。一本书撞上我的膝盖。我紧紧攥住门框。一枚木制小玩具马从我面前扫过，遁入黑暗太空。

我抓不住了。我双手松脱，如同香槟瓶塞般飞了出去。神斩的大手突然牢牢握住我的臂膀，把我扯了回来。他用斧子钩住了门框，一只手紧握斧柄，另一只手则拽着我。他厉声咆哮，奋力将我拉近。随后我也摸到了门框，用自己的力量减轻他的负担。

我们从门廊里爬了出去，把房门摔上。周围依旧环绕着镜面墙壁。我们回到了圣殿外围建筑的玻璃厅堂里。

我原本以为神斩会提出质问，会急切地寻求解释，然而他连脚步都没有放慢。他与所有野狼一样心无旁骛，知道我们此刻远未脱险。我们穿过侧厅，快步冲进那座惨遭枪弹蹂躏的大堂。

荷鲁斯穷追不舍。他轰然穿过圣殿的玻璃墙壁，那四下横飞的镜面碎片仿佛是兰德掠夺者的杰作。他跨越时空，从我的过去迈入我的现在，从我的梦境闯进我的现实。他大步奔行，脚下地板隆隆作响。

"卡斯佩尔！"他命令道。

我能感觉到自己姓名的力量传来一股拉扯，但卡斯佩尔·豪瑟尔只是我的诸多姓名之一，况且没有任何一个名字是我与生俱来的真名，是代表我的符号。那究竟是什么，就连我自己也不知道。我抵抗住了那股力量。

荷鲁斯不断逼近。神斩转身应战，阿斯塔特对抗原体怪物，芬里斯野狼迎击影月苍狼。

"神斩！"荷鲁斯高喊。神斩应声踉跄了一下，随后便用双臂奋力挥动战斧，使出那招声名显赫的神砍。斧刃狠狠咬在荷鲁斯左胸，居然让他向侧面趔趄了几步。那怪物厉声呼吼。神斩抽出斧子再次挥击，割裂了战帅的左腿。

"阿斯科曼尼的菲斯！"荷鲁斯号叫道。他深深挖掘我的记忆，找到了我这位老朋友兼狼兄弟早年拥有的真实名字。话音未落，神斩就离地而起，横飞到大厅远端。他被砸在一面玻璃墙壁上，在距离地面五米的位置留下一个裂纹四散的大坑，随后摔落下来。

荷鲁斯挺直身躯向我逼近。我朝他开火，直到枪的能量被用尽，随后抛下枪抽出斧子。他则随手将我打倒在地，扯下我的错位力场仪，夺走了我掌中的战斧。他用巨手握住我的喉咙。我的双脚离开了地面。

"我愈发欣赏你，"他用纳维德·穆尔扎的声音嘶吼道，"我亲口承认了。但面对我的宽待，你不仅没有接受我的馈赠痛快赴死，反而还要滥用我的纵容。如今你休想死得干净利落了。"

"我不在乎。"我喘着粗气回答。

"啊，你会在乎的。"他向我保证。

一柄芬里斯战斧的锃亮霜刃在我们之间一闪而过，斩断了荷鲁斯的臂膀。我摔落在地，喉咙还被他的残臂与手掌攥着。他的鲜血，或是其他什么肮脏腐液向我喷射而出。

"后退。"野熊说道，随后接连挥出两斧。荷鲁斯在狂怒与痛楚中呼吼着野熊的名字，却丝毫不能加以掌控。野熊的战斧继续展开撕咬。原初湮灭者无法借助野熊的名字将其制服，正如他在尼凯亚上化身阿蒙那时一样。

野熊对那荷鲁斯模样的怪物造成了重创。荷鲁斯的一只手臂已经被斩断，白金两色的战甲伤痕累累，沾满血迹，狼神脑袋左侧也有一道血淋林的伤口。

他的头部已经受损。他的白色的颅骨碎片凸显在外。他的半张脸颊都被撕掉了。从荷鲁斯身上奔涌而下的鲜血在他脚底汇聚成一滩迅速扩散的池塘。

"诗人？"野熊低吼道，"快跑。"

我站起身来。野熊紧握斧柄，准备再次出击。那荷鲁斯怪物抽搐着在血泊中迈步逼近，为玻璃地板印上了一个个猩红的脚印。

"快跑。"野熊催促我。

荷鲁斯怪物开始加速。野熊放低身躯，将全部力量汇聚在战斧上。然而他未能命中目标。痛苦与怒火似乎强化了那个荷鲁斯怪物。它用完好的手臂将野熊狠狠击倒，接着弯下腰去，朝那匍匐于地的野狼战士施以重拳。野熊匆忙翻身躲闪，避开了一记将地板拍裂的残暴打击。但野熊抓不到起身的时机，只得躺在地上，左手握斧勉强砍向那怪物。

这一次，荷鲁斯抓住了斧头。它用覆有铠甲的巨掌干净利落地将战斧紧紧攥住。它口中涌着鲜血与黏液，低头凝视野熊，吐出几个邪异暗言。

那种在黑暗冬夜里跃动于树木和桅杆顶端的磷光邪火沿着斧头席卷而下，将整个武器包裹在黄绿色的烈焰里。火舌迅速扩散到野熊的左手和前臂上，在狂乱灼目的光芒中将血肉烧尽。野熊厉声呼号。那荷鲁斯怪物在为自己的断臂复仇。它是一个玩弄猎物的掠食者。

我从地上捡起自己的战斧。我毫不迟疑。我冲到他们之间，挥斧斩落在野熊手肘上，阻止那恶灵邪焰继续扩散。这位战士砍断那怪物的臂膀救了我。我也下定决心要加以报答，他长久以来都默默保护着我，早在我们于冰海岸边初次相遇，我将他误认为恶魔时开始。

如今，我已经知道真正的恶魔是何模样了。

野熊翻身退避，在痛苦中咬紧牙关。我试图将他拽向大厅门廊。我必须承认，除了在最终的死亡面前拖延几秒之外，我不指望自己还能做些什么。

但此时，奥恩·恶冬已经察觉到了在圣殿外围动荡不安的可怖邪能。他的凶恶身影出现在我们身后的晶莹厅堂里，他披着厚重皮毛与漆黑斗篷，满头白发扎成尖角样式，用双掌做出符文牧师们都熟习的驱邪手势，用以逐退恶灵和妖魔。那荷鲁斯怪物呕着鲜血后退几步，然而它的力量远远强于这个气势威严的符文牧师。

正因如此，恶冬并非孤身前来。

我们右边的一面玻璃墙壁骤然崩塌，化作了倾泻而下的闪亮瀑布。随后，同样的事情在左边发生。外面那片修罗场的火光与烟雾顿时涌进这座残破建筑里。一块天花板也随即粉碎于地。

一个庞大而沉重的身躯穿过右侧玻璃墙壁的破洞迈入大厅。那台双足机械高达五米，体形宽厚，披着精金重甲与芬里斯之子的暗灰。被安装在那笨重躯干两侧的武器立刻启动并锁定目标。

另一台无畏机甲也从左侧冲进大厅。他同样将武器启动了。两台机械又迈近几步，成掎角之势把那个荷鲁斯怪物逼退到厅堂末端。它们的每个步伐都撼动大地。

它们同时开火，仿佛是心意相通地遵从命令。突击炮和双联激光炮的狂怒风暴将那荷鲁斯怪物笼罩起来。它被轰成碎片，化作一团血雾泼洒在大厅中残存的镜面墙壁上，恍若依附于此的点点霉斑。

有什么东西在那凶猛火力之下抽搐扭动，并随着荷鲁斯身躯的湮灭而逐渐成形。狂风与能量尖啸着席卷而来。空气中突然出现了成群的飞蝇。

在无畏机甲的炮火营造出的熔融弹坑里，某个物体缓缓起身。它难以被直视，难以被理解。它难以被视觉所分辨，就像一个令你无法转身看清的梦中面孔。

它高大而扭曲，是个阴影的阴影。它似乎有着标准人类的体型轮廓，又似乎被腐化得超出了凡躯的极限。它身上的一切都自相矛盾，在区区一瞥之下便足以令人精神错乱、神智模糊。它的眨动着的眼睛要么大如酒碗，要么像蛙卵般聚成一团。它长着角，两只向上弯曲的巨角。

房间里的一切在眨眼间便投下了太多的影子。黑云般的蝇群愈发密集，开始侵袭我们的眼睛、口鼻和伤痕。

一个声音说道："啊，奥恩·恶冬。你根本不懂得吸取教训。你带着强悍的战士前来迎击并驱逐我，但我熟知他们的名字，也就能将他们彻底掌控。我道出他们的姓名。帕崔克·巨牙。科米克·铎德。"

"我知错必改。"恶冬回答。我惊愕地看到，他脸上竟露出了微笑。众多身影随即出现在符文牧师背后的残破殿堂里，或是穿过无畏机甲方才撞开的大洞迈步而入。十余位绝灵室女，二十余位。她们手握利剑。她们的领袖叶妮莎·克罗抬起手，如判官定罪般指着我们面前那个居高临下的幽暗形体。

那怪物的力量被尽数抹消，它顿时发出一声长长的苦难哀嚎。寂静修会成员所共有的不可接触者基因隔绝了巫术的源头，将其强大恶灵彻底逐退。狂风立刻消散。飞舞蝇群也纷纷坠亡，像黑色的雪花般堆积在地上，与玻璃碎片一样厚。

"干掉它，斩断它的命线。"奥恩·恶冬命令道，两台无畏机甲继续开火。直到那邪魔灰飞烟灭，它们才停止轰击。

第十五章

命线

我并不认为我们杀死了它,兄弟们。我并不认为原初湮灭者能够像凡间生灵一样被杀死。但我们将它逼退了,将它驱逐了。我们至少伤到了它。

等到我们走出大厅的时候,战斗已经告终。狼王与马格努斯展开了惊天动地的决斗,并折断了对方的脊梁。随后,当我们最终击败那恶魔的时候,邪异巫术在整个星球的破碎大地上沸腾而起。血雨倾盆。猩红君王以及苟活的千子都骤然消失,借助某种禁忌魔法逃遁无踪。

只有这样,他们才能躲过狼群的全面歼灭。

我们要牢记这个教训。

在我们重整部队的时候,血雨依旧泼洒不停。天空已经被夜幕笼罩,如渡鸦羽翼般漆黑,而吞没了这座玻璃城市的烈焰风暴则继续喷薄着冲天火光。已经恢复行动能力的神斩和我一同旁观野狼牧师包扎野熊的伤口。

野熊面无表情。在牧师用骨锯和钩子处理断臂的过程中,他从未展现出任何痛苦或不适的迹象。晚些时候他会得到一副机械义肢。然而当一台无畏机甲迈着隆隆步伐从我们身边走过之时,我却看到他微微皱起了眉头。

一滴滴血雨挂在野熊脸上。

"相比之下,"他嘀咕道,"断条胳膊也没什么大不了的。"

"和什么相比?"我问。

"那是一项所谓的荣誉,"神斩朝那台渐行渐远的无畏点头示意,"但谁会愿意失去一切,落得那样的下场?那种永生可不好受。"

野熊神色严峻地点点头。

"我不明白的是,"我说道,"你为什么能打破那邪魔的咒法。它知道我们每个人的名字,但那种力量在你身上却并不起效。"

"或许那是因为敌人借助你得知了我们的名字，诗人，"神斩说道，"而你却始终都不知道他的正确名字是什么，从你刚来的那一天起就搞错了。"

我之前就说过，无论是谁将尤维克和沃尔根语植入了我的思维，他的工作成果都不够干净利落。在一些情况下，尤其是面对压力和干扰的时候，我会不小心搞错一个词，转而使用昔日的低哥特语。出于某些难以解释的原因，这种现象在飞鸟走兽的名称上最为常见。

从一开始，我的思维就认定野熊的名字是野熊。但那是低哥特语的译法。我习惯了这个错误的称呼，而一向沉默寡言的野熊也从未纠正过我。

在芬里斯之子的语言里，他的名字是比约恩。

我知错必改。

在普罗斯佩罗焚灭之后，我对野狼们深感怜悯。这并非出于他们所遭受的伤亡，即便那确实非常惨烈，可悲可叹。我的怜悯是出于他们的空虚。他们的怒火已经燃尽，他们的全面胜利却味如嚼蜡。一个个默然不语的佝偻身影站在我周围的焦黑废墟里，任由暗红血雨无休止地冲刷。他们褪去了狂暴，因为他们已经没有敌人可杀。

他们备显迷茫，仿佛不知所措。他们不会参与重建或修复。他们不会去收拾残局。

芬里斯之子仅仅会做一件事。

火花飞扬。记忆像干尸的皮肉般绷紧收缩，包裹在愈发明显的骨架上，将双颚扯作一副无声尖叫的神态。在幽暗如墨的深邃潭水里，我们能看到飞逝时光的朦胧倒影。在我眼中，野狼是继承者，是一片古老疆域的最后卫士，而那逐渐衰败崩塌的国度早已沦为面目全非的凌乱废墟。无论如何，他们依旧在捍卫着它，就像一群不问缘由地坚守空屋的忠犬。

只要他们还活着，他们的故事就会被流传下去，由我这样的吟游诗人反复讲述给你们这样的战士。篝火会熊熊燃烧。我们会在空气中闻到树脂的香味。我或许看不清周围的人，但能在洞穴岩壁上看到火光投下的影子，那恍若一幅被跃动火舌赋予了虚幻生命的壁画。

我会努力聆听周围战士们的低声交谈。这样我便可掌握世界上的诸般奥秘，习得每一个故事，从第一个直到最后一个。

在洞穴中最冰寒、最深邃的地方，厚重黑暗被冷寂的幽蓝光芒所穿透。空气闻起来毫无生机，就像极地高原上的一块干燥巨石，其中甚至没有一丝水分能够结成冰霜。这里远离洞穴中的暖意与火光，远离兄弟之间的低沉交谈与四下飘散的树脂气味。就是在这里，我必须以沉眠度过绝大多数的岁月。我太危险，太复杂，不可留在狼群之中。我知晓太多，也有太多知晓了我。但芬里斯之子已经对我颇为欣赏，出于他们那古怪而粗糙的感伤情绪，无法痛下杀手，不忍心干净利落地斩断我的命线。

于是我便在这冰冷深窟里长眠，在埃特脚下陷入静滞，唯有科米克·铎德以及其他絮絮低语的无畏相伴。我们谁都不喜欢这里。我们谁都不是自愿待在这里的。我们想念篝火，我们想念阳光。他们安排的所有那些梦境，我们早就经历过成百上千遍了。我们已经烂熟于心。我们并没有选择黑暗。

无论如何，当我们偶尔被唤醒的时候，我们也并不会为看到阳光而感到欢欣。

如果你们来唤醒了我们，那么必有危局。

我置身于阿萨海姆的高原林地中，这里正是我最后一次面对赫欧罗斯·长牙的地方，但此刻站在我身边的高大身影是狼王。空气洁净透彻。在我们西边的起伏雪坡中矗立着一片高大壮丽的常青树林，更远处则是拔地而起的山脉。白雪皑皑的参差巅峰如犬齿般尖锐。我很清楚它们身后的那片铁灰色背景并非风暴乌云，那依旧是山脉，是更加宏伟的山脉，其惊人尺度足以令旁观者魂飞魄散。在那些参天峰峦如荆刺般没入穹隆之处，凛冬季节的芬里斯风暴正在不断积聚着它们的凶恶怒火，如严苛神祇般狂暴，如狡诈邪魔般恶毒。

这是我自愿进入静滞力场前最后一天的最后一个小时。

"你明白这是为什么吧？"我身边的狼王问道。他的声音如同一阵低沉咆哮。

"是的，"我回答，"我明白。"

"欧格维，他十分赞赏你作为吟游诗人的技艺。""头领很慷慨。"

"他很诚实。所以我才重用他。但你要明白，如果棋盘上有一枚棋子破损了，那是没法继续完成棋局的。"

"我明白。"

"不过，那些故事。我们不想丢掉它们。未来的一代代人还要去聆听，还要从中学习。"

"我会为你保存那些故事，大人，"我说道，"它们会一直留在我的脑海里，时刻可以讲述。"

"很好，"他说，"确保如此。我不可能永远照看芬里斯之子。等到我走了，你就要确保他们还能听到那些故事。"

我笑了起来，狼王显然是在开玩笑。

"你永远都不会走的，大人。"我说道。

"永远是很长久的，诗人，"他回答，"我的命是很硬，但也没有那么硬。有些事情从没发生过，但并不等于永远不会发生。"

"万事总有第一次。"

"没错。"他低哼一声。

"前所未有的事情。就比如……阿斯塔特与阿斯塔特交战？就比如狼群奉命惩戒另一支军团？"

"那件事？"狼王回应道。他放声大笑，声音里充满悲凉："老天啊，不。那可不是前所未有的。"

我哑口无言。我向来难以判断他是否在开玩笑。我们遥望密林边缘。雪花开始飘落。

"芬里斯上有狼吗？"我问道。

"你自己去看看吧，"他告诉我，"去啊。"

我看了狼王一眼。他点点头。我跨过雪坡向森林走去。我开始奔跑。我将伯考所赠的那块皮毛紧紧裹在身上，它就像是另一层皮肤。在常青树林脚下的幽暗领域中，我看到了一双双投来凝视的眼睛：细微的黑色瞳孔，明亮的金色眼眸。它们在等待我，成千上万双眼睛在密林幽影中凝视着我。但我毫无惧意。

我不再惧怕狼了。

在我身后，狼王看着我消失于林间。

"来冬再会。"他说道。

作者简介

丹·阿伯奈特创作了五十多部小说，其中包括著名的冈特幽魂系列的最新一部《叛乱者》。他笔下的拉文纳系列和艾森霍恩系列均广受好评，其中最新一部是长篇小说《学者》。在荷鲁斯之乱系列中，他依次创作了《荷鲁斯崛起》《军团》《不被铭记的帝国》《无所畏惧》和《普罗斯佩罗之焚》，而后两部曾被《纽约时报》列为畅销书。他为荷鲁斯之乱系列的首部图像小说《马库拉格之耀》撰写过文本，此外还创作了大量有关战锤40,000和战锤宇宙的广播剧、短篇小说。他常年生活在英国肯特郡的梅德斯通。

译者简介

赵笛，毕业于清华大学生物系，常用网络ID为Haldir。埋首阅读英美奇幻文学作品多年，熟悉并热爱马哲里两兄弟、秘银厅六英雄、费诺七子、护戒九人、终焉八位化身、帝国十九原体等传奇人物，现旅居瑞典小城北雪坪。

版权所有　侵权必究

图书在版编目（CIP）数据

普罗斯佩罗之焚 / (英) 丹·阿伯奈特著; 赵笛译. -- 杭州: 浙江科学技术出版社, 2022.9（2024.7重印）
ISBN 978-7-5341-7944-0

Ⅰ. ①普… Ⅱ. ①丹… ②赵… Ⅲ. ①幻想小说-英国-现代 Ⅳ. ①I561.45

中国版本图书馆CIP数据核字(2022)第027087号

著作权合同登记号　图字：11-2020-213号

书　名	普罗斯佩罗之焚
著　者	［英］丹·阿伯奈特
译　者	赵　笛

出版发行	浙江科学技术出版社
	地址：杭州市环城北路177号　邮政编码：310006
	办公室电话：0571-85176593
	销售部电话：0571-85176040
排　版	浙江新华广告有限公司
印　刷	浙江海虹彩色印务有限公司

开　本	710×1000　1/16	印　张	20.25
字　数	280 000		
版　次	2022年9月第1版	印　次	2024年7月第2次印刷
书　号	ISBN 978-7-5341-7944-0	定　价	55.00元

责任编辑	吕路明	责任校对	张　宁
封面设计	孙　菁	责任印务	叶文炀